Aos nossos próprios pares românticos, Tom e Mike:
obrigada por nossas histórias de amor favoritas.

AUDREY BELLEZZA
EMILY HARDING

Emma da Rua 83

São Paulo
2025

Grupo Editorial
UNIVERSO DOS LIVROS

Diretor-geral
Alessandro Gerardi

Gerente editorial
Marcia Batista

Produção editorial
Letícia Nakamura
Raquel F. Abranches
Victoria Viana

Tradução
Gabriela Peres Gomes

Preparação
Bia Bernardi

Revisão
Juliana Gregolin
Thiago Bio

Arte
Barbara Garoli
Renato Klisman

Ilustração de capa
Gustavo Dilarri

Diagramação
Francine C. Silva

Dados Internacionais de Catalogação na Publicação (CIP)
Angélica Ilacqua CRB-8/7057

B383e

Bellezza, Audrey
Emma da Rua 83 / Audrey Bellezza, Emily Harding;
tradução de Gabriela Peres Gomes. -- São Paulo : Universo dos Livros, 2025.
336 p.

ISBN 978-65-5609-821-0
Título original: *Emma of 83rd Street*

1. Ficção norte-americana
I. Título II. Harding, Emily III. Gomes, Gabriela Peres

25-3050 CDD 813.6

Índices para catálogo sistemático:
1. Ficção norte-americana

Universo dos Livros Editora Ltda.
Avenida Ordem e Progresso, 157 — 8º andar — Conj. 803
CEP 01141-030 — Barra Funda — São Paulo/SP
Telefone/Fax: (11) 3392-3336
www.universodoslivros.com.br
e-mail: editor@universodoslivros.com.br

Prólogo

Eram oito da noite da véspera de Natal, o que, na cidade de Nova York, só poderia significar três coisas: a festa natalina anual dos Woodhouse estava a todo vapor, os moradores do lado leste da Rua 83 já a consideravam um sucesso estrondoso, e o senhor Woodhouse encarava a mesa do bufê em sua sala de jantar no mais absoluto horror.

— Minha nossa, Emma — murmurou o homem. — Como você teve coragem de fazer uma coisa dessas?

Emma Woodhouse sorriu e acenou para a senhora Crawford, que acabara de chegar e se misturava aos convidados habituais sob o arco de pisca-piscas que adornava o hall de entrada. Nem precisou seguir o olhar do pai até a variedade cuidadosamente selecionada de canapés orgânicos e sobremesas sem glúten para entender o motivo de tamanha indignação.

— Pai, é só um cheesecake.

— É uma abominação, isso sim.

Emma já imaginava que isso iria acontecer. Tinha sido a mesma coisa no ano anterior, quando o pai exigira saber as calorias de cada profiterole que os confeiteiros tinham usado para decorar a torre doce em formato de árvore de Natal. Dois anos antes, ele havia repreendido a irmã de Emma, Margo, por usar creme de verdade em uma pavlova. Dessa vez, porém, Emma estava pronta.

— Mas também temos duas travessas de frutas, viu só? E uma tábua de legumes com pão pita integral e homus.

— Homus? — perguntou o pai, esperançoso, virando-se para espiar a ponta da mesa. Mas então sua expressão murchou. — Ora, mas estão bem ao lado dos biscoitos açucarados...

— Sim, mas são biscoitos açucarados da *Fran*.

O senhor Woodhouse massageou as têmporas.

— Jesus...

— Na verdade, eles são em formatinho de anjo, não de Jesus — gracejou ela, reprimindo um sorriso.

— Isso não tem graça, Emma. Você faz ideia de quanta manteiga vai naquela receita?

Emma estava prestes a responder que sim, obviamente, já que elas assavam os biscoitinhos todo Natal desde que ela se entendia por gente, mas antes que tivesse a chance de dizer qualquer coisa, uma mão se estendeu entre os dois e agarrou o pai dela pelo ombro.

— Henry, esses biscoitos açucarados estão divinos! Di-vi-nos! — exclamou a senhora Pawloski, agitando o anjo decapitado em uma chuva de migalhas. — Acho que este já é o meu quinto, acredita? Mas no Natal as calorias não contam, claro... pelo menos é isso o que estou dizendo a mim mesma!

— Helen, vá com calma, por favor — pediu o homem, arrancando-lhe o biscoito. Em seguida o entregou a Emma, como se ela soubesse o jeito certo de se livrar daquilo. — O açúcar refinado nisso aí é suficiente para causar diabetes.

A senhora Pawloski riu, um sonzinho estridente que fez vibrar o tímpano de Emma.

— Oh, céus! Se isso é verdade, então não se atreva a olhar o que tem na cozinha. Aquela pavlova vai me mandar direto para o hospital!

O senhor Woodhouse se virou para a filha, o rosto ainda mais pálido do que antes.

— De novo não...

Emma se obrigou a sorrir enquanto gesticulava para os dois irem para a sala de estar.

— Por que vocês não vão se sentar junto à lareira? Aceitam alguma bebida?

— Chá — respondeu o pai por cima do ombro, enquanto a senhora Pawloski enlaçava o braço ao dele e o conduzia até a sala.

— Eu sei — respondeu Emma.

— De camomila.

— Eu sei.

Ela os observou desaparecer entre os convidados antes de soltar o ar pela boca. Essa tinha sido por pouco. Depois foi até o hall de entrada para cumprimentar todos com sorrisos e acenos, esforçando-se para transmitir um ar de modéstia quando os convidados elogiavam a decoração e a comida. Emma era boa nisso. Tinha anos de prática, afinal.

Mas isso não queria dizer que não apreciava os elogios, muito pelo contrário. Só que depois de duas semanas de planejamento intenso, que basicamente consistia em controlar as ideias da irmã e as expectativas do pai, Emma não tinha dúvidas de que seus esforços agradariam a todos. A decoração estava perfeita, com guirlandas brancas e douradas penduradas por todos os cantos da casa de quatro andares. A comida, apesar das preocupações do pai, estava deliciosa. Não havia mais nada a fazer além de aceitar os elogios e tentar tomar um drinque em silêncio.

Emma finalmente chegou à escada e começou a descer até a cozinha. Fran, a governanta, se aproximou quando ela estava no último degrau. Estava de cara amarrada, com uma expressão séria e as mãos ocupadas em equilibrar uma bandeja de chá. A mulher não devia ter mais de um metro e meio de altura, mas aquele olhar fazia Emma sentir que tinha seis anos outra vez, como se estivesse prestes a levar uma bronca por afanar os blinis que Fran acabara de assar para jogar aos pombos do Central Park.

— O que tem de errado com os biscoitos? — quis saber a governanta, olhando para a mão de Emma.

Só então ela se deu conta de que ainda segurava o biscoito da senhora Pawloski.

— Oh, nadinha. Eu só tive que interferir na disputa entre as sobremesas e o meu pai. — Emma apontou para a bandeja com um aceno da cabeça. — Esse chá é para ele?

Fran deu um suspiro, contornando a garota antes de subir as escadas.

— É, sim. Imaginei que ele iria precisar disso antes de servirmos a pavlova.

— Obrigada — agradeceu Emma, sorrindo.

A mulher não olhou para trás, apenas murmurou algo baixinho e continuou subindo os degraus. Assim que ela sumiu de vista, Emma jogou o biscoito no lixo e seguiu o corredor que levava até a cozinha, onde os funcionários do bufê ainda preparavam alguns canapés. Apesar disso, o ambiente estava mergulhado em um silêncio maravilhoso, e a ideia de ter acesso fácil ao champanhe e a uma cadeira onde pudesse se acomodar e respirar em paz lhe arrancou o primeiro sorriso genuíno do dia.

Assim que Emma pisou na cozinha, porém, o sorriso morreu.

George Knightley estava de pé junto à bancada onde tinham montado o bar, olhando feio para as garrafas de uísque como se elas lhe tivessem feito o pior dos insultos. Era tão alto que precisava se curvar para ler os rótulos, o cabelo escuro caindo sobre os olhos de modo que tinha que passar os dedos entre as mechas para colocá-las de volta no lugar. Não que estivessem alinhadas antes, mas assim o penteado parecia mais deliberado. Emma conhecia uma porção de rapazes que gastavam pelo menos uma hora de seus dias tentando conquistar aquele mesmo visual que Knightley tinha por mero acidente. Chegava a ser enervante.

— O que essas garrafas aprontaram com você? — perguntou ela, pulando para sentar no tampo da bancada.

Ele não a olhou, mas um pequeno sorriso despontou em seus lábios.

— Feliz Natal, Woodhouse.

— Feliz Natal, Knightley.

— Vejo que a festa é um sucesso, como de costume.

— Muito obrigada — agradeceu ela, com um floreio da mão.

Knightley girou uma das garrafas para examinar o rótulo.

— Seu pai ainda não viu a pavlova, imagino.

— Por que diz isso?

— Ora, ainda não ouvi nenhum grito angustiado vindo lá de cima — respondeu ele com um murmúrio. — A propósito, eu o vi agorinha mesmo. Ele me contou sobre a grande novidade.

Emma estreitou os olhos para ele.

— Sobre o homus?

— Não, Woodhouse. Sobre você ter passado no mestrado.

— Ah, sim. Bem, se ele já achava ruim de eu ter que me deslocar cinco quilômetros até o FIT nos últimos quatro anos, imagine a reação dele quando descobriu que a NYU fica bem no coração do Village. Ele me fez jurar de pés juntos que não vou mudar de casa.

Enquanto respondia, Emma se inclinou para pegar uma garrafa aberta de champanhe. Knightley, sem nem tirar os olhos do uísque, tratou de deslizar a garrafa para longe dela.

Emma o encarou, ressabiada.

— Eu já tenho vinte e um anos, sabia?

Mas ele fingiu que nem ouviu antes de perguntar:

— Enfim, o que você vai cursar no mestrado?

— História da arte.

Isso chamou a atenção de Knightley, que enfim levantou o rosto, seus olhos cor de âmbar se fixando aos dela com ceticismo.

Emma ergueu o queixo, com ar de desafio.

— Qual o problema com história da arte?

— Nenhum.

— Então por que essa cara?

— Achei que você estava se formando em moda.

— E daí?

O olhar dele se voltou para uma garrafa de Laphroaig.

— Por acaso a Prada vai abrir uma nova loja em algum museu de artes?

— Deveria. Seria fantástico.

Os lábios dele esboçaram outro sorriso.

— Nunca vi você demonstrar o menor interesse por artes, só isso.

— Não me surpreende, já que você nunca presta atenção quando eu falo sobre meus interesses.

Knightley parou de servir o uísque no copo, virando-se para estudar Emma com uma expressão curiosa.

— Por acaso vai ser como naquela vez em que você ficou fissurada por jardinagem, mas desistiu ao ver que seis semanas de trabalho só lhe renderam um tomate?

Emma fechou a cara.

— Um tomate e duas vagens, ok?

— Ou como aquela outra, quando insistiu que eu lhe ensinasse a tocar violão, mas bastou uma corda arrebentar para você deixar o instrumento de lado?

— Fiquei mais de um mês com bolha no dedo, sabia?

— Ou quando você juntou dinheiro para comprar uma impressora 3D e montar sua própria joalheria, mas desistiu assim que se deu conta de que…

Emma ergueu a mão para interromper.

— Mas essas coisas não passavam de meras distrações, Knightley. Agora é diferente.

— Só quis mostrar que eu presto, sim, atenção. Na verdade, eu provavelmente conseguiria descrever cada andar da loja Bergdorf Goodman...

— De nada...

— ... e ainda assim nunca a ouvi falar sobre arte. Nem uma vezinha sequer.

Emma fingiu surpresa, piscando sem parar.

— Ora, muito obrigada, George Knightley! Sim, estou *radiante* por ter sido aceita em um programa tão concorrido, e embora eu não esteja canalizando minha megalomania em uma *start-up* que pretende salvar o planeta, como *certas* pessoas...

— Minha empresa não está salvando o planeta. Estamos apenas investindo em tecnologia sustentável.

— ... tenho certeza de que meu trabalho também será muito gratificante. E saber que tenho o seu apoio significa o mundo para mim!

Knightley virou-se para ela, os olhos cor de mel sombreados pela luz da cozinha.

— Já acabou?

Emma pensou por um instante antes de responder:

— Arrã.

— Parabéns.

Ela sorriu bem na hora que uma risada irrompeu no canto mais afastado do cômodo. Quando se voltaram para lá, viram Margo emergir do corredor com o irmão mais novo de Knightley, Ben, logo atrás.

— Você é tão esquisito! — exclamava Margo.

— Eu? Você é quem nunca viu *Duro de matar*! — rebateu Ben. — A gente se reúne toda semana para ver um filme desde que era criança... como é que nunca fiz você assistir ao melhor filme de Natal de todos os tempos?

Margo foi até o bar, incapaz de esconder seu sorriso. Era três anos mais velha que Emma, e durante a maior parte da vida as pessoas tinham acreditado que as duas eram gêmeas, mas já não cometiam mais esse erro. Ambas tinham cabelo escuro, mas enquanto o de Emma ainda era longo e ondulado, o de Margo estava cortado na altura do queixo. Ela também passara a usar óculos grossos de armação preta em vez de lentes de contato, de modo que os grandes olhos verdes, iguaizinhos aos de Emma, viviam parcialmente escondidos. Margo dizia que era para transmitir um ar de maturidade, mas Emma culpava a faculdade de direito.

— Talvez porque *Duro de matar* não seja um filme de Natal? — argumentou Margo, servindo-se de uma taça de champanhe.

Ben se deteve no meio do caminho, boquiaberto.

— Você está falando sério mesmo?

— Ah, faça-me o favor.

Ele se virou para o irmão. Era apenas dois anos mais novo que Knightley, mas por ser esguio e alguns centímetros mais baixo, eles pareciam ter mais de uma década de diferença.

— George, me dê uma mãozinha aqui.

— Sobre o que é esse filme mesmo?

Knightley recostou-se na bancada, a manga do suéter de caxemira azul-marinho resvalando na perna de Emma, que apenas ignorou o gesto.

— Não sei — respondeu ela com ar de inocência, como se não o tivessem visto juntos duas semanas antes. — Eu nunca assisti.

— Não ligue para isso — continuou Knightley, entrando na brincadeira. — Aposto que nem estamos perdendo nada.

Ben levou a mão ao coração como se estivesse profundamente ofendido.

— Isso não se faz!

Mais uma vez, Margo não foi capaz de esconder seu sorriso enquanto se dirigia para as portas duplas que conduziam ao jardim dos fundos. O quintal era estreito, mas comprido: grande o suficiente para uma festa e gigantesco para os padrões nova-iorquinos. Uma fileira de árvores delimitava sua margem e, logo atrás, Emma podia ver a casa dos Knightley, cujo quintal era adjacente ao delas. Os irmãos haviam deixado algumas luzes acesas, então as janelas altas ajudavam a iluminar a trilha entre as árvores que interligava as duas famílias havia anos.

Emma e Margo haviam comprado aquecedores externos para o jardim, para que os convidados pudessem se sentar do lado de fora e admirar os pisca-piscas espalhados pela varanda, mas por ora não havia ninguém ali. Margo saiu da casa e Ben foi logo atrás, fazendo-lhe cócegas enquanto as portas se fechavam às suas costas.

— Ben veio sozinho — comentou Emma, observando pelas janelas enquanto os dois desabavam em uma espreguiçadeira de vime.

Knightley não tirou os olhos do próprio uísque.

— Eu também.

Ela revirou os olhos.

— É, mas você sempre vem sozinho.

— E…?

— E Ben sempre traz alguém. Nem que seja um casinho descompromissado.

— E daí?

O olhar de Emma permaneceu focado nos dois lá fora. Ben chegou mais perto e cochichou alguma coisa no ouvido de Margo, que desatou a rir enquanto tentava tomar um gole de champanhe.

— E daí que… — ponderou Emma, o plano ainda se formando em sua mente. — E quanto a Ben e Margo?

— O que tem eles?

Ela se virou para Knightley, esperando encontrar seu olhar. Demorou um pouco, mas quando ele finalmente ergueu o rosto, trazia uma expressão de puro tédio e desinteresse. Emma agitou as sobrancelhas, sugestiva.

— Você sabe…

— Quê? — respondeu ele.

Mal foi uma pergunta.

Emma deu um suspiro audível.

— Ben e Margo… Tipo, *juntos*.

— Juntos?

— Juntos — repetiu ela e tornou a agitar as sobrancelhas, como se isso deixasse claro ao que se referia.

Knightley soltou uma risada de desdém.

— Não seja ridícula.

— Por que isso seria ridículo?

— Porque é Ben. E Margo.

— E…?

Ele franziu a testa.

— E nós quatro crescemos juntos. Você e Margo são praticamente nossas irmãs.

— Mas não somos suas irmãs de verdade.

— Um mero detalhe.

— Bom, eu acho que eles estão dormindo juntos.

Knightley quase cuspiu o uísque que acabara de tomar.

— Pelo amor de Deus, Emma.

Ela arregalou os olhos.

— Que foi?

— A última coisa em que quero pensar agora é no meu irmão e sua irmã...

— Transando?

Knightley pressionou o ossinho do nariz como se tentasse afastar uma dor de cabeça iminente.

— Fique quieta, por favor. Eu imploro.

Emma encolheu os ombros e voltou-se para a janela, de onde podia ver Margo cair na gargalhada outra vez, a cabeça jogada para trás, enquanto Ben admirava o arco de seu pescoço.

— Bom, se eles ainda não dormiram juntos, é só uma questão de tempo. Está na cara. Basta olhar para eles por mais de cinco minutos para sacar tudo.

— Então pare de olhar — murmurou Knightley.

Emma se virou para ele, que a observava do mesmo jeito de sempre, como se não passasse daquela garotinha de cinco anos que sempre desenhava unicórnios nos cadernos de matemática dele. Um leve divertimento que na verdade apenas mascarava a tolerância tênue que ela vivia pondo à prova. Aquele olhar tinha parado de incomodá-la quando tinha seis anos de idade. A essa altura, ela mal o percebia.

— Você só não quer admitir que estou certa — declarou Emma, pegando uma uva de uma travessa próxima antes de enfiá-la na boca.

Um sorriso afiado dele.

— Até parece.

Bem nessa hora Margo soltou um gritinho alegre, desviando a atenção dos dois para o jardim lá fora.

Emma sorriu.

— O que foi que você disse?

Knightley deu um suspiro profundo, como se tentasse instilar no gesto toda a decepção que não conseguiria transmitir em palavras.

— Woodhouse, preste bem atenção, porque isso é importante. Eu não sei que fantasias ingênuas seu cérebro criou, mas posso garantir: Benjamin Thomas Knightley e Margo Elizabeth Woodhouse nunca, jamais vão ficar *juntos*.

Capítulo Um

Dois anos depois

Ben e Margo casaram-se em um sábado. Foi uma cerimônia íntima, apenas para um grupo seleto de convidados que coube perfeitamente nas três primeiras fileiras da igreja de Santo Inácio. Era a mesma onde Emma e Margo tinham sido batizadas, a mesma onde os pais delas haviam se casado tantos anos antes. O padre também era o mesmo. Se Emma bem se lembrava, ele já era muito velhinho na época de sua primeira comunhão, os dedos nodosos trêmulos quando lhe entregou a eucaristia. O fato de ele estar ali diante deles depois de tantos anos era um milagre divino por si só. Mesmo assim, o padre celebrou toda a missa, recitando os votos e as orações em um tom monótono e sussurrado, de modo que Emma só conseguiu entender algumas poucas palavras. Por sorte, foram as mais importantes:

— Eu vos declaro marido e mulher. Pode beijar a noiva.

Margo levantou o véu de tule e sorriu para o marido enquanto os raios do sol poente se infiltravam pelos vitrais. Ben retribuiu e se inclinou para beijar a esposa.

E foi isso. Margo Woodhouse de repente havia se tornado senhora Margo Woodhouse-Knightley.

A ficha de Emma caiu de repente, com um aperto no peito. Mas ela deu um jeito de manter as emoções sob controle. Sabia que as lágrimas sufocadas deviam ser de felicidade.

Na mesma hora, o som do órgão de tubos inundou o ambiente, vibrando nos tetos abobadados antes de reverberar por toda a igreja. O casal interrompeu o beijo com relutância. Margo agarrou a saia de seu vestido de noiva e, de mãos dadas com Ben, praticamente saltitou pelo altar.

Os convidados conversavam em tom animado, aos poucos deixando os bancos de madeira decorados com rosas brancas e laços cor de creme. Emma fez o mesmo, com o braço entrelaçado ao do pai conforme caminhavam atrás de Knightley, da senhora Pawloski e dos demais convidados que saíam da igreja para retornar à Rua 83. Era o primeiro fim de semana de setembro, mas quando o sol desapareceu atrás dos arranha-céus da Park Avenue, o frio já se insinuava no ar. O cabelo escuro de Emma estava preso em um coque alto, permitindo que um arrepio percorresse seu pescoço exposto. Ela puxou a jaqueta de seda ao redor dos ombros, grata pelo forro de pele sintética que a mantinha aquecida; o longo vestido lilás de cetim que usava era lindo, mas também incrivelmente fino.

— Mas que dia triste — lastimou-se o senhor Woodhouse, dando um apertãozinho no braço da filha.

Os dois continuaram a seguir os convidados em direção a sua própria casa, a poucos quarteirões de distância, onde aconteceria a festa.

Emma olhou para o pai. Ele tinha cabelos grossos, que haviam se tornado grisalhos com o passar dos anos, e usava óculos de armação de tartaruga, um misto de praticidade e estilo. Estava elegante como sempre em seu clássico smoking trespassado e gravata cor de vinho. Mesmo se alguém não soubesse que a família Woodhouse era uma das mais tradicionais e ricas de Nova York, bastava uma olhada no ar refinado do pai de Emma para perceber.

Emma queria dizer a ele que Margo estava casada e feliz, o que era motivo para comemorar, mas, apesar de também estar radiante pela irmã, entendia muito bem o sentimento do pai. Aquele dia simbolizava mais do que o mero início de um casamento: era o prenúncio de que Margo realmente os estava deixando de vez.

Embora os recém-casados já morassem juntos em Lexington desde o ano anterior, Margo ainda passava algumas noites na casa dos Woodhouse, em seu quarto de infância, no mesmo corredor que o de Emma. Mas isso já não aconteceria mais. Os pombinhos haviam se mudado para um apartamento a alguns quilômetros do centro da cidade. A mudança parecia definitiva, mais do que o próprio casamento. Margo não estaria mais no quarto ao lado.

A voz da consciência de Emma iria embora, e ela não fazia ideia de como a substituiria.

Sim, de fato era um dia alegre, mas também recheado de tristeza. Uma tristeza suave que parecia brotar bem lá no fundo de seu peito.

— Não se atreva a me abandonar também, Emma — murmurou o senhor Woodhouse, quase como se pudesse ler os pensamentos da filha.

— Nunca — respondeu Emma, abraçando a silhueta alta do pai. — Eu prometo.

Ele suspirou de alívio.

— Graças a Deus.

— Além do mais, eu não tenho o menor interesse em me casar.

Emma só percebeu que tinha falado alto demais ao ouvir a risada de Knightley, que seguia logo à frente.

— Qual é a graça?

Ele a encarou com um sorriso irônico, o rosto corado pelo frio. De alguma forma, isso destacou ainda mais o castanho-dourado de seus olhos.

— Você tem certeza?

— Tenho. — Emma arrebitou o queixo. — Por que eu me casaria? Ser solteira é muito divertido.

— Tudo bem, Woodhouse.

— Ora, você não é o santo padroeiro da solteirice eterna?

Knightley deu um risinho zombeteiro antes de se virar para frente.

— Por que as pessoas decidem se casar? — perguntou o senhor Woodhouse, reflexivo, para ninguém em particular.

O cortejo elegante continuou pela Madison Avenue até chegar à casa dos Woodhouse na Rua 83. Uma pequena passarela se estendia ao lado da escadaria da frente, conduzindo ao jardim dos fundos. Um por um, os convidados cruzaram os portões de ferro adornados com arranjos florais exuberantes antes de entrar no quintal, magicamente transformado para a ocasião.

Havia duas longas mesas cobertas de flores — cravos e hortênsias, rosas vermelhas e dálias amarronzadas —, além de dezenas de candeeiros com velas acesas alinhados pelo jardim. Uma pequena pista de dança tinha sido montada bem no centro, equipada com um palco para a banda e, mais adiante, perto das portas duplas que davam para a cozinha, estava o bar improvisado do bufê. Acima disso tudo pendia um dossel de luzinhas cintilantes, penduradas nos galhos das árvores que rodeavam o jardim. Era um pouco apertado, mas estava perfeito, assim como todo o resto.

Bem, quase todo o resto. Emma ainda via algumas imperfeiçõezinhas aqui e ali, provas de que ainda era o mesmo quintal onde ela e Margo haviam crescido. Dava para ver a trilha entre as árvores por onde os garotos Knightley se esgueiravam, assim como o trecho descampado no canto oposto, onde os quatro tinham desgastado a grama anos antes em uma tentativa de construir um esconderijo. E aquela roseira perto das portas duplas, que nunca mais cresceu direito depois que Ben usou alguns ramos para fazer o buquê que deu a Margo no décimo aniversário dela. A questão era que mais ninguém parecia notar esses detalhes. Estavam todos encantados com a decoração, felizes e sorridentes conforme os garçons começavam a servir os aperitivos.

— Pobre Margo — murmurou o senhor Woodhouse, seu mantra para a noite. — Você acha que Ben escolheu um daqueles bolos de casamento exagerados de nove camadas?

— Nove, não. Talvez sete — respondeu Knightley.

Emma deu um tapinha no braço do pai.

— Nem dê ouvidos. Tenho certeza de que vai ser perfeito.

Eles tinham sido uns dos últimos a chegar, e Emma esticou o pescoço para espiar a multidão que circulava por entre as mesas e a pista de dança. Quase todos que estavam na igreja haviam se reunido ali, mas Emma fechou a cara ao dar falta de alguém, decepcionada.

— Está procurando alguém? — quis saber o pai.

— O melhor amigo de Ben. Aquele de quem Margo vive falando. Montgomery Knox.

— Ele não veio?

— Acho que não — respondeu Emma, fazendo uma última vistoria no jardim. — Eu estava certa de que finalmente o conheceríamos esta noite. O voo dele atrasou, então perdeu a cerimônia, mas ele ligou para Ben e prometeu que chegaria a tempo da festa. — O olhar dela recaiu em Knightley a tempo de vê-lo revirar os olhos. — O que foi? Tem algo a dizer?

— Eu não criaria esperanças, se fosse você — respondeu ele. — Montgomery perdeu a festa de noivado, a despedida de solteiro, o jantar de ensaio…

— Comporte-se — exigiu Emma com doçura. — O voo dele atrasou.

— Claro, claro — murmurou Knightley, a dúvida palpável na voz. — Bom, se ele der as caras, estarei no bar.

E então deu meia-volta e se misturou com a multidão de convidados.

Antes que Emma pudesse lançar uma resposta atravessada, um garçom apareceu com uma bandeja de canapés.

— Aceitam uma trouxinha folhada de *saucisson à l'ail*?

O senhor Woodhouse pegou uma para inspecionar.

— Pode chamar como quiser, meu rapaz, mas isto aqui é só um enroladinho de salsicha metido a besta.

Emma abriu um sorriso apaziguador, dirigido tanto ao pai quanto ao garçom.

— Você não lembra, papai? Esse é o conceito que Ben escolheu para o menu desta noite. São versões sofisticadas das nossas comidas preferidas da infância. Uma forma de mesclar nostalgia e conforto com a sensibilidade da alta gastronomia.

O pai dela não pareceu nem um pouco impressionado e apenas largou a salsicha de volta na bandeja. Emma cochichou um pedido de desculpas para o garçom e estava prestes a pegar o aperitivo quando foi interrompida pela voz estridente da senhora Pawloski.

— Está tudo tão magnífico! — exclamou a mulher conforme abria caminho através da pequena multidão, com uma taça de champanhe pela metade em uma mão e um canapé na outra. — As flores, a música e… oh! Vocês já provaram este aqui? — perguntou, agitando um pedacinho de pão em uma chuva de migalhas.

— Oi, senhora Pawloski.

Emma forçou um sorriso enquanto a mulher enfiava o resto do quitute na boca.

— São lanchinhos de pasta de amendoim e geleia, uma fofura só! Mas Ben acabou de me contar que na verdade são brusquetas de morango com vinagre balsâmico e pasta de amêndoa ou algo assim. Seja como for, eu adorei! A-do-rei! Margo tem muita sorte de ter se casado com um chef de cozinha! Oh! E estes aqui!

A senhora Pawloski apontou para a bandeja de outro garçom que passava, suas pulseiras tilintando como se para enfatizar o que dizia.

Emma achou que a mulher teria escolhido joias mais discretas para a ocasião, e o mesmo valia para as roupas espalhafatosas que pareciam perpetuamente estagnadas em 1998, mas não foi o caso. O marido da senhora Pawloski, Burt, tinha morrido alguns anos antes e, em vez da fortuna que todos esperavam, havia deixado para a esposa apenas uma montanha de dívidas. Se Emma bem se lembrava, não via a mulher com uma peça de roupa nova desde então. Mas pelo menos o vestido de seda esvoaçante daquela noite, uma cacofonia em tons de rosa, verde e vermelho ligeiramente desbotados pelos anos de uso, era um pouco mais formal.

— Ostras! Ben contou que um amigo, também chef de cozinha, as comprou diretamente do estuário de Long Island esta manhã! Tem até caviar! Caviar!

Emma se esforçou para manter o sorriso. Claro que sabia sobre as ostras, ora! Ela tinha ajudado a planejar cada detalhezinho do casamento. Ben e Margo podiam ter escolhido o que queriam, mas tinha sido Emma quem fizera a mágica acontecer, até mesmo convencendo Ben a trocar algumas iguarias um tanto exóticas por algo mais familiar ao paladar das famílias do Upper East Side.

— Simplesmente divinas! Oh! — A senhora Pawloski arregalou os olhos quando terminou de mastigar. — E vocês ficaram sabendo? O voo de Montgomery Knox foi cancelado!

— Cancelado?

Emma estava perplexa. Como a senhora Pawloski tinha ficado sabendo antes dela? A mulher tinha um sexto sentido para fofocas.

— Cancelado, acredita? Um dos amigos de Ben contou para Veronica, que acabou de me contar. Não é uma lástima? Nem acredito que ele perdeu a cerimônia e a festa! Que tragédia!

Emma assentiu, tentando esconder sua irritação. Não apenas teria que esperar ainda mais para conhecer o esquivo Montgomery Knox, como também seria obrigada a aturar as tagarelices poéticas de Knightley sobre estar certo. De novo.

O senhor Woodhouse apenas meneou a cabeça, incapaz de fingir interesse no assunto, e perguntou:

— Onde fica o bar?

— Bem ali, Henry. Perto do bolo!

A senhora Pawloski estava toda sorridente outra vez, entrelaçando o braço com o do pai de Emma.

— Oh, espere só para ver! É magnífico! Seis camadas! Seis!

O rosto do homem ficou lívido.

— Santo Deus.

Emma sabia que poderia melhorar os ânimos do pai se lhe mostrasse a seleção de sucos orgânicos que havia encomendado especialmente para ele, mas, antes que tivesse chance de abrir a boca, os convidados irromperam em uma salva de palmas ao ver Margo e Ben se juntarem à festa.

— Oh, meus parabéns! Que casamento lindo! Tão, tão lindo! — repetiu a senhora Pawloski várias vezes quando os noivos finalmente a cumprimentaram.

— Venha, senhora Pawloski! — chamou Ben, passando o braço ao redor dos ombros dela. O paletó estava aberto, a camisa branca, desabotoada perto do pescoço, a gravata também branca, já frouxa. — Vamos deixar todo mundo bêbado!

— Sim, sim! Mais champanhe, por favor! — exclamou ela, emocionada com a atenção do astro da noite, que apanhou uma taça de um garçom que passava e a entornou com um gole dramático.

O restante dos convidados se juntou à farra, buscando as próprias bebidas nas bandejas dos garçons. Depois de um longo suspiro, Emma também agarrou uma taça, observando os arredores. A decoração estava mesmo de tirar o fôlego. Ela bebericou o champanhe, parabenizando-se em pensamento. *Mandou bem, Emma.*

Estava na hora de colher os louros.

Depois de pendurar a jaqueta em sua cadeira, ela foi até o bar, de onde Knightley observava Ben e Margo na pista de dança.

Ele a encarou com uma expressão ressabiada.

— Por que você está com essa cara convencida, hein?

Emma apontou para o casal com um aceno da cabeça.

— Eu falei que eles iam ficar juntos.

Um sorrisinho malicioso despontou nos lábios de Knightley, seu olhar fixo na pista de dança outra vez.

— É sério que você quer levar crédito por isso?

Emma apenas sorriu com doçura. Margo e Ben obviamente sentiam atração um pelo outro havia anos, claro, mas será que Ben a teria convidado para a nova exposição de Jasper Johns no MoMA algumas semanas depois daquele fatídico Natal se Emma não tivesse mencionado, de forma totalmente deliberada, que Margo queria ir? E será que sua irmã o teria convidado para o jogo de estreia do Mets se Emma não tivesse deixado escapar, durante um jantar de domingo, que a firma em que a irmã trabalhava tinha camarotes no Citi Field?

Claro que não. Tudo acontecera conforme o planejado. Emma claramente levava jeito para a coisa.

Passou-se um longo momento antes que Knightley voltasse a olhar para ela.

— Que foi?

— Não vai falar nada, não? — perguntou Emma, piscando os olhinhos para ele.

Knightley limitou-se a bebericar o uísque.

Ela suspirou como se ele estivesse testando sua paciência.

— Eu estava certa. Será que é *tão* difícil assim admitir?

— Acho bom você dar uma maneirada no champanhe, Woodhouse.

Knightley apontou para a taça pela metade.

— Pare de mudar de assunto. Aliás, eu já sou uma adulta, uma mulher feita. Pode parar com essa história de bancar o irmão mais velho.

Quando ele a encarou, Emma sustentou o olhar, esforçando-se para parecer calma e centrada. Depois de um momento de silêncio, porém, começou a ficar desconfortável sob tamanho escrutínio. Knightley percebeu, e sua expressão séria adquiriu um ar brincalhão.

— Você quer ser tratada como adulta?

Emma revirou os olhos.

— Claro.

Ele chegou mais perto, parando a centímetros de seu ouvido antes de cochichar:

— Então aja como uma.

E então endireitou os ombros e ofereceu-lhe outro sorrisinho irônico antes de dar as costas e ir embora.

— Droga — sussurrou Emma.

Um a zero para Knightley.

Mas não fazia diferença. A noite era uma criança, afinal. Nem mesmo as provocações constantes dele seriam capazes de estragar a festa, porque todos estavam ali para celebrar Ben e Margo. E tudo seria perfeito.

Com isso em mente, Emma entornou o restinho do champanhe e começou a socializar com os convidados.

Foi fácil, já que era uma festa intimista. Só havia cerca de trinta pessoas ali, a pedido de Margo, e Emma conhecia quase todo mundo. Avistou alguns amigos do pai, que àquela altura eram praticamente da família. E também os amigos de Margo da época da escola, quando Emma era uma adolescente esquisita que os rodeava na esperança de ficar descolada por osmose. Sempre tinham sido legais com ela, mas ainda eram amigos de Margo. E como Ben sempre estivera por perto, acabaram se tornando amigos dele também. Esta era a vantagem de se casar com seu melhor amigo da infância: todos os amigos já se conheciam entre eles.

Os únicos convidados que Emma não conhecia direito eram os colegas de trabalho de Ben. Formavam um grupo eclético. Alguns eram chefs renomados que até o pai dela seria capaz de reconhecer, outros eram gênios da gastronomia ainda não descobertos que cultivavam vegetais raros no porão e os vendiam por uma fortuna. Emma conhecia alguns de passagem e sabia que poderiam perder horas debatendo os prós e contras de diferentes tipos de sal, ou qual era a melhor churrascaria da cidade, ou como a vida só começava a fazer sentido depois de participar de uma caça às trufas. Mas ela mal conseguia distinguir a cara de cada um deles, que dirá os nomes.

Montgomery Knox também fazia parte dessa turma, e por algum motivo era sempre o centro das atenções. Todos pareciam obcecados pelo enigmático investidor de restaurantes, por mais que ele nunca desse as caras.

— Emma!

Margo emergiu da multidão e a puxou para um abraço.

— Eu *casei*! — exclamou ela, afastando-se um pouco, mas sem tirar as mãos dos ombros da irmã. — Cacete, eu *casei*!

— Parabéns! — respondeu Emma, sorrindo.

Margo já estava quase bêbada com apenas meia hora de festa, mas continuava deslumbrante. As madeixas escuras estavam penteadas para trás, adornadas pela mesma presilha prateada que a mãe delas usara no próprio casamento, o corpete de renda de seu vestido Vera Wang perfeitamente ajustado em sua silhueta franzina.

Ela suspirou alto, a cabeça apoiada no ombro de Emma enquanto olhava para a extremidade do jardim, onde Ben conversava com o irmão.

— Vai dizer que ele não é um baita gostoso? É tão alto, me dá até vontade de escalar naquele...

Emma fez careta.

— Eca, Mar.

— Não, é sério, Em. *Olhe* para ele.

Com relutância, Emma deixou seu olhar vagar na direção dos irmãos. Ambos eram objetivamente bonitos. Ben era alto, mas isso não era novidade. Knightley também era. Mas as semelhanças paravam por aí. Ben era esguio, mas nos últimos anos as costas e os ombros de Knightley tinham ficado mais largos. E enquanto o cabelo de Ben era cortado bem rente, o do irmão continuava mais comprido no topo, de modo que sempre precisava afastá-lo do rosto. Mas as diferenças não se limitavam ao físico; estendiam-se também ao modo de agir. Ben sempre tivera consciência da própria beleza e, pelo jeito, gostava do esforço necessário para mantê-la; seu sorriso era ensaiado, suas roupas eram todas de grife. Tudo a respeito dele era cuidadosamente deliberado. Knightley também estava sempre perfeitamente impecável, mas, ao contrário do irmão, parecia algo inconsciente. Ele caminhava com uma confiança tranquila, um sorriso malicioso sempre presente nos lábios, um olhar intenso que fazia as mulheres se sentirem únicas e especiais.

Pelo menos era assim que Emma o via. Objetivamente, claro.

— Tão, tão gostoso... — murmurou Margo.

Emma caiu em si. Certo. O foco era Ben.

— Sim, ele é um homem muito bonito.

— Eu vou ter tantos filhos com ele.

Emma achou graça.

— Tudo bem. Mas por que você não vai cumprimentar os Crawford primeiro?

A irmã encolheu os ombros.

— Tá, que seja.

Outra taça de champanhe foi parar nas mãos de Emma enquanto ela observava Margo se afastar. Um pouco depois, alguém anunciou que o jantar estava servido.

— Pobre Margo — lamentou-se o senhor Woodhouse com seus botões ao se aproximar da mesa. — O novo prédio dela nem tem porteiro.

— Ela vai ficar bem, pai. Só vai se mudar para West Village. A Rua Perry nem fica tão longe do...

— Não se atreva a dizer "centro" — retrucou ele, interrompendo-a.

— Ela vai nos visitar com frequência.

— A cozinha deles não tem paredes, Emma. Não tem paredes! É simplesmente um… espaço aberto.

Emma sorriu.

— Por que você não pega algo para beber, papai? Estamos em uma festa, esqueceu?

O homem assentiu e se acomodou à mesa, que Emma contornou para tomar o lugar que ela mesma escolhera na disposição dos convidados. Mas em vez de Montgomery Knox, era Knightley quem estava na cadeira ao lado.

— Você parece decepcionada — comentou ele.

Estava com o paletó desabotoado, o braço esticado sobre o encosto do assento de Emma, a camisa branca apertada sobre o peitoral como se os botões estivessem a um triz de revelar o que havia por baixo.

Emma desabou na cadeira com um suspiro.

— Só imaginei que, depois de trinta anos, você já teria aprendido a ler seu nome no mapa de assentos.

Knightley riu baixinho.

— Minha nossa, acho que já estou bêbada — anunciou Margo enquanto puxava a cadeira diante deles. — Está muito cedo para ficar bêbada?

Emma respondeu que sim ao mesmo tempo que Knightley dizia que não.

Margo não deu ouvidos a nenhum dos dois, apenas arregalou os olhos com avidez para a taça de champanhe que a aguardava na mesa.

— Esperem só até vocês provarem as vieiras com *succotash* — disse Ben, juntando-se a eles. — Vão amar! Um sabor fresco, simples. Até pensei em colocar no cardápio do restaurante. É difícil achar o milho certo por aqui, mas posso dar uma mudadinha na receita.

— Então os planos do novo restaurante continuam de pé? — perguntou Emma, espiando o cartão com o nome de Montgomery na mesa.

— Claro! Encontrei o lugar perfeito lá no Lower East Side. Tem arquitetura rústica, com pé-direito alto e vigas expostas. É fantástico. Minha ideia é fazer uma versão moderna das lanchonetes americanas clássicas, em estilo de taverna, com carne assada na hora e caldos de comerciantes locais… Comida direto da fazenda, sabe? Mas Knox teve a ideia de transformar em um restaurante requintado de taco e sushi.

Emma pareceu surpresa.

— Nossa, são conceitos bem... diferentes entre si.

Ben a dispensou com um aceno de mão.

— É, a gente vai dar um jeito. A questão é o apelo, entende? Eu sou o especialista na cozinha, mas Knox é quem entende da parte comercial. Ele conhece todos os investidores e sabe como vender o peixe. E eu já escolhi toda a equipe de cozinheiros. Agora é questão de tempo e de arranjar o lugar certo.

Ele continuou a detalhar o plano enquanto os últimos convidados tomavam seus lugares para jantar. O jardim se encheu com o burburinho das conversas. Emma ignorou o prato diante de si, ocupada em tirar da bolsa as fichas onde anotara seu discurso. Discretamente, acomodou-as no próprio colo e começou a ler.

Knightley a observou por um instante antes de se aproximar.

— Está nervosa?

— Não — negou Emma, colocando as fichas viradas para baixo na mesa. — E você?

— Por que eu estaria?

— Porque você vai fazer o discurso de padrinho.

— Ah, verdade — respondeu Knightley, como se tivesse acabado de se lembrar.

— Ora, faça-me o favor. Até parece que você não passou meses preparando o discurso perfeito de irmão mais velho. Cadê?

Ele apontou para a própria testa e Emma ficou boquiaberta.

— Ah, você só pode estar de sacanagem.

Knightley deu de ombros.

— Eu não acredito que você vai improvisar na hora — insistiu ela.

— Mas não vou. Eu escrevi esta manhã.

Emma revirou os olhos.

— Claro, claro. Bom, o meu está excelente. Você vai dançar, Knightley.

— Não é uma competição, Woodhouse. — Ele tomou um gole de uísque. — Mas já que você insiste, vamos ver o que tem aí. Talvez eu possa dar uma mãozinha.

E então ele agarrou uma das fichas.

— De jeito nenhum! — sibilou Emma, tentando pegá-la de volta enquanto Knightley começava a ler, segurando-a fora de seu alcance. — Você vai roubar todas as coisas meigas que eu escrevi! Além do mais, ninguém vai acreditar se você discursar sobre amor verdadeiro e o apelo do casamento.

— Mas você pode?

— Talvez.

Knightley abriu um sorrisinho, devolvendo-lhe a ficha.

— A vida real é diferente dos filmes.

— Eu sei, tá? — retrucou Emma, agarrando o papel antes que ele o tirasse de seu alcance.

Mas fez uma nota mental para riscar a citação de *Harry e Sally* de seu discurso.

— Então você está aproveitando a vida de solteira, é? — perguntou Knightley um tempinho depois.

— Qual o problema?

— Eu não sabia que ensinavam isso lá na sua faculdade.

Emma suspirou para disfarçar a irritação.

— Olha quem fala! Por acaso seu único relacionamento duradouro não foi com sua lavanderia?

— Bom, Gladys é muito cuidadosa.

Emma abafou uma risada.

— Arrã, posso apostar.

Knightley sorriu.

— Sério, como vão as coisas? Suas aulas começam quando?

— Na terça.

— E você se forma na primavera, certo? E aí, quais são os planos depois de concluir o mestrado em história da arte?

— Eu já contei, mas pelo jeito sua memória não anda lá essas coisas... O que é esperado, imagino, considerando sua idade — alfinetou Emma com um sorriso carregado de doçura. — Vou me candidatar a um estágio no Met.

Knightley a estudou com atenção antes de responder:

— Ah.

— Que foi?

— Tenho certeza de que você vai conseguir.

Emma o encarou, surpresa pela pontada de orgulho que sentiu.

— Obrigada.

— Afinal, a filha do senhor Henry Woodhouse, patrono de longa data do Museu Metropolitano de Arte, sem dúvida tem os contatos certos para arrebatar uma vaga cobiçada por lá — continuou Knightley. — Eu nem me preocuparia, se fosse você.

— Ei, meu pai não vai me ajudar no processo. Caso você não saiba, minhas notas são altíssimas e eu pretendo me formar com todas as honras em maio — rebateu Emma, o orgulho rapidamente abafado pela necessidade de se defender. Ela se levantou, pronta para dizer umas verdades, sem se importar com quem pudesse ouvir. — Aliás, fique sabendo que eu nem preciso de...

— Woodhouse, está na sua vez — interrompeu Knightley, apontando para o palco.

Quando Emma se virou, o vocalista da banda acenava para ela com o microfone na mão.

— E agora... a dama de honra gostaria de dizer algumas palavras.

Ela se voltou para Knightley, estreitando os olhos para ele.

Droga. Teria que fazer o discurso naquele estado de ânimo.

Knightley tomou um gole de uísque e sorriu como se esse tivesse sido o plano desde o início.

Ah, isso não ia ficar barato.

— Passa isso para cá.

Emma tirou o copo pesado da mão dele e tomou um gole antes de devolvê-lo com um baque surdo à mesa. Tentou não fazer careta quando o líquido turfoso desceu queimando pela garganta, depois deu meia-volta e seguiu em direção ao microfone no meio da pista de dança, já vazia a essa altura.

Respirou fundo para acalmar os ânimos, ajeitou uma mecha de cabelo atrás da orelha e se forçou a colocar um sorriso no rosto.

— Boa noite, pessoal. Sou Emma Woodhouse, dama de honra e irmã desta linda noiva — começou a discursar, correndo os olhos pelos convidados. — Eu gostaria de dizer algumas palavras sobre os noivos.

O olhar dela encontrou o de Margo, as lágrimas já ameaçando vir à tona, e o sorriso ficou ainda maior.

— Não há nada melhor do que ver dois de seus melhores amigos encontrando o amor e decidindo passar o resto da vida juntos... especialmente quando um deles é sua irmã mais velha.

Uma onda de risinhos irrompeu no jardim, e Emma sorriu.

— Seria de se esperar que, quando crianças, fôssemos apenas minha irmã e eu, mas a verdade é que nunca foi assim. As garotas Woodhouse e os rapazes Knightley estavam sempre juntos, e eu não conseguiria imaginar de outra forma.

De canto de olho, Emma percebeu que Knightley a encarava. Em um esforço de ignorá-lo, ela voltou sua atenção para os convidados ali reunidos.

— Muito de vocês sabem, mas nossa mãe faleceu quando ainda éramos muito pequenas, então minha irmã sempre cuidou de nós... principalmente de mim. Margo nunca poderia substituir nossa mãe, mas fez tudo que estava a seu alcance. Desde garantir que eu tivesse feito a lição de casa e praticado piano a me ajudar a fazer a matrícula na faculdade. E acabei de perceber que, por mais que eu sempre tenha buscado amor, apoio e amizade em Margo, foi a Ben que ela se virou em busca de amor, apoio, amizade e... aquela identidade falsa no ensino médio.

Emma fez uma pausa quando uma nova onda de risadas percorreu o jardim.

— Hoje, quero desejar aos dois toda a felicidade do mundo ao embarcarem juntos nessa nova aventura. Eles merecem!

Ela riu ao ver as lágrimas no rosto da irmã, depois tratou de engolir a própria emoção que se acumulava na garganta.

— Eu pretendia citar uma frase de um dos nossos filmes preferidos, mas não sei se ela seria capaz de transmitir tudo o que eu gostaria de dizer. Em vez disso, vou usar uma frase que minha própria irmã usou para se referir a Ben: "Não é maluco que o amor da minha vida seja o mesmo cara que jogou minha Barbie na privada quando eu tinha cinco anos?".

Os convidados riram outra vez. Emma ergueu a taça de champanhe.

— Obrigada por sempre estar ao lado dela, Ben. No passado, no presente e no futuro. Eu sempre quis um irmão, e agora tenho você. Um brinde a Ben e Margo. Eu amo muito vocês dois.

Suspiros e vivas ecoaram em meio ao tilintar de taças. Quando Emma voltou para a mesa, o pai estava radiante e Margo fazia de tudo para não borrar a maquiagem.

Ela se acomodou ao lado de Knightley e lançou-lhe um sorrisinho convencido.

— Quero ver você superar isso, velhote.

Ele ficou de pé, com o copo de uísque na mão, e se inclinou apenas o suficiente para sussurrar:

— Prometo que vou tentar, mocinha.

E então avançou com passos lentos e confiantes em direção ao microfone, passando a mão pelos cabelos grossos e escuros enquanto os convidados aguardavam o início do discurso.

— Olá, pessoal. Vai ser um discurso curto e doce. Este casamento está bonito demais para voltarmos nossa atenção para qualquer outra coisa que não seja os noivos.

Emma se recostou na cadeira, pronta para ouvir. *Essa vai ser boa.*

— Há quem diga que encontrar sua alma gêmea é uma questão de sorte. Outros acreditam que é obra do destino. Mas alguns podem sugerir que você dê uma olhadinha no próprio quintal.

Os convidados irromperam em gargalhadas e Knightley sorriu.

— Posso não entender muito sobre almas gêmeas, mas disto eu sei: quando você encontra essa pessoa, sua igual em todas as coisas, deve celebrar ao lado de sua família e amigos mais chegados, assim como estamos fazendo esta noite.

Emma fechou a cara. Droga, tinha sido uma frase de efeito.

— Ben e Margo não tiveram que ir muito longe para achar um ao outro. Talvez estivessem destinados a se encontrar desde sempre. Mas não sei se o destino pode levar o crédito por todas as vezes que Margo impediu Ben de fazer alguma idiotice.

Emma chegou a levar um susto quando os convidados começaram a rir, alguns soltando gargalhadas estridentes de pura alegria.

Knightley virou-se para o irmão.

— Devo contar a eles sobre aquela vez que você ateou fogo no tapete da sala e Margo foi a única esperta o bastante para buscar o extintor? — Os convidados aplaudiram. — Ou que tal aquela história da corrida de táxi com o pombo e como, graças a Margo, as autoridades não foram acionadas? Ou, quem sabe, sobre aquela festa do ensino médio em que Margo pôs em prática o talento para a advocacia e convenceu os policiais de que não tinha ninguém em casa, apesar das reclamações dos vizinhos?

— Acho melhor você não contar nenhuma! — gritou Ben, sorrindo.

Knightley riu.

— Ben, esta noite você sairá daqui casado com uma mulher carinhosa e amável que, por algum motivo, tolera você. — Mais algumas risadinhas dos convidados. — E Margo, hoje você sairá daqui com... um lindo vestido e um belo buquê.

Outra onda de risadas, seguida por algumas vaias. O olhar de Knightley encontrou o de Emma em meio à multidão.

— Sabem, eu ia citar Shakespeare, mas acho... e tenho certeza de que uma das minhas amigas mais queridas, que também está aqui esta noite, deve concordar... que parece mais apropriado citar o clássico romance nova-iorquino, *Harry e Sally*: "Quando você se dá conta de que quer passar o resto da sua vida com alguém, você quer que o resto da sua vida comece o quanto antes".

Os convidados suspiraram, mas Emma ficou boquiaberta. Essa fala era *dela*.

— Ben e Margo, já faz uns anos que tenho o privilégio de ver o amor de vocês crescer, de testemunhar a forma como se apoiam e se desafiam, de admirar o jeito como se alegram mais com o sucesso do outro do que com seu próprio. Vocês têm ideia de como isso é raro?

A última frase foi um mero sussurro, quase como se Knightley falasse mais para si mesmo do que para os outros.

Emma ficou encucada. *Ora, quanto romantismo! O que fizeram com George Knightley?*

Quando ele ergueu a taça, Emma se juntou ao coro de convidados, que pareciam fascinados pelo discursante.

— Um brinde aos noivos. Acho que falo em nome de todos ao dizer que é uma honra estar aqui para vê-los embarcar no que certamente será uma linda e intensa jornada. Você é um homem de muita sorte, meu irmão. E, Margo, eu não precisava deste belo casamento para considerá-la uma irmã, mas estou feliz que agora seja para valer.

O jardim explodiu em vivas e aplausos. Knightley deixou o microfone e retornou à mesa, sorrindo ao ver a expressão atordoada de Emma.

— E aí? — perguntou ele enquanto se sentava.

Ela o encarou de olhos semicerrados.

— Seu plagiador.

A cabeça dele pendeu para trás com a risada, e Emma não conseguiu evitar sorrir. Era impossível ficar brava depois daquele discurso.

A banda arrumou os instrumentos e começou a tocar os primeiros acordes de "Don't Dream It's Over", do Crowded House, enquanto os convidados se dirigiam para a pista de dança.

— Mas é sério... nunca ouvi você falar daquele jeito — comentou Emma um pouco depois.

A princípio, Knightley não respondeu. Apenas a observou, com a cabeça inclinada para o lado, como se esperasse o resto do comentário. Emma estava tão acostumada a pegar no pé dele que nem sabia como fazer os devidos elogios, então recorreu ao humor.

— Onde é que você estava escondendo esse seu lado doce?

— Quem disse que eu estava escondendo?

— Bom, foi a primeira vez que eu vi.

— Talvez porque nunca tenha prestado atenção.

— Ah, faça-me o favor. Acho que eu teria percebido em algum momento desses vinte e três anos.

Knightley a encarou com um ar brincalhão. Ou seria arrogante? Emma não tinha certeza, mas de repente se sentiu vulnerável sob aquele escrutínio.

— Eu só quis dizer que nunca tinha visto como...

Ela começou a se defender, mas foi interrompida por um abraço de Margo, que acabara de se juntar à mesa.

— Olhe só para você! E você! — exclamou a noiva com a fala arrastada, puxando Knightley para o abraço das duas. — Minha irmã e meu... ah! Meu irmão! Eu estou... tão, tão... eu amo tanto vocês e... — A voz foi sumindo aos poucos enquanto seus olhos se enchiam de lágrimas. — A gente deveria ir dançar.

A música lenta terminou, dando lugar às notas animadas de "Take On Me", do A-ha.

— Knightley é descolado demais para dançar, esqueceu? — comentou Emma, olhando para ele com presunção.

— Ah, verdade. Ok, pode ser só você, então! — respondeu Margo, agarrando a mão da irmã. — Oh, céus, eu queria que Montgomery estivesse aqui. Aí você poderia dançar com ele. E depois se casar e ter filhos com ele e ir morar no apartamento ao lado do meu e de Ben e...

Ela não parou de falar enquanto puxava Emma para a pista de dança, sem se darem conta de que Knightley as observava desparecer em meio à multidão.

Capítulo Dois

Bem, a banda tinha sido um erro. Knightley, claro, já sabia que seria um fiasco desde que Emma lhe contara, semanas antes, que eles pretendiam contratar uma banda cover dos anos 1980 em vez de um DJ. Mas ele manteve a boca fechada. Sabia escolher suas batalhas muito bem.

Não que a banda fosse ruim. Na verdade, era o contrário. A pista ficou lotada a noite toda, com Emma e Margo no meio da multidão, dançando, cantando e bebendo quase tanto champanhe quanto a senhora Pawloski, o que não era pouca coisa.

Knightley tomou um gole de uísque. Ainda estava à mesa de jantar, de onde assistira ao caos pelas últimas horas. Já era meia-noite e a multidão enfim havia se dispersado. O senhor Woodhouse fora o primeiro a sair, oferecendo-se para acompanhar a senhora Pawloski, àquela altura embriagada, até a casa dela, três portas abaixo, antes de desaparecer dentro da própria casa. Até mesmo Margo havia abandonado a pista de dança, optando por assistir ao frenesi no colo do marido. A única pessoa que continuava de pé era Emma.

Foi aí, quando a banda tocou os últimos acordes do encerramento, que o erro daquela escolha ficou claro. Afinal, DJs não precisavam de múltiplos microfones, nem de holofotes. Duas coisas que estavam bem na mira de Emma naquele momento. Ela cambaleou em direção ao palquinho improvisado e agarrou o microfone quando o vocalista estava prestes a desligá-lo.

— Vixe… desculpa — balbuciou ela, ignorando a expressão confusa do homem enquanto se virava e apontava para a irmã. — Essa aqui, essa aqui… é para você, Mar.

Oh, céus.

— Você sempre cuidou de mim… então agora eu vou… agora eu vou cantar nossa música para você! — exclamou Emma, cambaleando sobre os pés descalços.

Onde tinham ido parar os sapatos dela?

Ao lado de Knightley, Ben soltou um grunhido e Margo deu um gritinho estridente antes de se desmanchar em lágrimas, abraçando o marido como se o champanhe tivesse transformado aquele momento em algo lindo.

— Prontos? — perguntou Emma para a banda às suas costas.

O guitarrista a encarou sem entender. Os instrumentos já estavam todos guardados.

— Quê?

Emma assentiu como se essa fosse sua deixa e começou a cantarolar as primeiras frases de "Don't Stop Believin'", do Journey.

— *Just a small-town girl! Tãnãnãnãnãnããã… lálálá ohhhh!*

Knightley tentou sufocar o sorriso. Depois de vinte e três anos de tentativas incessantes de cantar em público, Emma continuava péssima. Ainda assim, Margo aplaudia, aos prantos.

— *Just a city boy! Born and raised in… New York City!* — esgoelou-se Emma, com o dedo apontado na direção de Knightley.

Quando ele se virou para encará-la, percebeu que não conseguia desviar o olhar. O penteado de Emma estava todo desmanchado, com algumas mechas presas enquanto o restante caía sobre os olhos verdes borrados de maquiagem. O corpete justo do vestido também parecia fora do lugar e, sem os saltos, que pelo jeito tinham sido abandonados em algum canto da festa, a barra arrastava no chão. Ela estava um caos, mas, para os padrões de Emma Woodhouse, até o caos era lindo para caralho.

O pensamento se alojou com estranheza na mente de Knightley e ali ficou, recusando-se a ir embora.

Ele pousou o copo de uísque na mesa e o empurrou para longe. Já tinha bebido além da conta.

Depois de mais algumas notas agoniantes, Knightley ficou de pé e cruzou a pista de dança até chegar ao palco. Os lábios dele se curvaram em um leve sorriso à medida que Emma continuava a cantar para ele, atrapalhando-se com a letra da música.

— *Lálálálá… cheap perfume!*

— Moça — chamou o vocalista atrás dela, arrancando o cabo do microfone de súbito. — Acho que temos que parar por aqui. Mas isso foi... ótimo.

— Uhuuuuuuu! — exclamou Margo.

Ela tentou ficar de pé, mas logo caiu de volta no colo de Ben.

— Hora de ir — disse Knightley a Emma, estendendo a mão para ajudá-la a descer do palco.

Ela olhou feio para ele, depois se virou para o cantor como se esperasse algum tipo de ajuda, mas o pobre rapaz parecia apenas confuso e esgotado.

Depois de se fazer de desentendida, Emma levantou o queixo em desafio e começou a descer os degraus sozinha, tropeçando na barra do vestido.

Knightley esticou a mão para firmá-la, segurando-lhe o braço enquanto ela tentava se desvencilhar.

— Ei, eu tô ótima — protestou Emma, tentando se endireitar.

— Dá para ver.

Quando chegou ao último degrau, virou-se para Knightley. Seus olhos verdes examinaram o rosto dele com atenção, como se procurassem algum defeito escondido em sua mandíbula, boca e bochechas. Ele não desviou o olhar. E não soltou o braço dela.

Um longo momento se passou antes que Emma soltasse um suspiro, como se a busca não tivesse rendido frutos.

— Estraga-prazeres... — murmurou, cutucando o peito dele com o dedo.

E então desatou a rir.

— Está se divertindo?

— Quem sabe?

Knightley tentou sufocar seu sorriso outra vez, mas falhou miseravelmente.

— Eu acho que está na hora de ir embora, Woodhouse.

— Ah, você *acha*, é?

— Acho, sim.

— Você não manda em mim — resmungou Emma, quase perdendo o equilíbrio outra vez.

Ele agarrou o braço dela com mais força.

— Tem certeza?

Emma fez careta.

— Por acaso te excita ficar dizendo o que devo ou não devo fazer?

Knightley ficou surpreso.

— Como é que é?

— Por. Acaso. Te. Excita...?

— Não precisa repetir.

— Você se acha tãããããão...

— Olhe lá o que vai dizer.

— ... perfeito. — Ela sussurrou a palavra como se não conseguisse pensar em nada melhor. Droga, estava mesmo bêbada. — Por que você não consegue admitir que eu sei o que estou fazendo?

— Claro, claro, você está no controle da situação — respondeu Knightley em tom irônico.

— Obrigada — agradeceu Emma, sem perceber o sarcasmo.

Knightley riu baixinho.

— Hora de ir para a cama.

Ela se deteve, apoiando-se nele como se estivesse perdida em pensamentos.

— Ir para a cama parece ótimo.

— Você vai conseguir chegar lá?

Emma fechou os olhos, a cabeça deitada no ombro dele.

— Não sei.

Knightley suspirou alto.

— Vem cá.

Com um movimento rápido, ele a pegou e a jogou sobre o ombro.

— Knightley! — choramingou Emma. — Eu não me despedi das pessoas!

Então ela ergueu a cabeça e acenou para ninguém em particular enquanto era conduzida pela pista de dança em direção às portas duplas que levavam à cozinha.

O cômodo estava escuro e silencioso quando Knightley a pôs no chão com delicadeza, embora ainda estivesse praticamente a carregando enquanto a guiava em direção às escadas.

A casa não tinha mudado quase nada desde que ele era criança. Os cômodos amplos eram emoldurados por imponentes paredes brancas e sancas intrincadas, decorados com uma mistura eclética de sofás compridos e poltronas fundas que tornavam o ambiente confortável e convidativo. Era uma profusão de tons de branco e bege, de modo que tudo parecia iluminado, mesmo àquela altura da noite, conforme Knightley navegava habilmente pelos móveis em meio ao breu.

Durante a infância, passara mais tempo ali do que na própria casa. Mas não tinha como ser diferente. A casa dos Woodhouse era repleta de amor, bondade e carinho, o oposto da residência dos Knightley.

Os dois atravessaram o hall de entrada e passaram pela sala de jantar antes de alcançarem a escada dos fundos. Ele tomou cuidado para não fazer barulho conforme cruzava o piso de mármore branco, mesmo sabendo que o senhor Woodhouse não ouviria nada do seu quarto no terceiro andar. O de Emma ficava no segundo, perto do antigo quarto de Margo, que dava para a rua. As janelas de Emma, porém, tinham vista para o jardim dos fundos, algo que Knightley sabia bem, já que ficava de frente para o dele.

— Acho que agora você consegue se virar sozinha — disse para ela quando chegaram às escadas.

Ele tirou o braço da cintura de Emma, que continuou apoiada em seu corpo.

— Você não me engana, sabia? — balbuciou ela, com o rosto enterrado na camisa dele. — Eu sei a verdade.

— E que verdade é essa?

Emma se afastou e ergueu o rosto para encará-lo, embora estivesse de olhos fechados.

— Que você não é tão bem-resolvido assim.

— Ah, é? — perguntou Knightley, com a sobrancelha levantada.

Ela assentiu e abriu um pouquinho os olhos. O rosto de Emma estava banhado pelo luar aquoso que se infiltrava pelas janelas, revelando a maquiagem borrada e o rosa desbotado de seus lábios.

— É, sim.

Ele sorriu.

— E como você sabe disso?

— Porque você me vê, mas não se esqueça… — Ela chegou mais perto, as sobrancelhas franzidas como se estivesse prestes a compartilhar um segredo. — Eu também vejo você.

Knightley a encarou.

— Ok.

— Ok — repetiu Emma com um suspiro, a cabeça pendendo para o lado, a tristeza tomando seu semblante. — Então pare de arranjar desculpas para ir embora.

Hum. Knightley geralmente sabia o que esperar de Emma, mas com certeza não era isso. E estava cada vez mais frequente, o que aumentava seu desconforto. Os últimos anos haviam se passado em um borrão. A pequena empresa de capital de risco que ele fundara anos antes tinha se tornado uma das mais bem-sucedidas do país. E embora o feito o enchesse de orgulho, a vida dele passara a girar em torno da Knightley Capital. Trabalhava oitenta horas por semana, fazia ponte área enquanto montava a filial em Los Angeles, e com isso mal tinha tempo para pensar, muito menos para perceber como a menina que o acompanhara durante toda a infância tinha desaparecido e deixado uma mulher em seu lugar.

Mas ele não deixou isso transparecer em seu olhar. Era bom em esconder os próprios sentimentos. Em vez disso, apenas deu um pigarro e respondeu:

— Boa noite, Woodhouse.

Emma sorriu e começou a subir as escadas.

Knightley se deteve por um momento, só para ter certeza de que ela não iria tropeçar, depois deu as costas e refez o caminho por onde tinham vindo, saindo pela cozinha.

Os funcionários do bufê estavam limpando as mesas quando ele emergiu no jardim. Margo e Ben continuavam ali, em uma dança lenta embalada pela música que tocava do celular de um dos dois. Nem perceberam quando Knightley passou por eles e se dirigiu para a fileira de árvores que separava o quintal das casas.

A trilha estava iluminada por pisca-piscas, mas Knightley não precisava deles para se situar. Deu mais alguns passos e avistou a própria casa, uma muralha de janelas e aço que escondia bem a fachada original de tijolinhos. E essa tinha sido a ideia, não? Três anos de uma reforma dedicada a apagar o passado.

As portas de vidro davam para a sala de estar, que desembocava na cozinha. Antes Knightley odiava a atmosfera da casa do pai, que era mantida como um museu: escura, fria e abarrotada de antiguidades que só estavam ali para exibir a riqueza da família. Mas, depois da morte do velho, Knightley botara tudo abaixo. Todos os móveis foram descartados, todos os pisos e cantos remodelados para criar uma estética mais moderna e descontraída. Ao final da reforma, já não restava nenhum vestígio de seu lar de infância. Knightley preferia assim.

Ele deixou um rastro de roupas pelo chão e pelos degraus enquanto subia as escadas para chegar ao quarto. Quando se sentou na beira da cama, estava apenas de cueca boxer. Céus, como estava exausto. Feliz e um pouco bêbado, sim; mas acima de tudo cansado.

O olhar dele recaiu nas janelas com vista para o quintal, de onde podia ver o quarto de Emma através da fileira de árvores. Anos antes, ela costumava aparecer na janela e acenar-lhe boa-noite, sorrindo com o aparelho nos dentes à mostra. Para Emma, o ritual noturno parecera uma novidade, mas Knightley nunca dera muito valor.

Naquele momento, porém, enquanto contemplava a janela escura e a calmaria que se estendia além, parecia que faltava algo intrínseco à cena.

Algo que deixava o quarto dele um pouco vazio.

Santo Deus. Ele passou a mão pelo cabelo, depois pelo rosto, e tentou afastar aquele pensamento.

— Exagerei no uísque — murmurou para si mesmo, e então deitou-se para dormir.

Capítulo Três

Como era de se esperar, Emma ficou com uma ressaca monumental. Por sorte, ela já tinha antecipado isso. Quando acordou no domingo de manhã, ofuscada pelos raios de sol que invadiam seu quarto, tateou a mesinha de cabeceira em busca dos itens que havia separado de antemão: óculos escuros Tom Ford, uma garrafa de água e dois analgésicos. Ao descer as escadas até a cozinha, Fran a aguardava com uma refeição contrabandeada: uma xícara de café e um croissant de chocolate, exatamente como tinham combinado. Emma levou tudo na surdina para a sala de tevê, depois fechou a porta e se aconchegou no sofá para uma maratona de *Love Island*. Funcionou. Quando enfim saiu de lá, horas mais tarde, sentia-se renovada.

Ou quase isso. Será que queria mesmo pensar em como partes inteiras da festa tinham sumido de sua memória? Não. Ou em como Knightley a tinha levado até a cama? Definitivamente não.

Por isso, quando a semana começou, Emma se concentrou nos preparativos para seu último semestre do mestrado, ignorando a preocupação incômoda sobre o que havia dito ou feito. Até que chegou a quinta-feira, quando tinha combinado de se encontrar com Knightley para um café antes de ir para o campus da universidade.

Emma o observou do outro lado da mesa, perguntando-se quanta munição ele havia conseguido depois daquela noite. Se ela tinha feito papel de tola, Knightley não deixou transparecer. Na verdade, ele mal tocou no assunto da festa. Estava com o olhar vidrado no celular, com uma expressão entediada no rosto enquanto esperava o café.

Os dois estavam na mesa de sempre do Vicarage Coffee, uma cafeteria singela na Madison Avenue, na esquina da casa deles. Era o tipo de lugar que estava sempre escuro a qualquer hora do dia e tinha quatro mesas em um espaço que na verdade só poderia abrigar três. Mas era tranquila, aconchegante e, o principal, prática.

— Prontinho, Emma — anunciou o barista quando se aproximou com as bebidas.

Ele mal olhou para Knightley ao servir o expresso dele e o café com leite de Emma na mesa.

Ela sorriu.

— Obrigada, Zane.

O barista piscou para ela, abrindo um sorriso de lado antes de se afastar para atender duas clientes que tinham acabado de chegar.

— Você está tão íntima do barista que já o chama pelo nome? — perguntou Knightley, ainda vidrado no telefone.

Ele continuava de casaco, mas Emma conseguia ver o terno por baixo: o paletó de lã azul-marinho e a gravata de seda marrom. Ainda era esquisito ver Knightley de terno no dia a dia, como se ele estivesse brincando de ser adulto.

— Zane é novo aqui. Só estou sendo amigável — respondeu Emma, oferecendo-lhe um sorriso meloso que ela sabia que ele odiava.

Infelizmente, Knightley nem percebeu, ocupado como estava com o próprio celular.

— E aí, como vão as aulas?

Ela adoçou o café com açúcar antes de responder, indiferente:

— Ainda não comecei.

Isso chamou a atenção dele.

— Você não tinha dito que as aulas começavam na terça?

— E daí?

— E daí que já é quinta-feira.

— Bom, mas *eu* ainda não comecei.

Knightley guardou o celular e relaxou contra o encosto da cadeira, que rangeu sob seu peso.

— Será que eu quero saber o que isso significa?

Emma sorriu por cima da xícara.

— Claro que quer. É genial. Está preparado?

— Não.

— Enfim, quem está no programa de mestrado precisa cursar dez matérias ao longo de dois anos, além de escrever a dissertação. A maioria dos alunos faz seis matérias no primeiro ano e as outras quatro no segundo, junto com a dissertação. Mas esse arranjo parece muito trabalhoso, entende? Então, no ano passado, cursei *oito* matérias e esbocei minha dissertação. Agora só preciso fazer duas eletivas nos próximos meses, e como os horários são tranquilos, vai ser uma maravilha. Só vou ter aula de quinta e sexta.

Knightley a encarou por um bom tempo.

— Você descobriu isso ano passado?

Emma assentiu, erguendo a xícara como se estivesse recebendo aplausos dos clientes da cafeteria.

— E agora conseguiu alcançar seu objetivo de… ser preguiçosa?

O sorriso dela encolheu.

— Claro, Knightley. Eu me matei de estudar ano passado, tirando nota máxima em tudo, só para ser preguiçosa.

— Preguiça premeditada, então.

Ela chegou mais perto, tamborilando o dedo no queixo como se estivesse imersa em pensamentos.

— Hummm…

— Que foi?

— Estou tentando lembrar por que raios convidei você para um café.

Knightley reprimiu um sorriso e pegou o celular outra vez.

— Cadê aquelas suas amigas que vivem grudadas em você?

Emma inclinou a cabeça para o lado, pensativa.

— Bem, a Haydie ainda está cursando administração em Londres, e Raquel foi para Madri depois da formatura… ela acabou de se mudar para um apartamento lindíssimo com o namorado. Ah, e a Lulu virou assistente de relações públicas de uma grife lá em Paris e…

A voz dela foi sumindo ao perceber que Knightley continuava vidrado no telefone. Ele demorou um minuto para se dar conta do silêncio antes de desgrudar os olhos da tela e a encarar.

— Que foi?

Emma revirou os olhos.

— Enfim, já que estou presa aqui enquanto minhas amigas vivem altas aventuras no exterior, o mínimo que posso fazer é me dar uma folguinha na faculdade.

Knightley arqueou a sobrancelha.

— Uma folguinha?

— É. Tipo um prêmio de consolação.

A expressão desdenhosa de Knightley suavizou um pouco enquanto a observava, deixando o silêncio se estender por um instante antes de responder:

— Ele teria deixado você ir também, sabe?

Emma encolheu os ombros, fingindo estar interessada em alguma coisa além da janela. Às vezes era fácil esquecer que Knightley conhecia seu pai quase tão bem quanto ela. Talvez até mais. Afinal, Knightley tinha sete anos quando Emma nasceu, de modo que conseguia se lembrar da esposa jovem e aventureira do senhor Woodhouse. A mãe de Emma assumia riscos pelos dois, e o marido a amava por isso. Todos a amavam.

Emma era jovem demais para se lembrar da morte da mãe, de como o aneurisma repentino chocou a todos, mas Knightley se lembrava. Até onde ela sabia, o pai havia passado meses retraído e, quando finalmente saiu de seu casulo, estava mais cauteloso, mais hesitante. E muito mais protetor. Parecia acreditar que, caso se esforçasse o bastante, poderia aprender a controlar o incontrolável. Pelo menos no que dizia respeito às filhas.

— Lembra como ele surtou quando a Margo ficou noiva? Eu não poderia ter saído de casa na mesma época — respondeu Emma por fim.

— Ele teria ficado bem... pelo menos no começo.

Emma sorriu.

— Nós dois sabemos muito bem que isso não é verdade.

Knightley assentiu, não por concordar, mas porque não tinha mais nada a dizer. E de fato, por que se dar ao trabalho? Os dois sabiam que falar não resolveria nada. Aquilo já tinha sido discutido à exaustão.

— Você vai jantar com a gente este domingo, né? — quis saber ela, tentando mudar de assunto.

— Eu sempre janto com vocês de domingo.

— Sei lá, vai que você arranjou um encontro ou coisa assim? — continuou Emma, agitando as sobrancelhas de forma sugestiva.

— Não, eu só marco os compromissos empolgantes de sábado.

Ela revirou os olhos.

— Enfim, tenho que ir. Já, já tenho aula. Eu adoraria chegar atrasada, mas quero pegar um lugar no fundo para o professor não me chamar. Aí vou poder atingir o auge da preguiça, sabe?

Knightley sorriu e pareceu ter outra farpa engatilhada, mas apenas ficou quieto e a observou se levantar.

Emma se deteve, avaliando sua expressão.

— Que foi?

— Você vai assim?

Ela abaixou a cabeça para acompanhar os olhos de Knightley, que estavam fixos em suas anabelas de ráfia da Valentino e no vestido violeta curto da Zimmermann.

— Assim como?

Knightley meneou a cabeça e riu baixinho.

— Nada, não. Boa aula. Cuidado para não chegar muito atrasada.

Apesar das dúvidas de Knightley, Emma chegou à faculdade quatro minutos antes de a aula começar. Teve tempo até de abrir o notebook e reaplicar o batom enquanto os outros alunos fluíam pela porta. Era um grupo variado de pessoas, mas Emma já imaginava. Sabia que não iria reconhecer ninguém ali. Afinal, as amigas dela estavam espalhadas pelo mundo.

Chegava a ser impressionante, na verdade. O círculo social que ela construíra com todo o cuidado ao longo de seus vinte e três anos em Manhattan tinha sido reduzido a... nada. Estava sozinha.

Emma tratou de afastar esse pensamento quando o professor entrou na sala. As aulas acabariam dali a oito meses. O plano que ela havia traçado já estava em andamento, então só precisava segui-lo à risca. Simples assim.

O professor dirigiu-se ao leitoril, a personificação perfeita da aula em si: monótono, cansado e esgotado. O burburinho morreu quando ele pigarreou, sem se dar ao trabalho de abrir a maleta surrada antes de se dirigir à sala parcialmente ocupada.

— Olá, eu sou o professor Goddard. Bem-vindos a...

A porta da sala se abriu de supetão, chocando-se na parede de cimento com um baque audível. A turma inteira se virou para acompanhar a entrada cambaleante da aluna. Um elástico prendia o caos de mechas loiras e frisadas no topo de sua cabeça. Os tufos se agitavam para todos os lados enquanto a garota avançava aos trancos e barrancos, equilibrando uma bolsa de náilon cor-de-rosa em um dos braços e uma pilha de livros no outro. Alguns despencaram no chão bem na hora que a porta bateu atrás dela. Ela se abaixou para recolher os livros, com os joelhos e as mãos apoiados no chão, e a sala inteira mergulhou em um silêncio mortal.

A garota ergueu a cabeça devagar, enfim avistando a expressão alarmada do professor Goddard.

— Oi — começou a dizer ela. — Aqui é a aula de história social da fotografia?

O homem assentiu uma vez.

— Nossa, graças a Deus! — Ela se levantou e deu um suspiro aliviado. — Prazer, Nadine Pittman. Fiquei meio perdida lá fora, sem saber qual lado do parque era leste e qual era oeste, e aí eu fui parar em um casarão no número 80 da Washington Square Park West, e, quando toquei a campainha, quem me atendeu nem sabia do que eu estava falando, então tive que perguntar se...

A voz dela desapareceu ao ver a expressão sombria de Goddard, com os lábios crispados de irritação.

— Hã, eu vou só... achar um lugar para sentar — continuou ela, ajeitando a bolsa enquanto apertava a pilha de livros e papéis contra o peito.

O professor pigarreou e retomou a aula, discursando sobre o cronograma do semestre. Emma nem prestou atenção. Estava muito ocupada observando Nadine, que tinha se sentado duas fileiras à frente, na cadeira mais perto da porta. A garota tentou se ajeitar em silêncio, mas ainda assim fez tanto barulho que o professor chegou a revirar os olhos. Ela ficou vermelha e fez um pedido silencioso de desculpas, mas bastou abrir a mochila para que tudo despencasse lá de dentro. Então começou a procurar o caderno em meio àquela bagunça, parecendo estar à beira das lágrimas.

Emma suspirou sozinha, sentindo uma pontada de pena.

Não havia dúvida: Nadine Pittman era um tremendo caos.

Capítulo Quatro

Ao longo das três semanas seguintes, Emma descobriu algumas coisas importantes sobre Nadine. Em primeiro lugar, ela não era de Nova York. Isso ficou óbvio logo de cara. E também tinha a questão dos sapatos que usava. Emma não era esnobe, e jamais julgaria o caráter de alguém com base em um calçado, mas naquela terceira semana, Nadine escolhera um par de botas Ugg manchadas que pareciam ter saído direto de 2005.

Nada disso era muito fora do comum, mas algo em Nadine despertava o interesse de Emma. Era uma garota inteligente, bonita e encantadora; só precisava de ajuda para se dar conta disso.

Refletir sobre a história e a posição social de Nadine Pittman era uma atividade reservada para as quintas-feiras, uma forma de bloquear a monotonia das aulas do professor Goddard, que iam de 12h30 às 14h30. Por isso foi tão surpreendente quando, em uma tarde ensolarada de domingo, enquanto esperava o Uber na esquina da Rua 14 com a Quinta Avenida depois de dar um pulinho na loja de Jonathan Cohen, Emma avistou Nadine Pittman atravessando a rua, com um café na mão. A garota ainda não percebera sua presença, e de repente Emma se lembrou dos documentários de que o pai tanto gostava, aqueles de natureza selvagem que mostravam os animais em seu hábitat enquanto um narrador descrevia a cena aos sussurros.

... E aqui vemos uma jovem mulher lutando para se adaptar aos novos arredores. Percebam como ela tenta atravessar a rua apinhada de gente, com um café na mão e os olhos voltados para as placas lá em cima, alheia aos perigos que a rondam...

As botas de Nadine tropeçaram no meio-fio e ela começou a desabar. As mãos se agitaram para amparar a queda, arremessando o café para longe. A tampa se soltou em pleno ar, derramando o líquido a centímetros dos saltos altos de Emma.

Nadine se recompôs com dificuldade e rastejou pela calçada até o copo, como se ainda quisesse recuperar o resto do café.

Emma curvou-se na direção dela.

— Nadine?

A garota a encarou com os olhos arregalados, como os de um cervo prestes a ser atropelado.

— Caiu café em você?

— Não, tá tudo certo. — Emma estendeu a mão e a ajudou a se levantar. — Você está bem?

Nadine assentiu, um movimento rápido e brusco que não fez nada para conter as lágrimas à espreita.

— Estou, sim. Arrã. Estou ótima.

— Tem certeza?

— Tenho, é só que... eu tenho uma entrevista de emprego na Party World, que fica na Rua 13 com a Quarta Avenida, mas, hã... acho que estou um pouquinho perdida, porque depois da Quinta Avenida só tem a Terceira e...

Quando a voz dela ficou embargada e o queixo começou a tremer, Emma percebeu que só teria alguns segundos para dar um jeito naquela confusão. Só havia uma coisa pior do que ficar parada na frente da Burlington Coat Factory: ser vista chorando diante da Burlington Coat Factory.

— O centro da cidade é um pesadelo e a Quarta Avenida não passa de um mito — explicou Emma com um sorriso, antes de tirar o copo de café vazio das mãos de Nadine com delicadeza, como se fosse uma granada, e jogá-lo na lata de lixo mais próxima. — Mas você nem está muito longe. Fica a uns dois quarteirões daqui.

— Nossa! Graças a Deus. A entrevista começa às três.

Emma fez careta.

— Já passou das três, né? — sussurrou Nadine, lendo a expressão dela como se fosse um livro.

Emma mordeu o lábio de baixo, pensando na melhor forma de dar a notícia.

— Já… mas talvez seja melhor assim! Ninguém em sã consciência quer trabalhar na Party World.

— Sério?

Emma assentiu solenemente. A verdade era que ela nunca tinha entrado na loja, mas já havia passado por lá várias vezes e visto as luzes fluorescentes e as fantasias sensuais de enfermeira expostas na vitrine. Estava fora de cogitação.

O queixo de Nadine voltou a tremer, então Emma mudou de tática.

— Meu nome é Emma Woodhouse. A gente está na mesma turma de história social da fotografia.

— Eu sei. Sempre adorei seus sapatos.

Nadine apontou para os saltos de couro envernizado cor-de-rosa que ela usava.

— Obrigada — agradeceu Emma, com um sorriso caloroso. — São da Miu Miu.

A garota pareceu confusa, como se ela estivesse falando grego.

— Quê?

Emma estava prestes a começar um relato breve, mas completo, da biografia de Miuccia Prada quando um carro preto estacionou diante delas. Depois de acenar para o motorista, Emma virou-se para Nadine.

— O você vai fazer agora?

Ela deu de ombros.

— Provavelmente voltar para o dormitório da faculdade e chorar.

… *Vejam como a jovem aceita seu destino, embrenhando-se na mata densa do East Village para se esconder do mundo e aguardar o abraço frio da morte…*

— De jeito nenhum — protestou Emma, com um plano já se delineando em sua mente. — Você vai vir para casa comigo. Precisa de vinho e comida, então está convidada para nosso jantar de domingo. Geralmente é só para a família… bom, e nossos vizinhos que são praticamente da família também… mas seria ótimo ter um rostinho novo por lá.

— Oh, não. — Nadine negou com a cabeça, os olhos ainda mais arregalados ao ver as manchas de café na blusa. — Eu estou um caos. Não posso…

— Tanto pode como vai — determinou Emma, entrelaçando seu braço ao dela antes de conduzi-la ao carro.

Era perfeito: Nadine precisava de ajuda para atingir todo o seu potencial, e Emma tinha tempo, e roupas, de sobra.

— Eu tenho um guarda-roupa enorme. Cheinho de coisas. E um montão de vinho! Vai ser divertido, juro.

— Tudo bem — concordou Nadine, mas ainda parecia hesitante.

Durante o trajeto, Emma conseguiu preencher as lacunas na história de Nadine. Ela tinha vinte e dois anos e acabara de se formar na Universidade de Ohio, seu estado natal. Os pais dela moravam a apenas uma hora do campus, então ela sempre voltava para casa nos fins de semana para trabalhar no petshop da família. Tinha juntado cada centavo que ganhara ao longo desses quatro anos para poder fazer o mestrado em Nova York.

— Eu quero trabalhar em uma casa de leilão de arte algum dia, e as melhores estão aqui na cidade. Por isso, quando fui aceita no mestrado na NYU, eu sabia que tinha que vir.

— Com certeza — concordou Emma, assentindo com convicção. — Estou no segundo ano e posso garantir que é o melhor mestrado de todos. Em Nova York, tudo é melhor.

— Você também estuda história da arte?

— Isso. Vou trabalhar no Met depois que me formar.

Nadine arregalou os olhos.

— Nossa, você já arranjou um emprego?

— Hã, não é bem assim. Eu me candidatei ao programa de estágio de lá, e a primeira entrevista deve ser na primavera — respondeu Emma em tom confiante, afastando uma mecha de cabelo do ombro.

— Uau. — Nadine engoliu em seco, os olhos vidrados na janela do carro. — O Met.

Emma teve que se conter para não começar a falar pelos cotovelos. Queria contar como tinha passado quase todos os fins de semana no museu quando era criança, arrastando Knightley de galeria em galeria, com Margo e Ben a reboque. Como aquele também tinha sido o lugar preferido da mãe dela, segundo lhe contaram, e como Emma sempre procurava os quadros que o pai emprestara ao museu em homenagem à falecida esposa. E como toda vez que ela os encontrava, parecia que estava novamente na presença da mãe.

Uma emoção estranha se alojou no peito de Emma, e ela deu um pigarro para se livrar daquele nó.

— Então — continuou, obrigando-se a sorrir para sua nova amiga. — Tem alguém especial esperando por você em Ohio?

— Hã, tipo minha vó?

O sorriso de Emma vacilou.

— Não. Um namorado ou coisa assim.

— Ah. — O olhar de Nadine pousou em suas mãos inquietas no colo. — Tem, sim. Marty. É meu namorado. Estamos juntos desde o ensino médio.

Emma tentou imaginar como seria namorar a mesma pessoa desde os quatorze anos. Seu relacionamento mais duradouro tinha sido com Jean-Laurent Caron, um estudante de cinema parisiense extremamente bonito e mal-humorado com quem ela saíra no último ano da faculdade. Tinha sido uma experiência tumultuada e maravilhosa, mais pontuada por orgasmos do que por conversas, mas Emma nem chegou a se importar quando ele voltou para a França, depois da formatura. Na verdade, mal tinha pensado nele desde então.

— Nossa, vocês estão juntos há um tempão. Deve ser difícil ficar longe assim.

Nadine assentiu.

— É, mas já fazia um tempo que eu pretendia vir para cá, então nós vamos ter que… dar um jeito.

A expressão dela parecia ocultar alguma coisa, mas antes que Emma pudesse cavoucar mais a fundo, o carro estacionou. Quando ela desceu, já começou a procurar as chaves na bolsa, então nem viu a cara de Nadine ao avistar a construção à frente.

— Essa é sua casa? — perguntou a garota, boquiaberta.

— Arrã.

Emma encontrou o chaveiro dourado e tirou-o da bolsa.

— Isso aí tudo?

Ao perceber o espanto de Nadine, Emma se virou para olhar. A casa estava como sempre: a fachada neoclássica branca e impecável, os balaústres de ferro que adornavam as janelas do primeiro e do terceiro andar reluzindo depois de terem sido repintados de preto.

— Sim, mas a gente quase não usa o quarto andar. Sério.

Ela subiu as escadas até a porta laqueada e a destrancou, fazendo sinal para Nadine entrar. O hall de entrada amplo se estendia diante delas, e Emma nem percebeu a expressão atônita da amiga ao fitar o piso de mármore e a escadaria imensa que assomava logo além. Por isso, apenas colocou sua bolsa matelassê Saint Laurent azul-clara no aparador e começou a descer as escadas em direção à cozinha.

O cheiro de alho refogado e limão as saudou antes mesmo de chegarem ao último degrau. Fran já estava preparando o jantar, com uma variedade de legumes e temperos espalhados na bancada diante dela.

— Seu pai falou que vai virar vegano de novo, mas até parece que vou desperdiçar esse salmão aqui — murmurou a governanta assim que as viu.

— Fran, esta aqui é Nadine, minha amiga. Nadine, essa é Fran — apresentou Emma, apoiando-se na bancada para espiar a comida. Céus, como estava faminta. — Podemos colocar mais um lugar à mesa esta noite?

— Claro! Alguém precisa comer tudo isto aqui — retrucou Fran, depois fez uma pausa para se recompor. — É um prazer conhecer você, Nadine.

Fran sorriu para a garota ao mesmo tempo que dava um tapa na mão de Emma, afastando-a da cesta de pãezinhos integrais recém-saídos do forno.

— Ai! — protestou Emma, mas pegou um mesmo assim.

— Deus tenha piedade de mim... — resmungou a governanta, voltando a espremer os limões.

Emma conduziu Nadine escada acima até seu quarto, depois começou a escolher uma roupa para substituir o moletom manchado de café que ela vestia. O suéter de caxemira rosa-claro de Alexander McQueen seria perfeito, claro, mas não combinava com a calça de Nadine, então teria que arrematar o visual com seus jeans curtos da Khaite e seu cinto vintage preferido.

Quando retornaram à cozinha, Nadine era uma nova mulher. E não apenas por causa das roupas. Emma tinha que admitir que, mesmo sem sua ajuda, Nadine era linda. Tudo bem, o cabelo loiro era claramente de farmácia, mas nada que uma visita ao salão preferido de Emma não pudesse resolver. E os olhos azuis da garota ficariam mais deslumbrantes quando Emma a ensinasse a fazer um delineado gatinho. Nadine era maravilhosa... só precisava de um artista para transformá-la em uma obra-prima.

A senhora Pawloski tinha chegado e estava às gargalhadas com o pai de Emma na mesa da cozinha, já arrumada a essa altura.

— Pai, senhora Pawloski, quero que vocês conheçam minha amiga Nadine. Ela estuda na mesma faculdade que...

— Nadine! Oh, é um prazer conhecer você! Minha nossa, você é uma belezura! — exclamou a senhora Pawloski, já de pé para se aproximar.

Emma teve vontade de sumir ao perceber que a mulher usava o mesmo casaco bouclé de sempre. Já estava tão surrado e gasto que mal dava para reconhecê-lo como um Chanel vintage.

Por sorte, a senhora Pawloski puxou Nadine para um abraço tão depressa que Emma duvidava muito que sua nova amiga sequer fosse reparar na roupa.

Alguns minutos depois, Ben e Margo se juntaram a eles, oferecendo à convidada uma recepção calorosa antes de todos se sentarem à mesa. O vinho foi servido e Nadine não parava de sorrir. Era a primeira vez que parecia genuinamente à vontade, e Emma se encheu de orgulho.

— Akron? Ohio? — perguntou o senhor Woodhouse, incrédulo, quando começaram a passar o salmão escalfado e as vagens salteadas pela mesa.

Nadine assentiu, arrancando um grande naco de pão.

As portas duplas que davam para o jardim estavam escancaradas, permitindo a entrada dos últimos suspiros do verão, que destoavam das folhas alaranjadas que começavam a salpicar as árvores do quintal.

— Oh, eu já fui para Ohio! — contou a senhora Pawloski. — Lembra aquela vez, Henry? Burt decidiu atravessar o país de carro para celebrar nosso décimo aniversário de casamento, então comprou um trailer e nós fomos parar em Ohio! E a cidade se chamava Londres, acreditam? Burt disse: "Agora já pode contar para todos os seus amigos que levei você para passear na Europa!".

A mulher desatou a rir, um som tão estridente que Emma quase não ouviu os passos vindos do quintal. Ela ergueu o olhar bem na hora que uma silhueta alta se insinuava por entre as árvores. O terno e a gravata habituais tinham desaparecido, substituídos por uma calça jeans surrada de cintura baixa e uma camiseta cinza desbotada.

— Desculpem o atraso — pediu Knightley ao se aproximar.

— Ora, ora, quem é vivo sempre aparece — respondeu Emma.

Ele abriu um sorriso apaziguador quando chegou à mesa, curvando-se para dar um beijo no rosto da senhora Pawloski. Em seguida acenou para o senhor Woodhouse, sentado à cabeceira, e abraçou Margo e Ben antes de se acomodar ao lado de Emma. Foi só então que avistou Nadine, a quem ofereceu um sorriso genuíno.

— Olá — disse Knightley.

A garota sorriu de orelha a orelha.

— Nadine, este é George Knightley — anunciou Emma, apontando para ele. — Knightley, essa é Nadine Pittman. Ela também frequenta a NYU.

— Oi — cumprimentou a garota, com a boca ainda cheia de pão.

— É um prazer conhecer você — respondeu Knightley. — Eu pensei que todas as amigas de Emma estivessem no exterior.

— Nadine acabou de se mudar de Ohio — explicou Emma.

— Ah.

— Você estava... mexendo no jardim ou... — começou a perguntar a garota, apontando para o quintal.

Knightley riu baixinho.

— Não, minha casa fica logo ali, atrás das árvores. Nossos quintais são colados.

As luzes da casa dele estavam acesas, de modo que era possível avistar as enormes janelas através dos galhos mais baixos.

Nadine estava de queixo caído.

— Você viu o e-mail que eu mandei sobre o jogo do Mets na próxima quarta? — perguntou Ben ao irmão, da outra ponta da mesa.

— Eles perderam vários arremessos, Ben. Não vão chegar ao mata-mata — respondeu Knightley com um suspiro.

Ben fechou a cara.

— Ei, vire essa boca para lá.

Enquanto os irmãos discutiam, Nadine virou-se para Emma com os olhos arregalados, mas dessa vez com um sorriso no rosto, e falou sem emitir som: *Ele é tão gato.*

Demorou um pouco para Emma perceber que a amiga se referia a Knightley. *Hum.* Em seguida virou-se para ele, que ouvia atentamente as críticas de Ben à escalação do time, com os cotovelos apoiados na mesa e as mãos entrelaçadas. A posição repuxava a manga de sua camiseta, revelando os bíceps definidos, as veias saltando em cada músculo. Emma sabia que ele gostava de correr, mas só então se deu conta de que Knightley frequentava a academia, que seus ombros largos e seu físico tonificado eram fruto de muito esforço, suor e...

— Algum problema?

Emma piscou ao perceber que a atenção de Knightley tinha se voltado para ela, mas apenas desviou os olhos e soltou um muxoxo, fingindo estar mais interessada em sua taça de vinho do que nos braços dele.

— Se eu começasse a listar todos os problemas que tenho com você, a gente ia ficar aqui até amanhã… e eu não tenho tempo para isso.

Knightley sorriu com malícia.

— Não? Puxa, engraçado você dizer isso, considerando seu cronograma de aulas.

Nadine os observava vidrada do outro lado da mesa, como se assistisse a uma partida de pingue-pongue.

— Há quanto tempo vocês se conhecem? — perguntou a garota.

Emma deu um suspiro.

— Desde sempre.

— Isso no caso dela — corrigiu Knightley. — Eu tinha sete anos quando Emma nasceu.

— Knightley e Ben já eram amigos da Margo, então eles meio que me aceitaram no grupo.

— Bom, a gente não teve muita escolha — respondeu Knightley, e apontou para o jardim. — Antes tinha um portãozinho que separava o quintal das duas casas, mas Emma deu um jeito de arrancá-lo das dobradiças.

— Ei, eu não arranquei nada. Eu tinha cinco anos. — Em seguida ela se virou para Nadine. — A cerca estava podre e o portão caiu sozinho, aí eu simplesmente passei por cima dele.

Knightley deu de ombros, como se isso fosse um mero detalhe.

— E ninguém botou outro no lugar.

O olhar de Nadine se voltou para a casa na extremidade do jardim.

— Parece bem… moderna.

Knightley sorriu.

— Até demais?

— Não! Eu amei. É toda de vidro… Deve ser linda de manhãzinha.

— Terminei de reformar no ano passado. Antes era muito escura e abafada, então a ideia era deixar mais arejada. Derrubamos algumas paredes, ampliamos as janelas. Até o jardim passou por uma reforma. — Ele bebericou o vinho. — Mas a trilha entre as casas continuou intacta.

Knightley acrescentou a última parte com indiferença, e Emma se esforçou para manter o rosto impassível, sem querer deixar transparecer como tinha ficado ansiosa ao ver os paisagistas remexendo o quintal, com a certeza de que uma nova cerca seria erguida e um novo portão seria instalado.

Mas certo dia, ao olhar pela janela, já não havia mais ninguém ali. A reforma tinha acabado. E mesmo com todas as mudanças, a trilha ainda interligava o quintal das casas.

Foi praticamente a única coisa em que Knightley não mexeu.

— E aí vocês ficam indo e voltando desde então? — perguntou Nadine, olhando para os dois.

— Então... — Knightley se ajeitou na cadeira e apontou para Ben e Margo do outro lado da mesa. — Aqueles dois ali estavam secretamente apaixonados um pelo outro e nos transformaram em ajudantes involuntários.

Margo ouviu e mostrou a língua para ele.

Knightley pareceu achar graça, mas o sorriso morreu em seus lábios quando ouviu o celular tocar no bolso da calça. Ele olhou para a tela e fez careta.

Emma abanou a mão como se quisesse jogar o aparelho longe.

— Eu sei que nunca vamos convencer você a parar de trabalhar de fim de semana, mas será que poderia pelo menos ignorar seus e-mails durante o jantar?

Ele não tirou os olhos da tela enquanto digitava, depois respondeu:

— A gente conversa quando você arranjar um emprego em que precise ter o mínimo de responsabilidade.

Emma revirou os olhos.

— Você trabalha com o quê? — perguntou Nadine, observando-o com uma expressão sonhadora.

— Eu tenho uma empresa de capital de risco com foco em sustentabilidade.

Quando Knightley desgrudou os olhos da tela e viu a confusão no rosto de Nadine, tratou de acrescentar:

— Nós vamos atrás de pessoas com ideias inovadoras para salvar o mundo e oferecemos os meios necessários para colocá-las em prática.

A confusão deu lugar à surpresa.

— Caramba, deve ser bem trabalhoso. Meus pais tentaram convencer a prefeitura da cidade a iniciar um programa de reciclagem e foi quase impossível.

Knightley sorriu.

— Então, o que você está cursando?

— Oh, céus, não conte para ele, Nadine — interveio Emma, erguendo a taça para esconder o rosto de Knightley. — A menos que você queira ouvir um sermão sobre sua escolha de carreira e o futuro que a aguarda.

Knightley virou-se para Nadine.

— Também está fazendo mestrado em história da arte, imagino?

— Isso, mas com foco em vendas internacionais. — O rosto dela corou. — Eu sei, eu sei, não é uma área muito viável nas atuais conjunturas...

— Eu não diria isso — contrapôs Knightley, apoiando os cotovelos na mesa outra vez. — É bastante viável, ainda mais agora que os colecionadores de arte buscam entender as novas leis internacionais a respeito das vendas, e os museus lidam com a questão das peças que foram adquiridas por meios imperialistas. Na verdade, acho uma escolha bem inteligente.

Nadine ficou radiante, mas Emma estava perplexa.

Sério mesmo?

— Exatamente! — respondeu a garota, com uma animação vertiginosa. — Eu pretendo arranjar uma vaga em uma casa de leilão de prestígio depois que me formar. Minha vó sempre me levava a leilões de antiguidades em Cleveland, e eu amo ver as pessoas interessadas nessas peças já tão cheias de história. — Nadine fez uma pausa, depois encolheu os ombros. — Mas sei lá... Meu namorado ainda mora em Ohio, e eu sinto saudade dele, mas sei que ele não quer sair de lá. Está ajudando a administrar a empresa de climatização do pai, e acho que...

Ela afundou na cadeira com ar de impotência, o queixo trêmulo.

— Pare de fazer os convidados chorarem, Knightley — repreendeu Emma, depois se inclinou na direção da amiga. — Lembra o que eu falei mais cedo, Nadine? Você está na melhor cidade do mundo, e eu estou aqui para lhe mostrar tudinho. Quem precisa de namorado?

Nadine sorriu, as lágrimas sob controle, e Emma se recostou na cadeira, sentindo-se muito satisfeita consigo mesma.

Quando Emma olhou para Knightley, percebeu que seu sorriso despreocupado tinha dado lugar a uma expressão cética, como se soubesse exatamente o que ela pretendia fazer.

Capítulo Cinco

— Castanho? — perguntou Nadine, com o cenho franzido.

Estava contemplando o próprio reflexo no espelho do salão de beleza, o olhar fixo na touca de plástico transparente que revestia sua cabeça.

— Não é castanho — explicou Emma, com paciência, pela quarta vez. — É balaiagem.

Nadine repetiu a palavra baixinho, sem emitir som: *Ba-lai-a-gem.*

Emma assentiu.

— Mateo vai recuperar o tom natural do seu cabelo, que é maravilhoso, aliás, para depois fazer algumas mechas que vão trazer mais...

— Loiro?

A cabeça de Emma pendeu para o lado.

— ... nuance.

— Nuance — repetiu Nadine, com a testa ainda vincada ao observar a touca de plástico.

O Jolie Salon era o paraíso dos cuidados capilares, localizado na esquina da Rua 83 com a Lexington, quase todo decorado em mármore branco e cromo. O salão costumava ter muito movimento às sextas-feiras, mas já estava tarde, então só havia umas poucas clientes acomodadas nas elegantes cadeiras de couro branco dispostas junto à parede.

Mesmo assim, se Emma não tivesse implorado a Mateo por um encaixe, Nadine teria esperado semanas até conseguir um horário. E o cabeleireiro tinha aceitado, claro. Emma frequentava o salão desde sua tentativa de platinar o cabelo, pouco antes da formatura do ensino médio. Na ocasião, chegara ali com uma foto das mechas recém-descoloridas de Kim Kardashian e a inocência de uma mulher de cabelo escuro que nem sabia o que era uma água oxigenada. Por sorte, Mateo a dissuadira da ideia e, duas horas mais tarde, Emma saíra do salão com algumas luzes muito bem posicionadas. Daquele momento em diante, ela soube que Mateo era um homem em quem podia confiar.

Bem na hora, Mateo voltou a se materializar ao lado de Nadine. Usava uma camiseta branca bem justinha, deixando à mostra as tatuagens nos braços. Seu sorriso habitual desapareceu quando tirou a touca de Nadine e avaliou as mechas.

— Caramba, seu cabelo aceita a tinta tão bem — murmurou ele, e então sorriu. — Vai ficar um arraso.

Emma bateu palmas.

— Eu sabia! Você vai ficar um espetáculo.

— Não há dúvidas. — Mateo colocou a touca de volta e se abaixou até ficar na mesma altura de Nadine, piscando para ela no espelho. — Só mais cinco minutinhos e vamos enxaguar.

Ela assentiu, mal conseguindo conter seu sorriso quando ele se afastou e as deixou a sós.

— Nossa, ele é tão gostoso — cochichou ela para Emma um tempinho depois.

Nadine parecia achar isso de quase todos os caras de Nova York, mas dessa vez Emma tinha que concordar.

— Um absurdo de lindo — respondeu, espiando o corredor por onde Mateo tinha desaparecido.

— Você também acha?

Emma se virou para a amiga, notando a avidez em seu olhar. *Essa não.* Teria que escolher as palavras com cuidado para não ferir os sentimentos dela.

— Lindo e… gay.

O sorriso de Nadine desapareceu.

— Ah.

Emma achou que fosse óbvio, considerando as sobrancelhas perfeitamente aparadas e as piscadelas brincalhonas de Mateo, mas pelo jeito estava enganada. Ainda assim, não conseguiu largar o osso.

— Além do mais, você tem o Marty, não é?

— É — respondeu Nadine com um aceno, mas parecia incerta.

— E você está… feliz?

Emma tentou esconder seu cinismo, sem sucesso. Nadine ficou pálida e, por um momento, parecia prestes a chorar.

— Ai, meu Deus, eu não sei! — exclamou tão alto que chegou a assustar a cliente ao lado. — A gente está junto há tanto tempo que já nem sei como eu deveria me sentir. E agora estou aqui, e a vovó me fez prometer que viveria do meu jeito em vez de corresponder às expectativas dos outros, mas minha antiga vida ainda me mantém presa lá, e não sei se isso é algo bom ou ruim. É como se eu tentasse ser duas pessoas diferentes, mas sou uma só... entende? Então, qual delas eu deveria ser?

Emma não fazia ideia.

— Uma pessoa feliz, eu acho.

Nadine suspirou, recostando-se na cadeira.

— Você é feliz com Marty? — perguntou Emma um momento depois.

— Acho que sim. Quer dizer, pelo menos eu era. Agora a gente vive brigando sobre quando vou voltar para casa.

Hummm.

— Isso deve ser bem difícil — arriscou Emma, oferecendo sua melhor expressão solidária. — Mas você tem que fazer o que é melhor para você.

— Foi exatamente o que eu falei para ele!

— E o que ele respondeu?

— Que eu estava sendo egoísta.

Emma fez careta, e Nadine pareceu alarmada.

— Isso não é nada bom, né?

— Eu jamais me intrometeria no seu relacionamento — continuou Emma em tom solene. — Mas vou dizer uma coisa: você está em Nova York, Nadine. O melhor lugar do mundo para ser solteira. Você se esforçou tanto para chegar até aqui... e merece ter essa experiência sem nada te prendendo.

— Então... você acha que eu deveria terminar com ele? — cochichou ela.

— Ah, eu jamais diria o que você deve ou não fazer.

— Mas e se você estivesse no meu lugar?

Emma crispou os lábios. Era um assunto delicado. Muito delicado.

— Olhe, se eu fosse você, não toleraria um namorado que estivesse mais preocupado com os próprios sentimentos do que com os meus. Você é quem deve ditar sua felicidade, e mais ninguém.

Nadine engoliu em seco.

— Mas essa é só a minha opinião — continuou Emma. — Eu gosto de ser solteira.

A preocupação de Nadine pareceu evaporar, dando lugar à confusão.

— Você está solteira?

Emma assentiu para o próprio reflexo no espelho, virando-se para ajeitar a saia.

— Mas e o George?

Seus olhos se voltaram para Nadine.

— Quê?

— George Knightley. Eu achei que... Bom, você e ele não são...?

Nadine deixou a pergunta no ar, pontuada por um aceno de cabeça que parecia insinuar que Emma sabia exatamente ao que ela se referia.

Mas não sabia.

— Knightley e eu não somos... o quê?

— Tipo, namorados ou algo assim?

Emma deixou escapar uma risada incrédula.

— Quê? Não! De jeito nenhum.

— Ah. — Nadine parecia genuinamente surpresa. — É que vocês dois são tão próximos...

Estava na cara que tinha mais algo a acrescentar, mas se conteve.

— Nós somos amigos. *Só* amigos — esclareceu Emma, ignorando as batidas aceleradas do próprio coração. — Somos amigos desde que eu me entendo por gente. Ele com certeza *não* me vê desse jeito.

— Entendi. — Nadine refletiu por um instante. — Mas e você?

— Não, meu Deus, eu definitivamente só o vejo como amigo. Só amigo.

Por que a voz dela estava tão estridente, tão estranha? Emma tentou mascarar seu desconforto com uma risada, um som agudo que fez a cliente ao lado pular de susto outra vez.

— Ah.

Nadine estreitou os olhos, como se tentasse juntar os pontos na sua cabeça.

— Além do mais — continuou Emma, pigarreando enquanto se esforçava para manter a compostura. — Acho que só vou me relacionar de novo se for para sempre.

— Como assim?

— Bem, você sabe, o relacionamento que vai durar *para sempre*. Aquele que é *para valer*.

Nadine assentiu, mas ainda parecia confusa.

Emma esperou um bom tempo antes de perguntar:

— O seu relacionamento com o Marty é assim?

A amiga simplesmente deu de ombros, o que revelou a Emma tudo o que ela precisava saber.

Alguns minutos depois, Mateo apareceu e levou Nadine para lavar e condicionar o cabelo. Depois a conduziu de volta à cadeira, munido de um secador e uma escova redonda, e começou a fazer sua mágica naquelas mechas frisadas.

Passado um tempo, ele girou a cadeira e revelou os cachos sedosos em um tom profundo de castanho, mesclados com reflexos cor de mel. Nadine ficou boquiaberta e Emma soltou um gritinho estridente, tanto pela habilidade de Mateo quanto pelo brilho que a mudança conferiu ao rosto da amiga.

— Eu nem me reconheço! Que loucura! — exclamou Nadine pela quinta vez enquanto seguiam Mateo até a recepção. — Não é uma loucura? No bom sentido, claro. Mas, nossa, que loucura!

E então abriu um lindo sorriso de orelha a orelha, e Emma quase explodiu de tanto orgulho de si mesma.

— Você está maravilhosa.

Nadine ainda admirava o próprio reflexo no espelho quando Mateo começou a pressionar todas as teclas do computador, xingando baixinho em espanhol.

— Não sei como fazer esse trambolho funcionar — resmungou ele.

— Cadê a Gena? — perguntou Emma, de testa franzida.

— Pediu as contas. Conseguiu um papel em uma reencenação teatral de *Xanadu*.

— Hã, que... bom para ela.

Mateo suspirou.

— É ótimo, só que agora estou sem recepcionista e não faço ideia de como mexer nesse troço. Precisamos contratar alguém logo.

Ele apertou outra tecla e soltou um grunhido.

Hummm. Uma ideia começou a se formar na cabeça de Emma. Ela se virou para a amiga, que ainda passava a mão em seus novos cachos macios.

— Nadine, você ainda está procurando emprego, não está?

A garota ficou branca na hora.

— Ai, meu Deus, por quê? Minha vó me mandou quarenta dólares para cortar o cabelo, mas posso passar o resto no cartão se...

Emma dispensou as palavras com um aceno.

— Ah, não se preocupe com isso. É o meu presentinho de boas-vindas a Nova York. Eu só perguntei porque o Mateo acabou de dizer que está precisando de uma recepcionista.

Os olhos de Nadine se iluminaram.

— Sério?

— E você tem experiência com atendimento, não tem? — insistiu Emma, percebendo que a atenção de Mateo estava voltada para as duas.

Nadine assentiu, e Mateo pareceu considerar por um instante.

— É um trabalho de meio período, que consiste basicamente em atender o telefone e marcar os horários, além de ligar de volta para os clientes. Eu também precisaria de ajuda com o estoque, para fazer os pedidos de mercadorias. Você acha que dá conta?

Nadine soltou uma risada estrangulada.

— É praticamente tudo o que eu fazia no Xaninho Xique.

Mateo piscou, atordoado.

— Como é que é?

— Xaninho Xique — repetiu Nadine um pouco mais devagar, como se ele não tivesse entendido de primeira. — É o nome do petshop dos meus pais. Bom, tecnicamente o nome é Pittman Pets, mas minha mãe começou a fazer uns acessórios para gatos, tipo uns colarzinhos e chapéus, e a coisa fez tanto sucesso que eles tiveram que alugar o espaço ao lado e abrir uma loja só para vender isso. Minha mãe até me nomeou CDX.

— CDX? — perguntou Mateo.

Nadine assentiu.

— É, Chefe do Departamento do Xaninho.

Emma tentou não se encolher de vergonha, mas não conseguiu evitar. Então se virou para Mateo, pronta para ver uma reação semelhante, mas só encontrou um sorriso no rosto do cabeleireiro.

— Bom, isso parece perfeito — disse ele.

O sorriso de Nadine se iluminou com a intensidade de mil sóis.

Quando as duas voltaram para a casa de Emma, meia hora mais tarde, já estava tudo resolvido: Nadine era a nova recepcionista do Jolie Salon.

— É perfeito — anunciou Emma ao abrir a porta. — Mateo só vai precisar de sua ajuda alguns dias por semana, então você vai ter tempo de sobra para focar nos estudos. E nos dias em que tiver que trabalhar, pode passar aqui em casa depois.

Nadine assentiu, mal conseguindo conter o sorriso ao ter outro vislumbre de seu reflexo no grande espelho do hall.

— Ok, próximo item da lista — continuou Emma, largando as chaves e a bolsa Balenciaga no aparador. — Roupas.

A amiga riu.

— Vixe, eu tenho roupa para dar e vender. Minha vó me levou para fazer umas compras antes de eu ir embora de Akron... Ficou tão empolgada que até me deu um terninho de presente. Ela sempre diz que toda mulher deve ser duas coisas: elegante e fabulosa.

Emma se deteve ao pé da escada.

— Isso é da Coco Chanel, não é?

Nadine enrugou a testa ao olhar para o suéter azul-petróleo que vestia.

— Hã, não. Acho que a gente comprou este na loja da Gap.

Emma até pensou em corrigi-la, mas mudou de ideia e começou a subir em direção ao quarto, com Nadine logo atrás.

Estava escuro lá fora, então Emma acendeu todas as luzes do quarto e fez sinal para Nadine se acomodar na cama antes de desaparecer no closet imenso. Antes ela costumava dividi-lo com Margo, já que os quartos eram interligados, mas, depois da mudança da irmã, o espaço tinha ficado todinho para ela. No começo, Emma chegou a pensar que jamais teria coisas o suficiente para ocupá-lo, mas só precisou de alguns meses para preencher todos os nichos. Vestidos, casacos, saias e sapatos amontoavam-se por todos os cantos, formando um caleidoscópio de alta-costura que parecia prestes a explodir. Fran vivia implorando que ela desse um jeito naquele caos, e que forma melhor de liberar espaço do que doar algumas peças para a amiga?

— Emma, eu não preciso de roupas, sério!

Nadine riu enquanto Emma tirava alguns vestidos da última estação dos cabides.

— Tem certeza? — perguntou, segurando um vestido verde-esmeralda da Reformation diante do corpo da amiga. — Porque isto aqui ficaria incrível em você.

— Tenho. Quase tudo que minha vó me deu ainda está com a etiqueta. — Então seu olhar pousou na prateleira de sapatos. — Mas essas botas brancas são um escândalo de tão lindas.

Emma se virou para ver, embora já soubesse exatamente do que se tratava. As botas de cano curto da Loewe eram mesmo fabulosas. Ela esticou a mão e as tirou da prateleira.

— Então você deveria usá-las no seu primeiro dia de trabalho. Vão ficar maravilhosas com aquela sua calça jeans desbotada e o suéter azul-clarinho. Aquele que realça seus olhos, sabe? A combinação perfeita para causar uma boa impressão.

Nadine admirou as botas com uma expressão conflitante.

— Tem certeza?

— Absoluta. — Emma assentiu para enfatizar. — Mas e esses saltos Bottega Veneta, o que acha? Minha amiga Lulu comprou para mim em Milão. Eles machucam um pouco o tornozelo, mas ficariam ótimos com aquele vestido preto de lã que você usou na faculdade na semana passada.

Meia hora mais tarde, Nadine emergiu do quarto de Emma com uma sacola da Bergdorf contendo dois pares de scarpins e três pares de botas de cano curto, além de um par de tênis Chloé nos pés.

— Eu sei que ficou um pouquinho apertado, mas vai lacear, prometo — garantiu Emma ao ver a amiga sofrer para descer as escadas.

Quando chegaram à cozinha, deram de cara com Knightley, apoiado na bancada. Ainda vestia o terno do trabalho, embora tivesse afrouxado a gravata no pescoço, os olhos vidrados no celular enquanto se servia de um prato com legumes cozidos no vapor.

— Olá, Knightley — cumprimentou Emma, caminhando até a geladeira.

— Olá, Woodhouse.

Ele demorou um instante para tirar os olhos da tela. Ao avistar Nadine, franziu a testa e largou o garfo cheio de pimentão sobre o prato.

— Nadine, eu mal a reconheci.

A garota sorriu, mas antes que pudesse dizer qualquer coisa, Emma se adiantou:

— Ela não está fantástica? Eu a levei ao salão e o Mateo acertou em cheio. Dá para acreditar que essa é a cor natural do cabelo dela? Bom, mais ou menos.

— Ficou... ótimo — respondeu Knightley.

Emma sentiu uma pontada de orgulho tão intensa que parecia até que Knightley lhe tinha feito um elogio.

— Ah, e também arranjamos um emprego para ela. Você está diante da nova recepcionista do Jolie Salon. Já vai começar amanhã.

Emma pegou duas águas com gás na geladeira e entregou uma para a amiga. De repente, uma ideia lhe ocorreu e ela tratou de acrescentar:

— Oh! Você deveria passar a noite aqui!

Nadine mal havia tomado um gole de água.

— Quê?

— O salão fica tão pertinho daqui... Você pode dormir em um dos quartos de hóspede. A gente pode pedir algo para comer e assistir a um filme ali na televisão — continuou Emma, apontando para a sala de TV no corredor. — Vai ser tão divertido!

— Eu topo! — respondeu Nadine, mas logo sua expressão murchou. — Ah, não.

— Não?

— Não posso. Combinei com minha colega de quarto de ter uma hora de privacidade no dormitório esta noite para poder ligar para Marty por chamada de vídeo.

— Ah, entendi.

Emma não conseguiu esconder a decepção em sua voz. Podia até sentir o olhar astuto de Knightley do outro lado da bancada, mas evitou olhar para ele.

— Bom, você pode ligar daqui, se quiser.

— Não, tudo bem. Além disso, preciso começar aquele trabalho do Goddard. E se Marty perceber que vou dormir fora de casa, vai me bombardear de perguntas e vamos acabar brigando. — Nadine empurrou a garrafa de água para longe. — Na verdade, é melhor eu ir andando. Se eu demorar, não vou conseguir chegar no dormitório a tempo.

— Tudo bem — respondeu Emma, forçando um sorriso. — Mas não se esqueça de usar essas botas e o suéter azul amanhã.

Nadine pareceu confusa.

— O da Lowee?

— A pronúncia é Low-a-vay — corrigiu Emma. — As roupas da Loewe são a cura para qualquer nervosismo. Sério.

— Você tem razão — concordou Nadine, com um aceno. — Minha vó sempre diz que, para mudar suas circunstâncias, primeiro você deve mudar de atitude.

Knightley sorriu.

— Eleanor Roosevelt.

— Não, o nome da minha vó é Erma Hecker — respondeu Nadine, o semblante tomado pela confusão.

Mas Knightley não disse nada enquanto a garota despedia-se de Emma com um abraço rápido antes de desaparecer escada acima e sair pela porta. A cozinha mergulhou em silêncio.

Emma não tinha motivo para ficar decepcionada. Ela havia passado a tarde inteira com Nadine e com certeza a visitaria no salão no dia seguinte para ver como a amiga estava se saindo. Ainda assim, odiava a pontada familiar de solidão que se instalara em seu peito.

— Então, de onde vamos pedir comida?

A voz profunda de Knightley a tirou de sua linha de raciocínio.

Emma se virou para lhe lançar um olhar interrogativo, mas percebeu que ele a encarava de volta, a rigidez de sua habitual expressão sarcástica ligeiramente suavizada.

— Como assim?

— Bom, você disse que queria pedir comida e ver um filme.

Um esboço de sorriso se formou nos lábios dela.

— É sexta à noite. Você não tem um encontro programado ou algo assim?

— Estou à toa beliscando legumes frios, Woodhouse. O que você acha?

Emma deixou Knightley encarregado de fazer o pedido no restaurante chinês do bairro, depois subiu para colocar um pijama. Quando a comida chegou, ela já estava esparramada no enorme sofá da sala de TV, com sua calça de moletom preferida e uma meia de cada cor nos pés.

Knightley acomodou as caixinhas de comida no pufe enquanto Emma analisava os filmes disponíveis até encontrar aquele que procurava. Ela achou que estava a salvo, mas assim que os créditos de abertura começaram, com uma trilha sonora comovente e imagens arrebatadoras do interior da Inglaterra, Knightley a encarou, com um rolinho primavera a meio caminho da boca.

— A gente vai ver um filme de época?

— Shhhh — ralhou Emma, dando uma garfada no macarrão *lo mein*.

— Não é esse aí que tem centenas de adaptações?

Ela o ignorou e aumentou o volume, colocando a caixinha de comida no colo. Então assistiram ao filme em silêncio, e foi só quando o par romântico da protagonista entrou em cena — e Emma prestou a devida atenção ao caimento de sua calça do século XIX conforme ele cavalgava em direção à casa da mocinha — que ela se virou para Knightley e o flagrou vidrado na tela do celular.

— Então, o que você achou de Nadine?

— Ela parece legal — respondeu ele, mal tirando os olhos da tela.

Emma fez careta.

— Estou me referindo ao antes e depois dela, Knightley.

Ele a encarou, parecendo confuso.

— Quê?

— A *transformação*. Já faz umas semanas que tenho definido um novo estilo para ela, mas a mudança de cabelo foi o toque final, não acha? Ela é uma nova mulher. Proporcionei a ela o recomeço de que tanto precisava.

— Você fala como se tivesse conquistado a paz mundial... É só uma cor nova de cabelo.

— É balaiagem.

— É castanho.

Emma soltou um suspiro dramático e se aconchegou nas almofadas.

— Acho que estou começando a entender por que você não tem namorada.

Knightley riu com desdém.

— Duvido muito.

A trilha sonora ficou mais intensa e uma cena de baile encheu a tela, os protagonistas trocando olhares ansiosos de cada lado do salão.

Emma chegou mais perto e envolveu o rosto de Knightley com as mãos, virando-o na direção da televisão.

— Aqui. Preste atenção. Talvez você pegue algumas dicas.

Ele se concentrou no filme, o semblante tomado por um misto de confusão e escárnio.

— O cara é quantos anos mais velho que ela? Uns quinze? Vinte?

— Fique quieto.

— E desde quando isso é romântico? Essas mulheres não têm nem direitos básicos!

— Pelo amor de Deus, cale a boca.

— Elas são vistas como propriedade e você aí, se derretendo?

Emma olhou feio para ele.

— Se você não parar de falar mal do filme, eu vou contar para Fran que você colocou sal na comida dela no último domingo.

Knightley riu, uma gargalhada farta e profunda, e Emma não pôde deixar de sorrir. Ela amava aquela risada. Ele andava tão sério nos últimos tempos, então fazê-lo rir era sempre uma vitória. Uma alegria por algo conquistado a duras penas.

As risadas eram muito mais frequentes durante a infância. Naquela época, Margo, Ben, Emma e George aprontavam tantas travessuras pela casa que Fran jurava ser esse o motivo de seus cabelos brancos prematuros. Talvez fosse justamente por isso que a governanta os colocava naquela sala de TV quase todas as noites para assistir a uma série de comédias românticas ou filmes de ação, a depender de quem estivesse em posse do controle remoto.

— Quando foi a última vez que tivemos uma sessão de cinema todos juntos? — perguntou Emma.

— Já faz um bom tempo — murmurou Knightley.

Emma pendeu a cabeça para o lado, tentando lembrar. Tinha sido algo tão frequente ao longo dos anos que nem chegou a perceber o intervalo cada vez maior entre uma e outra. Margo foi a primeira a abandonar as sessões de cinema, sua presença se tornando mais e mais rara durante a faculdade de direito. Depois foi a vez de Ben, ocupado com o curso de culinária e o trabalho noturno no restaurante. Mas Knightley sempre estava lá. Mesmo durante a faculdade, mesmo quando estava ocupado abrindo a própria empresa, ele sempre arranjava um tempo para as noites de cinema. Foi só quando ele decidiu montar a filial em Los Angeles, ausentando-se por períodos mais longos e mais frequentes, que a tradição pareceu morrer de vez.

Knightley a observou, pensativo.

— Que foi?

— Nada.

— Você quer ligar para Margo e Ben? Ver se eles topam vir para cá?

Emma abriu a boca para responder, mas se deteve. Será que queria mesmo que eles fossem? Os dois já deviam estar em casa a essa altura. Minutos antes, ela tinha sido tomada por uma nostalgia tão intensa por aqueles momentos perdidos entre os quatro que quase chegara a doer. Mas de repente sentiu um novo anseio, uma possessividade aguda por aquele novo refúgio que ela e Knightley haviam criado para si mesmos. Só os dois.

Ela se aconchegou ainda mais no sofá.

— Não, e você?

— Não — respondeu Knightley, com um leve sorriso nos lábios. — Estou bem assim.

— Que bom. Agora fique quieto. As mãos deles estão prestes a se tocar.

Knightley soltou um grunhido.

— Pelo amor de Deus…

Capítulo Seis

Fazia mais de uma hora que Knightley encarava a tela do computador do escritório. Tinha recebido alguns e-mails nesse período, mas nada urgente. Apenas um outro recado de sua secretária Kate sobre reuniões e meia dúzia de perguntas de última hora sobre contratos que ainda nem tinham sido fechados. Ao meio-dia, depois de responder a todos com a maior tranquilidade, percebeu que não tinha mais nada para fazer.

Então se pôs a contemplar o escritório, as janelas que emolduravam a vista do centro da cidade, as paredes de vidro que revelavam os outros compartimentos da Knightley Capital, fervilhando de atividade. Todos lá fora estavam ocupados. E embora isso fosse um sinal de que seu empreendimento estava funcionando como deveria, talvez até melhor, Knightley estava ocioso.

O celular vibrou com uma mensagem de texto, interrompendo sua linha de raciocínio. Ele olhou para a tela.

WILL

Eu não recebi a pauta para a reunião com a Wentworth Hydroponics.

Knightley suspirou. Por mais que Will fosse seu amigo, era também o diretor da Hampshire M&A, uma das maiores firmas de fusões e aquisições da cidade, então a relação comercial entre os dois muitas vezes superava os dez anos de amizade.

KNIGHTLEY

É porque a reunião vai ser só no mês que vem.

Até o fim da semana, então.

Kate vai enviar o arquivo até sexta-feira.

Ele contemplou o escritório, a mesa vazia. Então começou a digitar outra mensagem.

Quer sair para almoçar esta semana?

Não posso. Tenho uns vinte pepinos para resolver até sexta-feira.

Vamos marcar alguma coisa depois da reunião com a Wentworth, quando eu não estiver atolado até o pescoço.

Knightley sorriu, ciente de que a irritação de Will era só fachada. O amigo sabia trabalhar sob pressão. Afinal, os dois eram farinha do mesmo saco. Isso tinha ficado claro desde que se conheceram, no primeiro ano na Universidade Columbia. A amizade nasceu ali, pautada no respeito mútuo e nos ideais que os motivavam: não almejavam o sucesso, queriam apenas deixar a própria marca no mundo.

Perfeito, então.

Calma lá. Desde quando você tem tempo para almoçar?

Pelo jeito, sou melhor no meu trabalho do que você.

Arrã, tá. Bom, aproveite.

Knightley pousou o celular na mesa e deixou os olhos vagarem pela caixa de entrada vazia. Ele deveria mesmo aproveitar esse luxo. Não era o que todos queriam?

Mas então se corrigiu. Nem todos. O pai dele, George Knightley, sempre dizia que o intuito de trabalhar era ter cada vez mais trabalho, e, se isso não acontecesse, era por falta de esforço. O mantra lhe servira bem nos negócios, considerando a fortuna acumulada ao longo dos anos. Mas também garantira que o homem não se importasse com mais nada além do dinheiro: nem com a esposa, que por fim o trocara por um instrutor de ioga, e definitivamente não com os dois filhos que ela deixara para trás.

Depois da morte do pai, Knightley abrira a empresa como vingança. A intenção era torrar toda aquela fortuna com pessoas e ideias que pudessem tornar o mundo um lugar melhor, sem se preocupar com os lucros. Livrar-se de cada tostão do pai em questão de alguns anos, para depois seguir em frente.

Isso tinha acontecido há cinco anos. E, em vez de esvaziar os cofres, a Knightley Capital ostentava algumas das empresas de tecnologia sustentável mais rentáveis do país em seu portfólio.

Knightley olhou pelas paredes de vidro de seu escritório, observando as fileiras e mais fileiras de funcionários compenetrados a poucos metros de sua mesa.

Céus. Talvez o pai tivesse vencido, no fim das contas.

Os pensamentos dele foram interrompidos pelo toque do celular, que mostrava uma foto de seu irmão na tela.

Knightley atendeu.

— Oi, Ben.

— Ei, você sabe instalar uma TV na parede?

— Não, por quê?

Do outro lado da linha, veio o som de algo sendo arrastado, seguido por uma série de grunhidos e palavrões.

— Porque essa porcaria acabou de chegar aqui em casa e preciso dar um jeito de botar na parede antes de a Margo chegar.

— Que horas ela chega?

— À uma da tarde.

Knightley conferiu o relógio.

— Falta menos de uma hora.

Ben ficou em silêncio, depois suspirou.

— Merda.

— Por que você precisa resolver isso antes de ela chegar?

— Por nada, não.

Knightley sorriu. Ah, aí tinha coisa.

— Quantas polegadas tem a TV, Ben?

— Nada de mais.

— Cinquenta e cinco? Sessenta?

Mais silêncio.

— Setenta e cinco.

Knightley riu.

— Ela vai matar você.

— Não se eu conseguir botar na parede antes de ela chegar.

— E você acha mesmo que vai conseguir? Pense um pouquinho.

— Nossa. — Ben soltou uma risada. — Você parece o papai falando.

O sorriso dele esmoreceu. O irmão quase não falava sobre o pai, mas quando falava, Knightley tentava não levar para o lado pessoal. Afinal, tinha passado a maior parte da vida protegendo Ben das críticas e negligências do pai.

Ele se esforçou para manter o tom impassível ao mudar de assunto.

— Como está o apartamento?

— Ótimo. Vai ficar melhor quando eu tiver uma TV sem precisar ver beisebol na telinha do notebook. — Outro grunhido. — E como estão as coisas por aí?

— Na mesma. Sem novidades.

— E está tudo bem aí nesse lado da cidade? Margo está preocupada com o pai dela.

Knightley suspirou, recostando-se na cadeira.

— Vocês moram a dez minutos de carro.

— Ah, você sabe como a Margo é.

— Bom, pode contar para sua esposa que ele decidiu cortar os laticínios da dieta, então o próximo jantar de domingo vai ser interessante.

Ben achou graça.

— Ah, e Emma está com uma amiga nova, não é?

— Nadine.

— Isso. A Margo falou que elas não se desgrudam.

— É?

Outro grunhido.

— Arrã. Acho que Margo encontrou com elas na semana passada, quando Emma levou Nadine para procurar um apartamento novo no Village.

Knightley ficou perplexo. Como Nadine conseguiria bancar um apartamento naquela região? Ela não morava nos dormitórios da universidade? Assim como o corte de cabelo e as roupas novas, aquilo parecia inocente se fosse visto de forma isolada. Mas bastava juntar as peças para uma onda de aborrecimento se alojar no peito de Knightley.

— Inacreditável — murmurou ele ao telefone.

Ben suspirou.

— Qual o problema de Emma fazer uma nova amiga?

— Nada, é só que... — Knightley passou a mão pelos cabelos fartos. — Emma dita o que a garota deve fazer. O que vestir. Como se portar. Nadine está se tornando uma cópia dela.

— E daí?

— E daí que isso não é amizade. É um hobby.

— Mas Emma não é assim mesmo? Encontra algo ou alguém que desperte seu interesse e então se joga de cabeça?

Knightley chegou o corpo para frente, com os cotovelos apoiados na mesa.

— Sim, mas dessa vez é diferente. Emma não precisa de alguém que ceda a todos os caprichos dela. Precisa de alguém que bata o pé, que a lembre de que não pode tratar as pessoas como brinquedos só porque está entediada.

Ben soltou um longo suspiro.

— Você precisa dar um desconto para ela. Todos nós crescemos, inclusive Emma. E você tem que aceitar isso. Não pode ficar julgando tudo que ela faz.

Knightley bufou, indignado.

— Eu não julgo tudo que ela faz.

O irmão riu do outro lado da linha.

— Autocrítica não é o seu forte, né?

— Cale a boca, Ben.

— Nossa, eu queria só ver como teria sido se você não estivesse em Los Angeles quando Emma arranjou aquele namorado francês que respondia a todas as perguntas com cara de paisagem.

Knightley fechou a cara. *Namorado francês?*

— Quem?

— Ah, eu não lembro o nome do cara. Jean alguma coisa? Sei lá. Eles começaram a namorar no último ano da faculdade, e acho que terminaram um pouco antes da formatura. Algo assim. — Outra risada. — Nossa, eu teria pagado para ver sua reação. Queria só ver se *não* ia julgar mesmo.

Knightley sorriu, mesmo a contragosto. É, ele não teria deixado isso passar em branco.

— Quer um conselho, irmão? — continuou Ben. — Não se meta. Se tem uma coisa que a gente aprendeu durante a infância é que não adianta dizer o que as garotas Woodhouse devem ou não fazer.

— Tudo bem — concordou Knightley, com um suspiro. — Vou tentar.

— Muito inteligente da sua parte.

Houve outro grunhido enquanto o irmão arrastava a televisão pela sala.

Um baque ecoou do outro lado da linha, e Knightley percebeu que era a porta se abrindo. Ben murmurou algo baixinho, depois veio o farfalhar de tecido, como se ele estivesse segurando o celular contra a camisa antes de exclamar:

— Oi, meu amor! Surpresa!

— Você só pode estar ficando doido! — berrou Margo.

Quando Knightley desligou, Margo e Ben ainda discutiam. Ele se ajeitou na cadeira, mexendo o cursor do mouse para ligar a tela do computador. Como suspeitava, a caixa de e-mails continuava vazia, então pegou o casaco e decidiu sair para dar uma volta.

O ar fresco de outono acariciou-lhe a pele conforme ele subia a Sexta Avenida. Não demorou para chegar à Rua 59, onde o fluxo constante de táxis e carruagens turísticas o separava do Central Park. Estavam em meados de outubro, e as folhas das árvores resplandeciam em tons de vermelho e laranja, um toque de cor vibrante contra o céu cinzento.

Knightley amava Nova York. As viagens para a Califórnia tinham sido divertidas no início, mas logo perderam a graça. As praias, os restaurantes, as mulheres... nada superava o fato de que Nova York era e sempre seria seu lar.

O celular vibrou no bolso do paletó. Quando o tirou de lá, a tela se iluminou com a foto de uma mão bem cuidada mostrando o dedo do meio.

— Oi, Woodhouse.

Knightley sabia que Emma escutara o sorriso em sua voz, porque estava refletido no dela ao perguntar:

— Espere aí, você está mesmo feliz em falar comigo?

— Quando não fico feliz em falar com você?

— Olhe, para ser sincera, estou surpresa que tenha atendido. São duas da tarde de uma terça-feira.

— Bom, alguém tem que trabalhar.

— Mas você está trabalhando *agora*?

Knightley suspirou. Como ela era irritante, ligando em plena terça-feira sem pensar que ele poderia estar ocupado. Para piorar, ele sabia que ela já havia deduzido que não estava mesmo.

— O que você quer?

— Você não me respondeu.

— Não estou trabalhando neste exato momento.

— Ótimo. Porque estou a caminho do nosso lugar favorito do mundo para relaxar um pouco e gostaria de saber se você quer ir junto.

Um pequeno sorriso voltou aos lábios dele.

— Eu te vejo lá.

Knightley sempre tinha sido fascinado pelo Museu Metropolitano de Arte. Era uma instituição tipicamente nova-iorquina. As colunas imponentes e a fachada de calcário pareciam ancorar o centro da ilha por si só. E lá dentro se escondia o santuário: metros e mais metros de artes e esculturas e... tranquilidade.

Era incrível. Esplêndido. Mas para Knightley, sempre foi um lugar a que podia recorrer. Um refúgio que durante anos competiu apenas com a casa dos

Woodhouse no que dizia respeito a parecer um lar. Um esconderijo quando as coisas em casa ficavam pesadas demais.

Parecia cômico que o pai tivesse gastado milhões para transformar a residência da família em uma espécie de museu e ainda assim Knightley preferisse a experiência real.

— Faz anos que não venho aqui — cochichou ele enquanto atravessavam a ala americana em direção às pinturas europeias.

As galerias eram dispostas em uma determinada ordem, mas o lugar ainda parecia um labirinto. Knightley se forçou a abrir mão do controle e se permitiu simplesmente... vagar sem rumo. Como costumava fazer.

Emma mal tirou os olhos de seu Moleskine cor-de-rosa enquanto anotava as informações de um mostruário. Em suas visitas ao museu, geralmente era ela quem o impedia de andar a esmo. Nunca traçava planos ou cronogramas e chegava a revirar os olhos se Knightley sugerisse seguir em determinada ordem. Dessa vez, porém, Emma parecia surpreendentemente focada. Estava com uma expressão séria e não largava a caderneta; até mesmo calçava sapatilhas.

— Anos? Não pode ser — protestou ela. — Você mora a meio quarteirão daqui.

Knightley nem se deu ao trabalho de responder. Apenas admirou as pinceladas vigorosas da obra de Van Gogh exposta diante dele.

Os dois avançaram para a galeria seguinte. Parecia familiar, mas ele demorou um instante para entender o motivo.

— Um dos quadros da coleção da sua mãe ficava aqui, não ficava? Aquele do Pierre Bonnard? — perguntou Knightley.

Emma o dispensou com um aceno, concentrada no Manet à sua frente, mas ele nem se importou. Sabia bem o porquê.

Cassandra, a mãe de Emma, colecionava pinturas de Pierre Bonnard. Era uma das primeiras lembranças que Knightley tinha da casa dos Woodhouse. Os quadros de cores vibrantes em quase todas as paredes da sala, do escritório, do hall de entrada.

Depois da morte de Cassandra, quando Knightley tinha nove anos, eles começaram a desaparecer um a um à medida que o senhor Woodhouse os emprestava ao museu. Quando Knightley entrou no ensino médio, as pinturas já haviam desaparecido por completo, uma lembrança dolorosa da mulher que os tinha deixado de forma tão repentina.

O olhar dele recaiu na parede cinza logo à frente.

— O quadro ficava bem aqui. *Flores sobre uma mesa*, ou algo assim — murmurou Knightley baixinho, quase para si mesmo.

— *Flores sobre um tapete vermelho* — corrigiu Emma, ainda concentrada no Manet. — Era aquele que ficava em cima do sofá lá de casa.

Knightley se deteve, ligeiramente atordoado. Emma tinha apenas dois anos quando a mãe morreu e mal havia chegado ao ensino fundamental quando o pai se livrara da última pintura.

— Eu não sabia que você se lembrava disso — comentou Knightley, virando-se para observá-la.

Emma limitou-se a encolher os ombros.

— Claro que lembro. Eu me lembro de todos eles. Mamãe escolheu as pinturas para que fossem pedacinhos dela espalhados pela casa. Assim ela também sentia que aquele era seu lar, entende?

Knightley assentiu. Às vezes esquecia que, enquanto suas próprias lembranças da senhora Woodhouse eram difusas, Emma não tinha quase nenhuma.

Ele queria instigá-la a ir além, mas, antes que pudesse dizer qualquer coisa, ela fechou a caderneta e continuou a avançar pela galeria.

— Venha logo, Knightley. Não demore.

— Então, o que viemos fazer aqui? — quis saber ele, seguindo-a para o próximo recinto.

— Pesquisa para minha dissertação. Tenho que entregar o projeto na semana que vem, então vim procurar alguns exemplos.

— Exemplos de quê?

— Influenciadores.

Knightley a encarou, estupefato.

— Como é que é?

— Ué, Knightley, estou falando grego, por acaso?

Emma parou diante de outro quadro.

— Você quer encontrar influenciadores na ala de pinturas e esculturas europeias?

— Isso.

Ele estreitou os olhos.

— E qual é o tema da dissertação, exatamente?

Emma endireitou os ombros, um sorriso presunçoso se formando nos lábios rosados.

— O título é: "O nascimento dos influenciadores: uma análise do mecenato desde a Renascença até os dias atuais".

— Quê?

Ela entrelaçou o braço ao dele, conduzindo-os para o próximo quadro enquanto falava.

— Bom, você sabe o que é um influenciador, não sabe?

— Eu tenho trinta anos, Woodhouse... não cem.

Emma deu um tapinha na mão dele.

— Ok, então você sabe que eles construíram toda uma indústria na qual as marcas patrocinam os conteúdos nas redes sociais. Tem gente que fatura milhões de dólares só para postar fotos de comida, produtos de beleza ou qualquer outra coisa. Mas essa profissão só existe dentro desse ecossistema. Não existem influenciadores sem alguém para patrocinar.

— Certo.

— Então, qual é a diferença entre isso e o mecenato que impulsionou as produções artísticas durante toda a Renascença? Naquela época eles tinham a Igreja Católica, e agora temos marcas aleatórias, mas, se você parar para analisar, ambas estão pagando para que outra pessoa crie uma imagem que promova os seus interesses. Então por que não examinar as duas coisas sob os mesmos aspectos? — Ela parou e se virou para ele. — É genial, não acha?

Emma o encarou e mordeu o lábio, tentando conter seu sorriso enquanto aguardava a reação dele. Knightley tinha que admitir: teria zombado da ideia se tivesse vindo de qualquer outra pessoa. Mas algo na sinceridade de Emma o fez hesitar. Ele desviou a atenção dos olhos verdes para o lábio dela, ainda preso entre os dentes, e sentiu um nó se formar bem no fundo de suas entranhas.

Depois afastou o olhar depressa, limpando a garganta.

— É bem... interessante.

Com um suspiro, Emma seguiu para o cômodo seguinte.

— Acho que você quis dizer "genial".

Ele riu e foi atrás dela.

Outra galeria se estendia logo além, as paredes forradas com outra coleção de arte. O cômodo era familiar para Knightley, ainda que apenas por causa da pintura que o encarava da parede oposta.

— Acho que este é meu quadro preferido daqui — confessou.

Emma parou e analisou a pintura que capturara a atenção dele: *Mäda Primavesi*, de Gustav Klimt.

O quadro era grande comparado aos outros da parede, com cores vibrantes que beiravam o surrealismo mesmo vistas de longe. Mas era o tema central que sempre fazia Knightley se deter para olhar, naquela e em todas as visitas ao longo da última década. A pintura mostrava uma menina parada no que parecia ser seu quarto, com uma mão no quadril enquanto lançava um olhar desafiador para o público. Era como se todos ali não passassem de seus súditos. Uma pequena rainha no comando do próprio reino.

— Ela sempre me lembrou você — contou ele.

Emma inclinou a cabeça para o lado, observando a tela.

— Mas em que sentido?

Knightley se deteve, sem saber como explicar.

— Uma garotinha que não tem noção de seu tamanho.

Emma o encarou com uma expressão ressabiada, como se estivesse ofendida.

Ele riu.

— Bom, é que… ela domina o ambiente. Tão confiante… Klimt não se esquivou disso. Ele a celebrou por inteiro, mostrou como ser confiante e ousada era algo lindo.

O olhar de Emma se voltou para o quadro.

— Eu adoraria saber se ele a pintou de novo quando era adulta — comentou baixinho, mais para si mesma do que qualquer outra coisa.

— Por quê?

Ela apenas encolheu os ombros, dando uma última olhada na pintura antes de seguir para a próxima sala.

Os dois vagaram em silêncio por alguns minutos, e Knightley só o rompeu quando saíram da galeria europeia e adentraram a de Arte Moderna:

— Conversei com o Ben hoje mais cedo… Ele me contou que você levou Nadine para procurar apartamentos no Village.

Emma confirmou com um murmúrio.

— Ela vai conseguir bancar?

— Bom, agora não, obviamente. Mas vai precisar de um lugarzinho só dela quando arranjar um emprego na Christie's. Achamos um apartamento na Rua Charles que é uma graça...

— Mas ela já arranjou o emprego na Christie's?

— Claro que não, ela ainda nem terminou o mestrado. Mas olhar não tira pedaço. Nadine precisa saber o que o mundo tem a oferecer.

Knightley apertou o ossinho do nariz, a dor de cabeça cada vez mais iminente.

— E o namorado dela apoia isso tudo?

— Hã? — perguntou Emma, fazendo-se de desentendida.

— O namorado dela.

— Ah. Eu acho que esse problema foi resolvido.

Emma evitou o olhar de Knightley, mantendo o foco em uma pintura de Rothko mais adiante.

Havia algo errado.

— Resolvido como? — insistiu ele.

— Acho que ela está terminando com ele — respondeu Emma, indiferente.

Knightley ficou surpreso.

— Do nada?

— Como assim?

— No mês passado, quando foi ao jantar de domingo, ela disse que estava com saudade dele.

— Mas será que estava mesmo? — Emma inclinou a cabeça para analisar os esboços a carvão. — Ou será que era só culpa?

— Não entendi.

— Bom, será que ela estava chateada por estar longe dele, ou porque ele a fez se sentir mal por ter vindo? Por seguir os próprios sonhos e deixá-lo para trás?

— Acho que é Nadine quem precisa decidir isso.

Emma concordou.

— Sim, foi justamente o que eu falei para ela. Disse que ela precisa confiar nos próprios instintos. E, cá entre nós, Nadine veio para Nova York para construir uma vida nova, então merece alguém que se encaixe nessa nova realidade. De preferência alguém lindo e com quem eu me dê bem, mas isso vamos resolver mais para frente.

Knightley parou no meio da galeria.

— Espere aí. Você a mandou terminar o namoro?

— Eu não a *mandei* fazer nada — protestou Emma com irritação. — Mas o fato de ela ter encarado a ideia tão bem só mostra que eu estava certa e que aquele namoro estava fadado a terminar. Ela até chegou a dizer que não era o relacionamento para sempre dela.

Ele pareceu confuso.

— Relacionamento o quê?

— *Para sempre*. Tipo, o cara com quem ela vai ficar para sempre.

— Isso não existe.

— Ué, claro que existe. E Nadine sabia que não seria com ele. — Emma deu de ombros. — E quer saber? Ela tinha razão.

— Como você sabe disso? — perguntou Knightley, um pouco mais alto do que pretendia.

— Shhhh! — ralhou uma senhora, olhando feio para os dois.

Emma sorriu para ela com doçura, depois se virou para Knightley e o sorriso desapareceu.

— Porque Nadine é inteligente, linda e engraçada e se mudou para *Nova York*. Poxa, está na cara que ela poderia escolher qualquer pessoa desta cidade.

Knightley suspirou, mantendo a voz em um sussurro:

— Mas isso não significa que você tem o direito de foder com a vida dela.

— E quem disse que eu fiz isso? — sibilou Emma.

Ele arregalou os olhos.

— Perdão, mas você não acabou de admitir?

— Você está presumindo que eu fiz algo errado só por dizer o óbvio? Por acaso acha que eu a manipulei só por sugerir que…?

Knightley soltou uma risada áspera.

— Emma, eu te conheço desde que você nasceu. Acredite em mim: suas sugestões nunca são *só* sugestões.

Ela tinha cruzado os braços sobre o peito e o encarava como se fosse um bicho de sete cabeças.

— Por que você está tão incomodado com isso?

— Porque... — Knightley fez uma pausa e passou as duas mãos pelo cabelo como se isso fosse restaurar sua paciência. — Você trata o mundo como seu próprio parquinho, Emma. Como se tudo estivesse aqui para o seu divertimento até você encontrar algo melhor para fazer.

Ela ficou boquiaberta.

— Isso não é verdade.

— Não? E isto aqui?

Knightley apontou para a galeria ao redor.

— *Arte*? É isso que quer dizer? — perguntou Emma, com os olhos arregalados. — Eu amo arte. Você sabe que amo! É por isso que estou aqui! É minha paixão!

Ele riu com desdém.

— É fácil ter paixões quando você não precisa se esforçar para mantê-las.

Emma recuou como se tivesse levado um tapa. Knightley logo se arrependeu de suas palavras, mas não voltou atrás.

— Você não pode passar a vida pulando de galho em galho — continuou a dizer. — Nem tudo é divertido a todo momento. Algumas coisas exigem tempo e trabalho e não giram em torno do seu umbigo.

— É isso que você pensa de mim? Sério? — A voz dela ficou mais alta a cada palavra. — Acha que eu sou uma garotinha frívola, egoísta e...

— Não, pelo amor de Deus — fervilhou ele, com um meneio de cabeça.

— Então o que você quer dizer com isso?

— Que se importar com uma pessoa não significa que você pode ditar como ela vai viver a própria vida.

Emma soltou uma risada afiada, sem um pingo de humor.

— Nossa, eu não acredito que justo você veio com essa para cima de mim!

As pessoas na galeria começaram a olhar para os dois, mas Knightley não deu a mínima.

— Ela precisa de uma amiga, Woodhouse.

— Mas eu sou amiga dela! — rebateu Emma, quase aos berros.

Outro pedido de silêncio, dessa vez vindo de um homem do outro lado da sala. Eles ignoraram.

— Isso não é só um passatempo divertido. É a vida de alguém. Você já deveria saber disso nessa idade.

A voz dele soou profunda e áspera por entre os dentes cerrados.

Emma estreitou os olhos.

— O que tem minha idade? É sério isso? Eu já sou adulta, Knightley. Igualzinha a você! Eu sei como o mundo funciona!

O rosto de Emma estava vermelho, o peito, arfante, o queixo, erguido ao olhar para ele.

Uma sensação quente e pesada se alojou na boca do estômago de Knightley. Era raiva, mas havia algo além. Uma coisa que ele nem teve tempo de contemplar, pois logo deu um passo à frente, com o rosto a centímetros do dela.

— Você acha que sabe como a porra do mundo funciona, Woodhouse? — sibilou. — Então faça um favor a todos nós e comece a agir como tal.

E então ele deu as costas e saiu da galeria, desceu as escadas e foi embora do museu.

Capítulo Sete

No dia seguinte, Emma passou o trajeto de carro até a casa da irmã pensando em formas de xingar George Knightley. A maioria consistia em variações de "babaca" e "idiota", então, quando o carro estacionou na esquina da Perry Street com a Greenwich, ela jurou para si mesma que pesquisaria novos insultos mais tarde.

— Oi, sou eu — avisou no interfone.

Margo apareceu no visor do aparelho e fez uma careta engraçada antes de liberar a entrada dela no prédio. Emma foi direto para o elevador e subiu até o quarto andar, onde avistou a porta da irmã escancarada ao final do corredor.

O apartamento ficava no último andar de um edifício histórico, um loft com paredes de tijolinhos caiadas de branco, janelas amplas e pisos laqueados de madeira escura.

A ilha enorme da cozinha era o destaque do cômodo principal. De um lado havia uma mesa de jantar feita de madeira reciclada e, do outro, um sofá de veludo azul-escuro e duas poltronas, uma de cada cor.

Emma largou a bolsa em cima da mesa e desabou no sofá com um suspiro exausto.

— Por acaso está achando que isso aí é um divã de terapia? — perguntou Margo, emergindo da cozinha com um copo de água em cada mão.

— Eu vim a pé, sabia?

— De onde?

— Só da esquina até aqui, mas estou de salto.

— Ah, me poupe. — Margo colocou um copo diante de Emma e tomou um gole do outro. — Então, por que essa cara?

Emma fez careta.

— Você não faz ideia do que Knightley aprontou ontem.

Margo crispou os lábios carnudos.

— Que foi? — quis saber Emma.

— Eu estava me perguntando quanto tempo ia demorar para você tocar no assunto. Pelos meus cálculos, foram trinta segundos.

— Ah, então ele contou para você?

— Ele contou para o Ben.

Emma cobriu o rosto com a almofada para abafar um grito, depois a soltou.

— Ele é péssimo.

— Ah, claro, ele é horrível mesmo — ironizou Margo ao se acomodar na outra ponta do sofá.

— Estou falando sério, Mar. Ele passou dos limites. Onde já se viu falar que eu estava manipulando a Nadine... até parece que eu faria isso!

— Arrã.

— Até parece que eu faria uma tramoia para obrigar Nadine a terminar o namoro ou algo assim!

— Como está Nadine, aliás?

Emma piscou. Ah, verdade. O foco era Nadine.

— Ela está bem. Quer dizer, está meio tristinha, mas vamos arranjar alguém melhor para ela. A cidade está cheia de caras solteiros e ela é linda. Não vai ser muito difícil.

Margo arqueou a sobrancelha, cética.

— Então você vai bancar a casamenteira de novo?

— Antes de tudo: de nada — respondeu Emma, apontando para o apartamento que a irmã dividia com o marido. — E, se quer saber, eu nem estou fazendo muita coisa. Só dando algumas dicas para ela depois da aula.

Margo se aconchegou no sofá.

— Claro. E a faculdade, como vai?

— Muito bem. A matéria que estou cursando é bem tranquila, então estou mais focada em escrever a dissertação e aprimorar minha candidatura para o estágio no Met.

— Você ainda está nessa? — perguntou Margo, torcendo o nariz em confusão.

Emma tentou ignorar o tom da irmã, que sem dúvida achava que esse era apenas mais um de seus interesses passageiros, igualzinho a Knightley.

— Como assim?

— Sei lá... Imaginei que o mestrado seria igual àquela vez no ensino médio que você tentou criar sua própria linha de roupas. Ou como a empresa de organização de eventos que cogitamos abrir quando você entrou na faculdade, mas que no fim não deu em nada. Aliás, você seria ótima nisso.

Emma se esforçou para conter a irritação.

— Eu sempre amei arte, você sabe disso.

— Sim, mas achei que, sei lá, se limitava a desenhar e visitar museus no fim de semana.

Emma se virou na direção da janela para esconder seu aborrecimento. Não era porque ela não falava sobre arte que não levava isso a sério. Afinal, as duas também nunca conversavam sobre a mãe. Era um assunto quase sempre proibido.

— A inscrição vai até janeiro, então devo ter notícias sobre o processo de entrevista logo depois disso — continuou Emma, ignorando o comentário da irmã.

— E você já pediu para o papai recomendar você? Acho que você nem ia precisar de entrevista se ele ligasse para lá.

— *Não* vou pedir a ajuda do papai. Eu posso muito bem fazer isso sozinha.

— Mas você sabe que talvez não dê certo sem ele, não sabe?

— Valeu por confiar em mim — murmurou Emma.

— Poxa, você sabe que eu te acho incrível, mas todos os estudantes de belas-artes deste país querem trabalhar no Met... e o papai é um dos maiores patronos do museu, então por que não usar isso a seu favor?

Emma respirou fundo para se acalmar, depois respondeu o melhor que pôde:

— Eu vou fazer isso sozinha, Margo.

A irmã ergueu os braços em um gesto exasperado.

— Tá, que seja. Mas promete que não vai descartar a ideia?

Emma amoleceu.

— Vamos ver.

Apesar das palavras duras, ela sabia que as intenções da irmã eram boas. Sempre eram.

— Ótimo. — Margo sorriu, triunfante. — Agora me diga o quanto você sente minha falta.

— Nem um pouco.

Margo deu risada.

— Mas é sério, está tudo bem — continuou Emma. — Sinto saudade de ter você no quarto ao lado, mas estamos nos virando. Papai está se mantendo ocupado. E Nadine está sempre por lá.

— Que bom que vocês duas se aproximaram — disse a irmã, assentindo.

— É, eu também fico feliz.

— Então... você vai pedir desculpa?

Emma a encarou, sem entender.

— Para Nadine? — perguntou.

— Não, para George.

— Ué, por que eu faria isso? Eu não fiz nada de errado.

— O que você vai fazer se der de cara com ele lá em casa? Sair correndo?

A cabeça de Emma tombou nas almofadas.

— Quem sabe?

Margo riu com deboche.

— Você sabe que ele já deve até ter esquecido isso, né? Ele tem outras coisas com que se preocupar.

— Tipo o quê?

— Bom, ele tem trinta anos. Está ocupado administrando uma empresa de sucesso e está solteiro. Deve estar começando a pensar em ter algo sério com alguém.

Emma franziu o cenho.

— Como assim?

Margo refletiu por um instante.

— Acho que ele se sente sozinho. Bom, ele mora naquela casa enorme sem mais ninguém e, quando não está lá, está no escritório. Cedo ou tarde vai ter que se apaixonar por alguém, nem que seja só para se distrair.

Emma se aconchegou ainda mais nas almofadas, ignorando a sensação possessiva alojada em seu ventre. Sério, até quando aquela briguinha ia durar?

A porta da frente se abriu e Ben apareceu, com os braços cheios de sacolas de mercado.

— Foi mal o atraso! Mas eu trouxe um brunch.

Margo olhou para ele.

— Você não trouxe um brunch. Só trouxe os ingredientes.

— Bom, ingredientes que *vão* virar brunch. Só me dê dez minutinhos.

Margo soltou um grunhido e virou-se para Emma.

— Nunca se case com um chef.

— Tá bom — respondeu Emma, indiferente.

— Bom, se for alguém do ramo de restaurantes, tudo bem, só não pode ser tipo... chef de cozinha.

— Isso é... estranhamente específico.

— Você achou?

Emma lançou um olhar ressabiado para ela.

— O que está acontecendo?

— Nada, só estou oferecendo uns conselhos de irmã — respondeu Margo, com ar de inocência fingida.

— Arrã.

— E só para você saber: Montgomery Knox vai estar pela cidade daqui a algumas semanas.

A cabeça de Emma voltou a afundar nas almofadas.

— Quanta sutileza, Mar.

— Eu só acho que vocês dois ficariam perfeitos juntos! — exclamou Margo, abandonando o teatrinho.

— Ok, qual é o seu plano maligno?

Emma se ajeitou para ficar mais confortável.

— Quero marcar alguma coisa só nós quatro, eu, você, Ben e Montgomery... Mas talvez ele possa ir jantar lá na casa do papai no domingo! Assim tem menos pressão.

— Claro, zero pressão conhecer a família inteira da pessoa no primeiro encontro.

— Mas não é um encontro. É só um jantar.

— Será que ele vem mesmo dessa vez? Ou vai ter que lidar com alguma crise culinária em Marrakesh ou algo do tipo?

— Ele vem! Acho. É que ele é tão ocupado. Mas espere só até você conhecê-lo. Você vai *amar*.

Emma suspirou, resignada diante das tramoias da irmã, enquanto o aroma de bacon e cebolinha emanava da cozinha. Parecia que Margo estava tentando juntar os dois havia meses, sem sucesso. Emma não conseguia entender por que a irmã simplesmente não desistia da ideia. Mas então, ao ver Margo se levantar e passar os braços ao redor da cintura de Ben, que se inclinou para lhe dar um beijinho na testa, de repente nem parecia assim tão difícil entender suas motivações.

Capítulo Oito

— E aí ele desligou na minha cara! — exclamou Nadine, abrindo os braços com tanta violência que quase derramou a taça de *pinot grigio* no edredom de linho.

Emma ouvia tudo da poltrona ao lado da cama, parabenizando-se em pensamento por ter escolhido o vinho branco em vez do tinto, ao mesmo tempo que reagia, chocada, ao relato de Nadine sobre o rompimento com Marty. A expectativa estava nas alturas, já que a amiga só arranjara tempo para contar a história toda dois dias depois do término. Mas Emma tinha deixado o vinho preparado, assim como uma série de itens essenciais para curar a fossa: chocolate, lenços de papel e uma playlist da Beyoncé.

— Nossa, muito maduro da parte dele — debochou Emma, revirando os olhos.

— Calma que ainda piora. Acredita que ele foi até a casa dos meus pais para ver se eles conseguiam me convencer a voltar para lá?

— Não acredito!

— Aí meus pais acharam que ele parecia faminto e pediram que ele ficasse para o jantar!

— Não pode ser.

— Ainda bem que minha vó botou ele para correr, mas ofereceu um pouquinho de crumble de maçã. — Nadine enfiou um bombom na boca, depois continuou: — Tipo... Eu posso tomar minhas próprias decisões, sabe?

— Com certeza — concordou Emma, solidária. — Você está bem?

— Arrã... Acho que estou, sim.

Nadine deu um suspiro, e a raiva pareceu se dissipar.

— Pelo jeito, você está lidando muito bem com isso.

A garota esboçou um sorriso fraco.

— Você acha mesmo?

Emma fez que sim.

— Mas, sério, já cansei — continuou Nadine. — Cansei daquele cara questionando todas as minhas decisões.

Emma soltou um muxoxo.

— Parece até o Knightley.

— Sério?

— E como. Esses dias a gente estava se divertindo à beça no museu, aí de repente ele começou a brigar comigo e foi embora batendo o pé!

Nadine se empertigou, torcendo o nariz.

— Caramba, parece meio exagerado.

— Não é?

Nadine entendia. Esta era a reação que Emma esperava: choque e indignação. E ela sabia que era exatamente o que a amiga iria oferecer.

— E ele não falou mais com você desde então?

— Nem um pio.

— Nossa. — Ela pegou outro bombom. — Mas por que vocês dois estavam discutindo, afinal?

Essa não.

— Então… — Emma correu os olhos pelo quarto em desespero, buscando as palavras certas que pudessem transmitir uma inocência inabalável, mas também ambígua. — Ele insinuou que eu me meto na vida dos outros e crio mais problemas do que soluções. O que *não* é verdade.

Nadine arregalou os olhos.

— Não mesmo!

Emma assentiu com firmeza. A confirmação de Nadine era tudo de que ela precisava.

— Obrigada.

— Tipo, olha tudo o que você fez por mim!

Emma se esforçou para manter a expressão impassível, mas sua voz subiu uma oitava ao responder:

— Pois é.

— Você me ajudou a arranjar o melhor emprego do mundo. Todo mundo lá no salão é tão legal, e Mateo tem sido tão paciente ao me ensinar como funciona o inventário. Ele nem ficou bravo quando eu encomendei cem caixinhas extras de tonalizante sem querer.

Emma ficou surpresa.

— Sério?

Nadine confirmou, depois o brilho voltou aos seus olhos.

— E foi *você* quem me ajudou a ver que eu precisava terminar com Marty.

Oh, céus. Estavam chegando cada vez mais perto da verdade.

— Eu nunca teria feito isso sem você — continuou Nadine. — Isso sem contar que você está me ajudando com o tema da dissertação!

Isso, faculdade! Esse era um assunto seguro.

— Verdade! O tema da sua dissertação... É uma ótima forma de você se distrair de tudo isso — sugeriu Emma, com a voz aguda e um pouco cautelosa demais. — Você trouxe seu notebook?

Nadine fez que sim.

— Ótimo. Mas acho que precisamos de uma mudança de ares... Para ajudar na concentração e tal. — Emma sorriu. — Pegue sua bolsa. Eu conheço o lugar perfeito para isso.

Dez minutos depois, elas chegaram ao Vicarage Coffee e o encontraram quase vazio, exceto por um casal de velhinhos que examinava o cardápio no balcão. Zane sorriu ao avistar as duas, apontando para a mesa habitual de Emma perto da janela.

— Quem é aquele cara? — quis saber Nadine, espiando por cima do ombro.

Zane tinha acabado de ligar a máquina de café expresso e preparava os pedidos do casal.

Hummm, interessante.

— É o Zane — respondeu Emma, tirando o casaco. — Ele começou a trabalhar aqui faz pouco tempo, mas parece que já faz uma eternidade.

Nadine assentiu, sem tirar os olhos dele. Emma não podia culpá-la. Zane era um cara bonito, ainda que de um jeito previsível: alto e esguio, com cabelos castanho-claros e os lábios sempre curvados em um meio-sorriso.

O chiado do vapor pareceu despertar Nadine de seu devaneio. Ela virou para o lado e se pôs a examinar o ambiente, com piso quadriculado em preto e branco e um amontoado de cadeiras que não combinavam entre si, rodeado por paredes escuras forradas de anúncios vintage de café.

— Esta cafeteria é uma graça — comentou ela.

— Arrã, e o café deles é *muito* bom — concordou Emma, com um aceno de cabeça. — Knightley e eu nos encontramos aqui direto.

— Sério? — perguntou Nadine, com um toque de estranheza na voz. — Quer ligar para ele? Perguntar se ele não quer dar uma passada aqui depois do trabalho ou então...

— Não — negou Emma com desdém, sentindo-se indignada de novo. — Sem chance. Ele ainda nem me pediu desculpa. Além do mais, já deve ter outro planos. Pelo jeito, está *tããão* ocupado com o trabalho e a vida social dele que nem consegue...

— Ora, ora, parece que tem duas beldades na minha cafeteria — ronronou Zane ao se aproximar da mesa. — A que devo essa honra?

Emma sorriu, sufocando o que restava de sua irritação com Knightley para manter uma expressão serena.

— Ao tema de uma dissertação de mestrado que precisa ser decidido para ontem. Aí achei que tomar uma xícara de café pudesse nos deixar mais inspiradas.

— Isso — concordou Nadine, sorrindo para Zane. — Pode meter inspiração na gente até o talo, por favor!

Zane riu e Nadine ficou vermelha, como se acabasse de se dar conta do que dissera.

— E que tipo de inspiração vocês vão querer? — perguntou ele, desviando seu olhar para Emma.

— Vou querer o de sempre — respondeu Emma.

Então fez sinal para Nadine, que acrescentou:

— Quero o mesmo que ela.

Quando Zane se virou para o balcão e começou a se afastar, Nadine afundou a cabeça entre os braços.

— Eu não acredito que falei isso! — lamentou-se ela, sua voz abafada pelas mangas da roupa.

— Não foi nada — assegurou Emma. — Ele achou fofo.

A garota ergueu a cabeça, esperançosa.

— Sério?

— Seríssimo. Você não viu o sorriso dele?

Nadine lançou um olhar nada sutil a Zane, que tirava um café da máquina.

— Ele é tão gato.

Isso. Por que Emma não tinha pensado nisso antes? Zane e Nadine... Isso era perfeito.

— É mesmo — concordou Emma, chegando mais perto da amiga. — Se não me engano, ele também é músico. Sempre deixa um violão escondido ali atrás da bancada.

Foi o que bastou. Nadine suspirou alto e começou a secá-lo sem o menor pudor enquanto ele trazia as bebidas.

Zane colocou uma xícara na frente de cada uma, depois voltou sua atenção para Nadine.

— Acho que não ouvi seu nome.

Ela sorriu para ele.

— Nadine.

Zane estendeu a mão.

— É um prazer conhecer você, Nadine. Eu sou o Zane.

Os dois trocaram um aperto de mão tão sutil que, por um momento, Emma achou que estavam apenas desfrutando do toque um do outro.

Obra. Do. Destino.

E então o aperto se desfez. Zane recolheu a mão e virou-se para Emma.

— Vocês precisam de mais alguma coisa?

— Não, obrigada. Estamos bem.

Ela bebericou o café com leite, e Zane assentiu, virando-se para piscar para Nadine antes de voltar ao caixa.

Emma sentiu vontade de dar pulinhos de alegria. A química entre Nadine e Zane era palpável. Dava para ver de longe.

— Sabe, eu acho que ele está solteiro...

Ela fingiu estar interessada nos pacotinhos de açúcar antes de dar uma espiada para avaliar a reação da amiga, que ficou vermelha na hora.

— Hum, não sei se estou pronta para isso.

— Talvez você só precise de alguns encontros para voltar à ativa.

— Eu nem saberia por onde começar. Marty é o único cara com quem já saí.

Emma ficou de queixo caído.

— Sério?

Nadine assentiu, seu olhar voltado para o próprio colo.

— Bom, então eu tenho a ideia perfeita. — Emma esticou o braço por cima da mesa e pegou o celular da amiga. — Está na hora de criar uma conta para você.

— Conta de quê?

— Uma conta nos aplicativos de namoro. — Ela nem tirou os olhos da tela enquanto continuava seu discurso. — Vamos criar um perfil para você no Kissmet. E talvez no Frolick. E você é praticamente uma mulher de negócios agora, então precisa de uma conta no YesBitch.

— Hã, não sei, não… — Nadine hesitou. — Você tem certeza?

— Absoluta. Eu vivo juntando pessoas! Tenho um histórico excelente.

Tudo bem, Ben e Margo eram o único casal que ela de fato havia juntado, mas no fim deu em casamento, então estava na cara que Emma levava jeito para a coisa. Além do mais, essa história de deslizar para a direita nem poderia ser tão difícil assim, poderia?

— Primeiro vamos precisar de algumas fotos suas.

— Acho que nem tenho.

— Quê? É sério? — perguntou Emma, perplexa. — Por que não?

Nadine encolheu os ombros.

— Sei lá. Eu odeio tirar fotos minhas. Sempre fico me sentindo mal.

— Mas você é linda! Nunca vi olhos mais azuis do que os seus e conheço gente que pagaria uma fortuna para ter maçãs do rosto tão acentuadas assim. E seu cabelo, então? Nossa, o Mateo arrasou.

Emma pegou o celular da amiga e apontou a câmera para ela. O sol de fim de tarde banhava o ambiente com uma luz suave, lançando um brilho difuso na pele e no cabelo de Nadine. Orgulhosa, Emma virou a tela para mostrar o resultado.

— Viu? Você é maravilhosa.

Nadine ficou vermelha de novo.

— Ok, agora é sua vez — continuou Emma, devolvendo-lhe o celular. — Abra a câmera frontal e faça assim… — Ela posicionou o braço de Nadine em um ângulo de quarenta e cinco graus. — Isso… Agora incline o queixo para baixo… assim mesmo… olhe para a câmera…

Clique.

Nadine a olhou.

— Tá, e agora?

— Pode continuar. Você precisa tirar várias até uma ficar perfeita.

— Várias quanto?

— Hum, não sei. Umas cem?

Os olhos da garota se arregalaram.

Emma começou a dirigir a sessão de fotos improvisada, dizendo-lhe quando sorrir, fazer bico, virar ou inclinar a cabeça, até que Nadine pousou o celular na mesa e soltou um grunhido.

— Por favor, diga que já terminou.

— Quase — garantiu Emma, dando uma olhada nas fotos. — Agora só precisamos preencher seu perfil e mostrar ao mundo que você é incrível.

Nadine ficou pálida.

— Mas eu não sei fazer isso.

— Ora, estou aqui para ajudar.

Emma baixou o aplicativo do Kissmet e preencheu os dados básicos de Nadine antes de chegar às perguntas.

— Pronto, agora você tem que preencher um questionário para despertar o interesse de quem for olhar seu perfil. A primeira pergunta é: "Depois do trabalho, é provável que eu esteja...".

— Estudando — respondeu Nadine, com indiferença.

Emma franziu os lábios.

— Hum, que tal "explorando um museu ou lendo sobre o movimento artístico neoimpressionista"?

— Nossa, eu adoro o neoimpressionismo! — respondeu Nadine, toda animada.

— Ok. Perfeito. — Emma seguiu para o próximo. — Agora: "Quando era criança, eu adorava...".

Nadine pensou um pouquinho antes de responder.

— Botar roupinhas no senhor Mittens.

Emma parou de digitar e olhou para a amiga.

— Ah, o senhor Mittens era nosso gato — explicou Nadine. — Foi daí que minha mãe tirou a ideia do Xaninho Xique. Eu sempre o vestia com as roupas das minhas bonecas, e como ele só tinha um olho, às vezes eu pegava as peças da Barbie Pirata e...

— Que tal: "Cuidar de animais feridos"? — sugeriu Emma, já digitando a resposta. — Ok, agora a última: "A maior mudança na minha vida foi...".

Nadine riu.

— Essa é fácil. Mudar para Nova York.

Emma sorriu.

— Perfeito. — Ela digitou a resposta e devolveu o celular. — Agora você só precisa preencher o resto das coisas e escolher uma foto de perfil.

— E depois?

Nadine encarava a tela como se um homem fosse se materializar ali a qualquer instante.

— Os caras vão deslizar para a direita se quiserem conversar com você. E aí podemos fazer o mesmo com eles. Vai ser divertido, prometo.

Nadine soltou um suspiro determinado.

— Ok, eu topo. Minha vó sempre diz que uma oportunidade passada é uma oportunidade perdida.

— O que minhas duas clientes preferidas estão aprontando?

Zane surgiu ao lado da mesa de repente, inclinando-se sobre o ombro de Nadine.

— Só estudando — respondeu Emma, mesmo que ainda nem tivessem tirado os notebooks da bolsa.

Nadine riu com nervosismo e tentou esconder a tela do celular, mas não adiantou.

— Você tem um perfil no Kissmet? — perguntou Zane.

— Ah! Hã... tenho, sim... eu... — balbuciou Nadine, cada vez mais vermelha.

— Que legal! Eu também estou por lá — respondeu ele, com um sorrisinho malicioso. — Mas pelo jeito você ainda nem escolheu a foto de perfil.

— É, a gente ia fazer isso agora — comentou Emma.

— Precisam de ajuda? Eu sou bom nessas coisas.

Ele deu uma piscadinha para Nadine.

Ai, meu Deus. Pelo jeito ia *mesmo* rolar.

Emma tentou conter o sorriso ao se levantar da mesa.

— Podem começar sem mim. Eu preciso ir ao banheiro...

Então seguiu apressada até o corredorzinho dos fundos. Depois de se certificar de que a porta estava trancada, ela se virou para o espelho.

Nadine e Zane... eram a combinação perfeita! Nadine precisava de elogios, flertes e noites alucinantes de sexo. Ela precisava de um novo interesse amoroso, e Zane era a pessoa ideal.

Emma abriu um sorriso orgulhoso para o próprio reflexo. Ali estava mais uma prova de que Knightley se enganara a seu respeito. Juntar Nadine com o barista gostoso? Ela era o retrato do altruísmo.

Ao retornar para a mesa, viu que Zane ainda analisava as fotos ao lado da amiga, que sorria de orelha a orelha.

— E aí? Conseguiram escolher? — perguntou Emma, já de volta ao assento.

— Arrã, estamos entre essas duas — respondeu ele, mostrando a tela do celular.

Uma selfie e a foto tirada por Emma.

— Ah! Foi a Emma que tirou essa aí! — anunciou Nadine, toda orgulhosa. — Acho que é a minha preferida.

— Sério? — Zane sorriu. — Bom, então acho que está decidido. — Ele selecionou a foto de perfil, depois devolveu o celular para Nadine. — Viu? Eu falei que era bom nessas coisas. — Em seguida voltou sua atenção para Emma. — E você?

— O que tem eu?

— Também está solteira?

— Ah, não estou saindo com ninguém.

Zane riu.

— Agora ou...?

— Bom, eu vou me formar daqui a uns meses e quero uma vaga muito disputada no Met, então... — Emma encolheu os ombros. — Estou fechada para balanço por tempo indeterminado.

— E se aparecesse a situação certa? — perguntou Zane, em tom mais baixo.

— Acho que a situação certa é nenhuma. — Emma tomou um gole de café. — Mas essa é minha opinião. E você?

— Hummm... — Zane olhou para as duas. — Eu estou aberto a qualquer coisa.

Emma olhou para a amiga, que tentava conter um sorriso, e pela primeira vez, ficou sem palavras.

— Nós três poderíamos sair juntos qualquer dia desses — continuou ele.

— Oh, com certeza! — exclamou Nadine.

Emma estremeceu. *Foi com muita sede ao pote, Nadine.*

— Legal — disse Zane. — Meu amigo vai dar uma festa lá no Brooklyn daqui a uns dias.

Emma murchou.

— No Brooklyn?

— Isso. Em um bar de lá, mas vai rolar uma apresentação antes.

Não, não, não. Essa história estava indo de mal a pior.

Ela se virou para Nadine, como se tentasse transmitir o horror dessa sugestão por telepatia, mas a amiga continuava vidrada em Zane, com os grandes olhos de corça arregalados.

— Nossa, parece incrível — comentou Nadine. — Que tipo de apresentação?

— É tipo... hum, como eu posso explicar... — Zane olhou pela janela, como se estivesse perdido em pensamentos. — Vai ser tipo uma experiência de arte interativa vanguardista com pontes de vidro sobre tanques de água.

Emma teve que fechar os olhos para não os revirar. Isso não parecia nem um pouco interessante. Ela já tinha ido a muitas peças de teatro experimentais na época da escola e certamente não precisava de mais nenhuma. Ao abrir os olhos, porém, viu a expressão esperançosa de Nadine e soltou um suspiro resignado.

— Nós estaremos lá — declarou Emma, com um sorriso forçado. — Parece... divertido.

Nenhum cliente entrou no café na hora seguinte, então Zane continuou na mesa delas até a hora de fechar. Depois que saíram, ele trancou a porta do estabelecimento, com o estojo do violão pendurado no ombro.

Emma avançou pela calçada, usando a desculpa de chamar um táxi para deixar os dois a sós.

Quando um carro estacionou, ela sorriu, radiante, e disse:

— Seu táxi chegou, Nadine. Por acaso você também vai para o centro, Zane? Porque aí vocês dois poderiam dividir a corrida.

— Não, valeu — respondeu ele.

O sorriso de Emma vacilou. Nadine entrou no táxi, toda feliz.

— Até mais! — exclamou.

E em seguida bateu a porta e acenou pela janela enquanto o carro dobrava a esquina.

— Eu jurava que você morava no Lower East Side — comentou Emma.

— Mas eu moro lá mesmo — respondeu Zane, encarando-a fixamente. — Só não me importo de pegar o metrô.

— Ah.

Ele se aproximou.

— Obrigado por ter passado a tarde aqui. Acho que vocês duas são minhas clientes preferidas.

— Hã... Nadine e eu nos divertimos muito.

— É, eu também.

Emma correu os olhos pela rua, tentando pensar em algo para dizer, qualquer coisa que pudesse quebrar o clima estranho que se instalara entre os dois.

Foi então que ela o viu. Do outro lado da rua, a caminho de casa, com o casaco bem fechado junto ao corpo. Knightley. Mas não estava sozinho. Uma mulher caminhava ao lado dele. Era alta, com longos cabelos pretos, a silhueta ainda mais imponente por conta dos saltos agulha em seus pés. Ela sorriu para Knightley, cochichou-lhe algo ao pé do ouvido. Ele andava de cabeça baixa, com passos largos, e não olhou para a mulher ao ouvir o que dizia. Por um instante, Emma achou que tinha passado despercebida. Mas então, como se tivesse sentido a presença dela, Knightley ergueu o rosto e seus olhares se encontraram.

Durou um segundo, mas o estômago de Emma embrulhou, a boca ficou seca. Então o olhar de Knightley recaiu sobre Zane, que se aproximara ainda mais dela. A expressão de Knightley endureceu e ele voltou a fitar a calçada, ainda avançando com aquela linda mulher ao seu lado.

— E aí? O que acha?

Emma piscou ao ouvir a pergunta de Zane.

— Desculpe, o quê?

— Você topa ir à festa no Brooklyn? — perguntou ele outra vez, o sorriso ainda maior.

— Arrã — respondeu Emma, obrigando-se a sorrir também. — Óbvio.

Emma fez o trajeto para casa sem pressa. Estava brava, envergonhada, nervosa e... Céus, nem conseguia identificar todos os sentimentos que fluíam por suas veias. Mas quando abriu a porta da frente, percebeu que, acima de tudo, estava cansada. Cansada de brigas e picuinhas e de... todo o resto. Tão, tão cansada que mal conseguiu subir os degraus que conduziam ao segundo andar.

O quarto estava escuro, mas ela nem se deu ao trabalho de acender as luzes. Apenas sentou-se na cama e contemplou o céu escuro pela janela.

A luz da cozinha de Knightley se acendeu, atraindo sua atenção. Por uma fresta nas árvores, ela conseguia ver a cena que se desenrolava no cômodo: os ombros largos dele perto da bancada; a silhueta alta e esguia da mulher diante da janela. No instante seguinte, a mulher abriu a porta de vidro e saiu para o jardim, sua risada ecoando pelo quintal. Emma revirou os olhos. Knightley não era tão engraçado assim. Mas as mulheres com quem ele saía pareciam ignorar isso. Sempre com a mesma risadinha forçada enquanto examinavam a casa de cabo a rabo sem o menor pudor. Sempre com a mesma jogadinha de cabelo quando Knightley lhes servia uma taça de vinho.

Quantas noites Emma tinha passado ali, junto à janela, assistindo a uma cena semelhante? Tantas que sabia até o que viria em seguida. Os dois conversariam por alguns minutos, cada vez mais perto um do outro, até que a mulher arranjasse uma desculpa para encostar nele: uma mão no peitoral, um ombro feito de travesseiro. Emma se lembrou da adolescência e de como, ainda inexperiente, sempre espiava os encontros de Knightley daquele mesmo lugar. Eram como um tutorial intensivo do que esperar nessas ocasiões: o vinho, as risadas e então...

Como se lesse seus pensamentos, Knightley pousou a mão nas costas da mulher e a conduziu para dentro.

Geralmente, era nessa hora que Emma fechava as cortinas e ria sozinha do quanto ele era previsível, embora estivesse com o rosto corado. Dessa vez, porém, não conseguiu desviar o olhar quando a porta de vidro se fechou atrás deles e a cozinha voltou a mergulhar em escuridão.

O que acontecia quando Knightley levava aquelas mulheres para dentro de casa? Será que lhes chamava um táxi e se despedia com um beijo? Ou as levava para o andar de cima? Emma nunca tinha visto outra mulher no quarto dele, mas a casa era imensa. Havia quartos de sobra. Tantos cômodos, tantas camas...

Quase não deixava sua imaginação ir tão longe, mas dessa vez não conseguiu evitar. Pensou em como ele as tocava, em como tirava suas roupas...

Emma sacudiu a cabeça. O que estava fazendo? Era Knightley quem estava ali. *Knightley*. A mente dela não tinha o direito de enveredar por esse caminho inexplorado, especialmente com ele. Mas a verdade era que tudo em relação a Knightley parecia complicado nos últimos tempos.

Era irritante, mas também assustador.

Outra luz se acendeu na casa, interrompendo os pensamentos de Emma. Dessa vez, ficava no segundo andar. Knightley acendera o abajur ao lado da cama e estava parado no meio do quarto, com a taça de vinho na mão. Sozinho.

A camisa estava desabotoada, revelando o torso definido. A calça jeans pendia tão baixo na cintura que, conforme ele avançava lentamente pelo quarto, Emma pensou ter visto o rastro de pelos escuros que começava embaixo de seu umbigo. Ela queria desviar o olhar, mas então Knightley pousou a taça na mesinha de cabeceira e começou a desabotoar a calça.

Ai, meu Deus.

Emma prendeu a respiração quando ele a deslizou pelas pernas, depois pegou um cabide e a pendurou cuidadosamente.

Quem pendura a calça jeans?, pensou ela. *Só Knightley mesmo.*

Ele desapareceu dentro do closet e, quando voltou, estava vestindo uma calça de moletom. Mas nenhuma camisa. O peitoral largo estava bem... ali, a pele bronzeada totalmente exposta. Emma sabia que deveria desviar o olhar, mas não o fez. Em vez disso, suspirou com alívio por estar com a luz apagada e não ter sido flagrada espiando.

Knightley pegou a taça e tomou um longo gole, com o olhar perdido na janela. Depois de contemplar a escuridão por um bom tempo, deixou a cabeça pender para frente, passando a mão pelos cabelos. Emma acompanhava cada movimento: os músculos tensionados nos braços, a linha que descia pelo abdômen em direção ao...

Não. Ela sacudiu a cabeça outra vez. Isso era errado. Precisava afundar no chão, rastejar para longe dali e nunca mais pensar no que tinha visto.

Mas antes que pudesse fazer qualquer coisa, Knightley deu as costas e saiu do quarto.

Emma fechou os olhos e soltou o ar. Qual era o problema dela?

Depois se levantou, alongou os braços e pernas e respirou fundo. Isso era ridículo. Ela era ridícula. Nunca iria se repetir. Como se para selar a promessa, ela acendeu o abajur, iluminando todo o quarto.

Nada para ver aqui, pensou com seus botões, e então se virou para a janela de Knightley.

A boca dela ficou seca de repente.

Knightley tinha voltado ao quarto e olhava pela janela, notando a presença dela. Não havia dúvida de que a tinha visto ali; seus olhos se encontraram.

Ai, meu Deus.

Emma acenou de leve, o mesmo gesto que fazia anos antes quando lhe desejava boa-noite. Depois sorriu: uma oferta de paz.

Ele tomou um gole de vinho e a encarou de volta. Ficou imóvel por um bom tempo e, quando se moveu, foi apenas para esticar o braço e apagar o abajur.

O quarto dele escureceu.

Os olhos de Emma se estreitaram diante da escuridão repentina, o turbilhão de sentimentos em seu peito rapidamente substituído por pura indignação.

Que seja, pensou ela. Knightley queria continuar brigado? Tudo bem. Ele não poderia ignorá-la para sempre. Afinal, o jantar de domingo estava logo ali.

E ele jamais perderia o jantar de domingo.

Capítulo Nove

Knightley perdeu o jantar de domingo.

Para o senhor Woodhouse, houve uma ligação para se desculpar pelo imprevisto, e o anfitrião, de sua parte, não pareceu nem um pouco incomodado. Garantiu a Knightley que sentiriam sua falta no jantar, mas esperava que a dama que o mantinha longe deles compensasse a ausência. De onde estava, Emma conseguia ouvir a risada de Knightley do outro lado da linha, mas também percebeu que ele não negou as suposições de seu pai. Após uma troca de gentilezas e despedidas, os dois homens enfim desligaram.

Para Emma, não houve absolutamente nada.

Mas ela não se importou, claro. Sequer pensou no assunto. Nem durante os períodos de ócio, quando aguardava com ansiedade a chegada de quinta-feira para ir à aula com Nadine. Nem quando olhava pela janela do quarto todas as noites, sem permitir que seu olhar recaísse sobre a casa do lado oposto do quintal.

Não, ela estava ótima. Knightley mal cruzava seus pensamentos.

Até o domingo seguinte, pelo menos. Mas apenas porque ela passou a maior parte do dia se convencendo de que ele também perderia aquele jantar. Foi por isso que naquela noite, enquanto se servia de uma taça de Chardonnay e escutava a senhora Pawloski encher os ouvidos de Ben e Margo com elogios ao novo espremedor de seu pai, Emma ficou tão surpresa ao ouvir as portas duplas se abrirem e uma voz familiar dizer:

— Olá.

A garrafa de vinho ainda pairava sobre a taça quando ela se virou para olhar. Knightley nem pareceu notar sua presença ao tirar o casaco e o pendurar no encosto da cadeira, acenando para o pai dela, do outro lado da mesa. Em seguida cumprimentou Ben e Margo com um abraço, e foi só depois de rir de um comentário da senhora Pawloski que seus olhos âmbar se ergueram para encontrar os de Emma.

E foi nesse momento, quando os dois trocavam olhares através da cozinha, que ela teve que se lembrar de que não deveria dar a mínima para ele.

— Emma, traga um pouco de vinho branco para George, sim? — pediu o pai dela, fazendo sinal para que retornasse à mesa.

— Claro — respondeu ela, recuperando-se depressa.

Depois de anos de jantares de domingo, Emma sabia que Knightley preferia Viognier e odiava Chardonnay, por isso abriu um sorriso presunçoso ao levar a garrafa para lá.

Knightley estava na ponta da mesa, de frente para o senhor Woodhouse e ao lado de Emma, no mesmo lugar em que se sentara desde o início da tradição dos jantares de domingo, quando ela ainda era tão pequena que mal sabia falar. Mas dessa vez parecia diferente, como se a familiaridade tivesse sido substituída por uma camada rígida de estranheza. Emma tentou ignorar a sensação, que só foi piorada pelo olhar vazio de Knightley quando ela colocou a garrafa diante dele com um baque e se sentou.

Knightley não trocou uma palavra com ela. Os outros estavam tão ocupados ouvindo o senhor Woodhouse listar todas as frutas que poderia usar no espremedor que nem perceberam que havia algo de errado. Mas Emma sabia. Podia sentir.

Os dois haviam passado quase vinte e quatro anos sem discutir. Claro, sempre tinham um ou outro desentendimento, mas bastava uma revirada de olhos ou uma patada bem dada para resolver o problema. Nada que durasse mais do que alguns minutos. Nada que a fizesse desconfiar que a base daquela amizade tinha sido abalada de vez. Até a briga do museu.

Isso é ridículo, ralhou consigo mesma. Os dois deveriam ser capazes de sobreviver a uma simples discussão. Nada mudaria entre eles, Emma se certificaria disso. Com uma determinação renovada, ela sorriu e se virou para Knightley.

— Então — começou a dizer, com leveza. — O encontro da semana passada foi bom?

Ele retribuiu o olhar, parecendo intrigado.

— Semana passada, sabe? Quando você perdeu o jantar — insistiu Emma.

Mas não houve resposta. Knightley apenas pegou a garrafa que ela tinha colocado sobre a mesa e serviu-se de uma taça de vinho.

Emma fechou a cara e espetou a posta de atum no prato. Pois ele que engolisse aquele rancor todo, que ficasse sentado ali e a ignorasse feito um...

— Nadine não veio hoje? — murmurou Knightley, despertando-a daquele torpor.

— Nós não passamos o dia inteiro grudadas, sabe? — rebateu ela.

— Ah. Que bom.

Quando ele fez menção de se virar, Emma entrou em pânico, como se estivesse prestes a perder sua oportunidade de consertar as coisas.

— Está tudo bem entre a gente? — perguntou, então, mordendo o lábio de baixo.

Knightley a encarou.

— Desculpe, o quê?

— É só que... — Ela deu um longo suspiro, tentando colocar os pensamentos em ordem. — Odeio sentir que estamos brigados quando na verdade tudo não passou de uma discussãozinha besta. Uma briga não deveria ser o fim do mundo, não é?

Um pequeno sorriso despontou nos lábios dele.

— Não mesmo.

— Então... amigos?

— Eu sempre vou ser seu amigo, Emma — respondeu Knightley, tão baixinho que só ela conseguiu ouvir.

Emma ignorou a pontada em seu estômago e sorriu ainda mais, tomando um longo gole de vinho.

— Que bom. Porque ninguém teve culpa de nada.

— Ah, é?

— Arrã. No fim das contas, nós dois queremos o melhor para Nadine, certo?

Isso pareceu exaurir Knightley, que se recostou na cadeira.

— Tudo bem, Woodhouse.

Emma assentiu.

— Agora só falta arranjar alguém para fazê-la esquecer o término. Já criei uma conta para ela em todos os aplicativos de namoro, então é só questão de a ajudar a escolher o cara certo. De preferência alguém que possa apresentar a cidade para ela, sabe? E que seja absurdamente gato, porque ela é maravilhosa.

— Você tem uma lista de exigências?

Ela sorriu.

— Ah, faça-me o favor. Todo mundo deveria ter uma lista assim.

— Querer nem sempre é poder.

— Por que não?

Knightley riu baixinho.

— Porque no mundo real ninguém é mimado o bastante para acreditar nisso... Talvez só você.

Doeu como um tapa rápido e ardido.

— Ah. Entendi.

O sorriso dela vacilou, mas quando tentou disfarçar com uma risada, o som saiu fraco e abatido.

O divertimento no rosto de Knightley sumiu ao ver a reação dela. Então ele chegou mais perto, com o cenho franzido, e começou a dizer:

— Emma...

— Atenção, todo mundo! — exclamou Margo do outro lado da mesa. Estava de pé, com um sorriso de orelha a orelha, de mãos dadas com Ben. — Nós temos uma novidade para contar. E como vocês são as pessoas mais importantes da nossa vida, queríamos que fossem os primeiros a saber. Nós vamos...

— Ter um bebê! — berrou a senhora Pawloski. — Você está grávida, não está?

O rosto de Margo desabou.

— É isso. Vamos ter um bebê.

A senhora Pawloski deu um pulo e soltou um gritinho estridente, e no momento seguinte toda a mesa irrompeu em aplausos, abraços e votos de parabéns. Knightley se levantou para cumprimentar o irmão, o senhor Woodhouse beijou a bochecha da filha, e Fran ficou ao lado da bancada, com os olhos marejados.

Emma observou tudo de sua cadeira. Também sorria, mas parecia frágil. Uma máscara precária que se forçara a vestir à medida que a cena se desenrolava diante de seus olhos, à qual assistia com alegria, apesar da enorme solidão que ameaçava dominá-la.

A notícia da gravidez quase conseguiu distrair Emma daquele jantar horrível. As coisas continuaram a melhorar dois dias depois, quando Zane enviou uma mensagem para remarcar os planos do fim de semana. Ao que parecia, um dos espectadores quase tinha se afogado após despencar de uma das pontes suspensas da exposição, que teve que ser fechada de imediato. Isso significava, claro, que Emma teria que arranjar outro programa para reunir Zane e Nadine no sábado à noite, algo que também ajudaria a manter os pensamentos afastados de Knightley. Então ela bateu o martelo: os três iriam a um bar de karaokê no centro da cidade.

— Eu estou tão empolgada! — exclamou Nadine quando Emma colocou outra blusa, dessa vez uma verde de seda, diante de seu corpinho enxuto.

A cama estava abarrotada de roupas, e Emma queria ter certeza de que escolheriam a opção perfeita para a amiga. Afinal, a estrela da noite era Nadine.

Como Emma poderia ser mimada se estava ali, colocando as necessidades dos outros acima das dela?

— Eu amei como ficou em você.

Nadine se olhou no espelho.

— Tem certeza de que não é muito exagerado?

— De jeito nenhum. Comprei essa blusa na Saks com minhas amigas Lulu e Haydie uns anos atrás, mas não uso há um tempão... Pode ficar com ela. Caiu muito bem em você.

Emma arrematou o visual com uma minissaia de camurça marrom e seu colar de ouro preferido da Lanvin, com um pingentezinho de batom na ponta.

Nadine encarou o próprio reflexo, os olhos arregalados e a voz subitamente acanhada.

— Eu nunca cantei em um karaokê... na frente dos outros.

— Sério? — Emma ajeitou seu minivestido rosa-claro da Rixo, todo estampado com botõezinhos de rosa vermelhos. — Bom, você vai amar este lugar. Eu vivia lá quando era mais nova, porque eles nunca pediam para conferir a identidade. — Você canta bem?

— Até que sim — respondeu Emma, aplicando uma camada de gloss. — O segredo é ser confiante, Nadine. É só se entregar à música, fazer acontecer. Você *é* uma estrela do rock.

Nadine riu.

— Claro, sem pressão.

— Você vai arrasar. — Emma entrelaçou o braço ao da amiga conforme desciam as escadas. — Depois de hoje, Zane vai ficar ainda mais obcecado por você.

Nadine se deteve.

— Você acha que ele está obcecado por mim?

— Ah, com certeza. Quanto mais tempo você passa com alguém, mais aprende a ler os sinais — continuou Emma quando chegaram ao hall. — Zane combinou de nos encontrar lá às dez, então, se sairmos agora, vamos chegar uns vinte minutos atrasadas.

— Nossa, o Marty odiava quando eu me atrasava.

Emma deixou a frase pairar entre elas enquanto vestia sua jaqueta prateada da Stella McCartney.

— Ele me ligou esses dias, acredita? — continuou Nadine.

— Ah, é? — respondeu Emma, tentando soar despreocupada.

— Arrã. Eu estava ocupada no trabalho, então pedi para Mateo atender. Mas quando Marty ouviu a voz de um homem do outro lado da linha, ele ficou fulo da vida e desligou.

Emma olhou para ela.

— Ele desligou?

— Sim, aí eu tentei ligar de volta várias vezes, mas ele não atendeu. — Nadine encolheu os ombros, os olhos brilhando como se as lágrimas estivessem perigosamente próximas, e então continuou: — Mateo foi um fofo. Ele me comprou um cupcake na confeitaria da esquina e disse que eu sempre fui muita areia para o caminhãozinho do Marty, mas... sei lá...

— E ele tem toda a razão. Hoje vamos sair para celebrar isso. — Emma agarrou a mão da amiga e a conduziu até a porta. — Liberdade renovada, novas oportunidades e todo o catálogo de música pop dos anos noventa!

O táxi estacionou diante do lugarzinho escondido e obscuro bem na hora calculada por Emma. Ficava em uma rua escura no Lower East Side, com uma fachada discreta que mal chamava a atenção até que as portas fossem abertas para revelar a batida de "Oops! I Did It Again" que emanava de lá. O lugar estava abarrotado de gente, as paredes forradas por pisca-piscas vermelhos. A atenção de todos estava voltada para o palquinho ao fundo, onde um grupo de mulheres, claramente celebrando uma despedida de solteira, cantava Britney a plenos pulmões.

Emma e Nadine abriram caminho através da multidão para alcançar Zane, que já estava no bar, com um copo pela metade. Parecia ter vindo direto do trabalho, ou talvez fosse seu estilo habitual. Dessa vez, vestia uma camiseta surrada do Joy Division e calça jeans desgastada.

— Ah, olhe só como vocês estão lindas — ronronou ele, cumprimentando-as com abraços. — O que querem beber?

— Gim e tônica? — sugeriu Emma, e Nadine concordou.

Zane fez o pedido e as bebidas logo chegaram, acompanhadas de três shots. Ele sorriu ao ver a expressão confusa de Emma.

— Kamikazes... Sabe, geralmente o karaokê é onde você encerra a noite, não a começa, então temos que recuperar o atraso.

Emma não era muito chegada a esse tipo de bebida. Em último caso, quando era forçada a tomar um shot, ela quase sempre jogava o líquido por cima do ombro e apenas fingia ter bebido. Mas Zane tinha razão. Cantar em karaokê exigia um pouco de coragem líquida.

— Já que você insiste...

Ela forçou um sorriso e pegou o copo, entornando-o de uma só vez. Nadine prontamente a seguiu, torcendo o nariz.

Um grupo liberou uma mesa perto do palco e os três rapidamente a agarraram, junto com o catálogo de músicas. Enquanto Zane examinava a lista interminável, um sujeito vestido de cowboy começou a cantar Garth Brooks.

— *I've got friends in low places!* — entoou o homem, dançando ao ritmo da música.

— Esta é a música preferida do Marty! — exclamou Nadine, batendo palmas e balançando o corpo no ritmo da batida.

Essa não.

— Você e Zane deveriam cantar algo juntos! — apressou-se em dizer Emma, agarrando o catálogo para dar uma olhada. — Eu vou cantar primeiro enquanto vocês dois decidem aí.

Ela anotou o número da música e o entregou ao DJ entediado que comandava a máquina de karaokê. O homem aceitou o papel com um aceno de cabeça, sem desgrudar os olhos do celular.

Enquanto voltava para a mesa, Emma sorriu ao ver Zane e Nadine juntinhos tentando escolher uma música.

— Já decidiram? — perguntou ela aos dois, retomando seu lugar.

— Ok, ok. Acho que escolhemos.

Nadine deu uma risadinha e olhou para Zane, que piscou de volta e foi entregar o papel ao DJ.

Assim que ele se afastou o suficiente, Emma virou-se para a amiga.

— Ai, meu Deus! Ele está tão a fim de você!

— Eu sei! Quer dizer, acho que sei? Argh, ele é tão gato!

— Você acha que…?

Emma parou de falar quando Zane se aproximou, e sorriu para Nadine quando ele se sentou ao lado dela.

— E aí, o que vocês escolheram? — perguntou ela.

— Ah, é surpresa — respondeu Zane, com um sorriso preguiçoso nos lábios.

A música de Garth Brooks chegou ao fim e a próxima foi anunciada na televisão acima do palco: "Pour Some Sugar on Me", de Def Leppard. Logo abaixo, o nome de quem ia cantar: Emma W.

Emma virou o restinho da bebida e subiu no palco, agarrando o microfone enquanto a letra passava na tela.

— *Step inside! Walk this way!* — cantou ela, sua voz ecoando pelos alto-falantes do bar.

Nadine ficou de pé e começou a pular para prestigiar a amiga. Zane continuou sentado ao lado dela, observando Emma com um sorrisinho malicioso. De repente ele esticou o braço e o pousou no encosto da cadeira de Nadine.

Isso!

Emma sorriu sozinha, de olhos fechados enquanto se perdia nas palavras atemporais de Def Leppard. Quando a música terminou, algumas pessoas aplaudiram. Ela fez uma reverência e desceu do palco, retornando para a mesa.

— Isso foi incrível! — exclamou Nadine.

— É, definitivamente foi… — concordou Zane, depois se inclinou e colocou a mão no joelho de Emma. Eu vou pegar maio uma bebida para nós. Aceita?

Ela sorriu e afastou o joelho com educação.

— Aceito, sim.

Quando Zane desapareceu no meio da multidão ao redor do bar, Nadine soltou um gritinho animado.

— Ai, meu Deus, Emma! Ele não me largou enquanto você estava no palco!

Emma estranhou. Não era isso que tinha visto lá de cima.

— Sério?

— Arrã, ele apoiou o braço no encosto da minha cadeira e, quando me sentei, começou a fazer carinho nas minhas costas!

Emma sorriu. Estava mesmo dando certo.

Zane retornou com as bebidas bem na hora que a tela anunciou a próxima música: "Don't Go Breaking My Heart", de Elton John e Kiki Dee, cantada por Zane/Nadine.

— É a música que vocês escolheram! Podem ir!

Emma ajudou Nadine a se levantar e recebeu um olhar nervoso da amiga, que subiu no palco ao lado de Zane. Os dois se posicionaram lado a lado diante do microfone quando os primeiros acordes da música começaram a tocar.

Por um momento, enquanto Zane desafinava e Nadine mal abria a boca, Emma questionou sua escolha de ir ao karaokê naquela noite. Mas conforme a música avançava, os dois se ajustaram ao ritmo, mais relaxados e sorridentes. Logo todo o bar começou a cantar junto, irrompendo em aplausos ao final. Zane fez uma reverência e Nadine desceu para abraçar Emma.

— Nem acredito que fiz isso!

Zane sorriu.

— Você foi maravilhosa.

— A dupla perfeita — concordou Emma, radiante, sem se dar ao trabalho de esconder seu sorriso orgulhoso.

Então vieram mais músicas e mais bebidas, e Emma já nem sabia que horas eram quando Zane finalmente sugeriu que dessem a noite por encerrada. Mas isso nem fazia diferença. O corpo dela estava relaxado, a mente extasiada com o sucesso de ter juntado mais um casal. Então tomou o restinho da bebida — *o que era mesmo? rum?* — antes de sair para o ar frio da noite.

— Zane, por que você não divide o táxi com Nadine? — sugeriu ela enquanto os três se dirigiam para a esquina.

— Vai ficar muito fora de mão, é melhor eu dividir com você — argumentou ele.

Em seguida desceu da calçada e fez sinal para chamar o táxi.

— Mas a Nadine mora tão pertinho daqui!

— Ah, mas eu vou a pé — respondeu Nadine, mal reprimindo um bocejo. — O dormitório fica a alguns quarteirões daqui.

— Espere, Zane, por que você não acompanha Nadine? — insistiu Emma. — Para garantir que ela vai chegar bem?

Um táxi encostou no meio-fio e Zane espiou por cima do ombro antes de dizer:

— Tenho certeza de que ela vai ficar bem. Não vai, Nadine?

A garota assentiu, distraída.

— Claro, vou ficar ótima. Vão vocês de táxi!

Emma nem conseguia pensar direito. O que estava acontecendo? Por que Zane estava desperdiçando aquela chance?

— E se a gente levar você até lá? Está frio — continuou ela, com desespero.

Zane suspirou alto.

— Emma, o táxi vai para o outro lado da cidade, e são muitas paradas. Tem táxi de sobra se ela quiser pegar um.

— Zane tem razão — concordou Nadine com um sorriso embriagado. Ela também não parecia entender do que estava abrindo mão. — Além do mais, esse friozinho não é nada comparado ao de Ohio. Eu até gosto.

Zane abriu a porta do táxi e olhou para Emma, cheio de expectativa.

— Viu só? Ela vai ficar bem. Vamos embora.

Emma olhou para a amiga. Será que não queria que Zane a acompanhasse até em casa? Por que ela era a única seguindo o roteiro? Depois de mais alguns segundos constrangedores, Emma finalmente cedeu, dando um abraço rápido em Nadine antes de entrar no carro.

Nadine acenou quando o táxi dobrou a esquina da Rua 6 em direção à FDR Drive.

— A noite foi ótima — comentou Zane, abrindo as pernas no banco até que seu joelho resvalasse no dela.

— É — respondeu Emma, tentando não soar irritada. — Mas achei que você ia gostar de acompanhar Nadine até em casa.

Zane apenas deu de ombros.

— Ela falou que ia ficar bem.

Depois de assentir, Emma olhou para o East River lá fora. O táxi passou por uma rua esburacada, fazendo-os saltar no banco. De repente, Zane parecia estar bem ao seu lado. Ela tentou chegar mais perto da janela, mas ele continuou se aproximando.

— Emma... — começou a dizer.

— Oi?

Ela se inclinou para trás, afastando-se o máximo que conseguia até estar quase colada à porta do carro.

— Eu estive pensando...

Silêncio. Zane a encarou, como se esperasse que ela lesse seus pensamentos.

— Pensando em quê? — perguntou Emma, por fim.

Ele pousou a mão na coxa dela e se inclinou para frente, seus lábios ficando perigosamente próximos de...

Ai, meu Deus. Zane estava tentando beijá-la.

— Zane! — exclamou Emma, afastando-o pelo ombro. — O que você está fazendo?

Ele sorriu.

— Nós deveríamos dar uma chance. Ver no que dá.

— Nós? — repetiu ela, perplexa.

— É. Você e eu.

Zane tentou se aproximar outra vez, como se tudo estivesse esclarecido.

— Você não pode estar falando sério — insistiu Emma, empurrando-o com mais força.

Ele pareceu confuso.

— Quê?

— Você está bêbado — continuou Emma, tentando se recompor. — Não está falando coisa com coisa.

— Ué, você estava dando mole para mim até agora e de repente resolveu mudar de ideia?

— Quê? — Ela nem conseguia acreditar. — Mas e a Nadine?

— O que tem ela? — perguntou Zane, parecendo genuinamente confuso. — Nadine é bonitinha e tal, e eu com certeza pegaria, mas ela não está aqui. Se estivesse, nós três poderíamos fazer uma festinha juntos...

Emma arregalou os olhos.

— Mas do que raios você está falando?

Zane se aproximou para beijá-la e Emma virou a cabeça, fazendo com que os lábios dele pousassem desajeitados em sua orelha. Depois tentou afastá-lo outra vez, mas Zane agarrou-lhe o braço e a puxou em sua direção.

— Ei, me largue! — gritou Emma. — Eu *não* quero!

— Porra, qual é a sua, hein? — vociferou ele.

Emma estava atônita e usou toda a força que tinha para empurrá-lo para longe. Zane pendeu para frente bem na hora que o táxi fez uma curva fechada, e o movimento o fez chocar a cabeça na placa de acrílico que os separava do motorista.

— Cacete! — berrou ele, apalpando o machucado. — Porra!

— Bem feito! Era para você gostar da Nadine!

Ele riu com desdém.

— A Nadine que se foda! Eu e você temos um lance, vai dizer que não? Só não entendi por que você começou a agir feito uma piranha distante do nada.

Zane a agarrou de novo, puxando-a para si.

— Você é um idiota!

Emma não conseguia controlar a fúria que crescia em seu peito. Ela libertou o próprio braço e pegou impulso, desferindo um soco bem no meio da cara dele. Era a primeira vez que socava alguém, mas parecia levar jeito para a coisa, porque Zane desabou para trás, atingindo a porta oposta do carro.

— TÁ MALUCA, PORRA? — berrou ele, cobrindo o olho ferido com a mão.

— Pare o carro! — gritou Emma para o motorista.

O táxi encostou no meio-fio.

— Saia! — sibilou ela para Zane.

— Quê?

— Desça deste táxi agora mesmo!

— A gente tá no meio da avenida, porra!

— Dê o fora! — gritou Emma, tremendo de raiva.

Estava com o punho cerrado, pronta para desferir outro soco.

Zane abriu a porta do carro e saiu.

— Sua mimadinha do caralho! — vociferou ele.

E em seguida bateu a porta.

— Pode ir! — pediu ela ao motorista, que logo tratou de acelerar.

O coração de Emma martelava contra o peito, o corpo dominado pela náusea. Ela fechou os olhos e tentou se acalmar.

— Obrigada — agradeceu ao motorista, que apenas acenou em resposta.

Ela olhou pela janela, as mãos ainda trêmulas no colo, enquanto o choque se transformava em raiva.

Como podia ter entendido tudo tão errado?

Nunca tinha dado abertura para Zane. E mesmo se tivesse feito isso sem querer, as ações dele continuavam inaceitáveis! Será que era impossível ser gentil sem que os outros interpretassem isso como algo a mais?

— Será?! — gritou, com a voz aguda.

O motorista do táxi a encarou pelo retrovisor, mas Emma apenas fechou os olhos. Pobre Nadine! A amiga ia ficar arrasada. E a notícia teria que vir dela.

Quando Emma voltou a abrir os olhos, deu de cara com o motorista. Ela piscou, e só então se deu conta de que tinham chegado ao destino. Com um sorriso de desculpas, ela pagou a corrida e desceu do carro, depois subiu os degraus até a porta da frente sem a menor pressa. O táxi se afastou e ela o viu desaparecer rua abaixo.

Então respirou fundo, deixando o ar frio encher seus pulmões. Zane que se fodesse. Ela era Emma Woodhouse. Ninguém tinha o direito de tratá-la daquele jeito, e tanto ela quanto Nadine mereciam coisa melhor. Por mais terrível que a noite tivesse sido, pelo menos servira para que Emma descobrisse a verdade sobre Zane.

Um tempo depois, ela tirou as chaves da bolsa e destrancou a porta. A casa estava escura e silenciosa quando deixou o casaco no aparador e desceu até a cozinha, onde pegou uma garrafa de água com gás na geladeira. Em seguida sentou-se na bancada, sem tirar os olhos das portas duplas enquanto sorvia o líquido.

Ela estava bem. Tudo ia ficar bem. Ainda assim, seu corpo não parecia disposto a se acalmar. O coração ainda batia acelerado, a adrenalina ainda estava a mil.

Emma ainda não estava pronta para ir dormir.

Capítulo Dez

Knightley acordou com o som de passos, copos tilintando e gavetas sendo abertas no andar de baixo. Os ruídos se insinuavam por seus pensamentos antes mesmo que ele tomasse consciência deles, mesclando-se aos sonhos até seu cérebro ter um estalo e seus olhos se abrirem.

De repente escutou o barulho inconfundível de uma das banquetas da cozinha sendo arrastada pelo chão, como se alguém tivesse trombado nela.

— Mas que droga! — praguejou uma voz familiar.

Emma tinha usado sua chave reserva outra vez.

Knightley afastou as cobertas e pegou uma camiseta antes de descer as escadas, terminando de vesti-la assim que pisou na cozinha. A porta do freezer estava aberta, a única fonte de luz no cômodo escuro.

— Olá — murmurou ele, sua voz rouca de sono.

Ela esticou o pescoço apenas o suficiente para encontrar seu olhar.

— Eu acordei você?

Knightley estava prestes a responder algo sarcástico, sugerindo que seria difícil não acordar enquanto alguém vasculhava sua casa na calada da noite, mas as palavras pareciam amargas em sua boca, então ele as engoliu. Porque a verdade era que estava feliz em vê-la ali.

Os dois mal tinham se visto ao longo da semana, desde aquele terrível jantar de domingo. Ele havia passado horas e mais horas no escritório, acrescentado ainda mais quilômetros às suas corridas, tudo em uma tentativa de superar o assunto. Mas a mente dele sempre voltava ao que dissera, à reação dela e à culpa que ainda o atormentava. Era uma sensação nova, inusitada, especialmente em relação a Emma. Por isso, mais cedo naquela noite, ele havia tomado um copo de uísque. Depois outro. E então se forçara a ir para a cama.

Achou que a culpa voltaria assim que acordasse, como tinha acontecido todos os dias desde então, mas ao ver Emma ali, parada em sua cozinha, Knightley percebeu que havia se livrado daquele tormento.

— Não foi culpa sua. — Ele passou a mão pelo rosto. — A acústica piorou depois da reforma.

— Pois é, quem diria que derrubar um monte de paredes faria isso?

Knightley sorriu ao vê-la desaparecer atrás da porta do freezer.

— O que você está procurando aí?

— Sorvete.

— Por que você quer sorvete?

Ela reapareceu um momento depois, munida de um pote de sorvete de chocolate, e o encarou com um ar ressabiado.

— Não entendi a pergunta... É pegadinha?

Então fechou o freezer e contornou a bancada, abrindo a gaveta de talheres.

— Até onde sei, tem comida lá na sua casa — argumentou Knightley.

Ele apoiou o corpo na bancada oposta, os braços cruzados sobre o peito.

— Você acha mesmo que meu pai deixa a gente comprar sorvete? Já viu o tanto de açúcar refinado que tem em um único pote?

Depois se virou com uma colher na mão e um sorriso triunfante no rosto. Estava com as bochechas levemente coradas, e Knightley adivinhou, pela roupa que vestia, que devia ter acabado de voltar de uma noitada. Ainda devia estar um pouco bêbada.

Normalmente, ele teria pegado no pé dela por conta disso, mas dessa vez apenas se virou para a geladeira, em silêncio.

— Quer um pouquinho? — ofereceu Emma, enquanto ele abria a porta de inox.

Knightley não respondeu, apenas pegou uma cerveja lá dentro.

Ela revirou os olhos e cruzou o cômodo até desabar no sofá da sala ao lado. A barra do vestido se enrugou quando ela cruzou as pernas sob o corpo, abrindo a tampa do pote. Knightley se acomodou em uma banqueta na cozinha, de frente para ela, e em seguida desrosqueou a tampinha da cerveja.

O silêncio reinou por um momento.

Emma era uma das únicas pessoas com quem ele conseguia ficar assim, sem a necessidade de preencher a quietude com conversas triviais. Mas dessa vez o silêncio parecia pesado, como se carregasse os milhares de coisas que Knightley gostaria de dizer, mesmo sabendo que não deveria.

Mas ele nada disse, apenas tomou um gole de cerveja. O silêncio se arrastou por mais um minuto antes que Emma o quebrasse.

— Você tinha razão, sabia? — disse ela baixinho, quase um sussurro.

Quando Knightley a olhou, sem saber se havia entendido direito, percebeu que a atenção dela continuava voltada para a colher, o sorvete intocado.

— Em relação ao barista...

Ela enfim retribuiu o olhar e sorriu, mas era o mesmo sorriso do jantar de domingo: tão frágil e forçado que parecia prestes a se dissolver a qualquer minuto.

— O que aconteceu?

— Não foi nada.

— Então me conte.

Um suspiro.

— Nós três saímos juntos hoje, e eu tinha tanta certeza de que ele estava a fim da Nadine... e, no começo, parecia estar mesmo...

A voz dela foi morrendo aos poucos, o olhar voltado para a colher.

— E aí?

— E aí que não estava.

Knightley apertou o gargalo da cerveja com mais força.

— Quero que me conte o que aconteceu.

— Está tudo bem, juro — garantiu ela com outro sorriso, este um pouco mais sincero. — Foi só que... ele me chamou de piranha depois que... tentou me agarrar à força... no táxi.

— Ele fez *o quê*?

A raiva de Knightley o fez soar cortante e mordaz.

— Ai, meu Deus. Não precisa bancar o irmão mais velho para cima de mim, por favor. Eu dei um jeito.

— Deu um jeito?

Ela encolheu os ombros.

— É, eu dei um soco na cara dele e o botei para fora do táxi.

Knightley pareceu surpreso.

— Sério?

— Sério. — Ela o encarou de volta. — Por que você está me olhando com essa cara?

— Eu só estou... impressionado. — Ele soltou o ar e a adrenalina diminuiu um pouco, mas continuou ali. — Você está bem?

Emma deu um suspiro exagerado.

— Estou, sim. Prometo. É só que...

— O que foi?

— Minha mão ainda está doendo para caramba.

Knightley deixou escapar uma risada e Emma o acompanhou, mesmo enquanto o repreendia:

— Ei, isso não tem graça!

— Pois eu discordo — rebateu ele, ainda sorrindo ao tomar um gole de cerveja, a tensão parecendo se dissipar.

— Ele deve estar perambulando pela avenida até agora! Estou me sentindo péssima.

O divertimento de Knightley cedeu ao ver a mudança na expressão dela, a mistura de humor, culpa e tristeza que se insinuava sob as curvas de seu sorriso.

— Você não deveria se sentir mal por isso.

— O olho dele deve estar roxo por minha causa!

— E ele mereceu — declarou Knightley, com os cotovelos apoiados nos joelhos. — Não pense que você fez algo errado. Ninguém merece ser tratado assim. Muito menos você.

— Ah, é?

— Com certeza.

Emma pareceu refletir por um instante, dando uma colherada no sorvete antes de olhar para ele.

— Quando eu o botei para fora do táxi, ele me chamou de mimada. E isso, eu mereci?

Porra. Knightley sabia que suas palavras no jantar a tinham chateado. Mas, naquele momento, não havia censura em seu rosto; os olhos verdes de Emma recaíram sobre os dele, um esboço de sorriso brincando em seus lábios. Ela estava lhe dando uma chance, uma brecha.

— Quando eu falei que você era mimada, não foi por... — Ele se deteve e alisou o rosto com a mão. — Eu não quis dizer isso, Emma.

Ela riu.

— Quis, sim.

— Mas eu não deveria ter dito. E você não deveria se sentir mal por isso.

— Está tudo bem.

— Não, não está — insistiu Knightley. — Especialmente quando algum babaca usa isso contra você.

Emma suspirou, deixando a cabeça cair entre as almofadas do sofá.

— Só não entendo por que tudo tem que ser tão complicado.

— Tudo o quê?

— Homens. Relacionamentos. Tudo.

— Mas não é.

Outra risada quando ela esticou o pescoço e o encarou com ar de deboche.

— Para você é fácil falar.

Ele estava prestes a tomar outro gole de cerveja, mas parou com a garrafa ainda na boca.

— O que você quer dizer com isso?

Emma revirou os olhos.

— Para *você* não é complicado.

— Por que não?

— Oras, porque suas relações são sempre casuais — respondeu ela, ainda com um esboço de sorriso nos lábios.

Os dois pareciam estar prestes a desbravar um território perigoso, mas Knightley não queria parar. Nem sabia se conseguiria parar.

— E como você saberia disso?

Emma sustentou o olhar dele, o sorriso lentamente escorrendo de seus lábios. Era como se ela também fosse atraída para esse território inexplorado. A sensação inquietante de que nunca poderiam voltar atrás.

— Bom, você nunca nos apresentou nenhuma delas, mas eu as vejo às vezes — respondeu Emma, engolindo em seco. — Quando você as traz para casa.

Uma onda de adrenalina percorreu o corpo de Knightley, que ainda assim permaneceu imóvel, com os olhos focados. Ele sempre tinha sido cauteloso em relação às mulheres com quem se envolvia, como se mantê-las de seu lado do quintal pudesse proteger Emma de alguma forma. Sempre dizia a si mesmo que era por ela ser muito jovem, incapaz de entender, mas ao vê-la ali, com os olhos verdes fixos nos dele, a verdade parecia muito mais complicada que isso.

— O que você viu?

Os ombros de Emma se encolheram ligeiramente, os olhos recaindo sobre o sorvete para evitar os dele.

— No verão você abre as portas para o jardim e as leva lá com uma garrafa de vinho. Quase sempre é tarde, então imagino que seja uma forma de encerrar a noite. Aí vêm as conversas, às vezes algumas risadas... — A voz dela foi sumindo à medida que seu rosto corava. — Nunca consigo ver muita coisa por causa das árvores, mas de vez em quando dá para ouvir. Risadas. Sussurros. É mais ou menos nessa hora que você as traz de volta para dentro e apaga as luzes.

Céus. Ele não fazia ideia.

O olhar dela voltou a encontrar o seu.

— No inverno também tem vinho, mas vocês dois ficam sentados aqui. — Emma passou a mão pelas almofadas, como se de alguma forma soubesse das mulheres com quem ele havia se deitado naquele sofá. — Não consigo ver nem ouvir muito bem, mas o roteiro parece ser igual. Vinho, risadas. E depois... luzes apagadas.

— Mais alguma coisa? — perguntou Knightley, a voz profunda, quase sussurrada.

— Não.

A língua dela escapou para umedecer os lábios. Ele se forçou a ignorar o que isso o fez sentir, o calor que irradiou nas profundezas de seu peito.

Continuou imóvel. Nunca tinha se sentido culpado por sua vida amorosa, pelas várias mulheres com quem saía uma ou duas vezes e depois nunca mais. Era o que lhe convinha, o que o impedia de se apegar demais. Mas sempre se confortava com o fato de ser direto desde o início, de deixar claras suas intenções antes que qualquer pessoa pisasse em sua casa. O arranjo perfeito.

Mas de repente a culpa desabou sobre ele como uma onda, arrastando-o para as profundezas enquanto seu olhar se mantinha fixo em Emma.

— Você dorme com elas?

Se tivesse vindo de qualquer outra pessoa, a pergunta teria sido invasiva, mas foi feita com tanta naturalidade que pareceu estranhamente íntima, desencadeando um choque nas veias dele.

— Às vezes.

— E elas passam a noite aqui? Estão aqui pela manhã?

Ele negou com a cabeça.

— Não.

Emma inclinou a dela para o lado.

— E todas elas sabem disso de antemão?

Uma concordância.

— Viu? — murmurou ela, um sorriso preguiçoso retornando aos lábios. — Nada complicado.

A testa dele enrugou. Não tinha gostado do tom acusatório.

— Não é complicado se você for honesto em relação ao que quer.

Emma se endireitou no sofá, a atenção voltada para o pote de sorvete.

— Hã, então esta noite, quando Zane disse que não queria nada além de me comer, não teve problema, já que ele foi honesto em relação ao que queria?

— Não... Céus, não. — Knightley alisou o cabelo com a mão. — Ser honesto em relação ao que você quer também significa ouvir as vontades do outro.

— E se os dois não quiserem as mesmas coisas?

— Então pelo menos vão saber. Assim, ninguém se machuca.

Emma riu com desdém, enfiando a colher no pote.

— Isso é impossível.

— Por quê?

— Porque aí não é um relacionamento.

— É por isso que funciona para mim.

— Tudo bem, pode funcionar para você, e talvez para as mulheres com quem você se envolve, mas não sei se funcionaria para mim.

— Você mudou de ideia sobre ser solteira? Agora quer um relacionamento?

Enquanto Emma refletia, uma mecha de cabelo se desprendeu do rabo de cavalo e caiu sobre seu rosto, e Knightley teve que se conter para não ir até lá ajeitá-la.

Por fim, ela deu um suspiro.

— Não sei.

— O que você quer, então?

Ela refletiu por mais um momento, depois deu de ombros.

— Estar lá pela manhã.

Knightley ficou atordoado, as palavras como um soco no estômago. Ele inclinou o corpo para trás e tomou um longo gole de cerveja antes de responder.

— Então não vai ser complicado.

— Como você pode saber disso?

— Porque a pessoa que você escolher também vai saber o que quer.

— E o que ele vai querer?

— Você. Inteira.

Emma engoliu em seco, os lábios ligeiramente entreabertos ao olhar para ele.

— O que isso significa?

— Ele vai querer o pacote completo. Levar você para casa e dormir com você, sim. Mas também fazer amor com você. Acordar ao seu lado. Sair para tomar café. Discutir sobre que cor pintar o banheiro e quem vai colocar as louças na máquina. Você vai saber o que ele quer porque ele dirá a você. E ele vai saber o que você quer porque você lhe dirá o que espera.

Knightley podia ver a pulsação acelerada no pescoço dela, estrondeando enquanto o resto de seu corpo permanecia imóvel.

— Então… — disse Emma, com um aceno. — Nada complicado.

Quando o olhar dele recaiu sobre a boca de Emma, com o lábio inferior preso entre os dentes, ocorreu-lhe que, naquele momento, ela teria gosto de sorvete de chocolate. Ele queria beijá-la. O pensamento aterrissou em seu peito feito chumbo. Ele deveria ter odiado como a ideia o excitou, mas só conseguia pensar em beijar aqueles lábios. Não queria mais saber daquela conversa, nem daquela dança inusitada em que pareciam ter se envolvido nas últimas semanas, só queria saber… dela.

E foi então que Knightley se deu conta. Ele queria Emma.

A constatação foi tão alarmante que só lhe restou continuar onde estava e dar um último gole para esvaziar a garrafa de cerveja.

— Já está tarde — disse ele, por fim. — Você deveria ir para casa.

Emma piscou, surpresa.

— Ah. Claro.

Ela se levantou e deixou o sorvete na bancada antes de caminhar até a porta de vidro. Depois parou ali e se virou para trás, esperando que ele a acompanhasse até em casa, como sempre fazia.

Mas se Knightley ficasse de pé, Emma poderia ver a forma e o volume que seus pensamentos haviam assumido. Por isso, ele apenas continuou sentado, despedindo-se com um aceno.

A decepção tingiu seu rosto, mas durou apenas um instante antes de ela forçar outro sorriso e sair porta afora. Knightley observou enquanto ela atravessava o quintal e desaparecia entre as árvores. E continuou observando por uns bons minutos antes de enfim desviar o olhar.

Capítulo Onze

Quando a segunda-feira chegou, Knightley já tinha batido o martelo: aquilo estava superado. Ele nem sabia ao certo o que "aquilo" significava, apenas que havia se instalado em seu cérebro, ocupando cada pensamento, cada instante. Aquilo sussurrava as coisas erradas nas horas erradas e inundava a mente dele de imagens que não deveriam estar ali, de tal forma que, na noite anterior, tivera que inventar uma desculpa para perder o jantar de domingo, só para garantir que ninguém visse seu rosto, com medo de que pudessem adivinhar seus pensamentos.

Mas aquilo estava mesmo superado. A decisão foi tomada enquanto estava a caminho do escritório e, quando se sentou à mesa, já estava tudo resolvido. Emma Woodhouse continuaria ocupando o posto de amiga, e ponto-final.

Em seguida ele mergulhou de cabeça no trabalho, já ocupado com as pilhas de documentos na mesa antes mesmo de o computador terminar de ligar. Quando Kate chegou, às nove, Knightley andava de um lado para o outro do escritório, pedindo-lhe que repassasse seus compromissos do dia. Teria uma reunião com Will e a equipe da Hampshire M&A às onze horas para tratar da aquisição da Wentworth Hydroponics, e Knightley queria resolver quaisquer questões pendentes, revisar cada documento. Quando a secretária saiu com uma lista de afazeres, ele começou a dar telefonemas e marcar reuniões para o resto da semana... mas *aquilo* continuava lá. Aquela energia, aquela tensão em seus músculos, como se fosse explodir se ficasse muito tempo parado, como se a decisão fosse ruir aos seus pés. Então ele não parou.

— Você está horrível — disparou Will ao entrar na sala de reuniões, sentando-se do outro lado da mesa.

Como de costume, vestia um terno cinza impecável, com o cabelo loiro-escuro penteado para trás, e até mesmo sua carranca característica se fazia presente.

— É ótimo ver você também, Will — respondeu Knightley com ironia, recostando-se na cadeira para desabotoar o paletó.

O comentário de Will não tinha sido um insulto. Will não insultava ninguém; só era brutalmente honesto. Logo o restante da equipe chegou. O último a entrar foi Charlie, sócio de Will, que cumprimentou Knightley com seu sorriso habitual antes de se acomodar à mesa.

A animação de Charlie era palpável. Apesar de trabalhar no ramo de fusões e aquisições, ele era, acima de tudo, um entusiasta da ciência. Will estava ali por enxergar o potencial de longo prazo na estrutura de negócios e no modelo de faturamento da Wentworth, ao passo que Charlie só queria aproveitar a oportunidade de passar a hora seguinte discorrendo sobre condutividade elétrica e fertilizantes hidropônicos.

Quando o resto da equipe de Knightley chegou e as devidas apresentações foram feitas, eles apagaram as luzes e Charlie apresentou um relatório em PowerPoint sobre a possível aquisição da Wentworth Hydroponics pela Blaxton Agriculture.

A Wentworth tinha sido um dos primeiros investimentos de Knightley, quando ainda era apenas a start-up de alguém que havia trancado a faculdade para cultivar microvegetais no porão da casa dos pais e os vendia para o restaurante de Ben. Depois de alguns anos, já contavam com mais de trezentas pessoas na equipe, escritórios em Nova York e Los Angeles e uma possível aquisição pela terceira maior empresa agrícola do país.

Knightley deveria estar eufórico. Deveria estar, no mínimo, prestando atenção. Mas quando eles passaram ao próximo slide e Charlie começou a listar os avanços técnicos da Wentworth, os olhos de Knightley perderam o foco e o cérebro foi arrebatado pela voz ofegante de Emma.

Você dorme com elas?

A pergunta martelava em seus ouvidos como se ela estivesse sentada ao lado dele, aos sussurros.

Santo Deus. Ele fingiu estar interessado nos documentos sobre a mesa enquanto as palavras de Emma se agitavam em seu cérebro, ricocheteando por todos os lados. Teria ele imaginado a reação dela? O rosto corado, os olhos arregalados? Precisava que fosse verdade para justificar suas próprias reações?

E assim, em um piscar de olhos, a energia voltou como uma corrente viva, fazendo-o agitar os pés com impaciência e contar os minutos até que a reunião finalmente, e felizmente, chegasse ao fim.

Ele se levantou antes que Charlie tivesse tempo de perguntar se alguém tinha alguma dúvida e saiu apressado da sala antes que Will pudesse perguntar se os planos do almoço ainda estavam de pé.

Já de volta ao escritório, trancou a porta e desabou na cadeira, girando-a para ficar de frente para as janelas. A cidade se estendia no horizonte, o sol reluzindo em aço e vidro, mas Knightley apenas fitou o nada, sem perceber nada disso.

Ele estava fodido.

O Ford's Café ficava na esquina do escritório, então Knightley só precisou de alguns minutos para chegar até lá. Will tinha sido mais rápido, já instalado na cabine dos fundos, longe das janelas amplas com vista para o Union Square Park, e com a atenção voltada para o celular.

— Você está bem? — perguntou ele quando Knightley se acomodou à sua frente.

Knightley forçou um sorriso.

— Estou ótimo.

— Tem certeza? Você estava com essa mesma cara durante a apresentação do Charlie.

— Merda, desculpe — pediu ele, cabisbaixo.

Will o tranquilizou com um aceno.

— Ele estava tagarelando sobre a composição mineral necessária para cultivar alface... e estava tão feliz que nem teria notado se todo mundo tivesse saído para tomar um café.

Knightley riu. Era amigo de Will e Charlie desde a época da faculdade, quando os três mal sabiam lavar uma roupa, que dirá o que fazer pelo resto da vida. Mas apesar das diferenças entre Will e Charlie, os dois eram próximos como irmãos. E era justamente por isso que a Hampshire M&A era uma das empresas mais bem-sucedidas do ramo na cidade.

— Eu li a proposta que ele enviou antes da reunião — comentou Knightley. — É um ótimo investimento.

Will olhou feio para ele.

— Ora, claro que é. Se não fosse, nem teríamos apresentado a você.

— Então por que você está com essa cara?

Will apontou para a mesa.

— Porque você ainda nem encostou na cerveja que eu pedi para você.

Knightley esboçou um sorriso, levando o copo aos lábios para um longo gole.

— Obrigado.

— De nada. Agora, o que está rolando?

— Nada, eu só estou distraído.

Knightley espiou o cardápio, mas nem se deu ao trabalho de ler. Já o conhecia de cor e salteado.

— É por causa da filial em Los Angeles?

— Infelizmente não. Faz meses que não preciso ir para lá. Está tudo indo de vento em popa. Mas, se esse negócio vingar, provavelmente terei que passar mais tempo por lá.

Will estranhou.

— Por quê?

— Porque a Blaxton Agriculture está sediada em Los Angeles.

— E daí?

— E daí que precisamos de alguém em tempo integral em Los Angeles nos primeiros seis meses para supervisionar a transição.

— E é justamente por isso que você tem funcionários lá. Tudo indo de vento em popa, lembra? Você tem que aprender a deixar os outros tocarem o barco — aconselhou Will, e então o encarou com curiosidade. — A menos que você queira ir para lá.

Knightley sufocou uma risada.

— De jeito nenhum. Eu odeio Los Angeles.

— Então por que raios você passou tanto tempo lá nos últimos anos? — perguntou Will, sua atenção já de volta ao cardápio.

Knightley pensou um pouco, ciente de que essa não seria uma resposta fácil.

— Minha casa estava em reforma — ofereceu, sem muita convicção.

— Achei que você tivesse começado a reforma para aproveitar que estava por lá.

Will tinha razão. Por que raios ele *tinha* passado tanto tempo na filial em Los Angeles? Sim, tinha sido importante para a empresa, mas também o fizera perder muita coisa. O início do namoro de Ben e Margo, que ele sempre soube que daria em casamento. E também Emma. A menina, que por tantos anos tinha sido sua sombra, fora substituída por uma mulher que ele ainda tentava conhecer.

— Eu só precisava escapar um pouco — murmurou Knightley, por fim.

— De quê?

Ele soltou um longo suspiro, deixando os olhos vagarem pelo parque além das janelas. A enorme escultura de ferro que estivera ali dias antes, cheia de ângulos rígidos e linhas opressivas, tinha desaparecido, substituída pela árvore de Natal gigantesca que os trabalhadores montavam naquele momento, ao lado das barraquinhas onde os moradores comprariam chocolate quente e presentes nas semanas por vir.

— Não sei. — A mente dele se inundou de imagens de Ben, Margo e Emma. — As coisas estavam mudando por aqui — continuou, por fim. — Acho que eu precisava de algo que pudesse controlar.

Will o observou por um bom tempo, com os olhos semicerrados.

— Tem mulher no meio?

Céus.

Knightley negou com a cabeça.

— Will…

— Se você estiver namorando alguém, fico feliz. Mas se decidir ficar em Los Angeles, espero que seja mesmo por causa do acordo que estamos prestes a fechar. Qualquer outro motivo será uma distração.

— Eu não estou namorando ninguém, então não se preocupe com isso.

— Ótimo — respondeu Will, apontando para o garçom do outro lado da cafeteria. — Então vamos pedir a comida.

Knightley retornou ao escritório depois do almoço, mas trabalhou por apenas mais uma hora antes de fechar o notebook e pedir a Kate que transferisse todas as ligações para seu celular pessoal.

Estava inquieto, então saiu para dar uma volta. Subiu a Quinta Avenida, passou diante de prédios residenciais, igrejas e pontos de ônibus. Atravessou o Rockefeller Center, sob as torres da catedral de St. Patrick, até chegar à esquina do Central Park, onde uma fileira de árvores desfolhadas estendia-se a perder de vista pela avenida.

Fazia séculos que não voltava a pé do trabalho. Eram apenas alguns quilômetros, mas sempre havia uma desculpa. Ou estava muito tarde ou muito cedo, ou muito calor ou muito frio. Mas naquele momento, com a brisa gelada e o casaco de lã bem ajustado ao corpo, estava absolutamente perfeito. As rajadas de vento ao redor dos prédios esfriavam sua pele e pinicavam seus pulmões, e de repente ele não estava mais pensando em Emma, apenas no esforço para seguir em frente.

Começou a enveredar por ruas aleatórias até parar no sinal vermelho na esquina da 83 com a Madison. A casa dele ficava naquele quarteirão, a apenas um minuto de caminhada. Em vez de seguir para lá, porém, olhou para a direita, na direção das lojas e restaurantes, e a tensão em seus músculos retornou aos poucos.

O sinal abriu, mas Knightley continuou imóvel. Então deu meia-volta e seguiu em direção à Lexington Avenue.

Uma fila sempre se formava diante do Vicarage Coffee pelas manhãs, quando todos buscavam uma última dose de cafeína antes de ir para o trabalho. Naquela tarde, contudo, o pequeno café estava vazio, exceto pelo homem atrás do balcão.

Vestia uma camiseta desbotada do Nirvana e o avental manchado de costume. Mesmo se Knightley não o conhecesse de outras idas ao café, saberia quem era por conta do olho: a pele roxa e azulada, tão inchado que mal conseguia ficar aberto.

— E aí, cara, vai querer alguma coisa? — perguntou Zane quando Knightley se aproximou.

Ele não o reconheceu. Ótimo.

Knightley esboçou um sorriso.

— Só um café.

— Tem certeza? Meu café com leite é dos bravos.

A voz dele soava tão casual, tão relaxada, como se os dois fossem amigos.

Knightley cerrou o punho ao responder:

— Só o café.

O homem deu de ombros, como se desaprovasse aquela decisão, mas logo se virou e serviu o líquido em um copo para viagem.

— O que aconteceu aí? — perguntou Knightley, apontando para o olho roxo.

Zane riu, um som apático e tão irritante que Knightley teve que fingir procurar a carteira nos bolsos só para não olhar para seu rosto.

— Cara, você não faz ideia. Mas vou dar um conselho: nunca coma uma maluca.

O ambiente se tornou um borrão quando os batimentos de Knightley chegaram aos ouvidos. Era difícil deixá-lo irritado, mas naquele momento quase nem enxergava, tamanha a sua raiva.

— Ou, tipo... — Zane refletiu por um instante, distraído ao entregar o café. — Não *tente* comer uma maluca.

— Parece um ótimo conselho — respondeu Knightley, com frieza.

Zane suspirou alto e apoiou os cotovelos no balcão.

— Sabe como é, né? Essas mulheres ficam praticamente implorando, aí quando você pensa: "É, pode crer, vamos nessa", elas começam a pagar de santinha.

Knightley forçou um sorriso. Parecia afiado em seu rosto.

— Ah, é?

— Principalmente essas vadias riquinhas que moram por aqui — continuou Zane, apontando para a vizinhança ao redor. — Elas acham que são melhores que todo mundo e fazem questão de esfregar isso na sua cara.

— Jura?

Zane assentiu com ar de sabedoria, como se os dois tivessem formado um vínculo sagrado nos últimos minutos.

— Esse tipo de mulher nem vale a pena, irmão. Confie em mim, eu sei bem do que estou falando.

Knightley apontou para o olho roxo com o queixo.

— Elas sempre acabam surrando sua cara, não é isso?

O barista riu.

— Isso. Exatamente.

— Mas uma dessas mulheres pode contar ao amigo o que aconteceu. E esse amigo... bem, ele pode ficar irritado. Bem irritado. Talvez até mais irritado do que a mulher que causou esse olho roxo aí, para começo de conversa.

Zane o encarou, o sorrisinho presunçoso aos poucos morrendo nos lábios. Knightley despejou um sachê de açúcar no copo e mexeu o café bem devagar.

— É bom tomar cuidado com um amigo assim, porque ele pode transformar a sua vida em um inferno. Pode até fazer você ser demitido. Na verdade, pode até garantir que você nunca mais arranje um emprego em lugar nenhum. Pode ligar para todos os restaurantes e cafeterias da cidade, e depois...

Knightley recolocou a tampa no copo e tomou um gole lentamente. Zane apenas observou, com o rosto pálido e um dos olhos arregalados.

— E depois — continuou Knightley — esse amigo pode fazer coisa ainda pior.

Zane finalmente piscou, afastando-se um pouco.

— Olhe, eu não sei o que ela falou para você, cara, mas...

— Ei, só estou lhe dando um conselho — interrompeu Knightley, jogando algumas notas no balcão. — Confie em mim, eu sei bem do que estou falando.

Em seguida deu as costas e saiu sem dizer mais nada.

Já estava um pouco mais escuro lá fora, o frio um pouco mais intenso. Knightley respirou fundo, relaxando seus músculos retesados antes de caminhar em direção a sua casa.

De repente, ele já se sentia bem melhor.

Capítulo Doze

A cada ano o Natal parecia chegar a Nova York mais cedo, e dessa vez não foi exceção. No fim de novembro as decorações elaboradas já pipocavam em cada esquina, as lojas já tocavam as mesmas músicas natalinas sem parar, e Margo já ligava incessantemente para Emma para discutir ideias para a tradicional festa natalina dos Woodhouse e sempre encerrava a chamada insinuando que Montgomery Knox estaria presente.

Apesar do ceticismo de Knightley, que se referia ao sujeito como "o fantasma dos Natais passados", Margo defendia que o esquivo empresário estaria na cidade muito em breve para ajudar Ben com os planos do restaurante. Mas Emma sabia que era melhor esperar sentada.

E, além do mais, ela tinha coisas bem mais importantes com que se preocupar. Como o fato de que haviam se passado exatamente dez dias desde o incidente com Zane e de ela ainda não ter contado a Nadine.

No começo, o problema era encontrar a hora certa. Não era o tipo de notícia que se podia contar por telefone. Era um assunto delicado, que deveria ser tratado pessoalmente. Mas uma semana depois do karaokê veio o Dia de Ação de Graças, que Emma celebrou com todos os vizinhos e família na casa dos Woodhouse, ao passo que Nadine voltou para passar o feriado em Ohio. Então, claro, Emma teve que esperar a amiga retornar a Nova York. Assim que chegou, porém, Nadine ficou atribulada com as coisas da faculdade e do trabalho e teve até que ajudar Mateo em algum tipo de competição de cabeleireiros. Então, quando a aula de quinta-feira chegou, Emma ainda não tivera a oportunidade de lhe contar nada.

Durante o longo trajeto da Bloomingdale's até o campus, Emma ensaiou seu discurso.

Sinto muito ter que dizer isso, Nadine, mas Zane é um tarado.

Lembra daquele cara, Zane? Nunca mais vamos tocar no assunto.

Zane tentou se aproveitar de mim e eu me sinto péssima por isso.

Quando entrou na sala de aula, já tinha até um roteiro decorado. Mas então, quando avistou Nadine bem lá no meio, guardando um lugar para ela, a mente de Emma se tornou um borrão.

— Nossa, parece que a gente não se vê há séculos!

Nadine a puxou para um abraço caloroso, depois se afastou o suficiente para olhar para seus pés.

— Amei esses sapatos! São novos?

Emma piscou, fitando as botas da Fendi.

— Não, são da coleção passada.

Nadine assentiu.

— Mateo está tentando me convencer a ir a uma liquidação no Soho no fim de semana, mas...

O professor Goddard deu um pigarro, olhando feio para as duas ao se aproximar do leitoril. Emma sorriu para a amiga e escreveu no cantinho do caderno: *Vamos conversar depois da aula?*

Nadine pegou um lápis e escreveu logo abaixo: *Vamos!*

Emma afundou ainda mais na cadeira. Não estava com a menor disposição para ouvir as explicações do professor Goddard, que se alternava entre fazer descrições tediosas e intermináveis de cada fotografia nos slides e responder às perguntas dos alunos. Normalmente, Emma levantava a mão para participar, mas dessa vez apenas encarou o relógio até a aula finalmente terminar e todos começarem a sair da sala.

Nadine ficou de pé e começou a guardar as coisas na bolsa antes de desatar a falar:

— Nossa, ainda nem contei sobre o Dia de Ação de Graças, né? Foi tão esquisito. Tipo, foi a primeira vez que comemorei essa data sem o Marty desde o ensino médio! E aí minha vó resolveu contar que nunca foi com a cara dele, e depois... — A voz dela morreu ao perceber que Emma continuava sentada. — Está tudo bem?

— Arrã, é só que... Eu preciso falar com você — respondeu Emma, sem tirar os olhos do caderno.

— Claro. — Nadine sentou-se novamente. — É sobre o Marty?

Emma ficou confusa.

— Quê?

— Bom, você acha que eu deveria ter convidado o Marty para o Dia de Ação de Graças?

— Hã... não — balbuciou Emma.

— Ufa. Acho que você tem razão, sabe? Eu realmente deveria me concentrar na minha vida aqui, não é?

— É, sim. Acho que sim — respondeu ela, sem muita convicção.

— Minha vó sempre diz que quando uma porta se fecha, outra se abre, mas é sempre preciso tomar cuidado com os corredores entre uma e outra.

Emma assentiu, tentando seguir a linha de raciocínio da amiga, que continuou:

— Mas eu sinto que estou em um corredor todo colorido e empolgante cheio de portas prestes a serem abertas, entende?

Nadine a observou como se esperasse uma resposta, mas Emma apenas fitou as próprias mãos no colo.

— Nadine, eu preciso conversar com você.

— Aconteceu alguma coisa?

— É sobre o Zane. Ele... ele não é quem a gente pensou que fosse — disse Emma, cheia de dedos. — Eu sinto muito... Achei mesmo que ele gostava de você, e gostava mesmo! Mas... bem, acontece que ele gostava de nós duas.

— Quê?

O rosto de Nadine se torceu em confusão.

Emma respirou fundo.

— Ele tentou me beijar no táxi quando a gente estava voltando do karaokê.

— Sério? — murmurou Nadine. — Ele fez isso?

— Foi horrível e agressivo e... — Emma fechou os olhos como se isso pudesse apagar aquela lembrança. — Ele é um idiota. Um cara péssimo. Só queria uma transa rápida... com qualquer uma de nós, pelo jeito.

— Ai, meu Deus. — Nadine encarou a parede por um momento. — Ele... machucou você?

— Não! Bom, ele tentou, mas eu... eu dei um soco na cara dele.

— Você... deu um soco nele? — Nadine se virou para ela. — Sério? Você não tem cara de quem faz essas coisas.

— Pois é! Espero que tenha sido a primeira e última vez!

— Você está bem?

Emma suspirou.

— O foco não sou eu, Nadine. Mas eu sinto muito. Tenho a impressão de que eu o empurrei para você. Ele parecia... bem, no fim ele mostrou quem realmente era.

— Mas você não tem culpa, Emma. Além do mais, Zane era muita areia para o meu caminhãozinho mesmo.

Os ombros de Nadine afundaram de leve. Parecia tentar fingir que estava tudo bem, mas Emma viu seu rosto corado de vergonha e percebeu como a amiga não conseguia sustentar seu olhar.

— Você só pode estar maluca, Nadine — disse Emma, e se abaixou para ficar no campo de visão dela. — Zane é tão inferior a você que nem chega a ter graça. Não acredito que não percebi isso antes.

Nadine abriu um sorriso acanhado.

— Eu não acredito que você deu um soco nele.

— Nem eu — respondeu Emma, com uma risada seca. Depois chegou mais perto e segurou a mão da amiga. — Você é maravilhosa. E tem tantos caras legais nesta cidade... Esse foi só o começo!

— Eu tenho tanta sorte de ter você — sussurrou Nadine, envolvendo-a em um longo abraço antes de se afastar, com um suspiro. — Que tal se a gente for tomar um café em outro lugar e nunca mais pisar naquela cafeteria ridícula em que o Zane trabalha?

— Nadine — disse Emma, os lábios se curvando em um sorriso. — Essa é a ideia mais genial que você já teve.

Capítulo Treze

De todas as tradições natalinas dos Woodhouse, uma das preferidas de Emma era assistir a uma matinê de *A felicidade não se compra* em um cinema independente no West Village. Ela ansiava por isso todos os anos, e chegava a ligar com antecedência para reservar seu doce preferido na bomboniere.

Infelizmente, por conta de alguns imprevistos (uma piora nos enjoos matinais de Margo e uma viagem de Knightley para Los Angeles), Emma teria que ir sozinha dessa vez. Ou assim teria sido, se não tivesse se queixado disso para Nadine depois da aula, enquanto faziam as unhas.

— Ai, meu Deus! Eu nunca vi esse filme! — exclamou a amiga com tanto entusiasmo que a manicure borrou o esmalte rosa-chiclete.

Emma não poderia permitir que isso continuasse desse jeito, então ficou combinado: as duas se encontrariam na frente do cinema no sábado, às 15h45 em ponto.

Apesar de semanas de planejamento, chegado o dia, Emma ainda dava os retoques finais em seu visual quando já deveria ter saído de casa. Para piorar, o tempo de espera do aplicativo de carona era de mais de uma hora. Ela teria que recorrer ao plano B. Com sorte, os deuses dos táxis seriam mais misericordiosos.

Ela colocou o gorro preto de caxemira, fechou o zíper de suas novas botas de inverno e vestiu a jaqueta puffer da Canada Goose antes de sair correndo porta afora.

A camada de neve branquinha do dia anterior já havia se transformado em um lamaçal cinzento que revestia as calçadas e o meio-fio. Emma saltou sobre ele, com o cuidado de manter as botas intactas, e enfim conseguiu chegar à rua. Mas, por mais que chamasse, nenhum táxi parava.

— Droga — reclamou Emma com seus botões.

Ela poderia ir de metrô, claro, mas para isso teria que se afastar ainda mais. Quanto custava um bilhete esses dias? Os ônibus ainda existiam? Enquanto avaliava suas opções, um táxi dobrou a esquina. Era um milagre de Natal.

Então ela esticou ainda mais o braço e fez sinal, com um sorriso de orelha a orelha quando o carro estacionou alguns metros à frente.

— Táxi! — gritou Emma, correndo até lá.

O passageiro desceu e, ao avistá-la ali, manteve a porta aberta.

— Espere — pediu ele ao motorista.

— Nossa, graças a Deus! — exclamou ela, sem fôlego, quando finalmente os alcançou. — Obrigada.

— O prazer foi meu. — O homem se apoiou na porta do carro como se tivesse todo o tempo do mundo. — Dá para ver que você está com pressa.

O sorriso dele a pegou tão desprevenida que a deixou sem reação. Era amplo e enrugava os cantinhos de seus olhos azul-claros. Completos estranhos não sorriam assim. Não em Nova York, pelo menos.

— Só um pouquinho — respondeu Emma, e torceu para que ele atribuísse a vermelhidão em seu rosto à corrida que fizera até o táxi.

— Bom, não quero que se atrase por minha causa — murmurou o sujeito, afastando-se do carro para lhe dar passagem.

Algumas mechas de seu cabelo loiro comprido caíram sobre o rosto, mas ele não fez menção de afastá-las. Apesar do frio, estava com o casaco de lã entreaberto, revelando uma camisa preta ligeiramente desabotoada que deixava uma parte do peitoral à mostra.

Depois de um momento de hesitação, Emma passou por ele, tão perto que chegaram a se tocar, e deslizou para o banco de trás.

— Graças a você — começou a dizer, com os olhos fixos nele —, acho que vou chegar a tempo.

— Divirta-se.

Ele deu uma piscadela, fechou a porta e deu dois tapinhas no teto do carro antes de se afastar. Por um instante, Emma ficou imóvel. Percebeu que estava prendendo a respiração, então soltou o ar.

— Vai para onde? — perguntou o taxista quando começaram a avançar pela rua.

— Hã, na esquina da Rua 4 Oeste com a Sexta Avenida, por favor.

E então ela se virou para observar aquele lindo estranho desaparecer de vista.

Enquanto o táxi acelerava para o centro da cidade, Emma enviou uma mensagem a Nadine para avisar que chegaria atrasada. Em seguida começou a rolar os contatos na tela, distraída, até se deparar com o nome de Knightley. Como ele só voltaria de Los Angeles no dia seguinte, dessa vez não poderia ser arrastado para o cinema por ela, como acontecia todos os anos. Mas isso não significava que ela não poderia fazê-lo se sentir mal por isso, certo? Emma sorriu e começou a digitar.

EMMA

Sei que você não é muito fã de *A felicidade não se compra,* mas não precisava ter ido até Los Angeles só para não assistir comigo, ok?

Ela enviou a mensagem e guardou o celular na bolsa. Sabia que Knightley estaria ocupado, então nem esperou por uma resposta.

Nadine a aguardava do lado de fora do cinema, toda agasalhada, com um longo casaco cor-de-rosa felpudo que a tornava visível de longe. Parecia tanto um marshmallow que Emma ficou com vontade de apertar.

— Eu preciso de um casaco desse! — exclamou, rindo. — Você parece tão confortável!

— Eu venho de Ohio. Isso aqui é fichinha.

Nadine sorriu e elas entraram.

Depois de passarem na bomboniere, acomodaram-se em seus respectivos lugares na fileira central do antigo cinema. Emma colocou o celular no modo silencioso e posicionou a pipoca, as bebidas e os docinhos Milk Duds enquanto Nadine despia o casaco.

— Caramba, trabalhar em salão de beleza tem mesmo suas vantagens! Seu cabelo está sempre impecável, como pode? — sussurrou Emma quando a amiga tirou o capuz. — Mateo está compartilhando todos os segredos com você?

— Obrigada! E o Mateo é maravilhoso mesmo — concordou Nadine, abocanhando um punhado de doces. — Ele me ensinou a torcer o cabelo com a escova enquanto seca, acredita? Mas é meio difícil prestar atenção ao que ele fala, porque aquela tatuagem no bíceps flexiona toda vez que...

— Shhh!

Emma se virou para a fileira de trás, onde um senhor, também munido de Milk Duds, olhava feio para elas. O cinema estava praticamente vazio e o filme nem tinha começado, mas ela lhe ofereceu um sorriso de desculpas.

Após um minuto de silêncio, chegou mais perto de Nadine e cochichou:

— E aí, já teve alguma resposta naqueles aplicativos de namoro?

A amiga assentiu, sem tirar os olhos do doce em sua mão.

— Já, sim... recebi algumas mensagens.

— Isso é ótimo! — comemorou Emma um pouco alto demais, então tratou de abaixar a voz ao continuar: — O que disseram? Quero ver as fotos!

— Eu, hã... nem respondi.

Emma franziu a testa.

— Por que não?

— Sei lá — respondeu Nadine, indiferente. — Eu queria conhecer alguém de um jeito mais... tradicional, sabe?

— Tipo o quê? Ficar sentada no canto de um baile e esperar que alguém a tire para dançar? Isso não existe mais, Nadine. Agora é tudo pela internet. Aqui, me empreste seu celular.

Nadine o entregou e Emma logo abriu o aplicativo, sem a menor dificuldade para encontrar a aba de mensagens.

— O primeiro cara é gato — murmurou ao ver a foto. Depois entrou no perfil dele. — Calma. Esquece. As respostas dele são meio esquisitas, e acho que ele mentiu sobre o próprio emprego. Ok, vamos para o próximo. — Ela apagou a primeira mensagem e abriu a seguinte. — Esse é bonitinho, mas... — Abriu a foto de perfil, examinando-a de perto. — Impossível ele ter só vinte e cinco. Essa foto parece ter sido tirada nos anos noventa.

Nadine murchou.

— Ah.

— Não se preocupe, são só os primeiros — encorajou Emma. — Já sei! Posso dar uma olhada mais tarde e escolher os mais promissores. Aí podemos seguir a partir daí, o que acha?

Nadine esboçou um sorriso e assentiu, e Emma sorriu de volta.

— Nós vamos encontrar o cara perfeito para você, prometo!

— Shhh!

O senhor da fileira de trás inclinou-se na direção delas, com o dedo diante dos lábios, e as duas tiveram que conter o riso enquanto as luzes eram apagadas.

No instante seguinte, a tela se iluminou em preto e branco com os créditos de abertura. Emma já tinha perdido as contas de quantas vezes assistira ao filme, mas sabia cada palavra, cada expressão, de cor e salteado.

Por outro lado, era a primeira vez de Nadine, e Emma estava quase tão animada para ver a reação da amiga quanto pelo filme em si. Assim que os créditos deram lugar a uma nevasca em Bedford Falls, Emma viu o brilho do celular dentro da bolsa Balenciaga. Ela o pegou no automático, cobrindo a tela para não atrapalhar Nadine, e espiou a mensagem.

KNIGHTLEY

Se eu soubesse que só precisava viajar a trabalho para fugir desse filme, teria aberto a filial em Los Angeles séculos atrás.

Emma sorriu e desbloqueou o celular para responder, mas viu os três pontinhos na parte inferior da tela, como se Knightley estivesse digitando outra mensagem. Então os viu desaparecer, apenas para reaparecer um momento depois, e esperou o que quer que estivesse demorando séculos para ser articulado. Mas os pontinhos sumiram outra vez.

Hum. Ela começou a responder, mas mudou de ideia. Não queria ser o tipo de pessoa que mexia no celular no meio do cinema, e o senhor da fileira de trás já estava irritado, então ela apenas bloqueou a tela e o guardou de volta na bolsa.

Mas apesar do esforço para prestar atenção no filme, a mente dela continuava a mil. Era raro Knightley mandar mensagem, ainda mais quando estava em Los Angeles. Mas essa não era a única coisa que tirava seu sossego.

A verdade era que as coisas tinham ficado estranhas entre os dois desde aquela noite em que Emma se esgueirara pela cozinha dele para surrupiar um sorvete depois de todo o incidente com Zane. A forma como ela havia compartilhado seus pensamentos com ele, tão vulnerável, honesta e... real, a surpreendeu. A relação entre os dois sempre tinha sido franca, mas aquela conversa parecia diferente. Eram dois adultos tentando entender um ao outro.

Apesar de seu medo de que tudo fosse ficar constrangedor no dia seguinte, isso não aconteceu. Bom, pelo menos para ela. Knightley era outra história, pois desde então parecia fugir de Emma como o diabo foge da cruz. Mas ela precisava se lembrar de que nem tudo girava ao seu redor. O trabalho o mantinha ocupado, e a viagem para Los Angeles era prova disso. Logo, tudo voltaria ao normal.

Mas a conversa dos dois não lhe saía da cabeça. Sem compromisso, sem complicações... parecia tão fácil. E de repente sua mente se inundou de imagens daquele estranho no táxi. Pensou no sorriso dele, na confiança dele.

Parecia um homem que poderia ter a mulher que quisesse, e mesmo assim Emma percebeu que teria lhe passado seu número, se ele pedisse. E talvez não tivesse problema. Talvez Knightley estivesse certo, e casos sem compromisso fossem a melhor opção.

A atenção de Emma voltou ao filme ao ouvir o suspiro de Nadine. Na cena, George Bailey dizia a Mary que laçaria a lua por ela, mas o vizinho insistia que seria melhor simplesmente beijar a moça.

Emma observou o rosto sorridente da amiga, o brilho de esperança em seu olhar, e também sorriu. Por mais que ela própria estivesse amolecendo para a ideia de casos sem compromisso, estava na cara que Nadine ainda buscava um amor verdadeiro, e Emma a ajudaria a encontrar um.

Quando a sessão terminou, as duas saíram para as ruas movimentadas da cidade.

— Que filme *bom*! — exclamou Nadine, fechando o zíper do casaco. — Só não entendi por que colocaram a Donna Reed como triste e feia só porque era solteira, usava óculos e trabalhava na biblioteca!

Emma deu risada.

— Também não sei. Eles a pintaram de solteirona com, tipo, trinta anos!

Estava prestes a sugerir que tomassem um chocolate quente na padaria italiana da esquina quando viu a palidez no rosto da amiga. Ao seguir seu olhar pela Carmine Street, avistou um casal a caminho dos bancos da Father Demo Square. Ficou tão distraída com a mulher agarrada ao sujeito, com as mãos enfiadas na jaqueta dele e os lábios colados em seu pescoço, que demorou um instante para perceber que se tratava de Zane. Estava escuro e ele estava de costas, mas Emma ainda reconheceria aquele cabelo bagunçado em qualquer lugar.

— É ele — disse Nadine em um fiapo de voz.

Emma ficou de frente para a amiga, bloqueando sua visão. Precisavam sair de lá antes de serem vistas. E antes de ela socá-lo outra vez.

— Ai, meu Deus, será que é a namorada dele? — Nadine parecia engasgar com as próprias palavras. — Será que ele já namorava naquela época?

— Vamos deixar para lá, Nadine. Ele nem é digno da nossa atenção.

— Eu ia ser a amante?

— De jeito nenhum! — Emma não sabia o que dizer. — Talvez nem fosse ele ali mesmo!

A mágoa no rosto de Nadine deu lugar à perplexidade.

Emma mordeu o lábio, tentando pensar. *Droga.* Mas aí teve uma brilhante ideia.

— Vamos para a casa da minha irmã! — exclamou, sorrindo de orelha a orelha.

— Quê?

— Ela mora bem pertinho daqui. Você precisa ver como o apartamento dela é lindo.

Emma a puxou na direção oposta de Zane, subindo pelo lado oeste da Rua 4, e Nadine se deixou ser levada, ainda que com relutância, por quarteirões arborizados e ruas de paralelepípedos até chegar ao apartamento de Margo. Emma saiu do elevador, já foi logo apertando a campainha e mal cumprimentou a irmã antes de passar pela porta com Nadine a reboque.

— Como foi o film…? — começou a dizer Margo, mas foi interrompida.

— Oi! A gente precisa de algo para beber e… comer.

Emma tentou explicar a situação por telepatia.

— Ok, é para já — respondeu Margo, entendendo na hora.

Logo as conduziu até a cozinha, onde Ben preparava o jantar, e todas se acomodaram à bancada.

Emma se pôs a admirar o apartamento. Uma árvore de Natal novinha em folha adornava a sala de estar, toda decorada com pisca-piscas brancos e bolas prateadas. O fogo estava aceso na lareira, e sobre a grande mesa de jantar via-se um pote de cristal da Tiffany cheio de pinhas. Estava tudo perfeito.

— Prove isto aqui — disse Ben.

Ela mal teve tempo de responder antes de sentir uma mistura perfeita de sabores em sua língua.

— Nossa, caramba, o que é isso?

— Risoto de cogumelo. Ah, e prove estas aqui também... são raspadinhas de mojito. Sei que o clima não está propício, mas fiquei com vontade de fazer. E tinha tanta hortelã sobrando... só não sei se acertei as proporções. Enfim, também tem vinho tinto. Aqui, fiquem à vontade.

No típico estilo de chef de cozinha, Ben se comunicava por meio da comida, servindo bebidas e pratos para as três.

— Vou querer uns cem deste aqui — murmurou Nadine, com a boca cheia de mojito.

— E aí, como foi o filme? — repetiu Margo, observando-a engolir o resto da bebida.

— Maravilhoso, como sempre — respondeu Emma, com um suspiro satisfeito.

— Fico feliz que vocês duas tenham ido juntas. Acho que eu teria passado o filme inteiro vomitando. — Margo desabou no sofá e se cobriu com uma mantinha felpuda. — Não posso beber. Não posso sair. Não posso fazer nada. É péssimo.

— Eu sinto muito — lamentou-se Emma. — Mas pelo menos você tem um chef para cozinhar para você.

— Argh, não consigo comer.

Margo olhou feio para o fogão, como se ele a tivesse insultado profundamente.

— Aqui, prove este — continuou Ben, com os olhos castanho-escuros brilhando, alheio aos resmungos da esposa enquanto servia um prato para Nadine. — Coloquei mais um pouquinho de molho. O que acha?

Nadine se animou logo na primeira garfada.

— Ficou uma delícia.

— Beba mais uma raspadinha.

A comida de Ben era a solução para todos os problemas. A cor voltou ao rosto de Nadine conforme bebia e comia, e Emma enfim relaxou ao ver que a amiga parecia mais distraída.

— Você contou a novidade para Emma? — perguntou Margo ao marido.

— Ah, verdade! — Ben se virou do fogão e lançou um olhar sugestivo para a cunhada. — Knox está na cidade. Passou aqui esses dias mesmo para conversar sobre o restaurante.

— Nossa, então ele não é só seu amigo imaginário!

Emma abriu um sorriso irônico, e Ben lhe mostrou o dedo do meio antes de voltar a atenção ao risoto.

— Calma que você ainda nem ouviu a melhor parte — continuou Margo. — Ele está hospedado na sua rua! Alugou a antiga casa dos Crawford.

Emma ficou boquiaberta.

— Não acredito.

— Você deveria dar uma passadinha lá. — Margo escancarou um sorriso para a irmã. — Vá lá se apresentar, depois o convide para a festa de Natal...

— Isso se ele estiver aqui até lá — murmurou Emma, entre uma garfada e outra.

— Seja boazinha. Ele é um cara interessante, charmoso...

— Eu sei, você já repetiu isso umas mil vezes. — Emma revirou os olhos, mas suspirou ao ver a careta da irmã. — Ok, ok, eu vou dar uma passadinha lá.

Estava decidido. Seria boazinha e faria uma visita a Montgomery Knox e poderia até perdoá-lo por tê-los evitado por tanto tempo, mas sabia muito bem o que a irmã estava tramando. Era a cara de Margo decidir que Emma precisava de um relacionamento sério justo quando ela própria começava a pensar o contrário.

Capítulo Quatorze

Emma decidiu visitar Montgomery Knox no dia seguinte. Era melhor arrancar aquele curativo de uma vez só. Além do mais, era domingo, então teria uma desculpa para ir embora mais cedo a tempo do jantar. Era o plano perfeito.

Vestiu uma calça legging e um suéter largo com decote em V, depois prendeu o cabelo em um coque bagunçado, sem se importar com os fios que caíam sobre o rosto. Quando desceu as escadas, encontrou o pai lendo o jornal na cozinha. Os dois ficaram ali, em um silêncio confortável, enquanto Emma olhava pela janela. As luzes da casa de Knightley ainda estavam apagadas, mas ele deveria ter voltado da Califórnia naquela manhã. Talvez ela pudesse dar uma passadinha lá depois de conhecer o novo vizinho.

Seus pensamentos foram interrompidos por um barulho alto vindo da rua, como o ronco de um motor.

— É uma moto? — perguntou em voz alta, esticando o pescoço para ouvir melhor.

— Tão perigoso — resmungou o pai, sem tirar os olhos do jornal.

— Nossa, mas tinha que ser tão barulhenta? Por acaso todo motoqueiro precisa anunciar ao mundo que está chegando?

— Sabia que em New Hampshire eles não são obrigados a usar capacete? — comentou o senhor Woodhouse, meneando a cabeça. — Dá para acreditar?

— Que péssimo.

O pai murmurou em concordância.

— Então… — retomou Emma, tamborilando os dedos na mesa. — Margo quer que eu convide aquele amigo do Ben para a festa de Natal.

— Que amigo?

— Montgomery Knox. Aquele que não veio ao casamento. Pelo jeito, ele se mudou para a casa dos Crawford.

O senhor Woodhouse a encarou como se nem soubesse do que se tratava e mesmo assim não desse a mínima para descobrir. Depois voltou sua atenção para o jornal.

— Enfim — continuou Emma. — Posso convidá-lo para a festa?

— Claro — respondeu o pai, sem nem olhar.

— Ele provavelmente vai estar muito ocupado para vir, de qualquer forma.

O senhor Woodhouse não respondeu.

— Mas a gente nem precisa convidar, se você não quiser.

Silêncio.

— Ok, estou indo lá fazer o convite.

— Boa sorte — respondeu o pai, distraído.

Emma assentiu, determinada. Depois tomou o restinho de café e foi até o hall de entrada para pegar o casaco preto de lã e suas velhas botas de esqui Pajar.

O sol da manhã havia derretido a neve da calçada, formando um caminho tortuoso que ela demorou a percorrer. Conforme avançava, tentou se lembrar da última vez que visitara a casa de tijolinhos dos Crawford. Já devia fazer anos, desde a época em que o senhor Crawford ainda administrava a livraria de raridades na Lexington. Ele e a esposa, Veronica, tinham ido curtir a aposentadoria em West Palm Beach, mas mantiveram a casa, na hipótese de um dia decidirem voltar.

Emma atravessou a rua, contornou a moto com cadeado diante da casa dos Crawford (quem iria querer roubar aquele trambolho?) e subiu os degraus que conduziam à porta de entrada.

Havia uma aldrava dourada em formato de cabeça de leão bem no meio, mas Emma a ignorou e apenas tocou a campainha. O som reverberou no interior da casa, depois veio o silêncio.

Ela tocou outra vez. Nada.

— *Quelle surprise* — resmungou, já se virando para ir embora.

A porta se abriu de repente e Emma ficou sem reação diante do rosto familiar que a encarava do outro lado.

— Hã, oi — disse ele, e seu tom sugeria que também a tinha reconhecido.

— Nossa, é você — comentou Emma estupidamente.

— E é você. — Os olhos azuis faiscaram para ela, e o homem chegou mais perto antes de continuar: — Você precisa de ajuda para conseguir outro táxi?

Os dois se entreolharam por um instante, então Emma se lembrou que era sua vez de falar.

— Ah, não. Hoje não.

— Bem… Eu não sou de reclamar de ter uma linda mulher batendo na minha porta a essas horas da manhã, mas quem é você?

Ele apoiou a mão no batente.

— Ah, verdade. — Ela piscou para se livrar daquele olhar hipnotizante. — Eu sou Emma Woodhouse, sua vizinha, e…

— Não acredito! — Ele riu, exibindo um sorriso brilhante. — Ben me falou tanto de você.

— E Margo me falou tanto de você. E, bom, cá está… Montgomery Knox… até que enfim.

Ela apontou para ele.

— Sabe — continuou Montgomery, a cabeça inclinada para o lado, um ar brincalhão nos olhos azuis —, estou achando que sua irmã e Ben querem juntar a gente.

Emma riu e ajeitou algumas mechas de cabelo atrás da orelha. Não imaginava que ele fosse escancarar o que tinha ficado implícito toda vez que seu nome era mencionado. *Nossa, Emma, o Montgomery está solteiro. Nossa, Emma, sabia que o Montgomery coleciona arte? Nossa, Emma, Montgomery tem quase a sua idade! Nossa, Emma, você e Montgomery têm tanto em comum…* Mas em nenhum momento lhe disseram que Montgomery era incrivelmente, absurdamente, gato.

— Você acha? — respondeu Emma, com inocência fingida.

Os longos cabelos loiros e ondulados de Montgomery caíram-lhe sobre o rosto, destacando seus olhos azuis, e uma leve barba por fazer emoldurava seu maxilar. O sorriso dele se ampliou, como se percebesse que ela estava mentindo.

— Hummm, vamos ver… Eles não paravam de enumerar suas qualidades.

Emma podia sentir o olhar dele por todo o seu corpo, e ofereceu-lhe o mesmo sorriso entendedor quando seus olhos enfim se encontraram.

Mas Montgomery não se constrangeu. Pelo contrário: parecia até satisfeito por ter sido flagrado em sua lenta inspeção. Emma se perguntou quantas garotas tinham caído naquele teatrinho, mesmo que ela mesma já o estivesse perdoando pela ausência no casamento da irmã, pelos meses de espera e por ter, ao que tudo indicava, uma moto em plena Nova York.

— Perdão — disse ele, com uma risada repentina. — Está frio para caramba aqui fora. Venha, pode entrar. Eu penduro seu casaco. Por favor, não repare nas caixas espalhadas.

Montgomery se aproximou e segurou a mão dela com delicadeza, conduzindo-a em direção à porta. Tinha uma pele macia, quente, e era cheiroso, como uma mistura de couro e frutas cítricas... mas de repente Emma se lembrou das roupas que vestia. O suéter estava todo esgarçado, o cabelo preso de qualquer jeito no topo da cabeça. Por sorte a legging preta estava em boas condições. Mas a ideia era apenas dar uma passadinha rápida para convidá-lo para a festa de Natal e ir embora. Não imaginou que teria algo *além*.

— Hã, é melhor eu ir andando — explicou ela, recolhendo a mão lentamente antes de recuar um passo. — Só vim me apresentar e convidar você para nossa festa de Natal, na sexta. É uma tradição anual, e todos os vizinhos aparecem.

— Eu ia adorar — respondeu ele, e mordeu o lábio como se relutasse em continuar. — Mas já tenho compromisso.

— Ah. — Aquilo a pegou de surpresa, assim como a pontada de decepção que se espalhou por seu peito. — Hum, e hoje à noite?

Montgomery arqueou as sobrancelhas.

— Hoje à noite?

— É, nós poderíamos jantar. Bom, não nós dois. Se bem que... sim, nós dois, mas vai ter mais gente também. — Ela riu com nervosismo. Caramba, qual era o problema dela? — É que sempre fazemos um jantar lá em casa aos domingos para receber... bom, todo mundo. Ben e Margo também vão estar lá. Aliás, é ele quem vai cozinhar desta vez.

— Jantar de domingo com os Woodhouse. — Montgomery refletiu por um instante, o corpo apoiado no batente da porta. — Acho que posso dar um jeito. Preciso levar alguma coisa?

— Só você mesmo. — Emma sorriu. — Às sete em ponto. Não se atrase.

— Jamais.

Emma acenou em despedida e começou a descer os degraus, mas se deteve ao avistar a moto na rua.

— É sua?

Ele fez que sim, sem tirar os olhos dela.

— É.

— Bom, essas coisas são muito perigosas, sabia?

O sorriso dele tornou-se quase carnal.

— Não são, não. Elas só precisam de alguém que saiba tratá-las direitinho.

Uma onda de calor se espalhou pelo corpo de Emma quando Montgomery a encarou. Ela abriu a boca, ciente de que deveria responder alguma coisa, *fazer* alguma coisa, mas seu corpo não obedeceu.

Montgomery riu baixinho.

— Até mais tarde, Emma.

E então fechou a porta.

Emma voltou para casa com um sorriso no rosto. Tudo parecia melhor. As festas de fim de ano estavam logo ali. Ela tinha um jantar de domingo para planejar. E a Rua 83 acabara de ganhar um novo vizinho.

Capítulo Quinze

Emma passou o resto do dia ocupada com afazeres para se distrair do jantar. Coletou roupas usadas dos vizinhos para doar na igreja. Deu uma passada na mercearia italiana da esquina para comprar alguns ingredientes para Ben. Até buscou as roupas do pai na lavanderia de Gladys, do outro lado da rua. Mas mesmo assim não conseguiu parar de pensar em Montgomery Knox.

Ele era... muito diferente do que ela havia imaginado. Não que isso fosse ruim. Tinha todas as características que ela buscava em alguém: era lindo, bem-sucedido, galanteador e confiante... Emma teve que respirar fundo quando o rubor retornou ao seu rosto. Além de tudo, Ben achava que ele seria um bom partido, assim como Margo. Talvez essa pudesse ser a relação sem compromisso que ela começara a almejar. E, quem sabe, pudesse se tornar algo a mais.

Montgomery não era um universitário ou barista qualquer: era um adulto viajado que decidira se estabelecer em Nova York. Isso tinha potencial.

Quando ela enfim retornou para casa, Ben e Margo já estavam lá, e o jantar começava a ser preparado. Dava para ouvir os dois discutindo na cozinha, um bate-boca familiar conforme ele mudava as coisas de lugar e arruinava a arrumação da esposa.

Emma foi para seu quarto, determinada a não se meter. Quando voltou para o andar de baixo, com a roupa trocada e a maquiagem feita, ficou surpresa ao avistar Knightley na sala de estar, servindo-se de uma taça de vinho tinto. Ele estava prestes a tomar um gole quando a viu ali, a taça pairando diante dos lábios conforme Emma se aproximava.

— Veja só quem voltou.

Knightley manteve o olhar fixo nela, mas não respondeu.

— Alô?

A voz de Emma pareceu despertá-lo de seu torpor, e ele tomou um gole de vinho, desviando o olhar.

— Voltei, sim.

— Só chegou agora?

— Não, passei o dia em casa — respondeu Knightley.

Em seguida serviu outra taça de vinho e ofereceu para ela. *Droga.* Emma tinha ficado tão distraída que se esquecera de passar por lá.

— Ah, sim. Eu nem percebi. Sou uma pessoa muito ocupada e tal — brincou ela e aceitou a bebida, sentindo o rosto corar.

Por mais que tivesse passado horas e mais horas pensando no jantar daquela noite, Emma nem se lembrava de que Knightley também estaria lá. A constatação desencadeou uma onda de adrenalina por suas veias.

— E aí, como foi lá em Los Angeles? — perguntou.

— Tudo certo. E o filme?

— Foi bom — respondeu Emma, sentindo o vinho descer pela garganta. — Nadine foi junto.

Knightley respondeu com um murmúrio baixo, tomou um gole de vinho e deixou o olhar recair sobre as roupas dela outra vez antes de retomar o contato visual.

— Você está bem-arrumada para um jantar de domingo.

Emma olhou para baixo. Tinha experimentado algumas roupas antes de escolher um suéter branco de caxemira e uma saia curta que combinava com as botas pretas de cano alto. Sabia que era um pouco extravagante, mas nada exagerado para aquela época festiva. Nem tinha colocado muitas joias, apenas um brinquinho simples de pérola negra, e os cabelos escuros caíam em cachos sobre os ombros.

— Hã, obrigada. — Ela hesitou. Será que tinha mesmo exagerado? Knightley quase nunca elogiava sua aparência. — E você está…

Ele a observou procurar a palavra certa, os olhos semicerrados.

— Não precisa sofrer.

— Desculpe, é que… você está com a mesma aparência de sempre, Knightley.

— E qual seria?

A sobrancelha dele estava arqueada, a pergunta pairando entre os dois.

— Você está... bonito. Ora, deixe disso, Knightley, você está sempre bonito.

E então Emma riu, dando-lhe um empurrãozinho de brincadeira no peito. Ele estava particularmente lindo naquela noite, com calça de alfaiataria e uma camisa branca impecável, e manteve a expressão séria enquanto a risada dela diminuía.

Ela esperou ouvir uma de suas habituais respostas espirituosas, ou até mesmo uma crítica, mas Knightley apenas a encarou, e por um instante o olhar dele pareceu repousar nos lábios dela antes de ser fixado em outro lugar. Por fim ele desviou os olhos e passou a mão pelo cabelo até chegar à nuca.

— Emma... — começou a dizer, com uma voz baixa e rouca.

A respiração dela ficou ofegante ao ouvir seu nome saindo dos lábios dele. Parecia diferente. Mais suave, como se compartilhassem um segredo.

— Eu...

Knightley foi interrompido por uma batida forte na porta da frente.

— Oi! Tem alguém em casa? — chamou alguém lá de fora, a voz grossa.

Emma se virou a tempo de ver Ben emergir apressado da cozinha.

— Estou indo!

— Não é que ele realmente veio desta vez? — comentou Emma, sorrindo ao se voltar na direção de Knightley.

Mas, quando os olhos castanho-dourados dele se afastaram da porta e pousaram nela, não havia nem um pingo de diversão em seu rosto. Emma não conseguia decifrar o que se passava na cabeça de Knightley, o que não era comum.

Então a porta se abriu, revelando Montgomery Knox. Vestia calça jeans escuras e uma jaqueta de couro desbotada por cima do suéter verde, com uma garrafa de vinho em cada mão e um sorriso charmoso nos lábios.

— Você veio! — exclamou Ben, abraçando o amigo.

Logo Margo apareceu e o cumprimentou com um beijinho em cada bochecha. Knightley apenas observou de longe, os lábios crispados em uma linha dura.

— Aquele é Montgomery Knox — explicou Emma, oferecendo uma resposta àquela pergunta não feita. — Nós o convidamos para o jantar.

— Ah, então ele existe — murmurou Knightley.

Emma estava prestes a pedir que ele se comportasse, mas Montgomery começou a se aproximar com um sorriso tão lindo e brilhante que as palavras se perderam em sua boca.

— Aí está ela — cumprimentou Montgomery, a voz suave como um ronronado. — É bom ver você de novo, Emma Woodhouse.

Ela sorriu de volta.

— É bom ver você também.

Knightley entornou o resto do vinho e se encaminhou para o carrinho de bebidas. Se Montgomery ficou ofendido, ao menos não demonstrou.

Em seguida, Margo o apresentou ao pai e à senhora Pawloski, que haviam acabado de emergir da sala de jantar. Montgomery nem pareceu reparar nos furos de traça nas mangas do suéter da mulher, apenas sorriu enquanto ela dizia que tinham sentido sua falta no casamento. E ao cumprimentar o pai de Emma, com um sorriso cada vez maior, Montgomery elogiou a casa, especialmente as decorações de Natal.

Era a coisa a certa a dizer, claro. Todos os anos, Emma dedicava horas a escolher a decoração perfeita, e dessa vez havia optado por uma abordagem mais tradicional. As guirlandas que revestiam o corrimão estavam adornadas por grandes fitas vermelhas, do mesmo tom dos laços pendurados na árvore de Natal que assomava sobre o piano na sala de estar. A lareira ainda ostentava as meias feitas à mão que marcavam presença desde os Natais da infância de Emma. O feltro verde havia desbotado com o passar do tempo, mas isso só aumentava seu charme.

Margo desabou no imenso sofá no centro da sala, ao lado da senhora Pawloski, e Montgomery acomodou-se na poltrona diante da lareira. Quando o senhor Woodhouse sentou-se perto dele e começou a lhe contar sobre a fazendinha orgânica de onde comprava a lenha, Knightley se aproximou, com a taça de vinho reabastecida.

— Ah, o irmão do Ben. É um prazer finalmente conhecer você.

Montgomery se levantou, estendendo-lhe a mão.

— Bem-vindo à vizinhança — respondeu Knightley com um sorriso forçado, apertando-lhe a mão uma única vez.

— Seu irmão me contou que você vive viajando para Los Angeles. Achei que nunca conseguiríamos nos encontrar.

O rosto de Knightley ficou impassível.

— Digo o mesmo.

Emma sentiu um nó peculiar no estômago ao ver aquela troca entre os dois. As palavras soavam cordiais, mas pareciam carregadas de tensão.

— Alguém quer beber alguma coisa? Um uísque, talvez? — interrompeu ela com animação fingida, e apontou para o carrinho de bebidas antes de olhar de um para o outro.

— O que seria de um jantar em Manhattan sem um bom uísque? — respondeu Montgomery. — Eu aceito.

— E você, Knightley? — perguntou Emma.

Ele a encarou por um momento, depois mostrou a taça ainda cheia.

— Estou bem — disse com a voz arrastada, mas resoluta.

Depois de forçar um sorriso, Emma voltou sua atenção para as bebidas.

Montgomery recostou-se de leve no carrinho e a observou servir o uísque com a limonada que Fran havia preparado especialmente para a ocasião.

— Mas que dose generosa de uísque — sussurrou ele, tão baixinho que só ela conseguiu ouvir. — Por acaso está querendo me embebedar?

Emma riu e sentiu o rosto corar, depois ajeitou o cabelo atrás da orelha e lhe entregou o copo.

Depois de alguns coquetéis, e do relato da senhora Pawloski sobre todos os enfeites natalinos da árvore dos Woodhouse, Ben os conduziu para a sala de jantar.

Quase não usavam o cômodo para os jantares de domingo, e Emma podia sentir o olhar de Knightley nela enquanto se sentava, mas decidiu ignorar. A grande mesa de mogno estava decorada com elegância, com *sousplats* dourados sob os pratos brancos de porcelana. Velas metalizadas lançavam um brilho suave sobre o centro de mesa, que abrigava pinhas de verdade. Ao redor, as paredes forradas com estampa de flor-de-lis exibiam diversas das pinturas a óleo da família.

Ben parecia à vontade quando começou a servir o jantar, que consistia em copa de porco grelhada com chimichurri, acompanhada de abóboras assadas no xarope de bordo e salada de alface com vinagrete de chalota. Enquanto comiam, Ben compartilhou os planos para o novo restaurante, desde o cardápio até a decoração, e contou que, não fosse pela ajuda de Montgomery, que arranjara os investidores e o lugar, nada daquilo teria sido possível.

— Ao que tudo indica, até o verão já vamos estar de portas abertas — acrescentou Ben. — Com uma pré-inauguração ainda antes, quem sabe.

— Que emoção! — exclamou a senhora Pawloski.

— E você acha que o restaurante do Ben é uma boa ideia? — perguntou o senhor Woodhouse, com a atenção voltada para o prato enquanto fitava um pedaço de abóbora com desconfiança.

— Pai... — censurou Margo.

— O que foi? — perguntou o senhor Woodhouse, com uma confusão genuína.

Montgomery sorriu.

— Ben é apaixonado pelo que faz. E é assim que todas as boas ideias nascem.

Ben ergueu o copo e brindou com o amigo, ambos rindo como se compartilhassem uma piada só deles.

— Ainda não acredito que você perdeu o casamento! — lamentou-se a senhora Pawloski mais uma vez. — Você deve ter ficado arrasado.

— E a festa de noivado também — acrescentou Knightley.

— Oh, verdade! — exclamou a senhora Pawloski. — Você deve ser tão ocupado! Tem que viajar muito a trabalho? Quais lugares já visitou?

— Ah, tantos que até perdi as contas — respondeu Montgomery, com um suspiro. — Não quero entediar vocês com esse assunto.

A senhora Pawloski riu, mas Emma foi a única a ouvir o risinho desdenhoso que escapou dos lábios de Knightley.

— Mas — continuou Montgomery — eu quero mesmo me desculpar por ter perdido tantas coisas importantes. Eu estava atolado até o pescoço com alguns projetos no exterior. Chega uma hora que é necessário entregar os pontos. Eu sei quando algo está dando certo e quando é melhor deixar de lado. E tenho orgulho disso.

— Nossa, isso parece muito estressante — comentou a senhora Pawloski, apoiando a cabeça na mão enquanto o observava.

— Ossos do ofício. Tenho que tomar decisões difíceis todos os dias.

— Então, você pretende ficar aqui por quanto tempo? — perguntou Knightley, em tom neutro.

A atenção de todos se voltou para Montgomery, que apenas deu de ombros.

— Ainda não decidi, mas Nova York tem me tratado bem até agora... então vamos ver — respondeu ele, lançando um olhar furtivo para Emma antes de bebericar o uísque.

— E o que está achando da casa? — quis saber o senhor Woodhouse. — Os Crawford são amigos da família, sabia?

Montgomery assentiu.

— É um lugar lindo. Só estou dando uns retoques para combinar com tudo que eu trouxe, em especial minha coleção de arte. Ainda não terminei de pendurar os quadros.

— Emma é apaixonada por arte. Não é, Emma? — anunciou Margo, radiante. — Quando era pequena, ela estava sempre desenhando e se perdendo pelas galerias do Met.

— E eu faço mestrado em história da arte — acrescentou Emma, tentando esconder o aborrecimento em sua voz.

Margo nem pareceu notar.

— Ah, é. Tem isso também! Aposto que ela ia adorar ver suas pinturas! Nós também.

— Bom, então está resolvido. — Montgomery bateu os punhos na mesa. — Vou dar uma festa.

— Oh, isso! — A senhora Pawloski praticamente saltou da cadeira. — Eu adoro uma boa festa!

— Que tal na véspera de Ano-Novo? — sugeriu ele.

— Isso é daqui a duas semanas — interrompeu Knightley.

— Sim, melhor ainda. — Montgomery virou-se para Emma. — A menos que vocês já tenham outros planos?

Como a maioria dos nova-iorquinos, Emma nunca fazia planos grandiosos para o Réveillon. Manhattan era muito caótica e barulhenta nessa época do ano, o que tornava quase impossível de conseguir um táxi. No ano anterior, à meia-noite, ela e Margo já estavam de pijama e profundamente adormecidas, o oposto de festejar. Mas isso... era diferente.

— Parece ótimo — respondeu Emma. Knightley a olhou com ar de desaprovação, mas ela ignorou. — Eu posso até ajudar a organizar, se quiser.

Margo bateu palmas e sorriu de orelha a orelha, como se seu maior sonho finalmente estivesse se tornando realidade.

— Oh, isso é perfeito! Emma sabe dar festas como ninguém... é uma excelente anfitriã.

O sorriso de Montgomery ficou ainda maior.

— Bom, então eu mal posso esperar.

O vinho e a comida fluíram e quase todos pareciam satisfeitos com a mais nova adição ao jantar semanal. Com exceção de Knightley, claro. Assim que a sobremesa foi servida, ele pediu licença e se retirou com um mero adeus. Emma estava tão distraída com a lenga-lenga da senhora Pawloski sobre suas novas tentativas de artesanato que quase não percebeu a despedida dele, mas se recuperou a tempo de correr escada abaixo e alcançá-lo quando estava prestes a sair pelas portas duplas da cozinha.

— Ei — gritou atrás dele. — Está indo embora sem dar tchau?

Knightley se virou, ainda com a mão na maçaneta, e a encarou por um momento, como se tentasse escolher as palavras certas. Mas então apenas acenou e disse:

— Tchau.

Emma se aproximou, cruzando os braços ao redor do corpo quando ele fez menção de sair.

— Espere.

Knightley a espiou por cima do ombro.

— Pois não?

Ela tentou pensar em alguma coisa para dizer, se é que havia alguma. As palavras permaneciam inacabadas na ponta da língua, pesadas e mudas, enquanto ele esperava.

— Você vai participar da festa de Ano-Novo? — perguntou Emma, por fim. Parecia um pretexto, o mínimo denominador comum para manter a atenção dele, mas ela nem se importou. — Pode ser... divertido, sabe?

Knightley alisou o cabelo.

— Emma...

A voz parecia torturada, quase um apelo.

— Só dê uma chance? Por favor? — continuou ela, com um medo repentino de que ele fosse negar.

Mesmo na penumbra, Emma viu a mandíbula dele se contrair.

— É isso que você quer?

— Claro que é o que eu quero — respondeu ela com uma risada ofegante, depois acrescentou mais baixinho: — O que todos nós queremos.

Ele assentiu.

— Entendi.

Os olhos dourados de Knightley se tornaram frios, distantes.

— Boa noite — despediu-se ele secamente, fechando a porta.

Emma o observou caminhar pelo resquício de neve que revestia o jardim até desaparecer na escuridão.

Quando ela voltou para o andar de cima, os convidados tinham se deslocado para a sala de estar, onde se acomodaram ao redor da lareira. Mais vinho foi servido, além de um pouco de uísque, e logo o senhor Woodhouse se recolheu para o próprio quarto. Pouco depois foi a vez de Margo insistir que estava na hora de ir embora, e Ben ficou encarregado de acompanhar a senhora Pawloski, àquela altura ligeiramente embriagada, até a casa dela, mais abaixo na rua.

Montgomery e Emma ficaram a sós.

Emma se aninhou na poltrona junto ao fogo e Montgomery se sentou de frente para ela, com as longas pernas esticadas sobre o pufe. O rosto dele estava envolto em sombras, iluminado apenas pelos pisca-piscas da árvore e pelas brasas quase apagadas da lareira, e não parava de olhar para ela.

— Tem certeza de que você quer dar uma festa de Ano-Novo? — perguntou Emma, tentando descobrir o que se passava na mente dele.

— Se você estiver lá para me ajudar, não tem nada que eu deseje mais. Vamos tornar essa festa inesquecível. Um evento. Uma experiência. Ao estilo de *O grande Gatsby*.

Emma não conseguiu esconder o sorriso.

— Uau, claro.

— Vamos precisar de um DJ. Eu conheço um cara... depois vou passar o Instagram para você dar uma olhada... Enfim, ele anda tocando lá no Club Vibe e conquistou uma legião de fãs bem impressionante. A gente deveria ir lá dar uma olhada antes da festa.

Uma palpitação se espalhou pelo peito dela.

— Eu vou adorar.

— Será que eu consigo convencer você a ir de moto comigo? — perguntou Montgomery, com a sobrancelha arqueada.

Emma abriu um sorrisinho e negou com a cabeça, e ele ergueu os braços em sinal de rendição.

— Tudo bem, tudo bem. De que mais a gente precisa?

— Acho que seria interessante contratar uns bartenders, o que acha? A empresa que escolhemos para o casamento da Margo era ótima.

— Claro. Perfeito. Quero tudo do bom e do melhor.

— Se você diz. — Emma riu. — Então, você quer que a festa seja grande?

— Grande, mas elegante. — Ele refletiu por um instante. — Um evento de arromba discreto.

Emma inclinou a cabeça. No mínimo tinha que tirar o chapéu para essa ideia. Estava na cara que Montgomery não estava acostumado a ser contrariado em relação às coisas com que se envolvia. E, de certa forma, ela conseguia se identificar com isso.

— Vamos resolver tudo ao longo da semana — determinou Montgomery.

Em seguida, tirou um chiclete de nicotina do bolso, mantendo contato visual enquanto o mascava.

— Por mim tudo bem. — Emma ajeitou uma mecha atrás da orelha e apontou para a embalagem de chiclete. — Você está tentando parar de fumar?

— Estou tentando há anos. Só que agora viciei no chiclete.

— É um vício e tanto.

— Um dos mais domesticados que tenho — respondeu ele com a voz arrastada, quase um sussurro. — A menos que você não aprove?

— E se eu não aprovar?

Com um olhar intenso, Montgomery tirou o chiclete a boca e o embrulhou no papel, depois sorriu.

Emma sentiu uma necessidade repentina de sair do lugar, então ficou de pé e recolheu alguns copos vazios que estavam na cornija da lareira.

— Você pode pegar aquelas taças na mesinha de centro, por favor? — pediu ela, já avançando em direção à porta.

Ele se levantou sem pressa, espreguiçando os braços e pernas compridos antes de recolher as taças e a seguir escada abaixo. A cozinha estava escura, com apenas a luz embutida dos armários para guiá-los enquanto enfileiravam os copos na bancada.

— Todo domingo à noite é assim? — perguntou Montgomery baixinho, bem perto dela.

Muito perto dela.

Emma respirou fundo, tentando acalmar os batimentos cada vez mais acelerados, depois se virou para encará-lo. Ele deu um passo à frente, os olhos azuis semicerrados, fazendo-a recuar contra a bancada de mármore. As portas duplas atrás dele estavam mergulhadas na escuridão, as vidraças sem revelar nada do que se estendia além.

— Bom, hoje foi um pouquinho mais animado do que de costume — admitiu Emma.

— Ah, é? Por quê?

Alguns poucos centímetros os separavam.

Emma deu risada.

— Você quer que eu fale que foi por sua causa?

— Bom, eu gosto de agradar ao público.

— É, aposto que sim.

Montgomery chegou ainda mais perto.

— E eu também gosto de você.

Emma teve que agarrar a borda da bancada para se firmar, depois olhou para ele: a barba por fazer, as mechas loiras e desgrenhadas que caíam sobre o rosto. Montgomery segurou-lhe a mão livre e entrelaçou os dedos nos dela. Em seguida, curvou os lábios em um sorrisinho atrevido.

— Feche os olhos.

— Por quê? — murmurou Emma, sentindo o hálito quente em seu rosto.

Montgomery riu baixinho.

— Você vai ter que fechar para descobrir.

Ela hesitou, mas por fim cedeu. Um momento de quietude, e então a boca dele encontrou a dela em um beijo delicado, que de repente se aprofundou, os lábios e a língua com gosto de açúcar e limão das bebidas de antes. Emma não achou que fosse corresponder tão rápido, e ficou surpresa quando um gemido escapou dos próprios lábios. A sensação era tão boa que ela resolveu se entregar, entrelaçando os dedos no cabelo dele, puxando-o para mais perto.

Montgomery pressionou o corpo contra o dela, os beijos se tornando cada vez mais urgentes.

— Emma — chamou ele, ofegante.

Parecia quase desesperado, e ela percebeu que era a segunda vez que alguém a chamava com tal urgência naquela noite. Com os lábios colados aos de Montgomery, os pensamentos dela se voltaram para Knightley. O que ele teria dito naquela hora? Parecia tão sério. Na verdade, tinha passado a noite toda sério, até sua saída abrupta. Será que estava em casa? Sozinho? E se resolvesse olhar pela janela dos fundos, será que ele veria…?

Montgomery mordiscou o lábio dela.

— Você é tão linda — sussurrou.

O som era baixo, mas parecia reverberar pelo cômodo.

Ela arregalou os olhos, pousando-os nas janelas escuras que davam para o jardim dos fundos. Alguém poderia estar ali, observando do outro lado do gramado. Então ela recuou, afastando cada pedacinho de seu corpo que encostava no dele, mesmo quando os dedos de Montgomery envolveram as laterais de seu quadril, tentando mantê-la perto.

— Está tudo bem? — perguntou ele, com a respiração entrecortada.

— Está, sim. Tudo certo.

Emma ajeitou o cabelo e tentou não olhar para as portas logo além.

— Quer ir lá para casa? — Os lábios dele pairaram sobre os dela. — Não tem ninguém lá.

— Hum…

Ela não sabia o que dizer. Será que queria ir para a casa dele? Mas era difícil pensar com clareza enquanto Montgomery deixava uma trilha de beijos em seu pescoço e maxilar.

— Fica bem ali, do outro lado da rua… — sussurrou ele, com a boca a alguns centímetros de sua orelha. — Somos vizinhos agora, lembra?

Os olhos dela se arregalaram outra vez. Céus, tudo o que menos queria naquele momento era pensar nos vizinhos.

Como se por coincidência, na mesma hora um brilho suave e familiar iluminou a escuridão do lado de fora. Era o sensor de movimento do quintal de Knightley. Será que ele tinha saído para o jardim? Ou acendido a luz do lado de dentro? Ou seria apenas um esquilo empata-foda atrapalhando o momento dos dois?

Montgomery deve ter sentido a tensão no corpo de Emma, porque se afastou para perguntar:

— Você está bem mesmo?

— Estou, mas… acho que bebi demais esta noite… — Ela suspirou e pousou a mão em seu peitoral rígido. — Vamos deixar para outro dia?

Ele chegou mais perto e beijou-lhe o rosto.

— Claro. Ainda temos uma festa para organizar, não temos?

— Temos, sim.

— Ótimo. — Então ele deu um passo para trás, ajeitando o volume na calça sem o menor pudor. — Chegue mais cedo na festa, hein? Estou ansioso para mostrar minha coleção de arte para outra apreciadora de coisas belas.

— Não vejo a hora. — Emma pendeu a cabeça para o lado. — Se bem que a gente vai se ver antes disso, não vai? Para... conhecer o DJ?

— Encontro marcado.

Em seguida, ele se virou e sumiu escada acima, e deu para ouvir a porta da frente abrir e se fechar atrás de si.

Ainda apoiada na bancada de mármore, com as mãos agarradas nas bordas, ela tentou entender por que tinha interrompido o beijo. Uma luz acesa na varanda não seria suficiente para fazê-la mandar um homem lindo embora, seria?

Algum tempo depois, ela expirou profundamente. Qualquer que fosse o motivo, não mudava o fato de estar agitada e inquieta. Pegou uma garrafa de água na geladeira e tomou um longo gole. Não era como se nunca mais fosse ver Montgomery. Estavam até organizando uma festa juntos. E talvez fosse o momento ideal para oficializar as coisas. Ela poderia começar o ano novo com um namorado novo que estava de casa nova; era a combinação perfeita. Deveria até ser motivo para comemoração, mas então por que raios não estava comemorando?

O olhar dela recaiu sobre a casa de Knightley e vagou até o sensor de movimento, sem captar nenhum sinal de vida além dos galhos das árvores balançando ao sabor da brisa. Então seu olhar pousou na janela do quarto dele, tão escuro que não se enxergava nada, e ali continuou enquanto os pensamentos ricocheteavam por seu cérebro.

Knightley provavelmente não tinha visto nada. Nem devia estar lá. Mas a possibilidade ainda lhe embrulhava o estômago quando ela apagou a luz da cozinha, mergulhando o cômodo na mesma escuridão que assomava lá fora.

Capítulo Dezesseis

Emma dormiu até tarde no dia seguinte. Mesmo depois de acordar, continuou na cama a encarar o teto, sem entender por que ainda se sentia tão inquieta. Uma parte dela sabia que precisava sair de lá — afinal, havia uma festa a planejar —, mas a mera perspectiva disso a fazia querer se esconder debaixo das cobertas. Por sorte estava de férias, então poderia se esconder ali para sempre... ou por algumas semanas, pelo menos. Isso trazia certo conforto.

Depois de alguns minutos sozinha com os próprios pensamentos, ela enfim saiu da cama e se arrastou até o banheiro. A água do chuveiro ainda não havia esquentado quando ela entrou no boxe, mas nem se importou em sentir o jato frio sobre o corpo.

A sensação de inquietude continuava lá ao final do banho, então ela buscou se distrair com todo o resto: secou o cabelo e o penteou para trás, vestiu uma legging preta e um suéter de caxemira confortável, depois desceu para tomar café.

Estava tão distraída que só tirou os olhos do chão quando entrou na cozinha, e o que viu ali quase fez sua alma sair do corpo.

— Meu Deus! — exclamou.

Lá estava o pai, sentado diante da bancada, ao lado de... Knightley. Claro que ele estava ali. Sempre estava.

— Olá para você também — disse o senhor Woodhouse, sem tirar os olhos do jornal ao bebericar o chá.

O estômago de Emma embrulhou ao ver a expressão indecifrável de Knightley. Será que ele a tinha visto com Montgomery na noite anterior?

Será que a estava julgando? Ou estava zangado com ela? De repente, sua caixa torácica parecia pequena demais para abrigar aquele coração acelerado.

— Bom dia — murmurou ela, arrastando os pés até a pia.

— Já é quase meio-dia — rebateu Knightley.

Ele estava com o rosto afogueado, a pele revestida por uma fina camada de suor que escurecia as bordas da camiseta. Pelo jeito, tinha acabado de voltar de uma de suas corridas ao redor do reservatório do Central Park.

Depois de fazer careta, Emma encheu um copo d'água, na esperança de que isso aplacasse a vermelhidão em seu rosto.

— Como foi o resto da noite? — perguntou Knightley.

A pergunta poderia ter sido direcionada a qualquer um dos dois, mas a pulsação de Emma disparou em suas veias.

— Eu... hã...

Knightley não tinha visto nada, ela tentou racionalizar. As luzes da casa estavam apagadas, e ele nem deveria estar lá!

Ainda assim, Emma não conseguiu encontrar seu olhar enquanto tomava um longo gole de água.

— Ora, Emma, você está bem? Não está ficando doente, está? — perguntou o senhor Woodhouse, enfim desviando a atenção do jornal.

— Estou bem — respondeu ela, e tornou a encher o copo.

Knightley a encarou, intrigado.

— Tem certeza?

Emma esboçou um sorriso.

— Tenho. A noite foi ótima. Você deveria ter ficado mais.

— Ah, eu vi o suficiente.

Santo Deus. Ela tomou outro gole de água.

— Isso aí deve ser carência de vitamina B6 — interrompeu o pai. — Você deveria comer uma banana.

Emma contornou a bancada e pegou uma banana na fruteira. Ainda conseguia sentir o olhar de Knightley nela, mas não se atreveu a fazer contato visual.

— Fran acabou de ir ao mercado — continuou o senhor Woodhouse. — Vou pedir que ela compre um pouco de trigo-sarraceno, aí posso preparar minha papa fortificada para você...

— É mingau, pai.

Ele a ignorou e ficou de pé, conduzindo-a até a banqueta.

— Aqui, sente-se um pouco. Vou preparar uma vitamina de couve para você. Não pense que não percebi o quanto você se esforçou para agradar a todos ontem. Sente-se, sente-se. George estava agora mesmo me contando sobre a viagem para Los Angeles.

O senhor Woodhouse começou a pegar os ingredientes na geladeira.

— Ah, verdade. Como foi?

Por sorte, esse era um assunto seguro. Emma sorriu e se preparou para ouvir com atenção, como uma verdadeira amiga. Sentiu-se até um pouco culpada por não ter perguntado sobre isso na noite anterior.

— Construtiva — foi a resposta de Knightley.

Ela o encarou, esperando que dissesse mais alguma coisa, mas ele apenas retribuiu o olhar, e por fim suspirou.

— Foi bom, Emma. O negócio está encaminhado e não deve haver nenhum contratempo.

O senhor Woodhouse cortou uma fatia de manga antes de perguntar:

— E do que se trata o negócio, exatamente?

— Um colega de Ben montou um laboratório hidropônico alguns anos atrás para cultivar microvegetais para muitos restaurantes da cidade. Com o tempo, ele aprimorou a tecnologia a ponto de produzir essas minifazendas autossustentáveis em massa, colocá-las em contêineres e enviar para qualquer lugar. Nós investimos lá atrás, e agora eles estão sendo adquiridos por uma grande empresa agrícola da Califórnia. Estou tentando acompanhar a transição de perto.

— Você vai ter que ficar em Los Angeles de vez? — perguntou o senhor Woodhouse.

— Creio que não, mas nunca se sabe.

Isso pegou Emma de surpresa. Que história era aquela?

— Ainda não é nada — continuou Knightley, lendo a expressão dela. — Mas avisarei se acontecer alguma coisa.

Ela assentiu. Nem conseguia conceber como seria se ele se mudasse de vez, então tratou de afastar o pensamento.

— Los Angeles... — O senhor Woodhouse estremeceu, depois colocou algumas pedras de gelo no liquidificador. — Você já viu como é a qualidade do ar por lá? A poluição por partículas é suficiente para causar um AVC.

— Bom, então acho que está decidido. Você não pode ir embora — brincou Emma, apesar da tensão em sua voz. — Vai ter que ficar aqui com a gente.

Knightley sorriu.

— Veremos.

— Você é *o dono* da empresa... não pode fazer o que bem entender no escritório?

— Mas para isso eu preciso estar no escritório, Woodhouse.

O peito de Emma inundou-se de alívio. Não era exatamente a resposta que ela queria, mas pelo menos a dinâmica entre os dois estava voltando ao normal. Tudo do jeitinho que deveria ser.

— Estávamos tão ocupados dando as boas-vindas ao vizinho que nem tivemos tempo de ouvir sobre a viagem. Como ele se chamava mesmo? Montgomery não sei das quantas? — questionou o pai dela, jogando um punhado de couve no liquidificador.

— Montgomery Knox — respondeu Emma, um pouco rápido demais. *Essa não.*

— Hum.

O senhor Woodhouse pareceu refletir por um momento, como se tentasse entender por que isso lhe soava familiar, mas por fim desistiu e adicionou uma banana à mistura antes de bater.

Um barulho ensurdecedor encheu a cozinha. Emma ainda podia sentir os olhos de Knightley sobre ela. O coração começou a martelar em seus ouvidos. Mesmo que ele não tivesse visto os dois na cozinha, deve ter percebido como Montgomery a tinha encarado durante o jantar e como Emma sorrira para ele. O pensamento bastou para deixá-la vermelha, e ela só voltou a erguer o olhar quando o ruído do liquidificador cessou e o senhor Woodhouse colocou dois copos sobre a bancada.

— Aqui estão duas vitaminas de couve no capricho — anunciou ele, despejando o líquido espesso e esverdeado nos copos.

Emma pegou um e deu uma golada, mas se arrependeu na hora. Estava horrível, mas ela ao menos conseguiu sorrir e acenar para o pai, que também se servia da bebida.

— Você vai trazer aquela moça na festa de Ano-Novo, George? — perguntou o senhor Woodhouse, com indiferença.

Emma quase engasgou com a vitamina.

— Qual era o nome dela mesmo? — continuou ele.

Quê? Por acaso Knightley já tinha conversado com o pai dela sobre essa mulher? O pânico se instalou na garganta de Emma, mas ela tentou manter a compostura.

— Davina Sundar — respondeu Knightley.

— Quem é? — perguntou Emma, ciente de que sua voz tinha saído mais aguda.

— Uma amiga. Eu a conheci em um evento beneficente uns meses atrás. Ela é advogada de direitos humanos na ONU.

Oh, céus. Emma já estava intimidada.

— E você pretende trazê-la para a festa?

— Eu nem pretendia ir à festa.

O pai dela bufou.

— Mas que tolice. A festa é praticamente de Emma. Você tem que ir. E traga sua amiga...

— Davina — repetiu Knightley.

— Isso, Davina. Aposto que todos vão adorar conhecer a moça — comentou o senhor Woodhouse, depois fez uma pausa. — Mas não fique acordado até meia-noite. Ninguém deveria tratar o próprio corpo desse jeito.

Knightley virou-se para Emma.

— O que você acha?

— Hã. — A mente dela demorou um instante para se recuperar. — Bom, você deveria mesmo. Quer dizer... Montgomery comentou que as pessoas vão poder trazer convidados de fora e...

— Você vai chamar alguém? — quis saber Knightley.

— Bom, eu sou a anfitriã, então acho que... eu vou com o anfitrião.

— Entendi — respondeu ele, a expressão de repente sombria.

— E você... realmente... deveria...

Knightley a observou atentamente, estreitando os olhos enquanto ela se atrapalhava com as palavras.

— Deveria... trazer... alguém.

O estômago se contraiu quando ela concluiu a frase, ainda sob o escrutínio de Knightley.

— Ótimo.

Emma forçou um sorriso no rosto. Parecia feio, errado.

— Ótimo.

O senhor Woodhouse sorriu para os dois, jogou uma fatia de manga no liquidificador e repetiu:

— Ótimo!

E em seguida a cozinha foi novamente preenchida pelo barulho ensurdecedor de cubos de gelo e frutas sendo estilhaçados em um milhão de pedacinhos.

Capítulo Dezessete

— É paetê? Será que paetê é muito exagerado?

Emma segurou a saia diante do quadril, depois girou de um lado para o outro na frente do espelho para que as lantejoulas prateadas refletissem a luz.

— É Réveillon, Emma. Tudo é permitido — comentou a voz incorpórea de Margo, vinda do notebook na mesa.

As duas estavam conversando por chamada de vídeo, mas, quando Emma se virou para ver sua reação, só encontrou o sofá vazio da casa da irmã.

— Ei, você nem está olhando.

A cabeça de Margo apareceu na tela, com o cabelo desgrenhado e os olhos entreabertos.

— Estou aqui, ué.

— Fazendo o quê?

— Descansando meus olhos.

Emma suspirou.

— Você precisa tirar um cochilo?

— Eu sempre preciso de um cochilo — murmurou Margo, e ajeitou o computador para conseguir ver a tela mesmo deitada. — Mas também posso ajudar você a escolher uma roupa.

— Então vê se fica acordada. Eu tenho que sair já, já.

— Cadê a Nadine para ajudar?

— Ela está trabalhando, então eu disse que a encontraria lá. E, além do mais, eu precisava terminar minha inscrição para o estágio no Met hoje. É quase uma resolução de Ano-Novo: começar o próximo ano sem esse peso nos ombros.

— Ainda não entendi por que você está lidando com toda essa burocracia... O papai pode simplesmente ligar para lá amanhã e conseguir essa vaga para você.

— Eu não quero receber a vaga de mão beijada. Quero fazer por merecer.

Emma franziu a testa ao ver o próprio reflexo. Talvez paetês realmente fossem um pouco demais.

— Poxa, mas é só uma porta de entrada. Você pode assumir a partir dali.

Ela fechou os olhos e respirou fundo antes de se virar para a tela, decidida a mudar de assunto.

— Então, será que a casa dos Crawford está muito diferente agora que o Montgomery está lá?

— Calma, você ainda não viu?

— Mar, eu mal vi o próprio Montgomery.

Margo revirou os olhos como se fosse exagero de Emma, mas era a mais pura verdade. Ela não via Montgomery desde o beijo no jantar de domingo, duas semanas antes. Eles tinham trocado mensagens, claro. Ideias sobre comida e entretenimento para a festa, que Emma acabou contratando por conta própria. Ela tentava se convencer de que isso não a incomodava, ainda mais por conta daquelas mensagens que ele enviava tarde da noite para dizer que estava ansioso para vê-la outra vez, mas essa seria a primeira vez que estariam cara a cara desde aquele dia na cozinha.

— Mas e aquele encontro para conhecer o DJ? — insistiu Margo.

— Não teve encontro nenhum.

— Eu sei que não era oficialmente um encontro, mas...

— Não, eu quis dizer que no fim nem fomos. Montgomery teve que cancelar de última hora. Foi jantar com um potencial investidor ou coisa parecida. Aí eu simplesmente contratei o DJ por conta própria. E o bufê. E os bartenders. E as cabines de foto. Montgomery só passou o cartão de crédito.

— Não leve para o lado pessoal. Ele é um cara muito ocupado. Na verdade, temos sorte de ele ainda ter tempo para isso. — Margo suspirou. — Nossa, as festas dele são épicas. Você vai amar.

— Bom, então você também deveria vir. A festa é praticamente minha, afinal.

Emma começou a analisar as diversas opções de roupas espalhadas pela cama.

— Ah, qual é? Eu estou grávida, vomitando de minuto em minuto. Quero viver indiretamente através de você — queixou-se Margo, vendo a irmã analisar cabide após cabide. — E aquele vestido Richard Quinn que você tem? Cheio de penas?

— Penas *com certeza* são um exagero.

O celular de Emma tocou com o alerta de mensagem. Quando espiou a tela, viu que era de Lulu. Pelo jeito já era meia-noite em Paris, e a amiga tinha enviado uma selfie ao lado de Haydie e Raquel, no que parecia ser uma balada, com uma taça de champanhe na mão. "Feliz Ano-Novo!!!", dizia a legenda.

— De quem é? Do Montgomery? — perguntou Margo, toda esperançosa.

Emma fez uma cara para a irmã.

— Não. Só Lulu e as meninas. Elas estão passando o Réveillon em Paris.

— Eca.

Ela ignorou o comentário e respondeu a amiga, prometendo ligar na semana seguinte, mesmo sabendo que elas passariam o próximo mês se desencontrando por telefone.

Em seguida, voltou a analisar as roupas.

— Eu amei que vocês vão dar essa festa juntos — continuou Margo. — Vocês são a dupla perfeita!

Emma ignorou o incômodo que a acompanhara a semana toda enquanto planejava a festa inteira sozinha.

— Que tal um macacão? — perguntou, pegando uma peça em tecido crepe rosa-choque.

— Bom, é lindíssimo — respondeu Margo, apontando para a tela como se fosse óbvio. — Mas não sei se aprovo essa ideia de usar macacão. Vai ficar mais difícil se ele quiser uma rapidinha em algum canto da festa.

Emma contemplou seu reflexo no espelho, pensativa.

— Meu Deus, Emma! — exclamou Margo, surpresa. — Eu só estava brincando, mas espere aí... você transou com ele?

— Não, eu não transei com ele — respondeu Emma, como se não pensasse nisso todos os dias desde aquele beijo na cozinha.

— Mas pretende?

O rosto de Margo estava tão colado na câmera que dava para ver os poros.

— Ó que eu vou desligar — ameaçou Emma, fazendo menção de fechar o notebook.

— Desculpa, desculpa! Vou ficar quietinha.

Emma recolheu a mão.

— Muito bem.

— Mas você gosta dele, não gosta?

Ela analisou o tecido cor-de-rosa do macacão, como se tentasse ganhar tempo.

Montgomery Knox. Sim, ele era um pouco excêntrico. E tinha demorado uma eternidade para vir a Nova York conhecê-la. Mas agora que ela tinha alguém para associar ao nome, um rosto, lábios e mãos… o coração dela acelerou no peito.

— E então?

A voz de Margo a despertou do devaneio.

— Montgomery é muito legal e bonito, então vamos ver no que dá — respondeu Emma, como se fosse um mantra tanto para ela quanto para a irmã.

Margo deu um gritinho estridente.

— Você com certeza vai transar com ele!

Emma fez careta.

— Sossegue o facho.

— Dê o nome do seu primeiro filho em minha homenagem!

— Tchaaaau — cantarolou Emma, já fechando a tela do notebook.

— Espere, com que roupa você…?

A fala foi cortada pela metade.

Emma respirou fundo, voltando-se para o espelho. Sabia quais eram as expectativas de Montgomery para aquela noite. Ao que parecia, eram as mesmas de Margo. Mas o problema era que *ela* ainda não sabia o que esperar.

Recomponha-se, repreendeu-se em pensamento, e tratou de endireitar os ombros. Nunca tinha ficado nervosa perto de garotos, e não estava disposta a começar a essa altura da vida. Estava tudo bem, ela estava bem, e o mais importante: estava no controle da situação.

Decidiu usar o macacão.

De acordo com Montgomery, a festa só começava quando todos estivessem presentes, o que tornou seu pedido de que ela chegasse mais cedo um pouco confuso. Por sorte, como Emma havia combinado que os fornecedores do bufê chegassem às seis e o DJ começasse a montar o equipamento às sete, sabia que poderia chegar às oito sem se atrasar muito.

A casa já estava movimentada quando ela apareceu. A porta da frente estava aberta para que os fornecedores entrassem e saíssem durante a montagem, mas ela decidiu tocar a campainha mesmo assim, ajeitando o casaco de caxemira enquanto esperava.

Montgomery emergiu um minuto depois, aproximando-se a passos lentos da entrada. Vestia um smoking azul de veludo e uma camisa branca desabotoada que deixava o peitoral à mostra, com uma calça preta justa e botas de pele de cobra. Emma não conseguia decidir se era o visual perfeito ou exagerado demais.

— Oi, linda — cumprimentou ele.

Em seguida abriu um pouco mais a porta, mas ainda a manteve fechada o bastante para que o corpo dela roçasse no dele conforme entrava.

Quando Emma fez menção de tirar o casaco, Montgomery se adiantou e o removeu com delicadeza de seus ombros antes de pendurá-lo no braço. Depois ficou de frente para ela, sorrindo ao contemplá-la da cabeça aos pés.

— Você está tão maravilhosa que dá vontade de morder.

Emma riu. O som soou falso aos seus ouvidos, uma forma de disfarçar o nervosismo desencadeado por aquele olhar intenso.

— E aí, quer um tour pela casa? — ofereceu Montgomery.

— Só se você fizer questão.

— Ah, é?

— Bom, os Crawford são amigos de longa data da família... Não é minha primeira vez aqui.

— Ah. — Os lábios dele se curvaram em um sorriso. — Mas é sua primeira vez comigo.

Emma sorriu de volta, o coração retumbando nos ouvidos enquanto Montgomery a conduzia pela casa, com a mão pousada em sua lombar.

O hall de entrada desembocava na sala de estar, e Emma teve que dar o braço a torcer: ele tinha mesmo transformado o ambiente. A residência dos Crawford costumava ser definida por quantas coisas conseguia abrigar: tapeçarias e sofás, mesas de centro cheias de livros e paredes forradas com fotografias da família. Mas o cômodo estava branco e amplo, com apenas dois sofás de couro preto virados um de frente para o outro. Na parede oposta via-se uma tela imensa e multicolorida, uma colcha de retalhos de grafites e respingos de tinta e um estêncil aleatório do JFK bem no centro. Espere...

Não. Não podia ser...

— É um quadro de Max Betrug — anunciou Montgomery, apontando para a pintura.

Oh, céus. Era mesmo.

Emma se obrigou a sorrir, e mordeu a língua com tanta força que chegou a sentir o gosto de sangue. Só pelo tamanho da tela, sabia que devia ter custado uma fortuna. Mas não era... boa. Apenas uma confusão de cores e tintas de um artista de rua picareta, uma persona criada para se tornar uma marca licenciada e... não tinha como Montgomery não saber disso, certo?

Mas quando ela se virou e o viu admirar o quadro como se estivesse impressionado com tamanha proeza, percebeu que estava redondamente enganada.

Não seja esnobe, não seja esnobe.

— E o resto da casa? — perguntou ela em tom alegre, já avançando em direção ao corredor.

A movimentação estava intensa na sala de jantar dos fundos. Garçons com bandejas cheias de canapés se posicionavam nos cantos, e outros fluíam da cozinha no andar de baixo. A mesa de jantar tinha sido afastada para o lado, dando lugar a um bar onde os bartenders já ajeitavam copos e garrafas.

Mais adiante assomava a estufa, uma grande gaiola de vidro no jardim que revelava os últimos resquícios do sol por trás dos prédios. O recinto estava vazio, exceto por uma cabine de DJ, onde um homem de cabelo rosa mexia em um painel cheio de dispositivos e botões, testando os alto-falantes que haviam sido instalados em cada canto.

As portas da estufa estavam abertas para o jardim, como Emma havia sugerido, e ali tudo parecia nos conformes. Havia aquecedores altos posicionados ao redor das mesas que pontilhavam o quintal, todo adornado com pisca-piscas.

Emma sorriu. Estava perfeito.

Quando se virou para dizer isso a Montgomery, a atenção dela foi capturada pelas portas duplas à sua esquerda. Estavam abertas, de modo que podia ver o cômodo recém-pintado de branco logo além. Emma se lembrava daquele lugar. Ou, pelo menos, de uma versão mais escura e abarrotada dele. Na época em que pertencia ao senhor Crawford, as paredes do escritório eram forradas de estantes repletas de livros e cortinas pesadas de veludo verde. Antes havia uma enorme escrivaninha de mogno no centro, tão imensa que Emma vivia se escondendo embaixo dela na infância, enquanto o senhor Crawford e o pai dela fingiam não ouvir as risadinhas da pequena espiã.

O cômodo estava praticamente vazio. As estantes tinham sumido, assim como a escrivaninha. No lugar, havia uma mesa de centro com tampo de vidro, cercada por quatro cadeiras redondas que ficavam quase rentes ao chão. Pareciam moldes disformes de plástico cor-de-rosa, destinados a qualquer propósito que não o de se sentar.

Ao ver a direção do olhar dela, Montgomery abriu um sorriso presunçoso.

— As cadeiras são feitas de garrafas recicladas.

— São… ótimas.

Ele sorriu como se fosse óbvio, depois se virou para ajeitar o cabelo diante do espelho.

Emma teve que se esforçar muito para não revirar os olhos. Céus, Knightley teria odiado tudo aquilo. A presunção. O desespero. Tudo. Então sacudiu a cabeça, tentando afastar o pensamento.

— Quer dar uma olhada lá em cima? — perguntou Montgomery, quase um cochicho ao pé do ouvido.

— Claro, vamos lá — respondeu Emma, um pouco rápido demais.

As palavras escaparam antes que ela tivesse tempo de processar o que aquela sugestão implicava. Mas quando se virou e o viu ali, com os lábios curvados em um sorriso ao lhe estender a mão, o coração dela quase saiu pela boca.

Ela segurou a mão dele. Os dedos eram macios, e Emma os admirou enquanto se deixava conduzir escada acima, sentindo-os entrelaçados frouxamente aos dela. As unhas eram perfeitas, bem-cuidadas… assim como tudo na casa: muito conscientes da própria aparência, como se só estivessem ali para impressionar os outros. Era como um museu pareceria a quem nunca tivesse entrado em um.

Oh, céus. Será que Montgomery nunca tinha ido a…?

— Imagino que você nunca tenha entrado neste quarto — ronronou ele.

Quando ergueu o olhar, Emma deu de cara com a suíte principal. Montgomery tinha razão: ela nunca havia pisado naquele cômodo, mas isso não teria feito diferença. Duvidava muito que tivesse qualquer semelhança com a versão antiga.

As paredes estavam pintadas de azul-marinho, quase pretas sob a luz fraca do início de noite, e desapareciam atrás da cama imponente no meio do cômodo. Bem ali, sobre a cabeceira de veludo, havia outro quadro.

Emma engoliu em seco. *Só pode ser brincadeira.*

Lá estava um retrato de Montgomery. Era abstrato, um amálgama de cores e formatos grosseiros, mas o rosto era inconfundível, olhando para o colchão.

— E aí, o que achou?

Ela sentiu o hálito quente contra a orelha, um corpo de repente colado a suas costas.

Não seja esnobe. O mantra voltou a reverberar em seus pensamentos. *Então ele não é muito entendido de arte, grande coisa.* Isso não queria dizer nada. Talvez fosse até uma bênção disfarçada. Será que queria mesmo namorar alguém que soubesse tudo sobre a carreira dela? Que sempre tentasse descobrir se o conhecimento dela se equiparava ao seu? Claro que não. Isso era ótimo. Até *melhor.*

Mas, por algum motivo… isso não a fazia se sentir melhor. Apenas nervosa, claustrofóbica e…

Nem teve tempo de descobrir o resto, pois Montgomery se posicionou diante dela, pousando uma mão na lateral de seu quadril enquanto a outra deslizava pelo braço descoberto. Os dedos tracejaram o ombro e a clavícula antes de descer lentamente pelo esterno, traçando uma linha entre os seios até onde começava o decote em V profundo do macacão.

As janelas altas atrás dele revelavam a escuridão do lado de fora, e a casa de frente tinha acabado de acender a luz.

Emma se perguntou onde Knightley estaria naquele momento.

Não pense em Knightley, insistiu a mente dela quando a mão de Montgomery pousou no outro lado do quadril, puxando-a mais para perto.

Um suspiro trêmulo escapou dos lábios de Emma. Com certeza Knightley não conseguiria vê-los dessa vez. Nem ele, nem ninguém. A constatação deveria tê-la tranquilizado o suficiente para se concentrar no corpo de Montgomery pressionado contra o dela, mas não foi o que aconteceu.

— Você é tão gostosa — sussurrou ele.

— Obrigada.

Obrigada? Por acaso ela tinha mesmo dito isso? E por que a voz soava tão aguda e tensa, uma mera imitação do que deveria ser? Não deveria estar mais grave, cheia de luxúria ou desejo ou sabe-se lá o quê?

Montgomery pousou a mão no rosto dela e se aproximou para um beijo, interrompendo o fluxo de pensamentos. Emma fechou os olhos, sentiu os lábios macios, a língua que lhe roçava a boca, e se deixou levar, tentando se perder naquela sensação. Mas de repente se deu conta de que estava tão ocupada em dizer ao corpo o que sentir que já não sentia mais nada. Então virou o rosto para o lado, e Montgomery encarou isso como um sinal para começar a beijar-lhe o pescoço, puxando-a com mais força contra o próprio corpo.

— Espere — pediu Emma, afastando-se dele.

— O que foi? — sussurrou Montgomery, já cobrindo a distância entre os dois.

Ela colocou a mão no ombro dele antes que os lábios voltassem a se encontrar.

— Eu... acho que não posso fazer isso.

Montgomery encontrou seu olhar, a névoa de desejo se dissipando aos poucos, e a observou antes de se virar para a cama ao lado.

— Tipo, não pode agora ou...?

Parecia confuso, como se aquela fosse uma experiência totalmente nova. Será que nunca tinha sido rejeitado antes? Céus, talvez fosse mesmo a primeira vez.

— Só não sei se...

A voz dela foi morrendo aos poucos, sem saber o que dizer.

Depois de um instante, um sorriso preguiçoso retornou aos lábios dele.

— Não tem problema. A festa vai começar já, já... Eu entendo.

Ela suspirou, ofegante.

— Certo.

Montgomery deu um passo para trás e olhou para o corpo dela antes de responder:

— Mas me avise quando estiver pronta, ok?

Emma abriu a boca, prestes a explicar que não sabia se isso iria acontecer, mas foi salva pelo toque profundo da campainha. Os dois olharam para a porta.

— Bom, acho melhor eu ir lá atender — disse ele, impassível.

Ela sorriu.

— É, acho que sim.

Emma nem sabia como era possível, mas em um piscar de olhos a casa tinha se enchido de gente e a festa estava a todo vapor. Havia corpos amontoados na sala de jantar, enfileirados ao admirar a obra de arte questionável, ou então empilhados nas preciosas cadeiras recicladas enquanto a batida pulsante da música reverberava por cada pedacinho do corpo de Emma.

Ela conseguiu um lugar vago no bar e, enquanto esperava ser atendida, esquadrinhou a multidão em busca de Nadine. Ou da senhora Pawloski. Ou de qualquer rosto conhecido.

Mas quanto mais olhava, mais percebia que o público era excepcionalmente jovem para uma festa de bairro no Upper East Side. Percebia, também, que não reconhecia ninguém ali.

— Emma!

Quando ela se virou, viu que Nadine se acotovelava para chegar ao bar. O cabelo castanho-dourado caía solto sobre os ombros, o rosto estava corado, e os lábios, curvados em um amplo sorriso.

— Caramba, achei que não ia achar você nunca! — exclamou a amiga, sua voz abafada pela música.

— Nem sei como você conseguiu — confessou Emma. — Não faço ideia de quem são essas pessoas.

— Bom, eu acabei de ver a senhora Pawloski na sala de estar — contou Nadine, e apontou para trás. — Ela estava virando doses de bebida com três caras de moletom, então acho que está ótima.

Emma riu, a tensão se dissipando aos poucos ao abraçar a amiga.

— Estou tão feliz por você ter vindo.

— Eu também! Ah, vi o Montgomery quando cheguei! Ele é muito gato.

— Arrã — respondeu Emma, com a voz mais aguda que o normal.

Nadine arregalou os olhos.

— Vocês se pegaram de novo?

— Não, mais ou menos… — Ela fez uma pausa, os ombros encolhidos. — Bom, a gente estava quase, mas… sei lá…

— Se você não estiver confortável…

Emma afastou o incômodo insistente.

— Deixe isso para lá. É véspera de Ano-Novo e estamos juntas em uma festa!

— Isso mesmo!

Nadine começou a dançar no ritmo da música e quase acertou um garçom que passava. Ele conseguiu se esquivar no último minuto, abaixando a bandeja cheia de champanhe para recuperar o equilíbrio. Os olhos dela se iluminaram, interpretando aquilo como uma oferenda.

Ela pegou duas taças e agradeceu:

— Nossa! Obrigada! — Depois se virou e entregou uma para Emma. — Como diria minha vó: um brinde a beber e agir em vez de sentar e sofrer — continuou Nadine, erguendo a taça em um gesto dramático.

— Um brinde à sua vó! — propôs Emma, rindo, e deu um gole generoso.

A cabeça girava, o champanhe misturado à umidade do ambiente, e o corpo parecia leve, como se pudesse flutuar para longe. Como se nada disso importasse, nem o fiasco com Zane, nem a indecisão com Montgomery, nem mesmo a estranheza com…

— Knightley! — exclamou Nadine.

Os olhos de Emma se arregalaram, o coração leve como pluma de repente despencando feito chumbo em seu peito.

— Quê?

Nadine apontou em direção à porta atrás de Emma.

— Knightley chegou!

Emma respirou fundo e se virou para olhar.

Lá estava ele. Alto e incrivelmente lindo com uma camisa Oxford preta e um cachecol no pescoço. Ao lado de Knightley, de braços dados, estava a mulher deslumbrante de cabelos escuros que Emma tinha visto do outro lado do jardim aquele dia, bebendo e flertando com ele. A mesma mulher que, ao que parecia, era o par dele naquela noite: Davina Sundar.

Capítulo Dezoito

Knightley queria ir embora. Inferno, se dependesse dele, nem teria saído de casa. Para piorar, dava para ver tudo a um quarteirão de distância: a modesta residência dos Crawford de repente tomada por luzes roxas e um som que estrondeava através das paredes.

Ainda poderia ir embora, tentou se convencer enquanto ele e Davina subiam os degraus que conduziam à porta de entrada, mas sabia que não era verdade. Davina sorria de orelha a orelha desde que ele a tinha buscado mais cedo; deu um apertãozinho no braço dele quando adentraram a casa, examinando a multidão, o bar e a pista de dança na estufa mais ao fundo.

Era uma mulher adorável, era mesmo. Linda, inteligente e perfeita para ele.

Ainda assim, ele só queria voltar para casa.

— Knightley!

A voz de Nadine se sobrepôs à música e ele a avistou perto do bar, com um sorriso tão alegre que chegou a duvidar que a taça que segurava fosse a primeira. A garota deu pulinhos sem sair do lugar, depois se virou para Emma.

Cacete. Ela estava maravilhosa.

Knightley tratou de afastar o pensamento e conduziu Davina até elas.

— Olá — cumprimentou, em tom neutro.

Emma esboçou um sorriso e evitou o olhar dele ao se virar para Davina.

— Oi, você deve ser a Davina — disse. — Meu nome é Emma. Ouvi muito sobre você.

Davina retribuiu o sorriso.

— É um prazer conhecer você também… — Em seguida chegou mais perto, como se tentasse escutar por sobre a música. — Desculpe, não entendi seu nome direito. Emmy, é isso?

O sorriso de Emma vacilou por um segundo, mas Knightley percebeu. Uma onda repentina de culpa inundou o peito dele.

— Emma — corrigiu ela. — E esta é minha amiga, Nadine.

Davina sorriu e acenou com a cabeça.

— Adorei sua roupa — elogiou Nadine, apontando para o minivestido preto de veludo que ela usava.

— Obrigada. É do Alexandre Vauthier — respondeu Davina, alisando o tecido com as mãos.

Nadine anuiu, mas parecia confusa, como se a mulher estivesse falando grego.

— Você está linda, Nadine — disse Knightley.

A garota estendeu os braços para o lado e fez uma mesura de brincadeira.

— Obrigada. É da H&M.

Knightley viu quando Emma tentou reprimir um sorriso, dessa vez genuíno. Por pouco deu certo, mas, ao Nadine se virar para ela, as duas caíram na gargalhada, os corpos curvados enquanto tentavam parar de rir. Ele olhou para Davina, esperando ver seu rosto contorcido em desaprovação, mas a encontrou sorrindo, como se estivesse prestes a se juntar ao riso.

As gargalhadas morreram um instante depois, e o quarteto mergulhou em silêncio. A música incessante, a cacofonia de conversas, nada conseguia penetrar a bolha de constrangimento que os envolvia. Knightley se virou para Nadine outra vez e percebeu que ela parecia esperar por algo, o olhar se alternando entre ele e a roupa de Emma, e só então entendeu por quê: a garota queria que ele elogiasse Emma também.

E ele deveria mesmo. Céus, como queria. Mas as palavras ficaram entaladas em sua garganta, uma mistura do que deveria e queria dizer.

Você está linda, Emma.

Você está deslumbrante.

Odeio que você esteja fazendo isso comigo.

Emma o encarou, a sobrancelha arqueada como se também esperasse algo dele. *Merda.*

Knightley abriu a boca, ainda sem saber o que sairia dali, quando uma voz estrondosa o interrompeu:

— Ah, quanta gente bonita reunida! — Montgomery surgiu entre Emma e Nadine, passando o braço sobre os ombros as duas. — Estão se divertindo?

Já aparentava estar bêbado, com a camisa desabotoada até o umbigo e o cabelo cheio de glitter. Um clichê ambulante.

— Está tudo incrível! — exclamou Nadine, empolgada. — Sério, vou beber todo o seu champanhe.

— Acho bom mesmo. Vou ficar muito triste se tiver sobrado uma mísera gotinha pela manhã — respondeu ele, e chegou mais perto como se os dois compartilhassem um segredo. Depois se virou para Davina. — Acho que ainda não fomos apresentados.

Knightley tentou não fazer careta. Achou que tinha escapado impune, mas de repente percebeu que Emma o encarava com uma expressão divertida. Quase como se soubesse exatamente o que se passava na cabeça dele... e concordasse. Que curioso.

Ele deu um pigarro e acenou para o anfitrião.

— Montgomery, esta é Davina Sundar, uma colega. Davina, esse é Montgomery Knox.

Os olhos dela se iluminaram.

— Ah, então esta casa é sua?

— Por enquanto. — Ele sorriu, depois olhou para Davina e Nadine. — Vocês duas querem um tour para conhecer o lugar?

Nadine bateu palmas.

— Por favor!

— Eu adoraria. Quer dizer, se estiver tudo bem para você — respondeu Davina e olhou para Knightley, como se precisasse de permissão.

Como se ele desse a mínima.

— Claro.

Knightley obrigou-se a sorrir para esconder sua indiferença.

Montgomery fez uma mesura fingida e estendeu os braços às duas mulheres.

— Vamos começar pela sala de estar. Tenho um quadro original de Max Betrug, conhecem?

Os três desapareceram na multidão e aquele silêncio terrível se abateu sobre eles outra vez. Nunca tinha sido assim entre os dois. Nunca. O que antes parecia tão natural, tão simples, de repente se tornava difícil. Como se uma coisa viva se apossasse do espaço entre eles, tornando impossível respirar.

— Oi, Knightley — disse Emma por fim, levantando os olhos para encontrar os dele.

— Oi, Woodhouse — respondeu ele, virando-se na direção do bar.

Não queria olhar para ela. Não podia. Estava linda demais naquela noite, com o rosto corado e os olhos brilhantes. Por isso, Knightley apenas fez sinal para o bartender, pedindo um uísque.

— Vejo que chegou elegantemente atrasado — comentou ela.

Enquanto o bartender servia a bebida, Knightley ficou tentado a pegar a garrafa inteira de uma vez, mas esperou até que o copo lhe fosse oferecido antes de se virar na direção de Emma.

— Ora, eu não sabia que dava para chegar atrasado em um evento que nem tinha hora marcada para começar.

— E ainda assim, faltando menos de uma hora para a meia-noite, você conseguiu.

— Tenho uma reputação a zelar — argumentou ele, erguendo o copo em falsa deferência. — E não queria interromper seu encontro.

Ela revirou os olhos.

— Não é um encontro.

— Não? Eu poderia jurar que foi isso que você disse outro dia.

Knightley tomou um gole de uísque, que desceu queimando pela garganta.

— Nossa, me surpreende que você tenha prestado atenção — rebateu ela, com a sobrancelha arqueada.

— Muito pouca.

— Sem novidades, então.

O tom de Emma era indiferente, mas ao mesmo tempo sincero, como se tentasse conduzi-los de volta àquele território familiar de piadas e farpas bem-humoradas. Mas os dois pareciam ter se perdido pelo caminho, de modo que tinham que se contentar com aquela imitação barata que ameaçava ruir a qualquer instante.

Knightley tomou outro gole de uísque. Depois de um longo momento, Emma quebrou o silêncio:

— Davina parece legal.

— Ela é mesmo — respondeu, assentindo.

— E muito bonita.

Ele assentiu de novo.

— E *muito* sofisticada — acrescentou Emma, como se fosse uma cutucada.

— Ora, claro. Ela já é adulta.

As palavras verteram de seus lábios antes que pudesse se conter, mas era tarde demais. Knightley viu o impacto que causaram: o sorriso de Emma esmoreceu, os ombros desnudos se retesaram, o corpo recuou como se tivesse levado um soco.

— Hã, é. Verdade. É mesmo. — Emma tropeçou nas palavras, varrendo o ambiente com os olhos como se buscasse uma forma de escapar. — Bom, acho que vou dar uma circulada para ver como estão as coisas — acrescentou.

— Emma, não foi isso que...

— Não, está tudo bem. Sério. — Ela abriu um sorriso leve e triste, mas genuíno. — Vejo você mais tarde, Knightley.

Parecia tão... definitivo.

Emma se deteve e o encarou por um segundo a mais, depois se virou e desapareceu entre a multidão de convidados, deixando-o sozinho.

Capítulo Dezenove

Emma perambulou sem rumo pela festa, serpenteando no meio dos convidados, sem saber o que procurava. Quando enfim alcançou a sala de estar, deparou-se com uma multidão que pulava ao ritmo da música que estrondeava pelas paredes. Bastões luminosos de cores vivas balançavam em suas mãos enquanto bolas infláveis quicavam sobre o mar de cabeças. O bartender tinha adicionado cubos de gelo de LED às bebidas, de modo que todos os copos piscavam com luzes coloridas conforme as pessoas se moviam na pista de dança.

A festa era um sucesso. Graças a ela. Esse tipo de vitória geralmente a deixava animada, satisfeita, mas quando observou a cena que se desenrolava ao seu redor, não sentiu nem um pingo de animação.

Só queria ir para casa. Mas não podia, claro. Ainda não era nem meia-noite, e ela era a anfitriã, afinal.

Ainda assim, precisava ficar sozinha.

Decidiu buscar refúgio perto dos aquecedores no quintal, então começou a cruzar o corredor na direção da estufa com vista para o jardim. O caminho estava apinhado de gente, e, enquanto se acotovelava pela multidão, quase trombou em uma mulher que saía do lavabo.

— Ah!

Ela se deteve antes de tropeçar em Davina Sundar, que também pareceu surpresa e se pôs a ajeitar a frente do vestido.

— Olá.

— Oi.

Emma esperou que Davina dissesse mais alguma coisa, ou talvez elogiasse a festa, a decoração, a comida. Mas quando percebeu que não receberia nada além de uma breve saudação, o silêncio começou a ficar constrangedor. Por isso, ela abriu um sorriso ensaiado e perguntou, tentando se fazer ouvir em meio à música:

— Você está gostando da festa?

Davina chegou mais perto.

— Quê?

— Você está gostando da festa? — repetiu Emma, quase gritando.

— Ah, estou sim — respondeu a mulher, espiando a multidão ondulante. — É uma cena e tanto, não acha?

Emma se permitiu um momento de felicidade.

— É, e deu muito trabalho para organizar, você nem imagina. Ainda mais em tão pouco tempo. Por sorte, Montgomery é amigo do DJ e meu cunhado conhece o bufê, então só tive que definir a logística da coisa. Mas, cá entre nós, estou surpresa que tenha dado certo. Descobri que Montgomery é péssimo com essas coisas.

Davina pareceu confusa.

— Eu... não sabia que vocês estavam juntos.

— Oh, não estamos — respondeu Emma, e mal teve tempo de perceber que isso nem a incomodava. — Não desse jeito, pelo menos. Ele é novo na vizinhança, então me ofereci para ajudar com a festa. Mas acabou sobrando tudo para mim, então passei as últimas semanas em função disso. Quem trabalha entre o Natal e o Ano-Novo, sabe?

Ela soltou uma risada nervosa e Davina sorriu.

— Só nós duas, pelo jeito.

— Ah, você também estava trabalhando?

Davina assentiu, voltando a fitar a multidão.

— Quase sempre há uma quantidade considerável de pedidos de asilo que precisamos apresentar ao governo antes do fim do ano para garantir que vão ser avaliados.

Emma engoliu em seco.

— Claro. Entendi.

Ao ver a expressão dela, Davina tratou de acrescentar:

— Mas a festa está realmente fantástica.

Emma sentiu o rosto arder de vergonha. Céus, ela se sentia tão insignificante. Tinha passado semanas correndo atrás de balões e canapés enquanto essa mulher estava ocupada salvando vidas.

— É, bem — começou a responder, tentando soar impassível. — Mas ainda é apenas uma festa.

Davina assentiu outra vez, seu olhar deslizando por cima do ombro de Emma como se buscasse alguém na multidão.

— Você está procurando por Knightley?

— George? Oh, não. Na verdade, já vou voltar lá para cima. Montgomery queria me mostrar o terraço... — O divertimento nos olhos de Davina se dissipou ao ver a expressão de Emma. — Você estava atrás do Montgomery?

— Não mesmo — respondeu Emma, com um muxoxo cansado. — Depois dos últimos meses, minha resolução de Ano-Novo vai ser ficar bem longe de homens.

Era para ser uma piada, mas Davina não sorriu. Emma tentou esboçar um sorriso por conta própria, mas parecia muito forçado. Muito falso. Então apenas desistiu e deu de ombros.

A expressão de Davina suavizou.

— Fica mais fácil, prometo.

Emma não entendeu.

— O que fica mais fácil?

— Homens — respondeu Davina. — Principalmente quando você aprender que alguns são para valer e outros são só para passar o tempo.

As palavras reverberaram no peito de Emma.

— Como você faz para saber qual é qual?

Davina riu baixinho, e o som se perdeu na música.

— Não se preocupe. Eles sempre dão um jeito de deixar isso claro. — Então ela se virou e começou a subir os degraus. — Feliz Ano-Novo, Emily.

— É Emma...

Mas Davina já havia partido, seus movimentos suaves desaparecendo escada acima.

Emma a observou ir embora e soltou um longo suspiro. Precisava de um pouco de ar fresco.

Capítulo Vinte

Knightley ainda terminava seu segundo copo de uísque no bar quando começaram a distribuir serpentinas, chapéus e línguas de sogra. No fundo, ele sabia que deveria ir atrás de Davina. Já era quase meia-noite, e mesmo que não tivessem um relacionamento sério, ela provavelmente iria querer passar a virada ao lado dele. Era por esse motivo que se ia acompanhado a uma festa de Réveillon, não era? A contagem regressiva, o beijo, tudo isso.

Mas, naquele momento, as risadas, os aplausos, a música: tudo parecia sufocante, uma mistura de folia e diversão fingidas quando tudo que Knightley queria era paz e sossego. Ele precisava pensar.

Depois de sair do cômodo abarrotado, atravessou a multidão na pista de dança da estufa e foi para o quintal. Em seguida cruzou a grama lamacenta do jardim, a camada de neve já derretida por conta dos aquecedores espalhados por todos os cantos. As cadeiras estavam vazias, assim como a fonte de pedra logo além, parcialmente escondida atrás de um grande arbusto de topiaria.

Ele se posicionou ali, deixando a cabeça pender para trás enquanto a tensão em seu corpo diminuía. Mesmo com os aquecedores, o ar estava frio, e ele o recebeu de bom grado em seus pulmões.

— Você vem sempre aqui?

Knightley ficou imóvel, sem saber se a voz era real ou fruto de sua imaginação. Mas, quando olhou para a fonte, deu de cara com Emma.

Estava empoleirada na borda de pedra, com uma taça de champanhe na mão e os saltos dispostos ao lado do corpo.

— Olá — respondeu Knightley.

E então sorriu. O seu primeiro sorriso verdadeiro da noite.

— Oi. Está procurando sua acompanhante?

Ele negou com a cabeça.

— Acho que ela está com o seu.

Emma suspirou, inclinando o corpo para trás.

— Eu não vim acompanhada com ele, Knightley. Não é um encontro.

Droga.

— Desculpe, eu esqueci.

Ele ergueu as mãos em falsa rendição. Emma o encarou por um instante, como se tentasse decidir se o perdoaria ou não. Por fim, fez sinal para que ele se sentasse ao seu lado na borda da fonte.

E foi o que ele fez.

A música ainda pulsava, mas parecia distante. Ao olhar em volta, Knightley percebeu como aquele lugar era escondido do resto da festa. As sombras e a cerca-viva os deixavam quase invisíveis.

— O que você veio fazer aqui? — quis saber ele.

— Eu só precisava ficar sozinha — disse Emma, dando de ombros.

Ele assentiu.

— E você?

— Eu odeio essa porra de música eletrônica.

Emma riu, um som alto e desinibido tão surpreendente que reverberou no peito dele.

Knightley desviou o olhar, concentrando-se nas próprias mãos.

— Olha, eu sinto muito. Por mais cedo.

— Está tudo bem.

— Não está, não.

— É só que... é assim que funciona entre a gente, não? Eu falo alguma coisa, você me corrige. — Ela suspirou, indiferente. — Vida que segue.

Não era um insulto, mas foi assim que ele o recebeu. Era assim que Emma o via? Um homem que só estava ali para apontar os defeitos dela? Céus.

Antes que Knightley pudesse remoer mais o assunto, ela se remexeu ao lado dele, chamando sua atenção. As luzes da casa delineavam os contornos de seu perfil.

— Você está linda.

Ela revirou os olhos e entornou o restinho de champanhe.

— Estou falando sério — insistiu Knightley. — Você está deslumbrante.

— Bom, eu provei umas cinquenta mil roupas. Acho que este aqui é da Lanvin — comentou ela, alisando o tecido das pernas. — Ou da Rotate, quem sabe? Não lembro.

— Não estou falando da sua roupa, Woodhouse. Estou falando de você.

Emma se apressou em desviar os olhos, de repente interessada na grama a seus pés.

— Obrigada — respondeu baixinho.

O silêncio preencheu o espaço entre os dois novamente, mas não parecia tão estranho quanto antes. Era familiar. Confortável. Como se bem ali, naquele canto escuro entre um arbusto e uma fonte vazia, longe da música e das multidões, estivesse o último resquício daquilo que os dois tiveram um dia.

— Foi bom ver você e Nadine mais cedo — comentou Knightley depois de um tempo.

Emma o encarou.

— Foi?

Ele assentiu.

— Isso me fez perceber que eu me enganei... quando disse que você estava sendo egoísta com ela. — Ele deixou o olhar recair sobre o quintal enquanto refletia. — Foi um ano difícil para você. Teve que se despedir da Margo... se dedicar ao mestrado... se candidatar ao estágio no Met. Foi bom ver que você não precisou enfrentar tudo isso sozinha.

Emma pendeu a cabeça para o lado.

— Como assim?

Knightley coçou a nuca, tentando encontrar as palavras certas.

— É só que... estou feliz que você tenha uma amiga. Que tenha uma melhor amiga.

— Ah, sim. Nadine é uma amiga incrível mesmo — concordou Emma, voltando o olhar para a festa. — Mas ela não é minha melhor amiga.

— Não?

— Claro que não. Você é meu melhor amigo.

Knightley a olhou. Emma fitava o chão outra vez, deslizando os pés pelas folhas de grama. Mas ele ainda conseguia discernir a expressão dela nas sombras: o lábio inferior preso entre os dentes, o leve rubor em suas bochechas. Não havia o menor indício de ego ou defesa. Apenas Emma.

A música estrondeante deu lugar a uma canção mais lenta, ecoando pelo quintal até chegar à fonte onde estavam. Knightley logo a reconheceu. Era um cover moderno de "Unchained Melody", apenas uma voz feminina solitária ao piano.

— Bom, isso definitivamente não é música eletrônica — murmurou ele.

Emma riu baixinho.

— Não mesmo.

Knightley ficou de pé e se afastou em direção ao jardim, depois fez sinal para que ela o acompanhasse.

Emma ficou imóvel, com os olhos arregalados, um esboço de sorriso ainda nos lábios.

— O que foi?

— Venha aqui.

— Por quê?

— Porque estou convidando você para dançar, Woodhouse.

O sorriso de Emma vacilou. Ela o olhou como se ele tivesse dito algo grandioso. Importante. E talvez tivesse mesmo.

Um peso se alojou no peito dele, roubando-lhe o fôlego, como se esperasse a resposta dela para poder se libertar.

Então ela se levantou.

O sorriso já não estava mais lá, mas seu olhar continuava fixo ao dele.

— Então me convide.

Knightley se aproximou devagar, parando a meros centímetros dela.

— Aceita dançar comigo, Emma?

Por um momento, pareceu que ele receberia um não.

Mas então Emma pousou uma mão no ombro dele, a outra naquela que ele oferecia. Com os pés descalços, a cabeça mal alcançando-lhe os ombros, ela ainda se encaixava perfeitamente ali, e Knightley a puxou mais para perto e começou a se movimentar no ritmo da música.

Ele nunca tinha aprendido a dançar, não propriamente, mas não dava para chamar aquilo de dança. Não era algo coreografado, muito menos planejado. Era apenas uma chance de abraçá-la, de sentir aquele corpo contra o dele por alguns minutos preciosos.

Um suspiro leve, a testa dela apoiada em seu peito. A rigidez evaporou do corpo de Emma, que se tornou flexível em seus braços, moldando-se aos movimentos e ângulos como se qualquer resistência tivesse sido deixada de lado.

Sim, ele estava familiarizado com a sensação. Era exaustivo travar aquela batalha, aquela luta para manter a fachada, tudo sempre inalterado entre os dois. Knightley nem sabia quando tinha começado, mas não conseguiria levar isso adiante. E bem ali, com Emma em seus braços, ele sentiu que estava começando a desistir de tentar.

O burburinho de voz se elevou dentro da casa, pontuado por gritos e aplausos quando a música foi cortada abruptamente e a voz do DJ reverberou pelo ar noturno:

— Vai começar, pessoal! Preparem-se! Dez... nove... oito... sete...

Knightley congelou, ainda com os braços ao redor de Emma quando ela se afastou apenas o suficiente para encontrar seu olhar.

— Seis... cinco... quatro...

Estavam tão perto um do outro que ele conseguia ver o vapor de sua respiração se condensar no ar frio. Os lábios dela estavam a meros centímetros de distância, então ele poderia simplesmente aproximar o rosto e...

— Três... dois... um! Feliz Ano-Novo!

A casa irrompeu em gritos, vivas e risadas, ecoando nas construções ao redor, mas tudo parecia muito, muito distante enquanto Knightley olhava para ela.

— Feliz Ano-Novo, Emma — murmurou.

— Feliz Ano-Novo.

A voz dela estava rouca, profunda.

Ele chegou mais perto e roçou os lábios na bochecha dela, mas não recuou. Não conseguiria. Emma tinha um cheiro doce, o perfume misturado com o calor de sua pele, com a essência *dela*, e Knightley a abraçou com mais força, a puxou mais para perto como se ela pudesse desaparecer a qualquer instante.

Em seguida virou o rosto até que seus lábios pairassem a centímetros dos dela, ambos respirando o mesmo ar, aquela mistura de champanhe, uísque e calor. Emma suspirou e ergueu o queixo, pressionando o corpo contra o dele.

— Emma... — começou a dizer Knightley, com a voz rouca, mas o resto das palavras evaporou em sua garganta, transformadas em um grunhido.

Ele queria beijá-la, abraçá-la, levá-la para casa e só se preocupar com as consequências depois. Nada mais importava naquele momento, nada mais importaria se...

— Emma!

A voz de Nadine cortou o ar.

Knightley congelou e sentiu o corpo de Emma retesar sob seus dedos. Os dois prenderam a respiração ao ouvir o segundo chamado.

— Emma! Cadê você? Feliz Ano-Novo!

Foi o instinto que o fez se afastar dela. Depois passou a mão pelos cabelos, xingando baixinho. Fechou os olhos, tentando reganhar o controle sobre o próprio corpo nos poucos segundos preciosos que lhes restavam. Quando os abriu novamente, Emma ainda estava diante dele, com os braços ao redor de si mesma.

Merda.

— É melhor eu ir procurar a Davina.

— Claro. — Ela o encarou por mais um momento, a névoa se dissipando de seu olhar. — Feliz Ano-Novo, Knightley.

Ele assentiu, admirando o corpo dela uma última vez.

Então era isso. Aquele tinha sido seu momento. Um momento curto e precioso que havia chegado ao fim.

— Feliz Ano-Novo, Woodhouse.

E então Knightley caminhou em direção à casa sem nem olhar para trás.

Capítulo Vinte e Um

Emma encarou a fonte vazia por um bom tempo. Ainda conseguia ouvir os ruídos da festa ao longe, os aplausos e vivas. Ainda conseguia ouvir os chamados de Nadine. Mas nada era mais alto do que a voz em sua cabeça.

Eu quase beijei Knightley.

Os dedos dela pousaram instintivamente nos lábios. Foi o quase beijo que a deixara tão abalada? Ou o fato de não ter se abalado com a ideia de beijá-lo? Parecia tão natural, como se fosse obra do destino. Como se, naquele momento, fosse algo *inevitável.*

Mas nada acontecera. Ele tinha se afastado e ido embora de forma abrupta. Como se tivesse lido os pensamentos dela e tentado dispensá-la com a maior delicadeza possível. E lá estava ele, com aquela linda mulher, enquanto Emma estava ali, fitando o nada.

Doía. Uma pontada aguda e inconfundível em seu peito ao perceber que, embora fosse mudar tudo, ela quisera aquele beijo. Ainda queria. Ao contrário dele.

— Emma!

A voz de Nadine a tirou do devaneio.

Ela se virou a tempo de ver a amiga correr pelo quintal antes de se aproximar para um abraço.

— Knightley me disse que você estava aqui! Feliz Ano-Novo, Emma! Venha, vamos comemorar!

Antes que Emma tivesse chance de responder, Nadine a puxou pela mão até a pista de dança lotada. Uma vez lá, foram totalmente cercadas por corpos ondulantes, pessoas aleatórias que lhes colocavam colares néon sobre a cabeça e lançavam serpentinas para o alto. Nadine pulou, dançou e sorriu sob as luzes piscantes como se não pudesse estar mais à vontade.

Emma também tentou se entregar ao ritmo da música, à batida ensurdecedora que pulsava em seus ossos, mas toda vez que fechava os olhos, ela via Knightley. Lembrava-se da sensação do corpo dele contra o dela, o rosto a centímetros de distância, aquele aroma inebriante de couro e pinheiro em sua pele.

Quando tornou a abrir os olhos, a exaustão se abateu sobre ela. Estava cansada de sorrir, de fingir, de tudo. Só queria ir para casa.

Emma se aproximou da amiga e gritou por cima da música:

— Acho que já vou embora!

— Quê? Mas já? Não! — implorou Nadine. — Esta é a melhor festa a que eu já fui!

— Eu estou bem cansada, mas você pode continuar aqui!

— Tem certeza?

— Absoluta — confirmou Emma. — Você tem a chave lá de casa, não tem? É só me mandar uma mensagem quando estiver saindo, e já pode ir direto para o quarto de hóspedes.

Nadine assentiu e a puxou para outro abraço, depois voltou para a pista de dança.

Emma suspirou. Estava na hora de ir.

O ar frio da noite a envolveu ao sair, a porta batendo às suas costas. A música pulsante diminuiu quando ela apertou o casaco em volta do corpo e desceu os degraus até a calçada.

Nem se deu ao trabalho de acender as luzes quando chegou em casa, apenas foi até a cozinha para pegar um copo de água. Virou tudo de um só gole e tornou a encher o copo, dessa vez bebendo mais devagar conforme examinava a cozinha, até seu olhar recair sobre as portas duplas que davam para o jardim dos fundos… para a casa que assomava além daquela trilha desgastada.

As janelas de Knightley estavam escuras, como naquele dia em que Montgomery a beijara pela primeira vez. Provavelmente ainda não tinha voltado para casa. Será que levaria Davina para lá depois da festa? Ofereceria uma taça de vinho antes de levá-la para o andar de cima? A mente de Emma começou a conjurar imagens da cena, a vista que teria da janela, e teve que fechar os olhos com força.

Não pense nisso.

O celular vibrou em sua mão e ela viu o alerta de mensagem na tela:

NADINE

TÔ CONVERSANDO COM UM CARINHA ARTISTA QUE FAZ CAMISINHAS DE TRICÔ E ELE É TÃO GOSTOSO PFVR VOLTA PRA FESTAAAAA!!!

EMMA

Já estou indo dormir, mas aproveite o máximo que puder! O quarto de hóspedes está te esperando :)

NADINE

AH :(TÁ BOM. ALIÁS O KNIGHTLEY ME ARRANJOU UMA BEBIDA CHAMADA FRENCH 75 QUE É BOA DMS!!!!!

Emma suspirou. Até Knightley ainda estava na festa. Mas pelo menos ainda não tinha voltado para casa, e ela não queria entender por que isso a confortava tanto.

Subiu as escadas até o segundo andar sem pressa, abriu a porta do quarto e acendeu o abajur na mesinha de cabeceira antes de se acomodar na beira da cama. Um resquício de champanhe ainda anuviava seu cérebro, e ela deixou o corpo desabar para trás, afundando no edredom. Sentiu uma pontada de culpa por ter ido embora sem se despedir de Montgomery, mas a ideia de continuar lá e... Ela afastou o pensamento. Ligaria no dia seguinte para pedir desculpas.

Deu um bocejo. Céus, ela precisava tirar a maquiagem. No mínimo colocar um pijama. Mas o corpo a ignorou, sem arredar o pé enquanto ela fitava o teto. Depois de um longo momento, ela se sentou e espiou a janela, piscando para afastar o sono.

A casa continuava às escuras do outro lado do jardim. Claro. O dono ainda estava na festa. Na verdade, estava acompanhado de outra mulher naquele exato instante. Uma mulher linda que salvava vidas e andava como se estivesse em câmera lenta. Por que Emma chegara a cogitar que ele a beijaria se tinha alguém como Davina disposta a ir para a cama com ele?

Apesar de tudo, Knightley ainda era seu melhor amigo, e Emma podia apostar que ela era a melhor amiga dele também. Afinal, existia mais alguém que o conhecesse tão bem quanto ela? Davina Sundar não, certamente.

Emma espreguiçou os braços e contemplou o próprio reflexo no espelho. Viu os fios castanho-escuros que lhe caíam sobre o rosto, a curva do pescoço até os ombros. Por fim se levantou e tirou os brincos de ouro, colocando-os sobre a cômoda, e alisou o tecido do macacão.

Ela poderia ser tão sexy quanto Davina Sundar. Era disso que os homens gostavam, não era? Knightley parecia gostar, pelo menos. Montgomery também. Uma mulher que transpirava sensualidade?

O reflexo a encarou de volta enquanto tirava os saltos, perdendo alguns centímetros de sua altura. Em seguida desfez o rabo de cavalo, observando as mechas escuras caírem sobre os ombros. Avaliou a própria pele, impressionada ao ver que a maquiagem continuava linda mesmo depois de horas de festa, apesar dos borrões. Os lábios ainda estavam vermelhos, as bochechas, naturalmente coradas, os olhos, delineados de preto. Pegou o brilho labial no bolso do macacão e aplicou mais uma camada, fazendo beicinho diante do espelho.

Emma sabia que era bonita, não tinha como negar. Mas sexy? Hum.

A cabeça pendeu para o lado enquanto ela abria o zíper do macacão nas costas. O corpete embutido era mais apertado do que ela imaginava, comprimindo e empinando seus peitos. Com um movimento rápido, ela tirou a roupa e a jogou para o lado, ficando apenas de calcinha e sutiã tomara que caia de renda preta. Parecia ridículo.

Ela se perguntou se Davina Sundar alguma vez tivera que se esforçar para ser sexy. Duvidava muito. A mulher parecia transitar entre a sensualidade e a sofisticação sem o menor esforço. Mas por acaso ela sabia como Knightley costumava tomar café? Como ele odiava quem fazia barulho no cinema, como era alérgico a sementes de girassol?

Mas talvez nada disso importasse. De repente, tudo parecia insignificante: os sapatos de salto que lhe conferiam alguns centímetros a mais, a calcinha de renda que ela havia escolhido pensando em quem poderia ver... Era como se ela tivesse decidido desempenhar um papel naquela noite, mas já estava farta de encenar.

Com os ombros caídos, ela se virou e encostou a testa na janela, apoiando as mãos na vidraça fria, e estreitou os olhos para espiar o quarto de Knightley. Ainda escuro, sem sinal de movimento. Em seguida seu olhar viajou para o gramado marrom e bem-cuidado, hibernando até a primavera. Sem as folhas das árvores, dava para ver claramente a trilha que interligava as duas casas. Por mais que não tivesse medo de altura, ficou tonta ao observar tudo lá de cima.

Um pensamento lhe ocorreu de repente: e se alguém a estivesse espiando naquele exato momento? O coração disparou no peito quando ela contemplou a janela escura outra vez. E se Knightley estivesse lá? E se a visse ali de calcinha e sutiã, sem se dar ao trabalho de vestir uma roupa? Sem nem mesmo querer se cobrir? O pensamento fez sua pulsação acelerar. Ela encarou a escuridão, fingindo que eram os olhos castanho-dourados de Knightley que a encaravam de volta; que a pele dele ainda vibrava com seu toque, que o cheiro dela ainda permanecia entranhado em seu nariz.

Mas então um minuto passou. Depois outro. E ela percebeu que não havia ninguém lá. Estava sozinha.

O toque do celular a trouxe de volta à realidade. Então virou-se para a cama, onde o tinha deixado, e pegou para olhar.

NADINE

ACABEI DE CHEGAR! JÁ TÔ NO QUARTO DE HÓSPEDES! ATÉ AMANHÃ BJ

Emma corou. Caramba, tinha ficado tão perdida nos próprios pensamentos que nem escutara a amiga entrar.

EMMA

Boa noite! Bjs

Ela caminhou na direção da cama, curvando os braços para abrir o fecho do sutiã. Deixou-o cair no chão. Em seguida vestiu uma camiseta larga, lavou o rosto e escovou os dentes antes de se deitar e apagar o abajur. A escuridão a envolveu e ela voltou a fitar o teto.

Que desperdício que tivesse sido a única a ver como estava sexy naquela noite.

Capítulo Vinte e Dois

Knightley já tinha corrido seis quilômetros quando o sol nasceu, assomando sobre os edifícios da Quinta Avenida à medida que ele contornava o reservatório, com a respiração ofegante e a camisa encharcada de suor. Estava tão frio que já não sentia a ponta dos dedos nem o nariz, mas não se importava. Tinha ido até ali em busca de torpor.

Não que estivesse adiantando.

A raiva ainda pinicava sua pele por ter abandonado Emma no jardim. Ele poderia ter contado a ela como se sentia. Inferno, poderia até tê-la beijado. Mas não fez nada disso. Tinha apenas virado as costas e ido embora.

Depois do incidente, tinha vagado por aquela casa ridícula até encontrar Davina na sala de jantar, conversando com um grupo de pessoas que ele não conhecia nem queria conhecer. Só se importava com o fato de Montgomery não estar à vista; também não viu Emma. Era como um soco no estômago.

— Vamos? — perguntara ele a Davina, chegando mais perto para as palavras não se perderem em meio à música.

— Mas já? A festa acabou de começar — respondera ela, com uma careta brincalhona.

Ocorrera-lhe então que não se importava se ela continuasse ali sem ele, que preferiria voltar sozinho para casa. Mas não externara esse pensamento. Apenas dera um beijo rápido na bochecha dela e pedira que avisasse quando fosse embora, para que ele pudesse lhe pedir um táxi.

Fora só quando ele estivera descendo os degraus até a calçada, quando inalara o ar frio da noite, que percebera que não poderia voltar para casa.

Porque Emma poderia estar no quarto dela, do outro lado do quintal. Ou pior, poderia nem estar lá.

Se ele tivesse voltado para casa, ficaria sentado ali, pensativo, olhando para a janela escura até que ela voltasse. Então decidira caminhar a esmo pelas ruas vazias do Upper East Side, repassando a noite em sua cabeça. Uma espécie de tortura autoinfligida.

Quando enfim retornara para casa, horas depois, mal havia fechado a porta da frente antes de começar a se despir, deixando uma trilha de roupas do hall de entrada até o bar na sala de estar. Depois tinha entornado uma dose de uísque e desabado na poltrona, esperando que o álcool fizesse efeito. Mas a mente se recusava a ceder, retornando ao lugar que ele tanto tentava evitar: a janela que o aguardava do outro lado do quintal, aquela que conseguiria ver se subisse para o quarto. E, depois de algumas horas de sono agitado naquela poltrona, ele saíra para correr, determinado a evitá-la mais um pouco.

Knightley aumentou o ritmo, avançando a passos cada vez maiores em direção ao South Gate House como se isso pudesse apagar a lembrança que se repetia sem parar em sua mente: aqueles grandes olhos verdes o encarando, aqueles lábios pairando a centímetros dos dele. O cheiro de sua pele, o calor de seu corpo, como tudo isso fazia o sangue dele zumbir.

Parou na entrada da Rua 85 para o parque, no intuito de recuperar o fôlego, em meio ao frio revigorante, mas ainda assim podia sentir a mistura de culpa e desejo que fervilhava sob a pele. Apesar do que quase acontecera na festa, ele deveria ter pensado direito. Emma não sabia que os sentimentos dele haviam mudado e, em vez de confessá-los a ela, Knightley quase havia ultrapassado um limite que tornaria tudo pior. Só lhe restava admitir tudo, pedir desculpas e tentar salvar a amizade deles, ou o que havia sobrado dela. Simples assim.

Com a determinação renovada, ele voltou para casa, sem tirar os olhos da rua enquanto atravessava a Quinta Avenida e começava a descer a Rua 84. Ao chegar, passou pela porta, subiu as escadas e ligou o chuveiro. A água estava escaldante, mas ele precisava dela, e ali permaneceu até sentir a pele ficar quase em carne viva. Em seguida vestiu jeans surrados e um suéter, mal enxugando o cabelo com a toalha antes de descer as escadas em direção ao quintal.

Avistou Emma do outro lado das portas duplas assim que chegou ao jardim dos Woodhouse. Ele se deteve na soleira, observando-a servir uma xícara de café e acrescentar um pouco de leite. Uma onda de alívio inundou-lhe o corpo, dissipando a tensão que esmagava seu peito. Talvez ela não tivesse passado a noite na casa de Montgomery, afinal.

Estava com o cabelo preso em um coque bagunçado, um roupão por cima da camiseta larga e da calça de flanela. Parecia ter acabado de acordar, mas estava agitada. O rosto estava corado, o lábio inferior, preso entre os dentes, como se estivesse distraída por quaisquer pensamentos que lhe cruzassem a mente.

Knightley pigarreou e bateu no vidro antes de abrir a porta, mas ainda a pegou desprevenida, pois ela o encarou com os olhos arregalados.

— Bom dia.

— Ah. Oi — respondeu Emma, atrapalhando-se com as palavras ao desviar o olhar. O rosto dela ficou ainda mais vermelho, e pareceu precisar de mais um momento para se recuperar o suficiente para acrescentar: — Bom dia.

— Como foi o resto da sua noite?

— Ótima. Incrível.

Ela encolheu os ombros enquanto levava a xícara aos lábios, o que quase a fez engasgar.

Tinha alguma coisa errada. Knightley abriu a boca para perguntar o que era, mas a fechou assim que a ficha caiu. Isso tinha a ver com a noite anterior. Ele quase a tinha beijado, depois ido embora sem nem dizer boa-noite. Seria impossível ela não se sentir estranha depois disso. Mas então outra possibilidade lhe ocorreu: talvez não tivesse nada a ver com ele. Talvez Emma tivesse passado a noite com Montgomery e, ao voltar para casa, dera de cara com o vizinho esquisito rondando a porta dos fundos.

— Posso pegar um pouco? — perguntou Knightley, e apontou para a cafeteira.

Emma estranhou.

— Você está perguntando se pode tomar café?

— Não deveria?

— É que você nunca pediu permissão antes.

Ele soltou um muxoxo, pegou uma xícara e serviu-se de café como desculpa para evitar o olhar dela.

— E aí, festejou até que horas ontem? — quis saber Emma.

— Eu não estava festejando. Só estava em uma festa.

— Ok, então até que horas você ficou na festa depois que…?

A voz dela sumiu.

Knightley tomou um gole de café quente e amargo e o sentiu percorrer todo o trajeto dos lábios até o estômago.

— Não fui embora muito tarde.

— Ah — respondeu ela, com o tom que usava quando queria parecer indiferente. — Davina mora aqui perto ou…?

Merda. Será que Emma achava que Davina tinha passado a noite com ele?

— Não, ela não… Eu não… — As palavras lhe escaparam, e o silêncio entre eles pesou em seu peito. — Emma, eu preciso conversar com você sobre ontem à noite. Quero me desculpar e dizer que…

— Bom dia, George — cumprimentou o senhor Woodhouse ao entrar na cozinha. — Já saiu para correr hoje?

Knightley se afastou de Emma, forçando um sorriso.

— Sim, senhor.

— Bom garoto — respondeu o homem, abrindo a geladeira para pegar uma jarra de suco verde. — O melhor remédio para curar a ressaca é fazer exercícios físicos. Desde que você tenha se mantido hidratado. Você se manteve hidratado, George?

— Sim, senhor.

— É assim que eu gosto. Emma, você deveria começar a correr com George. Seria ótimo para você.

Emma deixou escapar uma risada nervosa, depois contornou a bancada e foi se sentar em um dos bancos acolchoados.

— Claro, é para já.

— O ar fresco nos pulmões, o sol nas costas… só você e a trilha. — O senhor Woodhouse suspirou, com o olhar perdido.

Knightley apontou para ele.

— Pelo jeito, você é quem deveria vir correr comigo.

— Céus, não — zombou o senhor Woodhouse. — O asfalto é muito duro para minhas articulações. E eu tenho o aparelho Pro-Fit TRM 8000 lá em cima, esqueceu? Tem absorção de choque e um display biométrico completo. Mede até a frequência cardíaca e a pressão arterial.

Knightley olhou para Emma e os dois compartilharam um sorriso secreto, como se tivessem voltado ao que eram antes, apenas amigos rindo de algo que só eles entendiam. Mas então o olhar dela repousou nos lábios dele e um novo rubor incendiou-lhe o rosto, fazendo-a baixar a cabeça na direção da xícara.

Enquanto isso, o senhor Woodhouse continuava seu discurso, inabalável:

— Isso sem contar que a tela é HD e tem trinta e duas polegadas. Posso escolher a cena que eu quiser, então é quase como se eu estivesse correndo ao ar livre.

— Parece incrível — respondeu Knightley com o máximo de entusiasmo que conseguiu reunir.

— Incrível mesmo! — exclamou o senhor Woodhouse, sorrindo ao se servir do conteúdo verde questionável daquela jarra.

Knightley virou-se para Emma, que ainda examinava o fundo de sua xícara quase vazia.

— Emma, será que você e eu poderíamos conversar um minu...?

— Por favor, me diga que tem café — grunhiu Nadine, arrastando os pés até a cozinha.

Emma não respondeu, apenas se levantou e reabasteceu a própria xícara antes de servir uma para a amiga.

— Nossa senhora, eu acho que bebi demais ontem — resmungou Nadine ao desabar em uma das banquetas, apoiando a cabeça sobre os braços cruzados.

Emma colocou a xícara diante da amiga na bancada, depois bebericou o próprio café.

— Acho que isso significa que você se divertiu.

— E como. — A voz de Nadine foi abafada pelo moletom, mas ela ergueu a cabeça antes de continuar: — Você fez um tour pela casa dele? Não é maravilhosa?

— Arrã, eu cheguei mais cedo e ele me mostrou a... casa — contou Emma ao se sentar ao lado dela.

A resposta atingiu Knightley como um soco no estômago, tão forte que o deixou sem ar. Mas era tão óbvio. Emma já estava lá quando ele chegara à festa. Provavelmente tinha passado horas sozinha com Montgomery.

Céus. Ele tinha passado a noite atordoado por causa de um beijo que nem tinha acontecido, mas aquilo provavelmente não passara de um mero detalhe na noite dela. Um nada.

— Ele não se livrou daquele papel de parede *toile de jouy* do vestíbulo, não é? — questionou o senhor Woodhouse, erguendo os olhos do abacate que fatiava.

Emma estremeceu.

— Infelizmente, sim.

— Que pena. Os Crawford encomendaram direto de Londres depois que Veronica viu um igual na Selfridges.

Nadine suspirou.

— Montgomery mostrou a casa inteira para a gente. É surreal. Tudo tão, tão lindo. Bom, eu não reconheci nenhuma das marcas de móveis que ele citou, mas Davina parecia muito impressionada. — Então se virou para Knightley, o sorriso sonhador um pouco menor. — Ela parece muito legal.

— Ora, ora, George Knightley ficou na festa tempo suficiente para apresentar a namorada? — perguntou o senhor Woodhouse, surpreso. — Alertem a imprensa! Vai chover sapos e gafanhotos!

Knightley ajustou o peso nas pernas, sentindo-se desconfortável de repente.

— Ela não é minha namorada.

O senhor Woodhouse o ignorou.

— Emma, você deveria convidá-la para sua festa de aniversário.

Ele anunciou isso como se fosse uma ideia fantástica, não um balde de água fria na cabeça de Knightley.

— Até que poderia ser… divertido — comentou Nadine, e olhou para a amiga como se fosse uma pergunta.

— E assim o George não ficaria entediado — continuou o senhor Woodhouse.

Emma sorriu para o pai, mas o sorriso não chegou aos olhos.

— Não sabia que Knightley ficaria entediado.

O senhor Woodhouse a dispensou com um aceno.

— Ora, querida, você entendeu. E aí, George? O que me diz?

Todos se viraram para Knightley, que ficou imóvel, com a xícara a meio caminho dos lábios.

— Pode ser.

O sorriso do senhor Woodhouse ficou ainda maior. O olhar de Nadine recaiu sobre Emma, que parecia… ter que reunir todas as suas forças para manter um sorriso no rosto.

— Tudo bem — respondeu ela. — Depois eu mando as informações.

Knightley observou o rosto de Emma, o sorriso fraco que ela tentava manter, e de repente aquela motivação impetuosa que o levara até ali diminuiu, como se as brasas tivessem sido apagadas à força.

— Tudo bem — repetiu ele.

O cômodo ganhou vida de repente: o senhor Woodhouse ligou o liquidificador e Nadine teve que elevar a voz para perguntar a Emma sobre detalhes da noite anterior. A cacofonia ficou intensa demais para suportar. Knightley sentiu-se cansado, vazio. A necessidade de se desculpar havia se tornado supérflua. Estava na cara que Emma já tinha superado, então ele tinha que dar um jeito de fazer o mesmo.

Antes de qualquer coisa, porém, precisava ir para casa.

Ele engoliu o resto do café com um único gole e pousou a xícara na bancada com um baque para chamar a atenção de Emma.

— Você já vai?

— Sim, tenho que resolver umas coisas... de trabalho.

Aquela era a primeira vez que Knightley mentia para ela, e odiou a sensação. Para piorar, estava óbvio que ela tinha percebido, porque fincou os dentes no lábio inferior ao vê-lo se afastar em direção à porta.

— Você ainda quer conversar?

Knightley negou com a cabeça.

— Não era nada importante. — Em seguida lhe ofereceu um sorriso tenso antes de se virar para o senhor Woodhouse. — Vejo você amanhã no jantar, Henry.

O homem mal tirou os olhos da lista de compras, então Knightley se virou para se despedir de Emma, que o encarava com uma expressão indecifrável.

— A gente se vê mais tarde? — perguntou ela.

— Sim, até mais.

Parecia mais uma mentira, então ele deu as costas antes que Emma pudesse ler a prova disso em seu rosto.

Depois saiu pela porta, avançando a passos largos pelo quintal coberto de neve.

Capítulo Vinte e Três

Quando Emma era criança, a família Woodhouse tinha um lema: qualquer ocasião importante deveria ser celebrada no Tavern on the Green. Aniversários, bodas de casamento, formaturas: tudo isso era comemorado no restaurante que se aninhava no coração do Central Park, cercado por olmos imponentes e pisca-piscas que podiam ser vistos através das enormes janelas do salão. Sempre que ia lá, Emma fingia estar escondida no meio de uma floresta encantada, aproveitando as comidas deliciosas que se materializavam na mesa como em um passe de mágica.

O local envelhecera ao longo dos anos, tendo chegado a fechar por um breve período antes de ser reinaugurado por novos investidores. Quando o senhor Woodhouse leu no jornal que a recente reforma havia recuperado parte do brilho e charme do antigo restaurante, sugeriu que resgatassem a tradição e fizessem lá a comemoração do aniversário de vinte e quatro anos de Emma, no fim de fevereiro. Margo endossou a ideia, alegando que poderiam até reservar um dos salões privativos do restaurante, e Emma não viu motivos para recusar. Quando as amigas estavam na cidade, o mês era regado a festas e comemorações, mas ela não havia planejado nada para aquele ano. Além do mais, obrigaria o pai dela a sair um pouquinho de seu refúgio no Upper East Side. Mas Emma queria implementar algumas mudanças na tradição, e torcia para que o pai ao menos tentasse abraçá-las.

— Um brunch? — repetiu ele ao ouvir a sugestão, espiando-a por cima do jornal.

— Isso, um brunch.

Emma sorriu para ele.

— Não um jantar? Nem mesmo um almoço? Ora, Emma.

— Você nem vai perceber a diferença. É basicamente um almoço mais casual — insistiu ela. — O que significa que não precisamos ter a menor pressa.

O pai dela suspirou. Era o mais próximo que ela teria de concordância, então aceitou, dando-lhe um beijo na bochecha antes de subir as escadas e sair pela porta da frente.

O táxi estacionou diante do Tavern on the Green às duas horas em ponto, exatamente quando Emma tinha combinado de se encontrar com Margo e Nadine. Ainda faltavam três semanas para o aniversário, mas havia muitas coisas a decidir: o cardápio, o salão, as decorações. Talvez pudessem até desfrutar de uma ou duas mimosas no almoço enquanto discutiam os detalhes.

Ao descer do carro, ela estreitou os olhos sob os óculos de sol da Gucci. Se fizesse certo esforço, poderia até enxergar os pisca-piscas que rodeavam as árvores. Emma os imaginou acesos ao anoitecer, lembrando-se de como ficavam lindos contra o céu noturno. Mas ali, sob o sol a pino, só se viam fios escuros e luzinhas apagadas. Tudo parecia mais rústico durante o dia.

Nadine e Margo estavam conversando perto da porta quando Emma entrou no restaurante.

— A gente não quis começar sem você! — anunciou Margo. Em seguida ela abraçou a irmã, a barriga proeminente de grávida entre as duas. Estava elegante como sempre, mesmo com o vestido para gestantes curto e listrado em preto e branco. — Isso vai ser tão divertido, Emma! Igualzinho a quando você era pequena, só que com álcool. Pelo menos para vocês duas.

— Esse lugar é tão lindo! — emocionou-se Nadine, com uma expressão deslumbrada ao admirar o salão. — Mateo ficou morrendo de inveja quando contei que ia vir almoçar aqui! Ele disse que é um clássico de Nova York e que não posso voltar aqui sem ele.

— Bom, estou feliz por você ter vindo. Vai ser ótimo ter mais alguém para palpitar nas decisões. E você obviamente tem muito bom gosto — elogiou Margo, alisando os cachos sedosos de Nadine. — Nossa, a cor do seu cabelo é lindíssima.

A garota ficou radiante.

O gerente do restaurante apareceu e se apresentou antes de conduzi-las aos salões privativos que o restaurante disponibilizava para eventos. Assim que o gerente abriu as portas do Salão Central Park, a última opção, as três mulheres ficaram embasbacadas. As paredes de madeira ripada conferiam um ar intimista ao ambiente espaçoso, e a luz natural se infiltrava pelas janelas de vidro que iam do chão ao teto.

— É este — disse Margo.

— Mas não é muito grande? — questionou Emma.

Por mais que fosse lindo, aquele cômodo era destinado a grandes eventos, não a um brunch de aniversário para uma dúzia de pessoas.

— Ah, deixe disso. Vai ser uma festa — insistiu Margo. — Se colocarmos uma mesa comprida no centro, vai ficar perfeito.

Em seguida ela se virou para o gerente e começou a explicar suas ideias.

Poucos minutos depois, as três estavam sentadas no salão principal do restaurante, ocupadas em escolher o almoço e examinar fichários cheios de opções de enfeites e arranjos de mesa.

— Caramba, que loucura. Minha última festa de aniversário consistiu em pedir delivery de comida mexicana no apartamentinho da minha amiga — brincou Nadine, tomando um longo gole de mimosa.

— É uma tradição — explicou Emma, reflexiva ao analisar as opções multicoloridas de guardanapos. — Bom, pelo menos costumava ser. Meu pai gosta quando essas ocasiões importantes são como nos velhos tempos, quando as pessoas se arrumavam e faziam disso um acontecimento.

— E são nesses raros momentos que ele pisa fora de casa — acrescentou Margo, piscando para Nadine.

Emma deixou os guardanapos de lado e pegou o fichário de flores, folheando as páginas antes de escolher os arranjos de forsítias amarelas com galhos.

— Amei essas aqui — comentou ela, mostrando a foto para as duas. — Podemos colocar em vasos de cristal na mesa de centro.

Nadine ficou admirada.

— Nossa, são lindas!

— Humm, e as rosas brancas? — perguntou Margo, fazendo careta.

Emma franziu a testa.

— Rosas são muito formais, você não acha?

A irmã encolheu os ombros, deixando claro que não concordava, mas não ia discutir. Em seguida anotou algo em seu bloquinho, que continuou usando para registrar todas as decisões que tomavam. Depois de terem examinado todos os fichários fornecidos pelo restaurante, Emma se perguntou se Margo realmente precisava dela ali.

— Agora só falta a lista de convidados — anunciou Margo, por fim.

Emma queria sumir. Achou que conseguiria se safar dessa.

— Tudo bem.

— O pessoal do jantar de domingo, claro — ponderou Margo. — E os Crawford estão vindo da Flórida.

— Ok.

— Ah, e Davina Sundar. Papai comentou que Knightley queria convidá-la também, certo?

— Bom...

— Ele vai mesmo trazer a Davina? — perguntou Nadine, seu rosto murchando.

Margo nem se deu ao trabalho de responder, apenas anotou mais coisas em seu bloquinho.

— Ok, agora temos que decidir a disposição dos lugares — disse, quase para si mesma.

Emma inclinou a cabeça de leve para o lado.

— Nem sei se precisamos de uma disposição de...

— Montgomery pode ficar do seu lado — continuou Margo, apontando o lápis para Emma.

— Ué, a gente vai convidar Montgomery?

— É claro que vamos! Você gosta dele, não gosta?

— Não sei — começou Emma. — Ele é ótimo e tal, mas...

— Ai, ele é ótimo mesmo, não é? — perguntou Margo com a voz aguda, dando um apertãozinho no braço da irmã antes de se virar para Nadine. — Você não concorda?

— Hã, claro. Ele é... a alma da festa.

Nadine se alternou entre olhar para as duas, depois deu um gole na bebida.

— Minha nossa, a *festa*! Você ainda nem me contou o que aconteceu, e olhe que já faz semanas — disse Margo, virando-se para Emma. — Não pense que não percebi que você anda evitando o assunto. Você dormiu com ele? Sem julgamentos, ok, sou apenas uma grávida curiosa.

Emma revirou os olhos.

— Não, eu não dormi com ele.

— Mas beijou.

— Beijei.

— E aí?

— E aí que foi bom. Ele é divertido. — Emma deixou os olhos vagarem pelo restaurante. — Ele é muito...

— Muito? — repetiu Margo, inclinando-se sobre a mesa com uma expressão ansiosa.

Emma deu risada.

— Pelo amor de Deus, Margo. Pelo jeito *você* deveria sair com ele.

— Pffft, pare com isso. Sou uma senhora grávida e casada, me deixe viver indiretamente através de você. Quero detalhes, por favor!

Nadine riu e quase cuspiu a bebida na mesa.

— A gente teve uma sessão de beijos muito intensa, mas depois... Sei lá. Claro que ele é charmoso e empolgante e... lindo... — Emma deu de ombros. — Mas...

— Mas o quê? — questionou a irmã, incrédula. — Emma. Ele é um partidão. Todos nós gostamos dele. E é um adulto com planos e objetivos... Consigo ver um futuro para vocês dois. Só dê uma chance a ele.

O garçom chegou com os pedidos, salada de frango grelhado para Emma e Nadine e um cheeseburger duplo para Margo, enquanto ela continuava a discorrer sobre todas as qualidades de Montgomery Knox: sua carreira, sua ambição, sua aparência. Era verdade, ele tinha todas essas coisas. Mas, enquanto a irmã falava, Emma percebeu que não pensava em nada disso quando não estava com ele. Na verdade, ela mal pensava nele e ponto-final.

— E além do mais... — continuou Margo. — Vocês são vizinhos!

— Já acabou? — queixou-se Emma.

— E o George, como vai? — perguntou Nadine, entrando na conversa.

— Knightley? — Emma hesitou, remexendo a salada no prato. Não queria admitir que mal o via desde o Ano-Novo. Era quase como se ele a estivesse evitando, mas ela afastou esse pensamento antes que pudesse criar raízes. — Hã, acho que ele está bem.

— Eu ainda não acredito que ele foi àquela festa de Réveillon — comentou Margo, achando graça.

— E ele parecia estar se divertindo muito. Não foi, Emma? — perguntou Nadine, com uma expressão ansiosa.

— Hum... acho que sim — desconversou Emma, voltando o olhar para as janelas. — Ele parecia... bem.

Cenas picotadas daquela noite retornaram à mente dela: a dança, o quase beijo, o olhar... céus, o olhar que Knightley lançou a ela pouco antes de ir embora. As outras duas a observaram, esperando que fizesse mais algum comentário, mas Emma apenas ergueu a taça e tomou um longo gole da bebida.

— Ele estava todo arrumado, como se tivesse se esforçado para estar lá — continuou Nadine, sem tirar os olhos de Emma. — E estava tão bonito, você não acha?

Margo pareceu refletir por um instante.

— A gente gosta dessa tal Davina Sundar?

Nadine e Emma assentiram ao mesmo tempo.

— Bom saber — respondeu Margo. — Já estava mais do que na hora de ele apresentar alguém para gente. A coisa deve estar séria, né?

As duas apenas a encararam, em silêncio.

Margo revirou os olhos.

— Qual é, meninas? Eles estão namorando ou não? Por favor, me digam que vocês têm alguma informação.

— Não sei se é *tão* sério assim — disse Emma.

— Provavelmente não é algo fechado — teorizou Nadine.

— Mas ela é uma graça — acrescentou Emma.

Nadine assentiu.

— Sim, é uma... graça.

— E linda.

— Verdade, *muito* linda.

Em seguida as duas deram outra garfada na salada, assentindo de novo como se tentassem se convencer de alguma coisa.

O rosto de Margo murchou.

— Ajudaram muito. Enfim, pelo jeito eu mesma vou ter que perguntar ao Knightley quando conhecer essa mulher no brunch. Vamos colocar os dois nesta ponta da mesa — determinou ela, mostrando a ilustração que fizera no bloquinho.

— Ótimo — respondeu Emma, quase um sussurro. — Então Davina Sundar também vai estar no meu aniversário.

— Nossa, Knightley tem tanta sorte de a gente pensar nele. Aposto que vai ficar muito feliz — disse Margo, tascando uma mordida no cheeseburger.

Quando elas terminaram de comer, Nadine disse que precisava ir embora para estudar para uma prova, e Emma e Margo decidiram continuar ali para discutir os últimos detalhes. Emma acompanhou a amiga até a porta e despediu-se com um abraço. Sabia que precisava voltar para a mesa, pois Margo havia encurralado o gerente para discutir as opções de toalhas, mas decidiu contemplar a vista da janela.

Emma tinha tantas lembranças do restaurante, das festas de aniversário que ela e Margo comemoraram ali durante a infância, as duas com lindos vestidinhos cor-de-rosa combinando e unhas da mesma cor. Margo fazia questão de passar esmalte nas duas na véspera do grande dia. E aí, quando chegavam, o lugar estava abarrotado de balões e presentes. Parecia tão estranho voltar para comemorar ali, já adulta. Até um pouco constrangedor, talvez, como se não servisse mais, do mesmo jeito que ela se sentiria caso tentasse colocar os vestidos cor-de-rosa cheio de babados de sua infância.

Então ela soltou o ar, notando o leve tremor em suas mãos. Qual era o problema? Por que um simples planejamento a deixava tão inquieta? Normalmente ela adorava organizar eventos, e sabia que Margo estaria ali para garantir que nada desse errado.

Talvez o problema tenha sido convidar Davina Sundar. Afinal, ela ainda nem tinha sido convidada para um jantar de domingo, que dirá uma celebração em família. Havia certa ordem a ser seguida antes de se convidar uma pessoa aleatória para uma festa de aniversário. Estavam em Nova York, afinal, não na Califórnia, aquela terra sem lei! Havia regras. Então por que parecia que todos, menos Emma, tinham se esquecido disso?

Ela olhou para a janela e viu seu próprio reflexo. Os lábios franzidos, o rosto corado, os vincos profundos entre as sobrancelhas. Não podia permitir que a mente começasse a espiralar, então respirou fundo.

Margo provavelmente tinha razão. Elas não podiam excluir a mulher com quem Knightley estava saindo. Ao lado de Emma estaria Montgomery, o cara com quem… como definir o que estava fazendo com Montgomery? Nem ela sabia, meu Deus.

— É só uma festa de aniversário besta — sussurrou para si mesma, tentando acalmar a tempestade incômoda que se formava dentro dela.

Quando enfim retornou à mesa, a irmã já estava pronta para ir embora.

— Vamos? — perguntou Margo.

— Vamos — concordou Emma. — É melhor eu voltar para ficar com o papai lá em casa.

— Quer dar uma voltinha comigo no parque? A gente mal tem se visto…

Emma sorriu, percebendo que também sentia falta disso.

— Com certeza.

— Estou tentando caminhar bastante — comentou Margo, com um suspiro. — Já engordei muito na gravidez.

As duas saíram do restaurante e seguiram pelo caminho arborizado que levava Central Park adentro. Era um dia agradável, o sol aquecendo o ar frio.

— Você está ótima. Está se sentindo bem? — perguntou Emma quando avistaram o gramado amplo de Sheep Meadow.

— Os enjoos matinais melhoraram, mas agora eu vivo com fome… — choramingou a irmã, já de olho em um carrinho de cachorro-quente ali perto.

— Caramba, Mar. A gente acabou de comer!

— Que tal só um pretzelzinho?

Margo já seguia na direção do vendedor, onde comprou dois pretzels, oferecendo um para a irmã.

— Pode ficar para você, guarde para mais tarde. — Emma o dispensou com um aceno. — Mas como você está se sentindo, no geral? Está nervosa?

— Nervosa, não. Só estou ocupada com o planejamento de parto. Já conseguimos reduzir para dezoito páginas…

Emma riu.

— Vai ser tão surreal ter um bebezinho na família.

— Pois é… estou tão feliz. — Margo sorriu. — E você?

As sobrancelhas de Emma se ergueram.

— O que tem eu?

— Como vai?

— Vou bem — respondeu ela, e entrelaçou o braço ao da irmã conforme caminhavam.

— Mas você está feliz?

— Estou, claro.

— Sei que exagerei um pouco nos planos da festa, mas quero que você tenha o melhor aniversário de todos. Igual aos de antigamente, só que uma versão adulta, entende?

— Claro — garantiu Emma, porque realmente entendia.

— E não quero forçar a barra com essa história do Montgomery…

— Não, não. Está tudo bem. Sei que você só quer o melhor para mim. E você tem razão, ele é muito bonito.

Ao dizer isso, porém, Emma se perguntou o que Knightley acharia daquela insistência da irmã.

— Então, o que está rolando entre Nadine e George? — perguntou Margo.

Emma ficou surpresa.

— Como assim?

— Ela passou o almoço todo falando sobre ele. Será que está com uma quedinha ou algo assim?

— Quê? — indignou-se Emma, com uma risada. — Você não pode estar falando sério.

— Ué, por que não? Nadine é uma graça. E não é como se ela e George não se conhecessem.

O cérebro de Emma parecia estar em curto-circuito, como se todos os pensamentos tivessem evaporado conforme refletia sobre as palavras da irmã. Knightley e… Nadine?

— Não sei… Não consigo imaginar os dois juntos.

— Ah, então você acha que ele está gostando mesmo dessa tal Davina?

— Não — negou Emma com mais veemência do que pretendia. — Não estou falando de Davina. É só que…

— Então qual o problema?

— Hã, sei lá… Eu só… Você acha que Knightley poderia gostar de Nadine? Nesse sentido?

— Ora, por que não? Ele já falou sobre ela algumas vezes, e a própria Nadine tocou no nome dele durante todo o almoço. E, graças a você, os dois têm passado muito tempo juntos. — Margo abriu um sorrisinho travesso. — Não seria a coisa mais estranha do mundo, não é?

Emma forçou um sorriso.

— É.

Capítulo Vinte e Quatro

As palavras de Margo ainda ecoavam nos ouvidos de Emma três semanas depois, na manhã de seu vigésimo quarto aniversário, quando o táxi atravessava o Central Park em direção ao Tavern on the Green. Nadine e Knightley? Era absurdo. Se qualquer outra pessoa tivesse sugerido isso, Emma teria achado graça. Mas não era uma pessoa qualquer. Era Margo. E por mais que ela odiasse dar o braço a torcer, Margo sempre tinha razão.

Era como na primeira vez que Emma tentara impressionar um garoto. Aos sete anos, ela tinha se apaixonado por David Goldblatt, que se sentava ao lado dela na turma do segundo ano da senhora Saltow. Emma não se lembrava de muita coisa daquela época, mas jamais se esqueceria dele. Lembrava das covinhas que se formavam no rosto do menino ao sorrir, de como sempre tinha cheiro de giz de cera. Então ela confessara o que sentia a Margo, que aos dez anos era muito mais versada nesse tipo de coisa, e contou seu plano infalível para conquistá-lo: estava determinada a usar sapatinhos vermelho-rubi em sua fantasia de Dorothy, de *O Mágico de Oz*, no Halloween. Sim, eram um pouco desconfortáveis, mas tinham um saltinho baixo e ela nunca havia se sentido tão linda quanto naquele dia, quando desfilou pela Quinta Avenida com um baldinho cheio de doces no braço.

Ao ouvir a ideia, Margo quase chorara de tanto rir.

— Você vai ficar com os pés cheios de bolha antes mesmo de chegar na escola e depois vai ter que passar o dia inteiro com dor! Tudo para impressionar um menino que nem vai reparar nisso?

Mas Emma batera o pé. David Goldblatt não era como os outros meninos. Ele com certeza repararia.

No fim, Margo tivera razão, claro. Os calcanhares de Emma haviam ficado em carne viva antes mesmo de ela chegar ao fim da rua coberta de neve. Quando entrara na sala de aula, sentira que os dedos estavam em frangalhos. Mesmo assim, ela havia se acomodado na carteira e esperado que David reparasse nos sapatinhos.

Mas ele nem olhou.

Pelo menos Margo tivera a decência de não esfregar a verdade na cara de Emma. Apenas a ajudara a enfaixar os pés machucados quando ela tinha voltado para casa aos prantos, depois colocara um filme enquanto preparava chocolate quente para as duas.

Fazia anos que Emma não pensava nessa história, mas, quando o táxi estacionou na frente do restaurante, a lembrança pipocou de repente, exigindo sua atenção. Ela queria culpar os saltos plataforma Loeffler Randall que insistira em usar para a festa, mesmo que os dedos já estivessem começando a doer. Ou talvez fosse por conta da paixão não correspondida de Nadine. Mas foi só quando entrou no Tavern on the Green e viu a mesa cheia de amigos e família, todos emoldurados pelas grandes janelas com arranjos de forsítias amarelas e toques de rosas brancas, que ela entendeu.

Margo estava certa mais uma vez. O restaurante, as rosas: tudo estava impecável.

E foi aí que a ficha caiu. Margo sempre tinha razão, e isso já tinha sido provado tantas e tantas vezes. Nesse caso, então, havia uma boa chance de a irmã também estar certa a respeito da vida amorosa de Emma. De seus planos de carreira. Até sobre Nadine e Knightley.

Quando todos ficaram de pé e a saudaram, ela avistou Montgomery ao lado da única cadeira vazia. A constatação se assentou como uma pedra em seus sapatos caríssimos. Uma sensação inquietante e desconfortável da qual não conseguia se livrar.

— Eu não acredito! Não a-cre-di-to! — exclamou a senhora Pawloski, então contornou a mesa e a puxou para um abraço tão apertado que o rosto de Emma foi esmagado contra seu casaco cheio de manchas. — Vinte e quatro anos! E eu me lembro do dia que você nasceu! Lembro mesmo... Parece que foi ontem, mas olhe só para você, uma mulher feita, e eu sinto que ainda nem passei dos trinta. Mas devo ter passado, certo? — A mulher riu, uma gargalhada estridente que zumbiu no ouvido de Emma, que forçou um sorriso e avançou pela mesa enquanto a senhora Pawloski continuava tagarelando para ninguém em particular: — E a mesa não está um espetáculo? Ma-ra-vi-lho-sa! Acho que nunca esteve tão linda assim. Nem parece de verdade.

Nadine parecia radiante por estar ali. Estava linda. Na verdade, parecia ter acabado de sair do salão, mesmo que fosse seu dia de folga. O cabelo castanho-dourado estava preso em um coque delicado e a maquiagem era sutil, mas impecável, realçando seus olhos claros e as maçãs do rosto. Ao lado dela, os Crawford ergueram as taças de champanhe para cumprimentar Emma. Na outra ponta da mesa, Margo e Ben aplaudiram, e o senhor Woodhouse, na cabeceira ao lado deles, soprou-lhe um beijo.

E então ela avistou Knightley. Estava sentado do outro lado do pai dela, entre Davina e a senhora Pawloski, que já tinha retornado ao seu lugar e continuava a tagarelar enquanto ele ouvia tudo com atenção, sem olhar para Emma, com a mão deslizando do cabelo até a nuca. Emma já o vira fazer aquele gesto centenas de vezes, mas de repente a visão vinha acompanhada por uma dor estranha que ela não conseguia identificar. Se ao menos pudesse…

— Oi, linda — sussurrou Montgomery, tão perto que a assustou.

Ah, é. Ele estava ali.

Emma sorriu quando ele afastou a cadeira e se aproximou para beijar a bochecha dela. Depois afundou o rosto no cabelo, como se estivesse prestes a cochichar algo ilícito, mas de repente uma gargalhada estridente irrompeu da ponta da mesa.

— Lembra quando você a trouxe do hospital, Henry? — perguntou a senhora Pawloski ao pai de Emma, depois se virou para a aniversariante e juntou a palma das mãos. — Você era tão pequenininha! Eu sempre lhe trazia presentes dos lugares que Burt e eu visitávamos! Chocolates da Suíça, tamanquinhos de Amsterdã, bichinhos de pelúcia de todos os países. Aposto que você nem se lembra disso, mas a gente trazia mesmo!

Emma sentiu-se corar de vergonha e abriu a boca para mudar de assunto, mas a senhora Pawloski continuou:

— A gente adorava mimar você! Mas, ah, como chorava! Às vezes parecia que você não ia parar nunca! O único que conseguia acalmar você era George! Lembra disso, George?

Knightley sorriu para a senhora Pawloski, depois finalmente olhou para Emma e também lhe sorriu. Mas era um sorriso educado, vazio, o mesmo que ele reservava para reuniões de negócios ou conversas enfadonhas nos eventos de inauguração dos restaurantes de Ben. Como se fosse uma obrigação, algo que precisava fazer antes de voltar sua atenção para outra coisa. E foi justamente o que ele fez, virando-se para ouvir o que Davina lhe cochichava em segredo.

Emma desviou o olhar e fingiu que nem o tinha visto ali, como se nem se importasse com sua presença. E quase conseguiu, mas de repente avistou Nadine a algumas cadeiras de distância, também com os olhos fixos em Knightley e Davina. Mas a amiga não tentava fingir indiferença, pelo contrário: parecia cabisbaixa. Quase desamparada.

Minha nossa. Será que Nadine realmente estava a fim dele?

Quando Emma estava prestes a perguntar se a amiga estava bem, quem sabe oferecer-lhe uma taça de champanhe como distração, Montgomery a interrompeu, cochichando em seu ouvido:

— O que você acha de a gente sair de fininho mais tarde e ir festejar de verdade? — propôs.

Ao ver o rosto de Montgomery ali, a centímetros do dela, Emma riu com desconforto e pegou a taça de champanhe na mão dele, tomando um longo gole para evitar aquele olhar intenso. Infelizmente, ela encontrou o de Margo, que se inclinava sobre a mesa para observar os dois, com um sorriso amplo e esperançoso no rosto.

— Ah! Champanhe! — exclamou a senhora Pawloski, sua voz estridente cortando o ar. — Eu adoro champanhe, sabiam? Simplesmente a-do-ro!

Emma deixou escapar um suspiro profundo.

Talvez Margo estivesse errada, no fim das contas, porque de repente aquela festa parecia uma péssima ideia.

Mais garçons apareceram com bebidas e aperitivos, e Emma tomou o restinho de champanhe antes de pegar outra taça, tentando se acalmar. Estava tudo bem. Só precisava sorrir e acenar, e logo a comida seria servida, e o pai dela faria o brinde, e então todos poderiam voltar para casa. Simples. Fácil.

Ela deu mais uma golada no champanhe.

— Talvez seja melhor eu pegar logo uma garrafa inteira para nós — comentou Montgomery, aos risos.

O burburinho das conversas parecia martelar os ouvidos dela enquanto as bolhas de champanhe fervilhavam em sua mente. Ela riu de novo, dessa vez tão alto que até Knightley se virou na direção do som.

Os olhos dele estavam incrivelmente claros, quase dourados, e se estreitaram como se ela tivesse feito algo errado. Como se, por algum motivo, ela o tivesse irritado.

Emma sustentou o olhar dele, com a sobrancelha arqueada. Por que raios ele estaria irritado? Por acaso ela não estava bancando a perfeita anfitriã? Emma havia se esforçado tanto para corresponder às expectativas dele, feito tudo o que era esperado, e ainda assim Knightley arranjara uma desculpa para lhe oferecer aquele olhar de censura, como se ela fosse criança outra vez. Como se ainda calçasse aqueles sapatinhos vermelho-rubi.

— Atenção, atenção — pediu o senhor Woodhouse, batendo a faca na taça ao se levantar. — Espero que vocês perdoem a interrupção, mas eu gostaria de dizer algumas palavras. É o aniversário da minha garotinha, afinal. Mas ela já não é mais minha garotinha, não é mesmo? Por mais que me doa admitir, agora ela é uma mulher. Uma mulher linda, talentosa e gentil que mantém essa família de pé. Que me mantém de pé — acrescentou ele, com um sorriso. — Emma consegue ajudar todos à sua volta enquanto estuda e planeja a própria carreira, e sinceramente não sei como consegue... Na verdade, não sei se alguém além dela conseguiria. Ela é perfeita em todos os sentidos da palavra. Então, um brinde à nossa Emma perfeita. Feliz aniversário!

Em seguida vieram os vivas e as taças levantadas. Emma sorriu, o incômodo diminuindo tanto graças à atenção quanto ao champanhe.

— Ah, Emma, como vão os estudos? — perguntou o senhor Crawford assim que o pai dela retomou seu assento.

— Muito bem. Vou me formar agora em maio.

Isso chamou a atenção de Davina.

— O que você está cursando?

— Eu faço mestrado em história da arte na NYU.

— Emma vai se formar com todas as honras — interrompeu Nadine, cheia de orgulho. — E acabou de descobrir que conseguiu uma entrevista para um programa de estágio no Met.

O rosto de Emma corou. Ela tinha recebido o e-mail com a notícia no início da semana e não contara para ninguém além de Nadine. Não queria manter a novidade em segredo, só esperava evitar a pergunta de...

— Oh! Que impressionante! Seu pai mexeu uns pauzinhos para ajudar? — perguntou o senhor Crawford, em tom brincalhão.

Lá estava. O comentário familiar que sempre embrulhava seu estômago.

— Não, eu consegui por conta própria — respondeu Emma, esforçando-se para manter a leveza na voz.

A senhora Crawford assentiu.

— E quando é a entrevista?

— Mês que vem. Nadine já está me ajudando a praticar.

— E qual é o plano B? — questionou Knightley, tomando um gole de água. Ele a encarava por cima do copo com aquele olhar entediado tão familiar. Já tinha lhe perguntado isso antes, mas dessa vez parecia diferente. Ou será que era coisa da cabeça dela?

— Recebi uma carta de recomendação do reitor e passei semanas estudando as possíveis perguntas da entrevista — respondeu Emma. — Eu vou conseguir.

Knightley assentiu uma vez, e por um momento ela encarou isso como uma vitória. Mas então ele voltou a conversar com a senhora Pawloski, como se Emma tivesse lhe contado algo trivial, como se já não precisasse da atenção dela.

Davina também percebeu e a encarou com se lhe pedisse desculpas, depois esboçou um sorriso.

— Parabéns, Emma.

Emma tentou retribuir, mas o sorriso esmoreceu em seus lábios. Então ela deixou os olhos vagarem pela mesa, em busca de qualquer coisa além de Knightley em que os fixar. Foi então que avistou Nadine outra vez. A amiga conversava com o senhor Crawford, mas a todo momento se voltava para Knightley, observando-o chegar mais perto de Davina e assentir para fosse lá o que ela cochichava ao seu ouvido. Emma viu a tristeza no olhar da amiga, que tentava mascarar com um sorriso.

O burburinho de conversas continuou, mas parecia mais baixo. Por mais que sua cabeça girasse, Emma pegou a taça e tomou outro gole de champanhe.

— Então, o que mais você planejou para comemorar seus vinte e quatro anos? — quis saber Montgomery, sussurrando para que só ela pudesse ouvir.

— Nada, só isto aqui — respondeu Emma, com um floreio de mão.

— Quê? — indignou-se ele de brincadeira, e algumas pessoas se viraram para olhar. — Isso é criminoso, Emma! Você merece uma semana inteirinha de comemorações. Ano que vem, iremos para Ibiza no seu aniversário, ok? Você já foi para lá?

Emma negou com a cabeça, sentindo o rosto corar.

— Pois então eu vou levar você. Posso nos arranjar convites para aquela festa no Freddies.

— Nossa, eu adoro aquele lugar! — exclamou Davina, do outro lado da mesa.

Montgomery se virou na direção dela.

— Olhe só, Davina. Você já esteve lá?

Ela soltou uma risada ofegante, descartando a pergunta com um aceno enquanto a respondia:

— Anos atrás. Um dos meus DJs preferidos estava tocando por lá, então viajei por impulso para prestigiar.

— Esse é o melhor tipo de viagem — comentou Montgomery, os lábios se curvando em um sorriso. Em seguida virou-se para Emma. — Bom, então está decidido. A partir de agora, as festas de aniversário vão ser em Ibiza.

Emma riu. Sabia muito bem que jamais iria para Ibiza com Montgomery. Nem sabia se ele estava falando sério. Mas, naquele momento, estava feliz por ele estar ali, fazendo-a pensar em praias e festas bem distantes daquela mesa.

— Combinado.

— Acho que vou só esperar meu cartão-postal — murmurou Knightley, algumas cadeiras para o lado.

As palavras não pareciam ter sido dirigidas diretamente a Emma, mas foram como um balde de água fria em seu peito. Ela pegou a taça e deu mais um gole antes de chegar mais perto de Montgomery.

— Bom, aqui não é Ibiza, mas temos bebida e comida. O que mais você sugere?

— Hummm... e se fizéssemos algo para entreter as pessoas? Quem sabe fingir uma discussão dramática de casal para alimentar as fofocas?

Emma esboçou um sorriso.

— Você poderia dizer que ela não significou nada para você. Que foi só um casinho bobo e não vai se repetir. Aí eu poderia jogar o resto da minha bebida na sua cara...

Montgomery abafou uma risada.

— Seria uma pena desperdiçar esse champanhe. Não, acho que seria melhor você me dar um tapa e sair batendo o pé até o banheiro. Assim, todos poderiam ficar aos cochichos enquanto você não volta.

— Isso, gerar mais expectativa e tal.

O sorriso dele ficou ainda maior.

— Exatamente.

Emma riu de novo. Por mais que não estivesse apaixonada por Montgomery, a presença dele a alegrava.

— Um dia você vai fazer alguma mulher muito feliz, Montgomery Knox.

Ele deu uma piscadinha para ela.

— Ah, eu pretendo fazer a felicidade de muitas mulheres, Emma Woodhouse.

Emma sorriu.

— Ai, meu Deus! — exclamou a senhora Pawloski, apontando para os dois. — Vocês são tão fofos juntos! Margo, onde você estava escondendo esse rapaz?

Margo se fez de desentendida, mas um sorrisinho convencido despontou nos lábios dela. Knightley também sorriu, mas de um jeito educado, estéril. Pelo menos Davina não tentou esconder o que sentia; parecia constrangida. Talvez até um pouquinho irritada. E de repente a pedrinha voltou ao sapato de Emma, recusando-se a sair de lá.

Um garçom se aproximou com outra garrafa de champanhe, e a senhora Pawloski soltou um gritinho alegre.

— Eu adoro champanhe! Simplesmente a-do-ro! — anunciou outra vez.

— Acho que teria sido melhor ficarmos só na água com gás — argumentou o senhor Woodhouse, lançando um olhar para Margo.

— Não, pai... A gente precisa de champanhe para comemorar — rebateu ela. — E temos motivo de sobra para comemorar, não temos, Emma?

Em seguida olhou para Emma e Montgomery com uma expressão sonhadora.

De repente, com todos os olhares voltados em sua direção, Emma percebeu que queria ir embora. Na verdade, nem sabia o que estava fazendo lá. Era como se já não tivesse forças para desempenhar aquele papel. Como se a máscara estivesse caindo e fosse necessário um esforço hercúleo para colocá-la no lugar. Ou talvez ela simplesmente quisesse deixar tudo como estava.

— Além do mais — retomou Margo —, faço questão de obrigar todos vocês a tomar champanhe agora que não posso.

— Oh, nem precisa me obrigar! — respondeu a senhora Pawloski, rindo. — Acho que eu beberia champanhe em todas as refeições, se pudesse!

Emma tentou forçar um sorriso, prestes a mudar de assunto, mas a senhora Pawloski continuou a tagarelar:

— Meu Burt sempre dizia que ia me comprar uma vinícola de tanto que eu gostava de champanhe! Conseguem imaginar uma coisa dessas? Eu, em uma vinícola? Mas ele estava irredutível! E olhe que Burt nem gostava de champanhe, só queria me ver feliz. E o que posso dizer? Champanhe me deixa feliz mesmo! Mas eu queria ter uma tolerância maior... Bastam algumas tacinhas para eu ficar sonolenta e nem conseguir falar direito!

Emma não resistiu.

— Ainda bem que hoje é open bar, então.

Mas se arrependeu antes mesmo de as palavras escaparem de sua boca.

Um silêncio longo e doloroso se instalou na mesa enquanto as pessoas desviavam o olhar e paravam de sorrir.

Por fim, a senhora Pawloski começou a dar risada, que logo se transformou em um riso estranho e desconexo à medida que ela parecia entender as palavras de Emma.

— Ah, sim, claro. Ainda bem.

Algumas risadas tensas pipocaram ao redor da mesa, mas não demorou para que fossem substituídas pelo burburinho de conversas. Emma, porém, ainda observava a senhora Pawloski, vendo o constrangimento que tingia as bochechas da mulher, que não voltou a tocar na bebida e virou-se para conversar com Knightley. Embora a senhora Pawloski ainda sorrisse, Emma percebeu, pela expressão preocupada dele, que não havia nada leve ou trivial no que discutiam.

A mesa foi se esvaziando aos poucos, e os convidados começaram a se despedir. Nadine prometeu dar uma passadinha na casa de Emma depois da aula de terça, e Montgomery disse que enviaria o local da festa para que pudessem se encontrar lá mais tarde, mas ela já sabia que não iria. Emma ouviu as despedidas com um sorriso ensaiado no rosto, depois achou uma brecha para se esgueirar até o banheiro.

Ao entrar, o espelho já a aguardava. Ela trancou a porta e contemplou o próprio reflexo, o sorriso se dissipando até os lábios vermelhos formarem uma linha reta no rosto. Tinha mesmo dito aquilo à senhora Pawloski? Aquelas palavras tinham mesmo escapado de sua boca? Pensamentos como aquele lhe ocorriam centenas de vezes ao dia, mas a ideia de que qualquer um deles pudesse vir à tona sempre a fazia estremecer. Mas, naquele dia, tinha mesmo acontecido. A raiva e a frustração tinham levado a melhor sobre ela, e já não podia mais voltar atrás.

Mas talvez não fosse assim tão ruim. Ninguém havia se pronunciado, certo? A conversa tinha continuado a fluir, e, tudo bem, a senhora Pawloski parecia ter ficado magoada, mas provavelmente esqueceria tudo em questão de dias.

Estava tudo bem. Tudo bem.

Talvez, se repetisse isso vezes o suficiente, Emma começaria a acreditar.

Com isso em mente, ela abriu a porta e, ao sair, deu de cara com as costas de Knightley. Franziu o cenho conforme ele se virava.

— Ué, o que você veio xeretar aqui? Davina nem está no...

As palavras morreram em seus lábios ao ver a expressão de Knightley, o semblante contorcido de raiva.

— Onde é que você estava com a cabeça? — grunhiu ele, a voz tão baixa e profunda que reverberou no peito de Emma.

— Quê?

— O que você disse sobre a senhora Pawloski.

Ela revirou os olhos, engolindo a culpa.

— Não foi nada. Aposto que ela nem percebeu.

— Você está falando sério? Faz vinte minutos que ela está se lamentando disso para mim, dizendo que está morrendo de vergonha, que tem sorte de ter sido convidada.

— Que absurdo! Você sabe que isso é absurdo. É claro que ela foi convidada, ela é convidada todo ano! Ela já é praticamente da família a essa altura! Mas, mesmo assim, às vezes ela nos dá nos nervos.

— Você tem razão — murmurou Knightley, e deu um passo para frente, fazendo Emma recuar contra a parede. — E se ela ainda estivesse almoçando no Carlyle todo dia ou organizando eventos na casa dela todo fim de semana, eu provavelmente deixaria isso passar.

Emma soltou uma risada incrédula, e o semblante dele endureceu.

— Mas não está, Emma. Ela perdeu quase tudo que tinha. Você sabe disso, não sabe? Ela não tem dinheiro. O marido morreu e deixou um monte de dívidas que ela nunca vai conseguir quitar. Faz anos que ela sobrevive graças à caridade dos outros. Mesmo depois de dividir aquela casa em apartamentos para alugar, cedo ou tarde ela ainda vai ter que vender a coisa toda. A senhora Pawloski não tem nada, Emma. Nada além de você, de mim e de todas as pessoas que têm sido a família dela há anos.

Emma ergueu o queixo, grata por a escuridão do corredor esconder as lágrimas que brotavam de seus olhos.

— Isso deixa você feliz, por acaso? — sibilou ela. — Apontar cada errinho que cometo só para fazer eu me sentir mal?

Knightley ficou atônito.

— Fazer *você* se sentir mal? Pelo amor de Deus, Emma. Nem tudo gira ao seu redor.

Ela queria dizer que sabia muito bem, que aquela festa, toda planejada e executada por Margo, era um lembrete perfeito disso. Mas não tinha certeza de que conseguiria conter as lágrimas se admitisse em voz alta, então apenas cruzou os braços sobre o peito e o encarou.

Knightley meneou a cabeça, em negação.

— Sempre que penso que você parou de se colocar no centro do mundo, você vai lá e faz alguma coisa que destrói qualquer esperança que eu tenha de que…

Ele se atrapalhou com as palavras, como se tivesse voltado atrás antes de revelar alguma coisa.

— Esperança de quê? — perguntou Emma, a raiva misturada com a vergonha de antes. — De que eu vá me tornar uma *adulta* como você? Alguém que se preocupa tanto em não viver do jeito errado a ponto de simplesmente não viver de fato?

O olhar dele endureceu.

— Como é que é?

— Você quer que eu seja adulta, mas apenas de acordo com as *suas* definições! E são tão, tão carregadas que nem sei se é possível se encaixar nelas!

Knightley chegou mais perto, o rosto a meros centímetros do dela.

— O que diabos você quer dizer com isso?

— Você não é seu pai! Mas, quando tenta controlar exatamente como alguém vai corresponder às suas malditas expectativas, fica igualzinho a ele!

O silêncio que se seguiu foi ensurdecedor. Emma só conseguia ouvir a respiração dos dois, rápida e ofegante, misturando-se no espaço que os separava. Knightley não se mexeu, apenas a encarou com uma amálgama de raiva e frustração. Mas outra coisa turvava seu olhar, algo tão sombrio e primitivo que era impossível traduzir.

— George? — chamou Davina do final do corredor. — Vamos?

Ele recuou de forma abrupta, endireitou os ombros e respirou fundo.

— Sim, vamos embora.

Quando voltou a encarar Emma, a raiva já não estava mais lá. Estava com uma expressão impassível, os olhos quase tristes.

E então ele deu as costas e seguiu Davina até a saída.

Capítulo Vinte e Cinco

— Bom, foi uma festa legal — comentou Davina quando o carro já se afastava do restaurante.

Estava sorrindo, mas seu tom sugeria o contrário, como se revelasse um alívio contido por horas. Knightley não a culpava. O evento tinha sido um desastre do início ao fim. O showzinho de Emma e Montgomery havia roubado a atenção de todos, o que devia ter sido a intenção desde o início. E, apesar de seus esforços, Knightley também caíra feito um patinho, negligenciando Davina durante a maior parte do tempo para espiar os sorrisos que aqueles dois trocavam entre si, ignorando as conversas ao redor para ouvir os flertes que sussurravam um ao outro. Davina não pareceu dar a mínima, claro. Também estava distraída com o show, ainda que não tão entretida quanto os outros.

As coisas só tinham saído dos trilhos uma vez, graças ao comentário mordaz de Emma sobre a senhora Pawloski.

Ainda bem que hoje é open bar, então.

Knightley viu o arrependimento de Emma assim que as palavras verteram de seus lábios, mas ela não voltou atrás. Nem sequer pediu desculpas.

E, enquanto a senhora Pawloski se afundava em insegurança ao lado dele, todos na mesa seguiram em frente como se nada tivesse acontecido, incluindo Emma. O que deveria ter sido uma grande ofensa foi simplesmente varrido para debaixo do tapete.

Ele soltou um suspiro frustrado só de pensar no assunto, depois recostou-se no banco de couro do carro e admirou as árvores do Central Park darem lugar aos arranha-céus de Midtown.

— Há, sobre Montgomery e Emma... o que está rolando entre os dois? — perguntou Davina, despertando-o do devaneio.

— Não sei muito bem — respondeu Knightley, e teve que se esforçar para manter o tom neutro.

— Na festa de Réveillon tive a impressão de que eram só amigos, mas hoje eles pareciam bem íntimos.

— Pois é.

— Ela gosta dele?

Knightley agarrou o apoio do braço, sem tirar os olhos da janela.

— Talvez.

Davina concordou baixinho, como se refletisse sobre o assunto. Ele se virou e a viu com o olhar perdido na janela, mal registrando a cidade ao redor.

— É uma pena — disse a mulher, por fim. — Ele vai partir o coração dela.

— Como você sabe disso? — perguntou Knightley.

Tentou manter o tom impassível, mas as palavras pareciam cortantes.

Davina enfim se virou para ele, os lábios curvados em um sorriso apaziguador.

— Montgomery Knox é um cara mulherengo, George. Só quer saber de diversão. Sexo incrível, talvez um casinho sem compromisso, mas não é o cara certo para um relacionamento.

— E como você sabe que Emma quer um relacionamento?

— Ela não me parece o tipo de pessoa que busca algo casual — respondeu Davina, mas depois deu de ombros. — Mas sei lá, posso estar errada. E, em último caso, vai servir de aprendizado para ela. Coisas da vida, sabe?

Davina sustentou o olhar de Knightley, como se esperasse que ele concordasse. As palavras estavam na ponta da língua, mas pareciam amargas e erradas, então ele apenas se virou sem dizer nada.

O carro mergulhou em um silêncio pesado conforme atravessavam o centro da cidade, cruzando as ruas congestionadas de Hell's Kitchen e as fachadas enfileiradas de lojas e edifícios em Chelsea. Por fim, dobraram a Rua 19 e estacionaram diante da casa de tijolinhos de Davina, no meio do quarteirão.

— Lar, doce lar — anunciou ela um instante depois, contemplando a construção.

Knightley assentiu uma vez, estático. Davina observou seu perfil por um momento, depois esboçou um sorriso.

— E imagino que você não vá querer entrar.

Foi uma pergunta disfarçada de afirmação, e a tensão que se acumulava no corpo de Knightley se dissipou de repente.

— Não — concordou ele, com um suspiro. — Não vou.

— Bem, não posso dizer que isso me surpreende.

— Davina, me desculpe. Eu não...

— Oh, céus, nem vem com suas desculpas. Nenhum de nós precisa disso — respondeu ela, revirando os olhos antes de lhe oferecer uma piscadinha e descer do carro. — Além do mais, não ia dar certo, mesmo.

— Não? Por que não? — perguntou Knightley, um sorriso de alívio despontando nos lábios.

Davina riu, a mão ainda na porta, e se virou para encará-lo.

— Porque, George, você está apaixonado por *ela*.

E então fechou a porta na cara dele.

No trajeto de volta, a mente dele parecia mais acelerada do que a cidade lá fora, que passava como um borrão pela janela. Não parava de repetir as palavras de Davina de trás para frente, dissecando-as de todos os ângulos. Mas, quando o motorista estacionou diante da casa dele, quando Knightley desviou da porta principal e começou a vagar sem rumo pela calçada vazia, a conclusão ainda era a mesma:

Você está apaixonado por ela.

Era isso. Simples assim. Sem necessidade de asteriscos ou explicações. Depois de ter passado tanto tempo tentando negar, foi surpreendente ver aquela verdade apresentada de forma tão clara.

Ele estava apaixonado por Emma.

O sentimento vinha sendo construído ao longo de meses. Talvez anos. De repente, os meses dedicados à filial em Los Angeles pareciam uma desculpa óbvia. Almejava o sucesso da empresa, claro, mas havia outro motivo para ter se ausentado tanto. E o motivo morava bem ali, do outro lado do quintal. Uma amiga de infância, sua melhor amiga. Mas a garota com quem ele havia crescido já não era a criancinha que rabiscava seus cadernos da escola. Não era a adolescente que escapulia de casa nos fins de semana. Tinha se tornado uma mulher forte e independente.

E ela queria Montgomery Knox. Era uma relação descompromissada, sem dúvida, mas os sorrisos e cochichos trocados no brunch tinham deixado claro que era isso que ela queria. Isso por si só aumentava o peso da coisa. Mas, fosse lá como Knightley se sentisse em relação a essas escolhas, Emma tinha o direito de fazê-las sem sua interferência constante.

Já fazia muito tempo que ele vinha tentando ignorar essa constatação, mas fora atingido em cheio naquele corredor, quando Emma tentou se defender. Fizera-o encarar seu próprio reflexo, assim como Knightley fazia com ela, mostrando que o via com mais clareza do que ele mesmo. E não era uma imagem bonita.

E talvez fosse isso. Emma tentava amadurecer, mas ele a impedia de avançar.

Uma ideia começou a se formar. Knightley sabia o que tinha que fazer. Pelo bem dos dois.

O vento estava mais forte quando ele chegou à Terceira Avenida, de modo que precisou ajeitar o cachecol antes de entrar em uma lanchonete de esquina. Sentou-se diante do balcão e pediu um café, o corpo aquecido pelo ambiente abafado. Então pegou o celular no bolso e selecionou o primeiro número na lista de contatos.

Depois de três toques, alguém atendeu.

— George Knightley — cumprimentou Will.

— Oi, Will. Como vai?

— Tudo bem. — Essa era a resposta-padrão do colega, um tom neutro que tornava impossível saber se era sincero ou não. — Você precisa de alguma coisa?

— Você está em Nova York?

— Não, estou em Montauk. Por quê?

Knightley despenteou o cabelo com a mão.

— Porque eu preciso falar com você sobre Los Angeles.

Will soltou um longo suspiro do outro lado da linha.

— Imaginei.

Capítulo Vinte e Seis

Emma acordou cedo no dia seguinte ao seu aniversário e foi assolada por uma onda de arrependimento assim que abriu os olhos. Então contemplou as cortinas fechadas. O que quer que a aguardasse do outro lado, o mundo, a realidade em geral, não era algo que ela estava disposta a encarar.

Depois de voltar para casa com o pai, ela foi direto para o quarto, fechou as cortinas, se acomodou na cama e lá ficou enquanto o dia dava lugar à noite. Montgomery enviou-lhe uma mensagem bem tarde para avisar que a festa no centro da cidade não valia a pena e que ligaria para ela no dia seguinte. Emma nem se deu ao trabalho de responder. Apenas se virou para o lado e se forçou a dormir. Já tivera aniversários melhores.

Infelizmente, o arrependimento ainda estava lá pela manhã. A luz do dia parecia escancarar ainda mais seus equívocos, e o constrangimento só aumentou ao relembrar o que dissera para a senhora Pawloski. E depois para Knightley. Cristo, o que se passara pela cabeça dela?

Tinha sido um golpe baixo compará-lo ao próprio pai, justo o homem que Knightley sempre se esforçou tanto para não ser. Mas ele também não tinha pegado leve, tinha? O olhar horrível que havia lançado a ela, a decepção pavorosa em seu semblante. Era como se tivessem ultrapassado um limite invisível, as palavras de ódio doendo como uma ferida aberta, munições pessoais usadas para machucar. Por que tinham feito isso um com o outro?

Emma estremeceu e cobriu a cabeça com o edredom. O plano era passar o dia na cama outra vez, mas logo seu estômago começou a roncar, então teve que descer para procurar alguma coisa na cozinha.

O pai estava sentado à bancada lendo o jornal, exatamente onde ela imaginou que estaria.

— Ora, ora. A aniversariante acordou cedo!

— Bom dia, mas meu aniversário já acabou...

— Você se divertiu ontem?

Ela assentiu enquanto se servia de uma xícara de café.

— Foi uma ótima festa — comentou o pai, depois levantou os olhos do jornal. — Mas preciso dizer... não queria deixar isso para lá...

— O quê?

De repente, Emma teve certeza de que o pai iria repreendê-la pelo que dissera à senhora Pawloski. E seria merecido. Knightley sempre apontava os equívocos dela, mas o pai raramente o fazia. Mas ela sabia que estava prestes a ver aquela temida expressão decepcionada nos olhos do pai. Como ela se atrevera a ser tão cruel?

— Eu só queria dizer que... — O senhor Woodhouse largou o jornal e encarou-a nos olhos. — Você tinha razão.

Emma ficou surpresa.

— O quê?

— Você tinha razão, Emma — repetiu ele, abrindo um sorriso caloroso para a filha.

— Tinha?

— O brunch foi uma excelente ideia, então me desculpe por ter duvidado de você.

— Ah.

Ela soltou um longo suspiro, mas o alívio logo deu lugar à confusão. O pai não ia dizer *nada*? Será que não tinha visto a forma como ela tratara uma amiga de longa data da família?

— É só isso?

— Oh, eu também fui sincero em tudo o que disse no meu discurso. Tudinho.

— E continua achando isso mesmo agora?

O pai dela riu.

— Mas é claro.

— Você não acha que perdi a linha com a... senhora Pawloski?

— Ora, Emma, era seu aniversário. E ela é uma mulher adulta.

— Mas…

— Uma mulher adulta que gosta muito de encher a cara.

Ele deu uma piscadinha, como se compreendesse. Emma esboçou um sorriso e tomou um gole de café. O pai tinha mesmo escutado, mas ainda assim a enxergava como uma garotinha perfeita.

— Acho que eu deveria ir conversar com ela — murmurou Emma baixinho.

— O que você achar melhor, querida — respondeu o pai, voltando a atenção ao jornal.

Munida da xícara e do celular, Emma subiu as escadas até a sala. Mal notou que as luzes ainda estavam apagadas quando desabou em uma das poltronas junto à lareira, o cômodo banhado pelos raios de sol aquosos da manhã, distorcendo suas cores. O piano de mogno parecia cinza. As lombadas da estante pareciam opacas.

Os olhos dela vagaram para a parede atrás do sofá, onde havia uma enorme gravura em preto e branco: uma das plantas arquitetônicas originais do Chrysler Building, que o pai havia arrematado em um leilão da Sotheby's alguns anos antes. Por mais bonito que fosse o quadro, Emma não conseguia esquecer o que estivera ali antes: *Flores sobre um tapete vermelho*, a pintura vibrante, vivaz e ousada de Pierre Bonnard.

Uma pontada de tristeza a invadiu de repente, quase lhe tirando o fôlego. Emma sentia saudade da mãe. Mal se lembrava dela, mas sentia falta das pinturas que ela havia espalhado para fazer daquela casa um lar. Emma sentia saudade da presença constante da mãe em cada cômodo, como se estivesse ali por meio daqueles quadros. Será que a mãe a teria criticado por ser tão egoísta e rude? Ou teria ignorado, assim como o pai? Emma jamais descobriria, e odiava isso.

O celular começou a vibrar em seu colo, revelando o rosto de Margo na tela.

— Oiê! — exclamou a irmã. — Não posso falar muito agora porque estamos indo ao médico, mas a festa foi perfeita, Emma! Você foi a algum outro lugar depois?

Emma sabia que ela se referia a Montgomery.

— Não, eu estava exausta e resolvi dormir cedo.

— Ah, que pena. Mas, sério, a festa foi um baita sucesso! Ben e eu estávamos falando disso agora mesmo! — Então a voz da irmã ficou abafada. — Espere, estou perguntando se ela se divertiu... Ok, pode deixar que eu falo. Ben pediu para dizer que todo mundo adorou.

— É, não sei se isso é verdade — respondeu Emma, sentando-se na beira da cama do quarto. — Eu fui tão mal-educada com a senhora Pawloski.

— Ah, deixe disso. Foi só brincadeira.

Então Margo também tinha escutado.

— Brincadeira ou não, acho que eu deveria...

— Acabei de chegar no médico. Vê se me liga mais tarde, ok?

E então a ligação ficou muda.

Emma encarou a tela escura do celular. Isso era absurdo. Por mais que odiasse a forma como havia sido confrontada, até ela precisava admitir que Knightley tinha certa razão. Aquilo não estava certo. Então, por que ele era o único a apontar esse erro?

Não era o tipo de transgressão que deveria passar batido pela família.

Mas, pelo jeito, ela teria que consertar isso por conta própria.

Depois de vestir uma jaqueta leve e cachecol, Emma desceu a Rua 83 até a casa de tijolos avermelhados da senhora Pawloski, a alguns metros de distância. Durante a infância dela, o lugar tinha sido tão agradável quanto a residência dos Woodhouse. Na época, toda a construção de três andares pertencia à senhora Pawloski e ao marido, e Emma tinha vagas lembranças do Rolls-Royce preto e lustroso sempre estacionado na frente e das escadinhas de entrada sempre decoradas nas datas festivas. Mas esse brilho já não estava mais lá. As floreiras exuberantes tinham sumido, a tinta preta dos peitoris estava descascada.

A senhora Pawloski tivera que vender quase tudo após a morte do marido. Só descobrira a dívida de milhões de dólares no funeral, e nem mesmo dividir a casa em apartamentos fora suficiente para quitá-la. Com isso, ela tinha passado a morar em um apartamentinho de um quarto no térreo. Emma conhecia vagamente os detalhes, mas, como a senhora Pawloski jamais deixava transparecer a gravidade da situação, ela nunca se preocupara em perguntar.

Emma foi até a porta, hesitante, mas por fim bateu. Um tempo depois, ouviu o latido de um cachorro e o ruído da maçaneta. A porta se abriu lentamente.

— Oh! — espantou-se a senhora Pawloski, com os olhos arregalados de surpresa. — Emma!

— Oi. — Emma deu um breve aceno. — Espero que não seja muito cedo.

— Não! Não, tudo bem.

O sorriso da mulher parecia frágil.

— Posso entrar?

— Oh — respondeu a senhora Pawloski, hesitante. — Claro! Desculpe, que falta de educação a minha! Eu deveria ter convidado você a entrar. Só estou surpresa em vê-la aqui. Faz anos que você não aparece. Entre, entre. Mas não repare na bagunça, por favor. Nunca recebo visitas! Caso contrário, eu teria dado uma arrumadinha!

A senhora Pawloski a conduziu até a sala de estar diminuta e limpíssima, depois fez sinal para que ela se sentasse.

Apesar do exterior sem graça, a parte interna do apartamento tinha tanta personalidade que Emma se perguntou se por acaso a mulher não teria sua própria loja no Etsy. Todos os móveis antigos pareciam ter sido reformados e repintados à mão em cores vibrantes, um contraste perfeito com o papel de parede que já começava a desbotar, todo forrado com fotos das viagens dela com o marido. Havia, ainda, inúmeros abajures com cúpulas decoradas espalhados pelo cômodo. Era chamativo e ousado, mas funcionava. A casa tinha um estilo kitsch que representava muito bem a dona.

Como a mulher insistiu em preparar um chá, Emma ficou aguardando na sala, sob o olhar julgador do cachorrinho no tapete.

— Prontinho — anunciou a senhora Pawloski, retornando da cozinha com duas xícaras nas mãos.

Ela serviu uma à convidada, depois sentou-se na poltrona ao lado. O silêncio reinou por um instante. Emma tomou um gole. Nem sabia por onde começar.

— Ah, eu lembro do Armani — disse ela por fim, e então apontou para o cachorro. — Ele sempre brincava no quintal lá de casa.

— Oh, não! Armani morreu anos atrás! Já faz um tempinho que tenho esse anjinho aqui. Ele é um bom garoto, não é, senhor Peaches?

A senhora Pawloski se abaixou para fazer carinho na cabeça branca e peluda do cachorro, que se enroscou a seus pés.

— Ele é uma gracinha.

Emma estranhou o fato de a vizinha nunca ter mencionado o cachorro, mas de repente percebeu que talvez ela simplesmente não tivesse prestado atenção. Quase nunca o fazia. Sentiu outra pontada de culpa.

— Eu... eu quis vir aqui para... me desculpar pelo que eu disse ontem. Eu não deveria ter feito aquilo.

A voz ficou embargada, deixando-a com uma vontade repentina de chorar. Toda a pressão que ela havia colocado sobre os próprios ombros nos últimos meses parecia prestes a romper. A carreira, a família, os relacionamentos: tudo o que ela tinha escondido em um cantinho da mente parecia vir à tona de uma só vez.

— Oh, Emma, você não precisa pedir desculpas — respondeu a senhora Pawloski, com uma expressão preocupada.

— Preciso, sim. Preciso mesmo. — Ela sentiu as lágrimas se acumularem nos cantinhos dos olhos. Não permitiria que outra pessoa fizesse vista grossa para seu comportamento. — Você é sempre tão gentil e eu fui tão cruel com você — continuou. — Tão cruel.

A senhora Pawloski abriu um leve sorriso.

— Mas você também é gentil. Foi muita gentileza sua vir aqui hoje.

— Não sou, não. — Emma abafou um soluço. — Desculpe, eu não achei que ia ficar tão emotiva. É só que... não sei o que tem de errado comigo! Não paro de cometer os mesmos erros, mesmo quando não deveria. Knightley tem razão quanto a isso, sabe? Pelo menos nisso tenho que dar o braço a torcer! — Ela ergueu as mãos em um gesto exasperado, já aos prantos. — Mas eu tenho me esforçado tanto, tanto para ser madura e fazer a coisa certa. Mas parece que nunca é bom o bastante. — Então meneou a cabeça e voltou a olhar para a senhora Pawloski. — E você sempre me tratou tão bem. Nunca me julgou, nunquinha. E eu...

A mulher parecia atônita, em um raro momento de silêncio.

— Sinto muito — concluiu Emma com um sussurro, enxugando as lágrimas com o dorso da mão.

Mais um minuto se passou antes de a senhora Pawloski arrastar a poltrona para mais perto.

— Eu te conheço desde que você nasceu, Emma. Isso não é pouca coisa, sabia? — Ela estendeu a mão e segurou a de Emma. — Já a vi tropeçar algumas vezes, mas você sempre se levanta. É uma das coisas que amo em você. Um pequeno deslize não anula toda a bondade do seu coração.

Emma sentiu as lágrimas jorrarem outra vez.

— Você também não pode esquecer outra coisa, minha querida... — continuou a senhora Pawloski.

— O quê? — perguntou, fungando.

— Você tem uns... o quê? Vinte e quatro anos? Minha nossa, você ainda vai cometer tantos erros. E é normal! É isso que faz a vida valer a pena. Os erros nos conduzem ao lugar onde devemos estar. — O sorriso dela ficou melancólico, como se de repente recordasse uma velha lembrança. — Sua mãe também era especialista em cometer erros, sabia?

Emma ficou curiosa.

— Era?

A senhora Pawloski assentiu, como se isso fosse motivo de orgulho.

— Nós duas éramos amigas de longa data. Fomos Burt e eu que a apresentamos ao seu pai, aliás! Foi amor à primeira vista, todos percebemos. Mas nem era para aquele primeiro encontro ter acontecido. Cassandra pretendia ir para uma faculdade de artes em Paris. Tinha enviado a candidatura por correio e tudo. Mas adivinhe só? Ela errou a data. Perdeu o prazo por dois dias. Qualquer outra pessoa teria ficado arrasada, mas sua mãe simplesmente levou na maior tranquilidade. Até riu da situação, acredita? E então, duas semanas depois, marcamos o encontro às cegas com seu pai. Lembro que ela me ligou logo depois e disse: "Bom, agora eu entendi por que perdi aquele prazo!". Como se estivesse tudo predestinado! Obra do destino ou algo assim. Ou talvez ela simplesmente soubesse como tirar proveito dos próprios erros. — A mulher encolheu os ombros ligeiramente, depois continuou: — Todo mundo erra, Emma. Errar é normal. Na verdade, é algo bom! E eu acho... não, eu *sei* que sua mãe teria muito orgulho de você e da mulher que você se tornou, com erros e tudo.

Emma manteve os olhos fechados por um bom tempo, sentindo o peso das palavras da senhora Pawloski.

— E quando é que a gente amadurece, afinal? — retomou a mulher. — Você deveria ter me visto quando tinha uns vinte e poucos! Eu era terrível.

Ah, como era divertido! Mas não sou perfeita, mesmo agora. Ninguém é, minha querida.

— Obrigada — sussurrou Emma, dando-lhe um apertãozinho na mão.

A senhora Pawloski sorriu e recostou-se na poltrona.

— Ora, sabia que o senhor Peaches tem dois por cento de bull terrier? Juro para você! Sei que ele não parece nem um pouco com a raça, mas eu fiz um daqueles testes de DNA e foi esse o resultado. Ah, você quer ver? Espere, está emoldurado bem ali.

Pela primeira vez em anos, Emma não conferiu o relógio enquanto a senhora Pawloski falava, disposta a ouvir cada palavra que sua velha amiga tinha a dizer.

O sol já estava desaparecendo no horizonte quando Emma saiu da casa da senhora Pawloski. Ao descer o quarteirão, prometeu a si mesma que a visitaria mais vezes. Poderia até levar Nadine junto, quem sabe. Ela pegou o celular e estava tão entretida em escrever uma mensagem para a amiga que quase trombou com Knightley, que descia os degraus da casa dos Woodhouse.

— Oh, desculpe! — exclamou Emma, dando um passo para trás. — Eu estava olhando o celular e…

— É, percebi.

Os dois se encararam em silêncio, o ardor carregado do último encontro substituído por algo frio e desconhecido.

Ela tentou oferecer um sorriso.

— Acho que nunca vi você sair da minha casa pela porta da frente.

Quando Knightley assentiu, Emma notou a mala de couro em seu ombro e sentiu o estômago embrulhar.

— Você veio ver meu pai? — perguntou ela, ainda determinada a manter a leveza na voz.

— Isso. Ele comentou que você tinha ido visitar a senhora Pawloski, foi isso?

Emma respirou fundo. Não pretendia contar isso a Knightley. Na verdade, esperava que ele jamais descobrisse. Mas, na falta de uma resposta, o silêncio serviu de confirmação.

— Isso foi muito nobre da sua parte, Emma — disse ele baixinho.

A decepção excruciante havia desaparecido de seus olhos castanho--dourados. Emma assentiu de leve, ainda em silêncio, tentando esconder o quanto aquelas palavras eram importantes para ela.

Depois de um bom tempo, apontou para a mala dele.

— Você vai viajar?

— Estou indo para Los Angeles — respondeu Knightley sem rodeios, depois mostrou o carro parado no meio-fio. — Vim me despedir de você e do seu pai.

Aquilo pegou Emma de surpresa.

— Ah.

Knightley sempre viajava a trabalho, mas algo em seu tom de voz, na forma como olhava para ela... parecia errado.

— Quando você volta?

— Não sei — respondeu ele. — Estamos nas últimas etapas da negociação, então há muito a ser feito. Talvez tenha que passar um bom tempo por lá.

— Mas... você vai voltar, né?

Ele hesitou.

— Claro — respondeu, por fim.

Deveria ter sido reconfortante, mas não havia nada bom ou familiar nessa situação.

— Então é isso? Você está indo neste exato minuto? — perguntou Emma, a voz cada vez mais aguda.

Um aceno ligeiro de cabeça.

O pânico e a raiva se alojaram na garganta dela, conferindo um tom duro às suas palavras.

— Você nem ia esperar eu chegar para se despedir?

Knightley suspirou, passando a mão pelos cabelos escuros.

— Emma...

O celular dela tocou, interrompendo-o. Os dois olharam para a tela, que mostrava o nome e a foto de Montgomery.

— É melhor você atender — murmurou Knightley.

— Isso pode esperar.

Ele assentiu outra vez, o rosto tenso.

— Preciso ir ou vou perder o voo. Aviso quando tiver notícias. — Então fez menção de ir até o carro, mas de repente parou ao lado dela. — Adeus, Emma.

O celular continuou a tocar, mas Emma o ignorou enquanto observava Knightley se acomodar no banco de trás. A porta foi fechada e o táxi avançou pela rua antes de desaparecer na Quinta Avenida.

Quando ele tinha decidido ir embora? Davina Sundar iria junto? Como ele nem sabia quando pretendia voltar?

Emma deveria ter impedido, implorado para que não fosse embora, ou ao menos ter tentado esclarecer as coisas. Mas não disse nada.

Sentia-se vazia ao entrar em casa e subir as escadas até seu quarto. Quando o sol se pôs, ela contemplou o quintal frio e percebeu que já sentia saudade de Knightley. Não fazia nem dois minutos desde sua partida, mas ela já sentia falta de saber que ele estava lá. Mesmo que passassem alguns dias sem conversar, era reconfortante saber que ele estaria a poucos metros de distância. Mas isso não existiria mais.

Capítulo Vinte e Sete

O mês de março era sempre cinzento em Nova York. As nuvens faziam morada no céu, enquanto os últimos resquícios de neve se acumulavam em camadas imundas nas calçadas. As árvores seguiam sem as folhas, os edifícios perdiam o brilho. Era um padrão previsível: assim que as melhores partes do inverno chegavam ao fim, a cidade hibernava até a primavera.

Era assim que parecia, ao menos. Como se, de uma hora para outra, as flores começassem a desabrochar e o céu retomasse o tom de azul, tão rápido que nem dava tempo de perceber. Como se aquele mês inteiro tivesse passado em um piscar de olhos. Para Emma, porém, não tinha sido assim. Estava ciente de cada dia, cada hora, como se tivesse um metrônomo interno. Sentia a passagem do tempo em seus ossos.

Havia coisas o suficiente com que se ocupar. Ela ajudou Nadine a estudar para as provas, e a amiga a ajudou a se preparar para a entrevista no Met. Havia uma dissertação a terminar, um jantar de domingo a planejar, e a chegada do bebê de Margo pela qual ansiar. Mas o metrônomo não parava de se agitar dentro dela, registrando cada segundo.

Fazia dezessete dias que ele tinha ido embora.

Emma não estava contando o tempo de propósito, só era impossível ignorar aquela ausência. Mas por quê? Ele já havia se ausentado antes. Ao longo dos três anos anteriores, Knightley havia se alternado entre Nova York e Los Angeles, mas daquela vez parecia diferente. No primeiro jantar de domingo depois de sua partida, Emma olhara para a cadeira vazia e percebera que já fazia uma semana. E alguns dias depois, quando tinha visitado o Met para uma última olhada antes da entrevista, dera-se conta de que já fazia dez dias.

E em todas as noites depois disso, quando avistava as janelas escuras do outro lado do quintal, ela acrescentava mais um dia à contagem.

Sentada na poltrona do quarto, com um livro no colo, contemplou as janelas escuras mais uma vez e fechou a cara. Que egoísmo o dele, ter ido embora no meio de março para uma terra de sol, festas e praias, enquanto Emma era obrigada a lidar com montinhos de neve suja e a vista de sua casa abandonada. O mínimo que ele deveria ter feito era esperar o verão, quando as amigas dela retornariam do exterior, se é que fariam isso mesmo. Ou então quando ela tivesse o estágio para se distrair, caso conseguisse a vaga...

Ela fechou o livro com força sobre o colo, tomada por uma raiva repentina. Knightley poderia ao menos ter esperado que as folhas voltassem a nascer nas árvores para bloquear a visão do quarto dela! Mas claro que ele tinha que ir embora justo quando Emma mais precisava dele. E por que motivo? Só por uma briguinha besta?

Mas a raiva se dissipou tão rapidamente quanto havia chegado. Por mais que ela quisesse acreditar que influenciara sua decisão de partir, também sabia que essa era justamente a atitude egoísta que ele vivia criticando. Aquilo não girava ao redor dela. Knightley tinha uma longa lista de responsabilidades: a empresa, os amigos, até mesmo Davina... e, bem lá embaixo, estava Emma. A bobinha e mimada da Emma.

Talvez viesse disto a sensação incômoda que não a deixava em paz: o fato de ter percebido que, embora estivesse no fim da lista de prioridades dele, Knightley estava no topo da dela. Em meio a tantos amigos e familiares, Knightley era mesmo o melhor amigo que ela tinha. Por mais que ela adorasse poder dizer que era apesar de suas críticas e repreensões constantes, tinha que admitir que era justamente por causa delas. Knightley nunca tinha a intenção de ser cruel; só queria preparar Emma para o que a aguardava além do conforto da própria rua. Mas justo quando a ficha dela começava a cair, ele tinha decidido ir embora.

— Querida! — chamou o pai do andar de baixo. — Nadine chegou.

— Já estou indo — gritou Emma de volta.

Mas passou um bom tempo sem se mexer.

Quando enfim chegou ao pé da escada, avistou Nadine sentada no lugar de sempre na cozinha, com o caderno já aberto sobre a bancada.

— Acho que preciso dar mais uma passadinha no Cloisters antes da prova de arte ocidental — anunciou ela assim que Emma apareceu, o rosto tomado pelo pânico. — Não anotei nada sobre as tapeçarias de unicórnio e acho que vai ser importante. Você não concorda?

— Já fomos lá umas dez vezes — respondeu Emma. — Você vai se sair bem.

— Mas e se...?

— É só assistir a algum dos tours que eles postaram na internet. Foi assim que passei em tudo desta matéria no ano passado.

— Como dizem: trabalhe melhor para trabalhar menos — interrompeu o senhor Woodhouse, todo orgulhoso, enquanto lia o jornal.

Nadine fitou a amiga com admiração.

— Você vai arrasar na sexta.

Emma tremeu só de pensar na entrevista.

— Espero que sim. Ainda estou preocupada que algum dos curadores me reconheça pelo nome.

— Trabalhe melhor para trabalhar menos — recitou o senhor Woodhouse outra vez, arqueando uma sobrancelha para a filha.

Emma revirou os olhos, pegou uma uva na fruteira e a arremessou na boca.

— Acho que Knightley discordaria desse mantra.

— Pois eu acho que Knightley deveria segui-lo, isso sim — rebateu o senhor Woodhouse, já voltando os olhos para o jornal.

— Você teve mais alguma notícia dele? — quis saber Nadine.

O rosto da garota se iluminara assim que o nome de Knightley tinha sido mencionado, mas Emma decidiu ignorar.

— Não sei. Nem olhei minhas mensagens.

Era mentira, claro. Emma tinha checado o celular dezenas de vezes desde a noite anterior, quando o bombardeara com perguntas estúpidas do tipo "Posso ir na sua casa roubar sorvete enquanto você estiver aí em Los Angeles?".

Mas ele não tinha respondido.

— Ele ainda está morando na casa em Malibu ou já encontrou outro lugar mais perto do trabalho?

Emma ficou atônita. Como Nadine sabia que ele estava procurando outro lugar para morar?

— Não sei. Ele contou isso para você?

Nadine riu e fez que sim.

— Ele comentou que estava pensando em vender a casa e procurar um apartamento mais perto do escritório. Aí eu respondi que ele só podia estar maluco. Se eu tivesse uma casa na praia, jamais me mudaria de lá. Mas ele disse que o trânsito era um caos.

— Quando ele falou isso?

— No seu aniversário.

— Ah, eu não sabia que vocês tinham conversado lá.

Emma tentou manter a voz casual, mas saiu com um toque de amargura. Nadine nem pareceu notar.

— Conversamos, sim, mas foi bem rapidinho.

Emma fincou os dentes no lábio e se esforçou para não deixar transparecer nada, mesmo enquanto o estômago se embrulhava de raiva. Knightley tinha mesmo contado essas coisas a Nadine antes de contar para ela?

Logo começou a se lembrar de todos os jantares de domingo, dos momentos aleatórios que Knightley e Nadine compartilharam naquela cozinha, aos cochichos e risadinhas.

— Eu nunca fui a Los Angeles — lamentou-se Nadine, o caderno deixado de lado.

— Bom, é horrível.

— Você já foi?

— Não. Mas parece horrível.

— Ah.

O celular de Emma começou a tocar no bolso de trás e, quando o pegou, ela viu o rosto da irmã na tela.

— Oi, Margo — atendeu.

Nadine sorriu e acenou para o telefone, então Emma retribuiu o sorriso com educação e acrescentou:

— Nadine também mandou oi.

— Emma!

Era o tom de pânico característico de Margo, que sempre parecia duas vezes mais agudo do que o normal em sua tentativa de não deixar transparecer.

— O que aconteceu? — perguntou Emma, o que chamou a atenção do pai.

A voz de Margo subiu uma oitava.

— Aconteceu uma coisa horrível.

Um buraco se abriu no peito de Emma e o coração afundou, dando lugar ao medo e à preocupação.

— O que foi? O bebê está bem?

— O bebê está bem.

— O que tem o bebê?! — quis saber o senhor Woodhouse.

— O bebê está bem — repetiu Emma para o pai, depois voltou a se dirigir a Margo. — Aconteceu alguma coisa com o Ben? Ou com Knightley?

— Não, os dois estão bem — confirmou Margo.

— Knightley? — perguntou Nadine, abalada.

Tanto ela quanto o senhor Woodhouse observavam Emma com atenção, acompanhando seu lado da conversa.

— Não aconteceu nada com Knightley — contou Emma ao dois. — Então o que foi? — acrescentou à irmã.

Margo respirou fundo do outro lado, como se criasse coragem para falar.

— Foi com o Montgomery.

— Montgomery?

O senhor Woodhouse se virou para Nadine e cochichou:

— Montgomery é o rapaz que está hospedado na casa dos Crawford, não é?

Nadine assentiu com ar de sabedoria.

Emma grudou o ouvido no celular, esperando a continuação. Como a irmã não disse nada, ela teve que perguntar:

— Margo, aconteceu alguma coisa? Ele está bem?

— Ô se tá. Deve estar *ótimo*. — O pânico de Margo foi substituído por uma raiva sarcástica, que ela quase sempre reservava a ex-namorados ou advogados adversários no tribunal. — Ele deve estar bem para cacete, isso sim! — continuou ela.

Emma estava perdendo a paciência.

— Margo, o que…?

— Ele está no sul da França com Davina Sundar!

A irmã falou tão rápido que saiu como uma palavra só, e Emma precisou de um momento para assimilar.

— Montgomery Knox está no sul da França — repetiu em voz alta.

Nadine se virou para olhar, confusa.

— Isso — respondeu Margo.

— Com Davina Sundar...

Nadine arregalou os olhos e o senhor Woodhouse cochichou outra vez:

— Davina é aquela moça que o Knightley levou no aniversário de Emma, não é?

Nadine mal assentiu, mas o homem pareceu perder o interesse e voltou a atenção ao jornal.

Emma encarou a parede, a preocupação inicial se transformando em uma mistura de confusão e descrença.

— Montgomery Knox. E Davina Sundar.

— Pois é! Dá para acreditar? — indignou-se Margo, a voz tão aguda que Emma teve que afastar o celular da orelha. — Que porra é essa? Ele ligou para Ben hoje de manhã e contou tudo. Pelo jeito eles ficaram pela primeira vez na festa de Réveillon... que *você* organizou! Que filho da mãe! Aí ele disse que era para ser só uma ficada, mas depois do seu aniversário eles se reencontraram e estão saindo desde então! Dá para acreditar nessa palhaçada?

— Não — respondeu Emma, porque realmente parecia inacreditável.

— Ele já tinha contado isso para você? Por acaso você tem falado com ele?

Emma tentou se lembrar de sua última conversa com Montgomery. Ele tinha ligado no dia seguinte à festa, bem na hora em que Knightley estava indo embora, mas ela havia ignorado. Depois disso, como não queria falar com ele, os dois só trocaram algumas mensagens, mas ao longo das semanas o ritmo foi diminuindo. A verdade era que ela nem tinha percebido.

— Não muito.

— E ele tinha prometido ao Ben que estaria aqui para ajudar com o restaurante, mas pelo jeito vai ficar fora até meados de junho, e isso é um absurdo sem tamanho! É até uma violação do contrato deles! Olhe, para ser sincera, estou com vontade de esganar aquele... — A voz de Margo foi sumindo. — Desculpe. O restaurante de Ben não é importante agora. O que importa é você. Sei que vocês dois não estavam juntos, tecnicamente, mas tudo parecia estar se encaminhando para isso, e eu sei que forcei a barra para você ficar com ele. E agora ele deu no pé e partiu seu coração! É tão injusto! E a culpa é toda minha! Não posso nem...

Margo continuou a falar como se Emma estivesse arrasada, prestes a desmoronar. Mas quanto mais ela ouvia, mais percebia que não estava nem perto disso. Sem lágrimas ameaçando vir à tona. Sem raiva. Sem ciúme. E essa ausência por si só era um alívio tremendo.

— Ele não partiu meu coração, Margo.

— Pare com isso. Você não precisa dizer essas coisas só para eu me sentir melhor.

— Juro que não estou fazendo isso. Acho que eu gostava mais da ideia de Montgomery do que dele em si.

— Como assim?

— Ele era divertido e foi bom fingir que havia algo ali, mas... — Emma fez uma pausa, a ficha caindo assim que as palavras se formaram em seus lábios. — Acho que tentei gostar dele porque você gostava. E você sempre soube o que é melhor para mim. Eu queria que você tivesse razão.

— Mas agora eu já nem sei o que é melhor para *mim* — queixou-se Margo. — Ontem à noite eu chorei porque nosso carrinho de bebê não tem porta-copos.

Emma sorriu.

— Vou comprar um porta-copos para você.

— A questão não é essa — argumentou Margo, a voz embargada como se estivesse prestes a chorar de novo.

— Você tem razão. A questão é que seu conceito de perfeição pode não ser igual ao meu.

Margo suspirou.

— E qual é o seu conceito de perfeição?

— Um carrinho com dois porta-copos.

As duas riram, e Nadine pareceu cada vez mais confusa.

Por fim, a risada de Margo deu lugar a um suspiro resignado.

— Mas isso não muda o fato de ele ser um babaca de marca maior.

— Ah, mas com certeza — concordou Emma.

— E eu ainda tenho o direito de odiá-lo.

— Eu ficaria decepcionada se não odiasse.

— Acho bom mesmo. — Margo respirou fundo. — Eu te amo, Em.

— Eu também te amo, Mar.

— Vou ler o contrato do Montgomery para descobrir se podemos processá-lo.

— Divirta-se.

Emma desligou e olhou para Nadine, que estava boquiaberta.

— Montgomery e Davina? — sussurrou ela.

Emma assentiu.

— Montgomery e Davina.

— Nossa, eu achei que eles nem se conheciam direito!

— Pelo jeito, eles ficaram na festa de Réveillon — contou Emma, depois se deteve. — Espere, você estava com os dois quando ele mostrou a casa. Você viu alguma coisa?

— Nadinha! — respondeu a amiga. — Ele mostrou todas as obra de arte e algumas reformas no segundo andar, depois pediu para eu descer e pegar mais champanhe enquanto mostrava a vista do telhado para a Davina e…

Ao dizer isso, Nadine pareceu estar escutando a história pela primeira vez e chegou à mesma conclusão que Emma.

As duas amigas se entreolharam, em choque.

— Ai, meu Deus! Eles se pegaram no telhado! — exclamou Nadine, pasma.

— Quem faria isso em um telhado? Iam acabar congelando… — murmurou o senhor Woodhouse, ainda sentado à mesa.

Emma e Nadine mal lembravam que ele estava ali e pularam ao ouvir sua voz.

— Montgomery Knox e Davina Sundar, pai.

O homem refletiu por um instante, depois encolheu os ombros.

— Você não está nem um pouco surpreso? — perguntou Emma.

— Querida, eu nem lembrava o nome dessas pessoas cinco minutos atrás — respondeu o senhor Woodhouse, depois voltou ao jornal.

— E como você está? — perguntou Nadine, observando a amiga com atenção. — Você não gostava dele mesmo ou só disse isso para Margo não se sentir mal?

Emma pensou um pouco.

— Acho que eu gostava da ideia dele, mas nós dois sabíamos que não ia dar certo.

— Não mesmo, se ele estava até se agarrando com a Davina pelos cantos! — exclamou Nadine, depois fez uma pausa, com o semblante subitamente abatido. — Nossa, e Knightley? Será que está muito chateado?

Atrás delas, o senhor Woodhouse riu de deboche.

— Se George estiver chateado por causa da mulher, eu como um Big Mac.

Até Emma estranhou o comentário, mas o rosto de Nadine se iluminou outra vez.

— Ah, o senhor acha mesmo? — perguntou ela, mas o sorriso ainda estava direcionado para Emma.

— Tenho certeza — respondeu o senhor Woodhouse. — Conheço aquele rapaz desde que nasceu e nunca o vi tão desinteressado assim em uma mulher.

Nadine parecia prestes a explodir de felicidade, dando pulinhos na cadeira enquanto a olhava em busca de... o quê? Incentivo? Aprovação?

Emma apenas a encarou em silêncio, vendo o sorriso da amiga cada vez maior. Parecia o inverso da expressão em seu próprio rosto, os lábios crispados em uma linha reta conforme os de Nadine se curvavam para cima.

— Eu sabia — sussurrou a garota, triunfante. — Talvez eu tenha a chance de visitar Los Angeles em breve, afinal!

E foi então que Emma teve sua segunda epifania daquele dia: Nadine Pittman estava incrível e profundamente apaixonada por George Knightley.

Capítulo Vinte e Oito

EMMA

20/03

Knightley. Isto é uma mensagem de texto. É enviada de um celular ao outro. Sei que você deve gostar de ir até a caixa de correio e ler suas correspondências no papel como se fazia no século passado, mas é assim que as pessoas se comunicam hoje em dia. Responda e eu vou contar todas as novidades que você está perdendo em Nova York.

22/03

Vi que não chove em Los Angeles há um mês. Que lugar sem graça. Você não vai acreditar no que está rolando por aqui. Por acaso perdeu o celular no oceano Pacífico?

31/03

Knightley... achei seu estoque de biscoitinhos de menta com chocolate no freezer. Vou guardar o que sobrou como resgate. Responda ou vou ter que enviar um pombo-correio atrás de você.

10/04

> Oi. Espero que esteja tudo bem por aí. Você sabe se vai voltar antes de o bebê nascer? Margo pediu para perguntar... Enfim, se cuida.

Os dedos de Knightley pairaram sobre o teclado do celular. Pensou em centenas de respostas, mas, como sempre, não chegou a digitar nenhuma delas. Já estava se tornando um hábito. O celular tocava com uma nova mensagem de Emma, e ele encarava a tela por um bom tempo antes de decidir que responderia mais tarde. Aí, passado esse tempo, ele se convencia de que já era tarde e era melhor deixar para lá.

Como de costume, depois de encarar a tela por mais um minuto, abandonou a resposta e deixou o celular cair no tampo da mesa de vidro com um baque alto. Em seguida girou a cadeira e contemplou o escritório. Era tão novo que o cheiro de tinta e gesso ainda impregnava o ar. Não se via um único grão de poeira nas janelas recém-instaladas, com vista para as linhas retas do centro de Los Angeles, nos arredores da Knightley Capital.

Ele admirou os edifícios de vidro e aço, tentando ignorar o barulho que vinha do outro lado da porta. Todos lá fora estavam ocupados. Cada funcionário executava suas funções com louvor. Era uma coisa boa. Ou, pelo menos, deveria ser.

Depois de girar a cadeira outra vez, ele apertou o botão de chamada no telefone da mesa.

— Pois não? — respondeu Nicole.

Era a assistente da filial, cuja mesa ficava a poucos metros da sala dele.

— Oi, Nicole. Por acaso Blaxton já enviou as correções do contrato para o departamento jurídico?

— Já, sim. Chegaram ontem à tardinha. O departamento jurídico analisou tudo hoje cedo e agendou uma reunião com a equipe da Wentworth para amanhã. Você queria participar?

— Não, não precisa — murmurou ele, refletindo sobre as possíveis pendências. — E a visita ao novo espaço do escritório?

— Está marcada para quinta-feira à tarde. Nossa equipe tem uma reunião às quatro para revisar o contrato. — Ela hesitou. — Você queria participar?

Knightley alisou o rosto com a mão. Será que queria? De jeito nenhum. Não dava a mínima para os últimos detalhes de um contrato de locação de equipamento. Ou para visitar novamente um edifício comercial vazio. Ele tinha uma equipe capacitada para cuidar dessas coisas, além de dezenas de outros funcionários disponíveis para ajudar.

— Não, Nicole. Obrigado.

— Claro, me avise se precisar de mais alguma coisa.

Knightley colocou o fone no gancho e voltou a contemplar a vista da janela.

O que raios estava fazendo ali? Poderia muito bem voltar a Nova York. Ainda enfrentava essa mesma questão por lá, mas pelo menos podia dar uma passadinha na casa de Ben e Margo quando estivesse entediado. Ir com Emma ao museu ou ao cinema. Caminhar pelo parque e ouvir sobre o dia dela. Ou até mesmo ir à casa ao lado só para vê-la.

A cabeça dele afundou no encosto da cadeira. Estava com saudade de casa. Com saudade dela.

Por mais que fugisse e tentasse se refugiar no trabalho, não tinha como escapar: ele estava apaixonado por ela.

Mas era melhor assim. Não era? Knightley precisou fugir, dar espaço a Emma sem ficar sempre à sua sombra, e a aquisição da Wentworth tinha sido a desculpa perfeita para isso. Afinal, ele precisava estar por perto para supervisionar as coisas. Depois de apenas vinte e quatro horas, porém, tinha ficado claro que a equipe de Los Angeles conseguia se virar muito bem sozinha.

Will havia insinuado isso ao telefone pouco antes de Knightley partir, mas mesmo assim ele decidiu participar de reuniões, telefonemas, aprovações ou qualquer coisa que justificasse sua presença. No fim das contas, não passava de um empecilho. Por que não conseguia abrir mão disso? Parecia que ele precisava controlar cada mísero aspecto de sua vida, quando o melhor seria simplesmente voltar atrás. E Knightley sabia disso, mas por que não conseguia agir?

As palavras de Emma ressoaram em seus ouvidos, as coisas que dissera sobre ele naquele corredor escuro e que não lhe saíam da cabeça desde então.

Alguém que se preocupa tanto em não viver do jeito errado a ponto de simplesmente não viver de fato?

Era verdade. Ele havia passado tanto tempo tentando planejar a própria vida que simplesmente se esquecera de vivê-la. Sim, Emma cometia erros, mas ao menos tinha a coragem de se arriscar. Era melhor do que ficar sempre à margem, onde era seguro.

Knightley deveria ter corrido o risco de confessar a Emma que a amava. E teve a chance naquela manhã, na cozinha dela, depois da festa de Réveillon. Por que não disse nada? As desculpas diminuíam a cada dia. Tudo bem, ela poderia não sentir o mesmo, mas por acaso essa seria uma alternativa pior do que a que estava vivendo? Exilar-se longe de tudo que lhe era importante por causa de uma mera suposição?

De repente pareceu ridículo que aquilo nunca tivesse sido revelado. Emma merecia saber a verdade, e Knightley deveria se arriscar a contar a ela. Precisava fazer isso.

Ele tinha que voltar para casa.

Antes que pudesse mudar de ideia, apertou o botão de chamada no telefone.

— Pois não? — atendeu Nicole.

— Preciso que você me coloque no próximo voo para Nova York.

Houve uma pausa do outro lado da linha.

— O próximo voo... de hoje?

Knightley já estava de pé, vestindo o paletó do terno. As coisas estavam todas em casa, mas não teria tempo de voltar a Malibu para fazer as malas. Precisava ir embora o quanto antes.

— Isso, hoje mesmo.

— E a passagem de vol...?

— Não precisa. Vai ser uma viagem só de ida.

Knightley já estava no elevador quando Nicole ligou para avisar que o próximo voo sairia dali a uma hora e quarenta e sete minutos, e já havia se acomodado no banco de trás do carro, dando as instruções para o motorista, quando a assistente lhe enviou a confirmação da passagem.

Los Angeles passava pela janela como um borrão conforme o carro avançava pela rota estadual 110. Knightley enviou uma mensagem a Will para explicar a situação, não que o amigo fosse se importar. Depois tentou checar os e-mails, mas não conseguia se concentrar em nada além do relógio no cantinho da tela. Por fim, enfiou o celular de volta no bolso. Quando o carro parou no trânsito intenso da avenida, não lhe restava nada a fazer além de olhar pela janela. Estava inquieto: o joelho se agitava sem parar, o dedo tamborilava na porta, a ansiedade escorria por cada movimento.

O que vai dizer quando chegar lá? Ele afastou o pensamento antes que pudesse fincar raízes. Não podia permitir que a enxurrada de *comos*, *porquês* e *e se* inundasse seu cérebro. Essa análise excessiva era justamente o que o impedia de correr riscos. George Knightley, o garoto-propaganda da paralisia analítica.

Ele tirou o celular do bolso do paletó, prestes a checar os e-mails pela quinquagésima vez, quando o aparelho começou a vibrar, revelando o nome do irmão na tela.

— O que você está fazendo acordado a essas horas? — perguntou Knightley.

Ben deu risada.

— Nem está tão cedo assim aqui em Nova York.

— Mas para os seus padrões está, sim.

— Justo. — O irmão deu um pigarro. — Então... como você está? Tudo certo por aí?

Knightley estranhou.

— O que aconteceu?

— Hã, Margo queria que eu ligasse para ver se você está bem. Por causa de tudo que aconteceu e tal. Ela conversou com Emma mais cedo, e pelo jeito ela está tranquila, mas você conhece a Margo... Continua preocupada com a irmã. Enfim, eu sei que você e Davina não eram um casal propriamente dito, mas... sabe como é, tem muita mulher por aí, a fila vai andar.

— Ben, mas de que caralhos você está falando?

Silêncio do outro lado da linha, e então:

— Você conversou com a Davina?

— A última vez que falei com ela foi no aniversário da Emma.

— Puta merda — murmurou Ben para si mesmo. — Hã, ok. Isso vai ser complicado.

— Ben, fale logo de uma vez.

O irmão soltou uma risada seca.

— Você está sentado?

Capítulo Vinte e Nove

Emma enviou mais uma mensagem que provavelmente seria ignorada por Knightley, depois contemplou a janela do quarto. A casa vazia do outro lado do quintal parecia zombar dela, as janelas escuras como um lembrete doloroso de sua ausência. Ela sentia saudade do amigo.

Era melhor não matutar muito sobre o assunto, então recorreu ao arsenal de desculpas para justificar a falta de resposta. Dessa vez, ele devia estar ocupado no trabalho. Tinha uma vida para tocar, não tinha? Emma estava tocando a dela. Era como todas as outras viagens dele a Los Angeles enquanto ele ainda estava na faculdade. Emma tinha sobrevivido, e dessa vez não seria diferente. Ficaria tudo bem.

Com determinação renovada, ela se levantou da cama e caminhou até o espelho, alisando a frente do vestido preto transpassado Diane von Fürstenberg. Ela teria uma entrevista de emprego mais tarde: *a* entrevista de emprego. Não podia perder tempo pensando em Knightley. Dali a pouco mais de uma hora, ela estaria sentada no Met, impressionando os avaliadores depois de meses de preparação. Precisava se concentrar em si própria.

Mas estava curiosa para saber se Knightley e Nadine ainda mantinham contato. A amiga já sabia que ele iria para Los Angeles antes mesmo dela, então era de se imaginar que a deixaria a par de tudo. O que significava que Knightley provavelmente lia as mensagens *dela*, respondia às perguntas *dela*...

Pare com isso, repreendeu-se Emma.

Depois calçou as botinhas Louboutin e colocou um par de argolas de ouro discretas. Não havia tempo para pensar em possíveis conexões entre os dois amigos. Eles não estavam nem na mesma cidade.

Mas, se Knightley estivesse respondendo às mensagens de Nadine, isso só poderia significar que estava ignorando as de Emma de propósito. De repente, a possessividade esmagou seu peito. Knightley era o melhor amigo dela, mas talvez só estivesse mantendo contato com Nadine. Como a tinham excluído assim, sem mais nem menos? Emma que os tinha apresentado um ao outro!

Só que... qual era o problema disso? Os dois não estavam sendo maldosos ou reservados, mesmo que doesse um pouco. Emma só estivera muito absorta em seu próprio mundinho para perceber.

— Mantenha o foco — disse em voz alta para seu reflexo no espelho.

Em seguida, ajeitou o vestido mais uma vez. Sim, Emma estava ótima.

Uma hora depois, enquanto atravessava a Quinta Avenida, Emma sentiu o estômago se contrair de nervosismo. Estivera tão confiante nos últimos meses, mas ao chegar ali e ver as colunas imponentes que emolduravam a entrada do Museu Metropolitano de Arte, foi tomada por uma preocupação repentina. Talvez Margo tivesse razão e ela devesse ter aceitado a ajuda do pai. E talvez Knightley estivesse certo sobre a falta de experiência dela. Céus, ela estava começando a questionar até a roupa que havia escolhido.

Emma parou no meio-fio e soltou uma respiração trêmula, depois ajeitou a jaqueta e a bolsinha de couro. Não, estava tudo bem. Sabia que os dois só queriam o melhor para ela, mas estava determinada a conseguir aquele estágio por conta própria. As dúvidas se calaram de repente e ela avançou, subindo os degraus antes de cruzar a fachada neoclássica do museu.

A luz do dia banhava a rotunda principal, dando vida às paredes de pedra escura que assomavam até o teto. Havia certo dulçor no ar, provavelmente vindo do enorme buquê de jasmim que coroava o balcão de informações no meio do recinto. Emma seguiu até lá, contornando a multidão de turistas e nova-iorquinos. A funcionária sorriu quando Emma lhe contou o motivo de sua visita, depois pediu-lhe que aguardasse um momento enquanto fazia uma ligação. E assim ela esperou, ocupada em admirar a imensidão do ambiente conforme os minutos se estendiam.

Ao redor, famílias e casais circulavam para estudar os mapas ou entrar nas filas dos balcões de bilheteria mais ao fundo. O burburinho de conversa ecoava pelas paredes de pedra, uma cacofonia tão alta que Emma quase não ouviu quando alguém chamou seu nome.

— Emma?

Quando se virou, avistou uma mulher alta com calça de alfaiataria e camisa Oxford branca.

— Pois não?

— Inez Linde — apresentou-se a mulher, deslizando os óculos de grau sobre o cabelo preto curtinho antes de apertar a mão de Emma.

Os lábios vermelhos estavam crispados em uma linha fina.

— É um prazer conhecê-la — respondeu Emma, com um sorriso.

— Desculpe por ter feito você esperar. Quer deixar seu casaco na chapelaria?

— Oh, não. Eu vim pronta para encarar o museu — brincou Emma.

Inez não esboçou a menor reação, apenas respondeu:

— Vamos para um lugar mais reservado.

E então deu as costas, conduzindo-as pelo balcão de informações e através do átrio em direção à galeria de arte medieval. Enquanto a seguia, Emma tentou manter a calma. Será que já tinha começado com o pé esquerdo? Ou Inez só estava tendo um dia ruim? As perguntas ricocheteavam por sua mente conforme elas atravessavam os corredores abarrotados.

Os grupinhos de estudantes e turistas diminuíram quando as duas adentraram o amplo pátio de esculturas no centro da ala americana. A galeria era pontilhada de estátuas e vitrais, emoldurada por janelonas enormes que se curvavam até o teto. Emma já estivera ali milhares de vezes, mas não fazia diferença. A visão sempre lhe tirava o fôlego.

— Esta é minha parte preferida do museu — comentou Emma, com seus botões.

Inez se deteve e virou para ela.

— Perdão, o que disse?

Emma piscou, percebendo que tinha dito aquilo em voz alta.

— Há, é que esta é minha galeria preferida. Gosto de pensar na disposição das peças. — Então contemplou o cômodo, absorvendo tudo. — Como a fachada do banco de Wall Street em contraste com a vitrine da Tiffany. Foi uma decisão deliberada, algo que induz o visitante a pensar. Não se trata apenas de arte, mas da relação entre arte e espaço.

— E você acha isso interessante? — quis saber Inez.

— É fascinante! Por exemplo, quando vejo a estátua dourada de Diana logo ali, sei que há a história do artista, por que e como a obra foi feita e a jornada que percorreu para chegar até aqui… mas também tem a história que o visitante atribui a ela, como a obra o faz se sentir. Isso sem contar o ponto de vista do curador. Por que a obra está naquele lugar, especificamente? Qual é a finalidade disso? — Emma percebeu que estava gesticulando demais, então abaixou os braços. — Eu acho essas conexões e histórias fascinantes, especialmente as que não são tão óbvias. É como um quebra-cabeça secreto.

Inez a observou com um olhar astuto, como se a visse pela primeira vez, e se demorou por mais um segundo antes de avançar por um corredorzinho que levava ao elevador. Quando as portas se abriram, pareciam ter chegado ao setor administrativo do museu. Emma seguiu Inez pelo labirinto de corredores, envoltas pelo ruído das conversas que fluíam dos escritórios. Por fim chegaram a uma porta entreaberta, que Inez empurrou e entrou, sem nem olhar para trás.

Lá dentro se estendia uma sala imensa, com paredes forradas de estantes de livros meticulosamente organizados, com uma mesa em formato de L bem no centro, com pilhas de papéis e documentos sobre o tampo.

— Aqui é melhor para conversar.

Inez suspirou e se acomodou à mesa, depois fez sinal para que Emma tomasse a poltrona à sua frente.

Ela obedeceu, tentando não remexer na barra do vestido enquanto a mulher abria a pasta de documentos sobre a mesa. Mesmo de longe, Emma reconheceu o próprio currículo entre os papéis, mas não conseguiu ler o que estava escrito no post-it que alguém tinha colado no meio da folha.

Inez nem se deu ao trabalho de olhar para ela ao dizer:

— Bom, acho que vai ser rápido. Nós duas sabemos que…

O celular de Inez começou a vibrar, interrompendo sua linha de raciocínio. Outro suspiro.

— Licença um minutinho. — Nem esperou a resposta de Emma antes de atender: — O que foi? — perguntou, e então ouviu o que a outra pessoa dizia. — Querida, vou dar uma olhadinha no e-mail assim que tiver tempo, mas agora estou ocupada. Pode esperar dez minutos?

Emma estranhou. Dez minutos? Uma entrevista para um cargo no Met deveria durar mais que isso, não? Vai saber. Talvez estivesse prestes a ouvir uma recusa educada, um "Obrigada, mas não temos interesse" que lhe causaria pesadelos por anos a fio.

— Sim, vou ler tudinho, mas tenho certeza de que está perfeito. Foi para isso que você contratou um advogado, não foi? — continuou Inez, com tom mais brando. — Ok, também te amo. — Em seguida ela desligou e voltou-se para Emma. — Desculpe, minha esposa está abrindo uma empresa e está dando um trabalhão.

Emma sorriu e tentou soar impassível ao perguntar:

— Ela trabalha com o quê?

Inez recostou-se na cadeira e abriu um sorriso forçado.

— Ela está abrindo uma empresa de consultoria de arte. A ideia é conectar artistas e galerias a potenciais compradores, pessoas que buscam algo que tenha significado, não apenas peças caras.

Isso despertou o interesse de Emma.

— Como uma casamenteira de arte.

O sorriso de Inez mudou e adquiriu um ar mais genuíno, como se estivesse satisfeita. Talvez até um pouco impressionada.

— Isso. Exatamente. Casamenteira de arte.

— Eu nem sabia que isso existia.

— É uma área em expansão — respondeu Inez. — Minha esposa trabalhava no museu Whitney e abriu a empresa como um projeto paralelo, mas a demanda cresceu tanto que agora ela está tendo que se dedicar em tempo integral. Mas acho bom ela contratar alguns funcionários, ou vou começar a cobrar por essas ligações.

Emma riu.

— Mas é legal que vocês duas trabalhem no mesmo ramo.

— É, acho que sim. Mas arte particular é diferente da arte de museu. Aqui nosso intuito é educar o público, preservar e estudar as peças. Mas o que ela faz... — Inez pensou por um instante. — Ela diz que se trata de encontrar as obras que façam uma casa parecer um lar.

Uma tristeza profunda se abateu sobre Emma, que soltou um longo suspiro.

— Isso me lembrou da minha mãe — sussurrou, quase para si mesma.

Inez pareceu surpresa.

— Sério?

Emma voltou à realidade. As palavras tinham escapado sem querer, e ela abriu a boca enquanto buscava um jeito de explicar.

— Ela... ela faleceu quando eu era criança. Não me lembro dela, mas lembro de todas as obras de arte que colecionava. Onde pendurava cada quadro, como arrumava os móveis ao redor deles. Aquelas pinturas pareciam tão familiares quanto minha própria casa. Mas então... — A voz dela sumiu. Quase contou a Inez o resto da história, sobre como o pai havia emprestado aquelas mesmas pinturas ao museu que estavam naquele momento. Como ela sempre passava ali depois da aula só para poder estar perto delas outra vez. Mas isso seria muito revelador, então Emma apenas encolheu os ombros, tomando cuidado para censurar suas próximas palavras. — E então, quando as pinturas se foram, parecia que minha mãe também tinha partido. Como se eu a tivesse perdido outra vez.

O sorriso de Inez esmoreceu, mas seu olhar continuou afiado, e ela respondeu em tom suave:

— Arte e emoção estão conectadas. Muita gente esquece disso.

Emma assentiu.

— É verdade. Conheço minha mãe por causa das obras que ela amava. E com o passar dos anos, isso se tornou algo especial para mim. Sim, eu amo arte, mas também amo o que a arte significa para as pessoas. A forma como interagimos com ela. Bom, estamos no Met. Milhares de visitantes vêm aqui todos os dias para admirar as obras de arte. Mas eles realmente interagem com elas? Ou apenas se detêm por alguns segundos diante de um quadro antes de passar para o próximo?

— Será que estão mesmo apreciando a perfeição daquelas peças? — acrescentou Inez, com um aceno.

Emma pendeu a cabeça para o lado, reflexiva, e Inez estudou sua reação.

— Você discorda? — perguntou a mulher.

— É só que...

Emma umedeceu os lábios, tentando assimilar o pensamento que se formava em sua mente.

— Elas não são perfeitas, são? E essa é a intenção. Até as obras-primas têm falhas, erros que o artista tentou corrigir ou esconder. Mas isso não é ruim. Os erros não diminuem o valor da arte. Pelo contrário: até a tornam mais valiosa. Mais real. Mais humana. E como nenhum ser humano é perfeito, nenhuma obra de arte será perfeita. São os erros e as idiossincrasias que tornam as obras únicas. Que as tornam valiosas.

Assim como Nadine, ela quase acrescentou.

Como Knightley.

Como eu mesma.

O pensamento se alojou em seu cérebro, tão grandioso e esmagador que Emma precisou de uns momentos para perceber o olhar astuto de Inez.

Ai, meu Deus. Por que ela tinha se desviado tanto da resposta ensaiada para dizer algo assim, tão pessoal?

Inez tamborilou com a caneta no tampo da mesa, pensativa.

— Isso é verdade. — Em seguida deu um pigarro, voltando a atenção para a pasta diante dela. — Então, Emma... — continuou, com o tom profissional e afiado de antes. — Diga-me por que você é a pessoa certa para nosso programa de estágio executivo.

A conversa se estendeu por mais alguns minutos, com as respostas que Emma havia ensaiado durante semanas. Mas assim que ela começou a relaxar, Inez fechou a pasta, como se um cronômetro interno tivesse anunciado o fim daqueles dez minutos predeterminados.

Em seguida a mulher abriu aquele mesmo sorriso discreto da entrada do museu.

— Obrigada por ter vindo. Acho que já temos tudo de que precisamos.

— Ah, ok. Claro.

Emma assentiu e pegou a bolsa, sentindo o entusiasmo de antes murchar. Inez se inclinou sobre a mesa, buscando o olhar dela.

— Mas quero que você saiba que gostei muito da nossa conversa.

O sorriso voltou aos lábios de Emma.

— Eu também.

— Vai ser uma honra ter você como estagiária no outono.

O interior de Emma se encheu de uma empolgação tão intensa que ela parecia prestes a voar.

— É sério? — perguntou, com os olhos arregalados de choque.

Inez se levantou e lhe estendeu a mão.

— Parabéns.

Emma tentou esconder o sorriso, mas não conseguiu.

— Obrigada. Nossa, obrigada mesmo.

A mulher riu secamente.

— Foi um prazer. Para ser sincera, acho que não teríamos selecionado seu currículo, mas por sorte o pessoal do RH reconheceu seu nome e somou dois mais dois.

Emma ficou imóvel. Era como se o mundo tivesse parado de repente, deixando-a congelada no lugar. O coração começou a retumbar em seus ouvidos.

Ao ver o sorriso de Emma desaparecer, Inez perguntou:

— Está tudo bem?

— Eu… eu não sabia — foi tudo o que ela conseguiu responder.

— Bem, acho que era meio inevitável, sabe? — Inez deu de ombros. — Afinal, Henry Woodhouse é um de nossos maiores patronos.

O zumbido nos ouvidos de Emma ficou ainda mais alto.

— É, é verdade.

Em seguida se virou e começou a caminhar na direção da porta, no piloto automático.

Por sorte o pessoal do RH reconheceu seu nome e somou dois mais dois…

Lá estava: mais uma vez, Emma Woodhouse tinha conseguido o que queria sem precisar mover um dedo sequer.

Ela se deteve na porta, depois se virou lentamente para encarar Inez.

— Não posso aceitar a oferta.

As palavras lhe escaparam antes mesmo que tivesse tempo de processá-las.

Inez estava com o telefone na orelha, como se estivesse prestes a fazer uma ligação, mas parou para olhar.

— Desculpe, o quê?

— Sinto muito por ter desperdiçado seu tempo — continuou Emma, agarrando o batente da porta para se equilibrar. — Mas é que… eu vim aqui para conquistar essa vaga por conta própria. Passei meses me preparando. Então não posso aceitar se só fui escolhida por causa da influência do meu pai.

Inez devolveu o telefone ao gancho, com uma expressão confusa no rosto.

— Olhe, Emma, vou ser honesta com você. Essa é uma vaga muito concorrida, mas saiba que você se mostrou uma candidata incrivelmente qualificada, a despeito de como conseguiu a entrevista.

Emma ofereceu-lhe um sorriso sóbrio.

— Bom, então não vou ter problemas para conseguir uma vaga em outro lugar. Mas... preciso fazer isso por conta própria.

A mulher a observou, a confusão dando lugar ao entendimento.

— Quero que você fique com isso aqui.

Em seguida se curvou e abriu a gaveta da mesa, de onde tirou um cartão de visita. Emma atravessou a sala e o pegou.

No topo do papel branco, lia-se o nome "Olivia Mason", seguido por um número de telefone e endereço de e-mail. Logo abaixo estava o nome da empresa: Casamentero Consultoria de Arte.

— É a empresa da minha esposa. Ela começou a contratar agora, mas... — Inez apontou para o cartão. — Talvez você seja a pessoa ideal. Se tiver interesse, ligue para ela.

Emma fez menção de dizer alguma coisa, mas precisou de um momento para formular a frase.

— Farei isso. Obrigada.

— Ela teria sorte de ter alguém como você.

Então Inez abriu um sorriso que, dessa vez, era genuíno.

Emma estava atordoada enquanto descia o elevador até o andar principal do museu. Já era quase hora de fechar e a multidão diminuíra, mas ela mal prestou atenção ao perambular pelas galerias e subir as escadas até a ala de pinturas europeias.

Aquilo tinha acontecido mesmo? Por acaso tinha acabado de recusar o estágio com o qual sonhava havia meses? Ela atravessou os cômodos labirínticos, cruzando com grupos de alunos e visitantes solitários ao repassar mentalmente cada segundo da entrevista. As coisas pareciam estar indo tão bem. A conversa tinha fluído de forma honesta, séria e... divertida. Emma tinha gostado de Inez e adorado a experiência de conversar sobre sua paixão pela arte sem se preocupar com quem era e com as expectativas dos outros.

Mas isso foi antes de ela saber que tinham reconhecido seu nome. Depois de tanto trabalho árduo, de tanto esforço, tinha sido apenas o sobrenome dela que abrira as portas.

Emma seguiu por outra galeria. Não tinha ninguém ali, então se permitiu desabar no banco comprido no centro do cômodo e esperou que a realidade daquela decisão se abatesse sobre ela: a decepção, a tristeza, a raiva. Mas o que surgiu, porém, foi uma sensação crescente de alívio. Uma calmaria que brotava conforme ela lia o cartão de visita em sua mão.

Talvez você seja a pessoa ideal. Se tiver interesse, ligue para ela.

Por mais que tivesse recusado o estágio, essa decisão trouxera à tona algo tão promissor, com tanto potencial, que Emma não conseguiu conter o sorriso que ameaçava curvar seus lábios. Então levantou a cabeça, sorrindo de orelha a orelha, e deixou os olhos vagarem pela sala até pousar em um velho favorito: *Mäda Primavesi*, de Gustav Klimt.

Como não o tinha visto antes? Bem ali, diante dela, a garotinha teimosa da pintura a encarava de volta.

De repente veio a memória de quando estivera ali pela última vez. Na ocasião, Knightley lhe dissera que aquela garotinha o fazia pensar nela. Por mais que Emma não tivesse respondido na hora, o comentário a incomodara. Não a comparação em si, mas a ideia de que ele a enxergava daquele jeito. Jovem e teimosa, ingênua e cabeça-dura... mas pensando bem, não tinha sido o comentário dele, tinha? Na verdade, Knightley tinha dado a entender que aquilo era motivo de orgulho.

Ele a celebrou por inteiro, mostrou como ser confiante e ousada era algo lindo.

As palavras de Knightley reverberaram na mente de Emma.

Ele estaria tão orgulhoso dela. Ainda pegaria no seu pé, claro, mas adoraria ouvir tudo a respeito da entrevista. Como ela tinha se saído bem, o quanto havia se preparado. E o fato de ter recusado a vaga. Margo talvez dissesse que aquilo era um erro, o pai talvez achasse besteira, mas Knightley entenderia. E ela queria contar a ele. Queria mesmo.

Um turbilhão de pensamentos a arrebatou de repente. Knightley via as imperfeições dela, conhecia seus erros, mas também sabia que isso era parte de quem ela era. Emma não era perfeita. E, por mais que se esforçasse, Knightley também não. Os dois estavam apenas tentando se descobrir, mas pelo menos tinham um ao outro.

Eles sempre teriam um ao outro.

A compreensão a atingiu como um raio, tirando-lhe o fôlego. Emma se levantou com a postura forte da garotinha na pintura, depois a encarou diretamente nos olhos.

— Eu amo Knightley — confessou em voz alta e ficou imóvel, suas palavras ecoando pela galeria vazia e silenciosa.

Ela cobriu a boca com a mão, mas era tarde demais. A verdade já havia escapado.

Com os olhos arregalados, Emma admirou a pintura como se a visse pela primeira vez. As pinceladas imperfeitas que formavam aquela expressão orgulhosa, a postura confiante. A pintura de Klimt ainda era a mesma, mas lhe parecia diferente. Algo tão intenso, tão novo e aterrorizante que tudo o que Emma conseguiu sussurrar foi:

— Puta merda.

Capítulo Trinta

A volta para casa passou em um borrão. Emma sabia que devia ter caminhado até lá, porque de repente se viu diante da porta de entrada, mas não se lembrava dos passos entre o museu e a rua. Não, a mente dela estava consumida por um único pensamento. Só um.

Ela estava apaixonada por Knightley.

Céus, era tão óbvio. Como um músculo que sempre estivera ali, despercebido, e uma vez descoberto começava a tremer, a latejar, a doer. Parecia que toda a ilha de Manhattan estava de cabeça para baixo, como se o corpo dela tivesse que se acostumar a um novo centro de gravidade.

De alguma forma, ela conseguiu enfiar a chave na fechadura e cruzar a porta. Avistou o próprio reflexo no espelho do hall: as mechas de cabelo que haviam se soltado do rabo de cavalo, os olhos bem abertos, sem piscar, como se estivesse em estado de choque. E talvez estivesse mesmo.

Emma estava apaixonada por ele.

Aos poucos, seu reflexo revelou um sorriso singelo, discreto. Era um alívio enfim se dar conta, poder atribuir o peso que sentia a uma coisa tangível. A uma coisa real.

Mas, com a mesma rapidez, o sorriso morreu, deixando seus lábios retos.

Ela poderia ter passado esse tempo todo sem enxergar a verdade, mas Knightley certamente teria percebido. E, se fosse recíproco, ele teria dito alguma coisa. Teria *feito* alguma coisa. Houvera tantas oportunidades: os jantares de domingo, os cafés da manhã, até mesmo a festa de Ano-Novo, quando os lábios dele pairaram a meros centímetros do rosto dela...

Mas logo Emma se lembrou de como ele havia chegado àquela mesma festa, todo rabugento e carrancudo, sorrindo apenas ao conversar com Nadine.

Nadine.

Emma ficou imóvel, sem tirar os olhos da parede.

Sim, ela amava Knightley, mas… Nadine também.

A mente dela ficou a mil, catalogando cada momento, cada interação. Quando apresentou os dois naquele primeiro jantar de domingo, como Nadine ficou radiante ao vê-lo na festa de Réveillon, como Knightley sorriu ao elogiar o vestido dela. Como ele contou a Nadine sobre Los Angeles. Sobre Davina. Sobre tudo.

Então era isso. A mente acelerada parou de repente. Tudo parou.

Knightley também gostava de Nadine.

Ofereceu a Nadine sorrisos que Emma nunca recebera. Atenção e incentivos que Emma nem reconhecia. A situação poderia ter sido cômica se ele fosse outra pessoa, como Montgomery. Mas Knightley não era um riquinho egocêntrico. Não tinha o hábito de enganar as mulheres. Não era nada além de honesto.

Talvez esse fosse o motivo da viagem a Los Angeles. Ele jamais fugiria com a amiga dela assim, sem mais nem menos, mas isso não o impedia de nutrir sentimentos por ela. E começou a evitar Emma porque não sabia como lhe contar a verdade. Oh, céus. Era isso que estava acontecendo?

Ela voltou a andar como se estivesse no piloto automático. Primeiro soltou o rabo de cavalo, depois tirou o casaco, a bolsa e o cachecol e os deixou espalhados pelo caminho até a cozinha. O cômodo estava silencioso, e a sensação de ausência foi imediata. Emma não sabia quando o veria naquela cozinha outra vez. Knightley tinha seguido em frente antes mesmo de ela ter a chance de perceber o que havia perdido.

Sabia que jamais poderia contar a ele. Jamais faria isso com Nadine. Teria que engolir aquele sentimento e fingir que nada havia acontecido.

Isso, era só fingir.

Mas ela sabia que não conseguiria enganá-lo. Não mesmo. Tinha aprendido desde cedo que nem adiantava tentar. Knightley devia ser a única pessoa no mundo que a conseguia ler como um livro. Então, o que fazer? Como impedir que ele descobrisse a verdade?

Ele está em Los Angeles.

O pensamento a atingiu como uma onda, frio e tranquilizador. Sim, Knightley estava longe. E, apesar da saudade, ao menos ele não estava ali, como um lembrete constante. Tudo ficaria bem.

Emma soltou todo o ar, empinando o queixo como se para fortalecer sua decisão. Sim, ela conseguiria e...

BAM, BAM, BAM.

O som de alguém batendo nas portas de vidro preencheu a cozinha, e Emma gritou de susto. Ela agarrou a borda da bancada e se virou, pronta para agarrar uma faca e se defender, mas logo percebeu que quem assomava atrás da porta não era um assassino.

Era Knightley.

O corpo dela estacou no lugar, os olhos arregalados de choque, o coração prestes a sair pela boca. Knightley a encarou com uma expressão confusa, depois apontou para a maçaneta.

Ah. Claro. Estava trancada.

Emma se aproximou devagar e girou o trinco, logo sendo atingida por uma rajada de ar frio e por aquele cheiro familiar, uma mistura de couro e pinheiro, e a visão daquele corpo alto e largo a centímetros do dela.

Knightley usava uma calça jeans surrada e o suéter azul-marinho de caxemira que ela tanto amava, aquele que realçava o peitoral e os braços e...

Ai, meu Deus.

Emma tentou desviar o olhar, mas era impossível. Knightley dominava todo o ambiente.

— Por que a porta está trancada? — perguntou ele, a voz reverberando nas profundezas do peito dela.

Finja, finja, finja.

— Por que não estaria? — devolveu ela, com indiferença.

— Porque sempre fica aberta.

— Só fica aberta quando você está aqui.

Ele pareceu ler nas entrelinhas. *Mas você não está mais aqui*. Então apenas assentiu com a cabeça.

O silêncio reinou mais uma vez e Emma percebeu como estavam próximos, o rosto dele a centímetros do dela, perto o bastante para que sentisse o hálito quente em sua pele ao erguer o queixo e encontrar seu olhar.

Tão perto, perto até demais.

Ela recuou um passo, depois outro, como se fosse um movimento casual, mas de repente trombou na mesa da cozinha, que rangeu com o impacto, e se virou bem a tempo de segurar o vaso de centro antes que ele se espatifasse no chão e espalhasse peônias cor-de-rosa para todos os lados. Depois girou de volta, com o vaso ainda em mãos, um sorriso estampado no rosto.

— Você está bem? — perguntou Knightley, com um olhar ressabiado.

— Arrã. Estou ótima — respondeu Emma, depois guardou o vaso e afastou uma mecha de cabelo castanho do rosto. — Só não sabia que você tinha voltado... de Los Angeles. Já que, bem, você não respondeu minhas mensagens. Ou e-mails. Ou... nada. Enfim, eu não sabia que você estava aqui. Chegou quando?

Céus, ela era péssima nessa história de fingir.

— Acabei de chegar.

Knightley ainda a observava com atenção, sem se afastar da soleira da porta.

— Ah — respondeu Emma, esforçando-se para manter o sorriso.

A pulsação acelerada estrondeava em seus ouvidos, quase ensurdecedora, abafando todos os outros pensamentos e a impedindo de dizer qualquer coisa.

O silêncio se expandiu entre os dois, tão pesado que parecia capaz de esmagá-los. Emma baixou o rosto, evitando o olhar dele, e voltou a atenção para as mangas do suéter, arregaçadas de modo a revelar um indício dos músculos esculpidos nos antebraços. Caramba, como ela amava aquele suéter, tão macio com os anos de uso que às vezes ela o pegava escondido até que ele a flagrasse o vestindo e o exigisse de volta. Mas isso tinha sido antes, quando ele ainda estava na faculdade; naquele momento, porém, o suéter ficava mais justo sobre seu peitoral largo, agarrando-lhe os ombros, os braços.

Droga, ela estava secando o corpo dele sem o menor pudor. Apressou-se em desviar o olhar, voltando-o para a mesa, a parede, a geladeira... Isso, a geladeira!

— Quer beber alguma coisa? — ofereceu Emma, caminhando até lá.

Knightley pareceu confuso, e ela logo entendeu por quê. Nunca tinha oferecido uma bebida a ele assim.

— Hã, só ofereci porque estou indo buscar uma para mim. Não porque você é visita ou coisa do tipo. Porque você não é visita. Isso seria esquisito, né? Hum, é que papai comprou um montão de kombucha de abacate, e eu sei que parece horrível, mas até que nem é tão ruim assim. Bom, pelo menos é o que ele diz. Enfim, quer um?

— Não, obrigado.

Emma pegou a primeira garrafa da prateleira e abriu a tampa enquanto voltava para a bancada.

Finja, finja, finja!

Depois de afastar o cabelo dos ombros, tomou um gole com vontade, como se fizesse isso todos os dias. Como se a bebida fermentada não estivesse fritando suas papilas gustativas.

— E aí, é bom? — perguntou Knightley, um sorriso cauteloso despontando em seus lábios ao ver os olhos dela lacrimejarem.

Emma engoliu a bebida, ignorando a queimação na garganta, e abaixou a garrafa.

— Arrã.

Silêncio.

O olhar dele recaiu sobre o corpo dela.

— Você está bem arrumada para uma sexta-feira à tarde.

— Ah. — Emma olhou para o próprio vestido, alisando os vincos no tecido. — Acabei de sair da entrevista no Met.

— Verdade, era hoje… Eu tinha esquecido. Como foi?

— Bom, eles me ofereceram a vaga — respondeu ela, com um leve dar de ombros.

Um ar de aprovação cruzou o rosto dele, tão intenso que Emma quase teve que desviar o olhar. Mas não o fez. Continuou a encará-lo ao dizer o resto:

— Mas eu recusei.

As sobrancelhas dele se ergueram de espanto.

— Como assim?

Emma empinou o queixo.

— A entrevista foi ótima. Conversei com uma mulher adorável. No fim das contas, acho que ela realmente gostou de mim… Mas quando eu estava indo embora, ela mencionou que eu só tinha conseguido a entrevista porque reconheceram meu nome. Não foi por causa das minhas notas, nem pelo meu esforço. Só consegui porque sou uma Woodhouse.

O rosto de Knightley murchou. Dava para ver que tentava decidir o que dizer, analisando todas as possibilidades, mas por fim apenas deu um suspiro e perguntou:

— Você está bem?

— Estou ótima. — Ela revirou os olhos. — Nem pretendia contar a você, já que não sabia se você estava ignorando todas as minhas mensagens ou só as que não eram importantes.

— Todas elas eram importantes — murmurou ele.

— Ah, então você leu.

Emma abriu um sorriso forçado. O silêncio se estendeu por mais um instante antes de ela acrescentar:

— Por que não respondeu?

— Desculpe. Eu deveria ter respondido.

Emma estranhou.

Knightley raramente se desculpava, e, por mais que ela quisesse saborear o momento, a raiva ainda fervilhava em seu peito. Caso aceitasse aquelas desculpas, ele se safaria muito facilmente.

— Enfim, por que você voltou?

Knightley passou a mão pelo cabelo e soltou um longo suspiro.

— Porque aqui tem algo mais importante para mim do que tudo em Los Angeles.

Oh, céus. Ele estava prestes a contar sobre Nadine. A cozinha pareceu minúscula de repente, abafada. O pânico se instalou na garganta de Emma. Não queria tocar no assunto. Não conseguiria escutar em silêncio sem confessar tudo o que sentia. Knightley leria tudo em seu rosto.

Ela precisava desviar o foco da conversa.

— Ah, eu tenho uma fofoca boa para você — disse de supetão.

— Sobre Davina e Montgomery Knox? — perguntou ele, aproximando-se da bancada.

Emma ficou surpresa.

— Ué, você já sabia?

Mas assim que as palavras escaparam de seus lábios, ela entendeu. Knightley tinha conversado com Nadine, que lhe contara tudo.

— Sim, o Ben me contou por telefone.

Ah, verdade. Isso também fazia sentido.

Emma estudou a expressão dele: os lábios crispados em uma linha fina, a testa vincada de preocupação. Parecia triste. Arrasado. E, pela primeira vez, Emma sentiu-se péssima por não ter pensado que ele poderia ter ficado abalado com a notícia, de coração partido.

— Você está bem? — perguntou ela.

Knightley riu, sem um pingo de humor.

— Engraçado, eu ia perguntar a mesma coisa.

Ela o encarou, confusa.

— Você não merece ser tratada desse jeito, Emma — continuou ele. — Por ninguém. Muito menos por um sujeito igual àquele cara, que ama mais a si mesmo do que jamais poderia amar outra pessoa. Não quero que isso a faça acreditar que o amor é assim... porque não é.

Emma precisou de um instante para entender.

— Calma. Você está falando do Montgomery? — perguntou, com uma risada de desdém. — Nossa, não. De jeito nenhum. Não teve nada disso.

Knightley a encarou com firmeza, como se não acreditasse, e ela suspirou.

— Eu sei que parecia que tinha alguma coisa acontecendo entre nós dois, e até tentei me convencer disso... mas nunca me apaixonei por ele. Não cheguei nem perto disso. Nem daria para chamar aquilo de relacionamento. — Emma mordeu o lábio inferior, tentando encontrar as palavras certas. — A gente nunca mais precisa tocar no nome de Montgomery Knox.

Knightley refletiu por um instante, depois murmurou:

— Ele consegue tudo o que quer, não é?

Emma fez uma pausa.

— Como assim?

— Bom, ele chega de repente, rouba sua atenção, todo engraçado, encantador e generoso, mesmo quando está mentindo. E aí dá no pé sem ter que lidar com as consequências.

As palavras incendiaram a raiva adormecida de Emma.

— Mas não foi exatamente isso que você fez?

Knightley a encarou, atônito.

— Quê?

— Você fugiu para longe e nem se deu ao trabalho de nos dizer por quê — respondeu ela, cruzando os braços sobre o peito. — Ok, tudo bem, talvez estivesse muito ocupado com o trabalho, mas isso não é desculpa. Você nos ignorou, Knightley. Você me ignorou. E nunca me explicou *o motivo*. Simplesmente sumiu e parou de me responder, e eu nem pude perguntar se...

Ele pousou a mão na nuca, a bainha do suéter erguida pelo movimento, deixando à mostra um vislumbre do abdômen musculoso, da trilha de pelos que desaparecia sob o cós da calça. Um ardor intenso tingiu as bochechas de Emma, que logo voltou o olhar para a garrafa em suas mãos.

— Então me pergunte agora — disse Knightley baixinho, quase um sussurro.

O coração de Emma acelerou como se estivesse a ponto de explodir, como se ela própria fosse colapsar de medo e tensão se ele sequer mencionasse o nome de Nadine. Tinha passado tanto tempo irritada por Knightley não lhe ter contado a verdade que nem chegou a pensar como seria quando o fizesse.

Depois de um longo silêncio, ele assentiu devagar.

— Talvez seja melhor assim, mas não posso continuar desse jeito. Não posso ficar quieto só para manter tudo como está. E para ser sincero... — Ele soltou uma risada amarga. — Não ligo se não quiser ouvir, mas você precisa me escutar. E eu preciso dizer. Mesmo que a gente se arrependa na hora, eu...

— Então não faça isso! — exclamou Emma, e apertou a garrafa com tanta força que quase a quebrou. — Não diga nada. Se isso for mudar tudo, então por favor, não diga nada.

Droga. Ela tinha revelado demais.

Emma prendeu o lábio entre os dentes enquanto Knightley a encarava, com uma expressão tão sofrida que também doía nela. Mas ele não disse nada. Apenas deixou os olhos vagarem pelo rosto dela até pousarem nos lábios, onde permaneceram por um bom tempo. De repente, porém, ele pareceu se dar conta do que fazia, pois os desviou dali.

Um instante. Uma fração de segundo. Foi tudo de que ele precisou para se recompor. Em seguida deu as costas e desapareceu pelas portas duplas do jardim.

Emma ficou sozinha no silêncio sufocante, fitando o vazio que ele havia deixado.

O que ela tinha na cabeça? Knightley era seu melhor amigo. Por mais que doesse, ela não podia ignorá-lo desse jeito. Teria que escutar tudo o que ele tinha a dizer, mesmo que isso partisse seu coração.

Com isso em mente, Emma se lançou porta afora em direção à casa do outro lado do quintal.

Capítulo Trinta e Um

— Knightley! — gritou Emma, mas ele já estava dentro de casa, com a porta de vidro fechada atrás de si.

Ela correu pelo quintal e abriu a porta com força, quase despencando para frente.

Knightley estava perto da bancada da cozinha, de costas para ela, com a cabeça baixa.

— Por favor, vá embora — pediu ele com firmeza.

Emma continuou parada na soleira, tentando recobrar o fôlego.

— Não.

Ele se virou, surpreso.

— Não?

— Eu quero ouvir o que você tem a dizer.

— Quer? Será que quer mesmo?

Ele cruzou os braços e recostou o corpo na bancada, observando-a com uma mistura de descrença e irritação.

— Quero! Você é meu amigo. No mínimo, quero que nós sejamos amigos.

— Amigos — repetiu ele baixinho, meneando a cabeça. — Certo.

— Por favor, Knightley. Não me afaste outra vez.

Emma ignorou o pânico entalado na garganta e empinou o queixo. Estava determinada a ouvir. Conseguiria lidar com o que ele tinha a dizer, fosse lá o que fosse. Qual seria a pior hipótese? Knightley e Nadine estarem apaixonados e prestes a ir morar juntos na Califórnia? Ela ficava enjoada só de pensar. Mas, pelo amigo, estava disposta a ouvir. Devia isso a ele.

— Afastar você? — repetiu Knightley com uma risada incrédula, passando a mão pelo rosto. — Meu Deus, você é impossível.

Então lhe deu as costas outra vez, a cabeça virada para baixo enquanto as mãos espalmavam a bancada.

— Quê? *Eu* sou impossível? — gritou Emma, perplexa. A voz saiu aguda e estridente, mas ela não se importou. Toda a frustração acumulada parecia prestes a entrar em erupção, a raiva fervilhando até se tornar uma fúria incandescente. — Você me ignorou por semanas — continuou ela. — Você sumiu da face da Terra. Foi embora e abandonou tudo... *me* abandonou! Aí de repente você volta e age como se nada tivesse acontecido. Como se ainda pudesse me pressionar a corresponder às suas expectativas absurdas. E ainda vem falar que eu sou impossível? O impossível aqui é você! Que vive me dando sermão, botando a culpa em mim, e eu sempre aceito calada! E aí me diz que eu preciso crescer, mas quem está sendo imaturo é você. Sempre fica irritado quando não faço *exatamente* o que o perfeitinho do senhor George Knightley faria. Porra, você é impossível de agradar!

Emma observou as costas largas, os ombros se elevando a cada respiração furiosa, mas ele não se virou.

— Pare de me ignorar!

Então pegou a primeira coisa que viu, um livrinho na mesa de centro, e jogou na direção dele.

Aterrissou com um baque a seus pés, fazendo-o se virar. Ele estava com as sobrancelhas franzidas, mas não dava para saber se de surpresa ou de raiva.

— Fale alguma coisa, Knightley! Converse comigo!

A princípio, ele não disse nada. Apenas a observou em silêncio, com um brilho frio em seus olhos dourados.

— Você me acha uma pessoa horrível mesmo, não acha?

A voz dele estava tão baixa que Emma mal ouviu.

— Não se atreva a distorcer o que eu disse — sibilou ela. — Eu estou brava com você!

— É, eu já entendi! — gritou Knightley, as palavras reverberando pela cozinha.

Ela estreitou os olhos.

— Não, você não entendeu nada. Você não pode simplesmente fingir que eu não existo!

— Eu sei que não, pode acreditar!

A mandíbula dele estava tensa, a respiração curta e entrecortada. Parecia travar um debate interno sobre o que fazer a seguir.

— Você quer ouvir o que eu tenho a dizer? — perguntou ele, com a voz profunda e áspera.

Em seguida se afastou da bancada e começou a caminhar na direção de Emma, um passo lento por vez.

— Quero.

Ela recuou conforme ele se aproximava, de queixo erguido mesmo quando encontrou a parede a suas costas, sem ter para onde fugir.

Knightley parou diante dela, a meros centímetros de distância.

— Mesmo sabendo que isso pode mudar tudo? — murmurou ele, o semblante quase agoniado.

— Eu sou sua amiga, Knightley. Nada vai mudar isso — garantiu Emma.

O coração dela disparou enquanto a confiança oscilava, a raiva enfim cedendo. Os batimentos trovejavam em seus ouvidos, tão alto que ela tinha certeza de que ele também podia ouvir.

Knightley respirou fundo, os olhos quase fechados, e inclinou-se para frente, diminuindo ainda mais a distância entre os dois. Emma tentou igualar a expressão impetuosa que ardia naquelas íris douradas, mas seus olhos repousaram na boca dele, então ela os fechou.

— Mas aí que está o problema, Emma. Eu não quero ser seu amigo.

Os dois estavam tão colados que ela conseguia sentir o hálito quente resvalando-lhe a pele. De repente dedos calejados tocaram seu rosto e ela abriu os olhos. Knightley ainda a observava fixamente, mas a impetuosidade no olhar dele tinha sido substituída por outra coisa enquanto acariciava sua bochecha.

— O que você quer, então? — sussurrou ela.

— Eu quero você.

O tempo pareceu parar por um instante.

A respiração dela falhou. Os dedos tatearam a parede em busca de equilíbrio, em busca de algo tangível que a fizesse acreditar que aquilo era mesmo real, as palavras dele reverberando por sua mente.

Knightley esperou em silêncio, com o rosto tão perto que ela quase podia sentir a doçura de seus lábios.

Emma piscou devagar, observando-o através dos cílios grossos, o corpo e a mente espiralando com o que acabara de ouvir.

Eu quero você.

— Você me quer?

Saiu como uma pergunta, como se dizer isso em voz alta pudesse tornar tudo real.

Knightley pendeu a cabeça para frente e apoiou as mãos na parede acima dela, os olhos fechados como se estivesse prestes a confessar seus maiores pecados.

— Quando eu olho para você, mal consigo me controlar.

As palavras preencheram o pequeno espaço entre eles, e só então Emma percebeu que não estava sonhando. Era tudo real. Knightley a queria. E de repente algo se acendeu dentro dela.

— Então… olhe para mim — pediu, com a voz surpreendentemente firme.

Um momento se passou antes que Knightley erguesse o rosto, a expressão perplexa dando lugar ao triunfo e a algo ainda mais carnal quando segurou o queixo dela, mantendo-a no lugar, os olhos semicerrados.

— Emma… — sussurrou Knightley, quase para si mesmo.

O nome dela em seus lábios era o melhor som do mundo.

— Sim — sussurrou ela de volta.

Knightley chegou mais perto e a beijou. A língua dele deslizou por seu lábio inferior, abrindo sua boca ofegante, e enviou um choque de eletricidade para seu coração, sua cabeça, seu cerne. Emma não esperava gemer tão alto, mas quando as línguas se encontraram, quando as mãos dele envolveram seus braços para puxá-la mais para perto, não conseguiu evitar. Sentiu o corpo derreter contra o dele, um pressionado ao outro, os dedos agarrando-lhe a camisa em busca de apoio. Um grunhido satisfeito escapou dos lábios dele, enviando um arrepio triunfante por sua espinha. Céus, ela não queria que aquilo acabasse nunca. Nunca, jamais…

Então ele se afastou de repente, a respiração trêmula ao apoiar a testa na dela.

Volte aqui. Não pare.

Os dois estavam ofegantes, os batimentos acelerados em sincronia. Knightley fez menção de dizer alguma coisa, mas Emma só conseguia pensar em beijá-lo outra vez.

— Emma, eu…

Ela pressionou os lábios contra os dele, interrompendo-o enquanto puxava seus braços musculosos para trazê-lo para perto outra vez.

A raiva e a confusão de antes foi redirecionada, alimentando a faísca. Emma queria isso, e ele também. George Knightley a queria. Aquelas palavras se repetiam em sua mente, impedindo-a de pensar em qualquer coisa. Só de lembrar, foi arrebatada por um desejo ardente, o calor irrompendo de suas entranhas para dominar todo o seu corpo.

— Porra — praguejou ele, quase um sussurro.

Em seguida inclinou o torso para frente e a pressionou contra a parede, envolvendo a silhueta esguia de Emma com uma mão enquanto a outra agarrava-lhe a nuca para beijar e provocar seus lábios já inchados.

Os dedos dele se moveram depressa, desatando o nó que fechava o vestido transpassado que ela usava. Em seguida beijou-lhe o ombro desnudo antes de deixar a roupa cair no chão. Emma deveria ter se sentido exposta ali, vulnerável até, apenas de botas, calcinha preta e sutiã de renda.

Mas quando Knightley viu seu corpo e prendeu a respiração, ela se sentiu viva.

— Você está me matando, Emma — sussurrou ele, acariciando a pele macia de sua barriga.

Depois se aproximou outra vez, os lábios roçando-lhe a clavícula, e Emma mal percebeu os gemidos que ela mesma deixava escapar. Tentou desafivelar o cinto dele, atrapalhada, e Knightley riu, afastando-se para tirá-lo por conta própria. Então despiu o suéter e ficou só de cueca boxer.

Uma fina camada de suor lhe recobria a testa e o torso, acentuando a pele bronzeada enquanto ele a encarava, ofegante.

Meu Deus, ele é maravilhoso, pensou Emma, fechando as pernas com força. As mãos agiram por conta própria, estendendo-se para espalmar o peitoral. Ela as deslizou pelo abdômen musculoso, depois desceu mais um pouco, sentindo-o se retesar e respirar fundo sob o toque. Incapaz de se conter, ela deixou que os dedos enveredassem ainda mais para baixo, sem tirar os olhos do caminho que traçava. Emma o ouviu gemer, os olhos fixos nela, a respiração cada vez mais entrecortada enquanto ela roçava o polegar logo abaixo do cós da cueca. Dava para ver a ereção, grossa e proeminente por baixo do tecido. Ela fez menção de descer ainda mais, mas Knightley foi mais rápido.

Com um movimento ligeiro, ele a agarrou pelas laterais do quadril e a levantou contra a parede, prendendo-a no lugar com seu corpo forte, as pernas dela enlaçadas em sua cintura.

Emma ofegou com a mudança repentina, soltando um suspiro trêmulo. A boca de Knightley encontrou a dela, devorando seus gemidos suaves enquanto se pressionava contra seu corpo. A cada arremetida, ela estremecia. Conseguia senti-lo bem ali, a ereção roçando o pontinho certo, provocando-a através do tecido fino da calcinha. Ela ajeitou o quadril para rebolar contra ele, desesperada pela fricção que satisfaria o desejo insano que percorria seu corpo e dominava todos os seus sentidos.

— *Porra.*

Knightley projetou o quadril para frente, como se tivesse lido os pensamentos dela, depois deixou a mão deslizar por sua coxa macia, avançando cada vez mais até chegar à virilha. Emma gemeu baixinho quando os dedos dele a acariciaram sobre a calcinha, a cabeça caindo para trás na parede com um baque audível. Ele a observava com atenção, vendo os lábios entreabertos, a testa franzida, e então afastou a renda da calcinha bem devagar, deslizando dois dedos para dentro dela. Os movimentos lentos foram ficando cada vez mais intensos conforme ela se contraía ao redor de sua mão.

— Meu Deus — sussurrou Emma, sentindo a pressão aumentar em seu corpo enquanto Knightley se movia em um ritmo intuitivo.

— Você gosta, é? Gosta de ser tocada por mim? — murmurou no ouvido dela.

— Arrã... isso... — gemeu ela, tentando não perder o controle. — Gosto.

Com o polegar, ele estimulou o ponto sensível enquanto os dedos se curvavam dentro dela, com movimentos mais intensos e profundos. Emma estremeceu e inclinou o quadril para frente, sem conseguir segurar, surpresa com a rapidez com que ele a levou ao clímax.

— Knightley... — falou, ofegante a cabeça girando.

— Estou aqui — sussurrou ele de volta.

Emma ficou sem ar quando o orgasmo a alcançou, as coxas trêmulas ao redor do corpo dele, que a abraçou com firmeza enquanto o êxtase a envolvia, beijando-lhe o rosto e o pescoço até ela abrir os olhos.

— Você está bem? — murmurou Knightley, o rosto enterrado em seu cabelo enquanto lhe mordiscava o pescoço.

— Estou… Mas caramba.

Emma passou os braços ao redor de seu pescoço, desesperada para chegar mais perto, para beijá-lo outra vez, mas Knightley já os conduzia em direção ao sofá. Ele desabou nas almofadas, agarrando-a pelas laterais do quadril enquanto a ajeitava no colo. Ela sabia que ele tentava ser delicado, mas ainda conseguia sentir a ereção contra sua virilha, o que desencadeou outro arrepio por sua corrente sanguínea.

Quando o beijou outra vez, ele a agarrou com mais força.

— Tire as botas — murmurou Knightley contra os lábios dela. — E o sutiã.

Emma sorriu. Uma parte dela queria pegar no pé dele por lhe dizer o que fazer, mas todo o resto adorou. Então se levantou, parada entre as pernas dele, e tirou uma bota por vez, perdendo centímetros de altura. Em seguida abriu o fecho do sutiã.

— Porra.

Knightley ofegou ao ver os seios expostos, os mamilos enrijecidos com a lufada repentina de ar frio, e aproximou o rosto, plantando-lhe um beijo suave na barriga. Os dedos dele encontraram o elástico rendado da calcinha, então enganchou os polegares nas laterais e a deslizou para baixo lentamente, até ela se amontoar aos pés de Emma.

Ela prendeu a respiração enquanto o olhar de Knightley percorria seu corpo, como se tentasse memorizar cada centímetro de suas curvas. Então ele a puxou para si outra vez, acomodando-a no colo, os joelhos dela apoiados no sofá.

Dessa vez, não havia delicadeza em seu toque. As mãos espalmaram as costas dela, pressionando-a contra o peitoral musculoso enquanto ele lambia e mordiscava seus lábios, mandíbula e pescoço. Era um aperto desesperado, e Emma não conseguiu conter o gemido que escapou de sua garganta.

— Meu Deus — sussurrou, jogando a cabeça para trás enquanto ele deixava uma trilha de beijos da clavícula até o peito.

Ela enroscou os dedos nos cabelos dele ao senti-lo tracejar, com a ponta da língua, pequenos círculos ao redor de seus mamilos intumescidos.

— Já fantasiei isso tantas vezes — disse Knightley contra a pele dela.

— Você fantasiou isso?

Ele a mordiscou outra vez, arrancando um suspiro.

— Arrã... Porra, fantasiei que estava comendo você em todos os cômodos desta casa.

Ela sentiu outra onda de desejo ao imaginar o que estava para acontecer. Em seguida ajeitou as coxas ao redor dele, rebolando lentamente em seu colo até que ele enfim voltasse a colar os lábios aos dela. Foi um beijo exigente, que ameaçava a engolir a cada movimento, como se estivesse prestes a se entregar.

— Eu preciso de você — murmurou ela. — Agora.

Então alcançou o elástico da cueca, desesperada para arrancá-la, para senti-lo dentro dela, para sanar aquele desejo. Mas Knightley se ajeitou no sofá, levantando-a do colo antes de acomodá-la ao lado dele. Soltando uma lamúria em protesto, ela se arqueou para manter os lábios colados aos dele.

— Shhh... — sussurrou Knightley, salpicando beijos por seu rosto e mandíbula.

Depois esticou os braços e tateou a pilha de roupas no chão até encontrar a carteira, de onde tirou uma camisinha. O cômodo mergulhou em um silêncio repentino, e só se ouvia o rasgar da embalagem e os ofegos entrecortados dos dois.

Bem lá no fundo, Emma sabia que deveria estar nervosa. Ou apreensiva. Mas, ao ver Knightley desenrolar a camisinha ao longo de sua ereção considerável, tudo o que sentiu foi uma vontade voraz. Um desejo tão intenso e avassalador que a impeliu a tocá-lo, pronta para o puxar de volta para si.

— Calma, calma, calma — pediu ele, com um sorriso preguiçoso nos lábios. Depois ergueu o rosto e encontrou o olhar dela, com uma expressão carregada que espelhava tudo que ela sentia, e então a chamou: — Vem cá.

Sem tirar os olhos dela, Knightley a agarrou pelo quadril e a acomodou de volta no colo. Emma arfou ao sentir que ele a preenchia devagar, bem devagar, até que não houvesse mais espaço entre os dois.

Knightley praguejou baixinho, puxando-a para perto. A sensação era tão intensa, tão avassaladora, que os dois se abraçaram, como se precisassem de um momento para se ajustar a ela.

Emma também tinha fantasiado aquilo, mas não imaginava que Knightley saberia exatamente o jeito certo de tocá-la, o movimento certo a fazer. Ele a ajeitou no colo, fazendo-a quicar para cima e para baixo em um ritmo lento e inebriante, os olhos semicerrados ao sussurrar:

— Você é tão gostosa.

Emma fechou os olhos, sentindo cada arremetida perfeita, cada vez mais acelerada. As mãos dele a agarravam com força com os movimentos de vaivém, e ela afundou o rosto em seu pescoço, tonta e ofegante. O suor brotava em sua testa enquanto perseguia o prazer que ameaçava dominá-la a cada estocada.

Com as coxas trêmulas, afastou as mãos do peitoral dele para agarrar-lhe o pescoço, buscando se firmar. Knightley também parecia estar prestes a perder o controle, as arremetidas cada vez mais profundas, levando o desejo dela ao ponto de ebulição. Emma não conseguia conter os gemidos suplicantes que vertiam de seus lábios, a mente focada no orgasmo cada vez mais iminente.

— Goza para mim de novo.

As palavras reverberaram pelos ouvidos dela, os olhos revirando de prazer ao senti-lo estimular seu ponto sensível com movimentos circulares, a cabeça assentindo de leve a cada gemido desesperado enquanto se debatia sobre ele. O êxtase a atingiu com força, arqueando-lhe as costas, deixando-a trêmula da cabeça aos pés, e Knightley manteve o ritmo, fascinado ao vê-la desfrutar do melhor orgasmo de sua vida.

— Knightley… — disse ela, ofegante.

Ele a beijou com desespero, agarrando-a com força até conter um gemido enquanto também atingia o clímax.

— Cacete… — praguejou ele baixinho, latejando dentro dela.

Emma desabou sobre o peitoral dele, que a puxou mais para perto. Os dois estavam suados e pegajosos, mas ela não se importava. Sabia que uma conversa séria os aguardava, uma porção de coisas a definir, mas naquele momento decidiu deixar tudo de lado e apenas fechou os olhos para saborear cada segundo nos braços de Knightley.

Capítulo Trinta e Dois

No meio da noite, Knightley acordou com o som de passos, copos tilintando e gavetas sendo abertas no andar de baixo. Os ruídos se insinuavam por seus pensamentos antes mesmo que ele tomasse consciência deles, mesclando-se aos sonhos até seu cérebro ter um estalo e seus olhos se abrirem lentamente.

As janelas voltadas para o jardim estavam escuras, o contorno da cama revelado apenas pelo luar aquoso que se infiltrava pelas vidraças, realçando os lençóis revirados ao lado dele.

Emma.

As lembranças da noite o inundaram de uma vez: a tensão, a briga, o desejo, depois o alívio por finalmente tê-la em seus braços. Eles tinham apagado no sofá e acordado à meia-noite, encontrando o caminho da cama aos tropeços.

Knightley alcançou o celular e viu que já eram três da madrugada. Continuou deitado por um bom tempo, embalado pelos ruídos que vinham da cozinha, e de repente sentiu uma pontada de pânico. Tudo tinha acontecido tão rápido. Ele tinha agido livremente, controlado apenas pelas emoções que havia se esforçado tanto para reprimir.

Mas Emma também o queria. Aquele simples empurrão, os lábios que cederam, o corpo que se pressionou contra o dele. Foi tudo o que bastou. Aquela mulher incrível que havia suportado o peso de suas críticas, reprimendas e mágoas acumuladas. Ela sabia de tudo, e ainda assim o queria.

O pensamento desapareceu assim que ouviu passos leves subindo as escadas até o quarto. Ele se endireitou na cama, libertando as pernas do caos de lençóis quando Emma emergiu pela porta, munida de uma colher e um pote de sorvete.

— Oi.

A voz dela era suave, quase um sussurro, mas não havia nem um pingo de hesitação em seu tom. Na verdade, não parecia nem um pouco apreensiva. Ficou parada ali na soleira, o quadril apoiado no batente, coberta apenas pelas sombras que vinham do corredor. Mesmo no escuro, Knightley conseguia distinguir cada curva de seu corpo. O volume dos seios, a saliência da cintura.

— Você está bem? — perguntou ele.

— Eu estava com fome. — Um sorriso despontou nos lábios dela. — Aí tentei achar algum bolinho ou cereal matinal, mas só tinha aveia e whey. Por que você compra tanto sorvete, mas nenhuma tranqueira para o café da manhã?

— Talvez porque ninguém além de mim tome café aqui.

A intenção era aliviar o clima, uma brincadeira que os levasse de volta a um terreno familiar, mas Knightley percebeu o erro assim que o sorriso dela morreu. As palavras aludiam a outras mulheres, cujas sombras também assomavam ali na escuridão.

Merda, ele queria pedir desculpa. Queria voltar atrás e confessar seus sentimentos, a *intensidade* deles.

— Emma, eu não quis insinuar que...

— Não, não. Está tudo bem — interrompeu ela. — Não foi minha intenção deixar o clima estranho. Ou *mais* estranho.

Knightley negou com a cabeça, sustentando seu olhar.

— Não é nem um pouco estranho.

O silêncio se estendeu por um minuto enquanto Emma estudava seu rosto. Em seguida deu um passo à frente, depois outro, até parar diante dele na beirada da cama.

— É o quê, então? — perguntou ela.

Knightley pousou as mãos nas laterais de seu quadril e a puxou para perto. Os dedos afundaram na pele macia, os polegares roçando o ossinho proeminente.

Estou apaixonado por você. O pensamento pareceu tão natural, tão certo, que ele quase o externou em voz alta. Mas então viu a expressão dela, o lábio inferior entre os dentes, o vinco entre as sobrancelhas, e percebeu que embora ele soubesse exatamente como se sentia, Emma ainda poderia estar tentando entender os próprios sentimentos.

Então, em vez disso, respondeu apenas:

— É o que você quiser que seja.

Os dedos dela se enroscaram nos cabelos escuros dele, fazendo-lhe cócegas com as unhas.

— Ah, é?

Knightley encostou a testa na barriga dela, fechou os olhos e fez que sim. Emma riu baixinho, mas ele percebeu que era forçado.

— Isso significa que posso ficar até de manhã?

O calor se insinuou por suas entranhas e um nó se formou no peito, tornando difícil respirar. As decisões que ele havia tomado no passado, as mulheres que Emma via pela janela, tinham deixado uma marca. Isso nem lhe passara pela cabeça, mas de repente parecia impossível ignorar. Emma realmente acreditava que ele a via como apenas mais uma? Que ela não havia superado todas elas mesmo antes daquela noite?

Knightley a segurou com mais força, mas engoliu a frustração. Ele a deixaria assumir as rédeas, e a manhã era um bom lugar para começar.

— Acho bom você ainda estar aqui pela manhã.

— É? — perguntou Emma, com um pingo de alívio na voz.

Ele a encarou.

— É, sim.

Ela encolheu um dos ombros, como se tentasse parecer indiferente.

— Ok, então.

Knightley riu baixinho.

— Vai tomar mais sorvete?

— Bom, é muito gostoso — comentou ela, reflexiva. — E o pote já está quase no fim, então seria uma pena colocar de volta no freezer...

Ele assentiu, mas logo o tirou dela e colocou sobre a mesinha de cabeceira. Depois a segurou pela mão e a puxou de volta para a cama. Emma não conseguiu esconder o sorriso, os cabelos escuros espalhados em cascata ao redor do travesseiro.

Knightley estava prestes a se deixar levar outra vez, mas não queria apressar as coisas. A noite anterior tinha sido frenética. Fantástica para cacete, mas frenética. Emma o fizera se sentir febril e delirante e a sensação tinha sido estupenda, mas de repente isso lhe parecia muito ganancioso. O corpo dele ansiava pelo toque, pelo movimento, mas ele se conteve, com o rosto pairando a poucos centímetros do dela.

— O que foi? — sussurrou Emma.

— Emma Woodhouse — cantarolou Knightley. — Na minha cama.

Ela riu.

— Quem diria?

— Está tudo bem?

— Bom, se vamos ser totalmente francos...

— Vamos mesmo.

Ele afastou alguns fios de cabelo da testa dela.

— Ok, então lá vai. — Emma respirou fundo. — Será que você pode me explicar por que só tem dois travesseiros nessa cama gigantesca? Nem uma almofadinha decorativa? Nem mesmo um travesseirinho de lombar? Sério, qual é o seu problema?

Knightley riu e rolou para o lado, apoiando-se no cotovelo para encará-la.

— Aposto que você está prestes a me dizer.

Emma soltou um muxoxo teatral, mas quando se virou para ele, o ar de diversão deu lugar a uma expressão mais séria. Um momento depois, ela pousou a mão em seu rosto e acariciou a barba por fazer ao longo da mandíbula, relaxando-o com o toque.

— Nenhum problema — sussurrou ela. — Não tem nada de errado com você.

Knightley ofereceu-lhe um sorriso irônico.

— Não sei, não. Eu a culpei e a repreendi.

— Você foi franco comigo — corrigiu Emma. — E eu fui franca de volta.

— Espero que continue assim.

Ele esticou o pescoço e beijou-lhe a palma da mão.

— Tudo bem. Então, saiba que eu odeio os seus travesseiros.

O sorriso dele se intensificou.

— E eu não acredito que você recusou um emprego pelo qual lutou tanto para conseguir.

Emma recolheu a mão, fingindo estar indignada.

— Ei! Isso me deixou orgulhosa, ok?

— Tem que ficar mesmo. Não foi uma decisão fácil. Eu também estou orgulhoso de você.

— Mesmo que eu esteja prestes a me formar sem nenhuma perspectiva de emprego?

Knightley apoiou a mão na nuca e olhou para o ventilador no teto.

— Você vai dar um jeito. Sempre dá.

Emma suspirou.

— Mas como você sabe?

Estava com a sobrancelha vincada de preocupação outra vez, como se fosse uma pergunta genuína. Knightley a puxou mais para perto e ela foi de bom grado, envolvendo-o com braços e pernas antes de apoiar o queixo em seu peito. Ao ver aqueles grandes olhos verdes o encarando, ele hesitou, mas tratou de continuar:

— Porque você se arrisca mais do que eu jamais conseguiria. Enfrenta qualquer obstáculo em seu caminho, seja qual for, com uma confiança inabalável em si mesma. E se recusa a ceder. Sei que posso questionar suas decisões ou dar a entender que são erradas, mas a verdade é que eu gostaria de ser tão corajoso quanto você. É por isso que sei que você vai dar um jeito.

Emma o encarou, atônita.

— Knightley, essa foi, de longe, a coisa mais gentil que você já me disse.

Ele estranhou.

— Sério?

Um pequeno sorriso curvou seus lábios enquanto ela lhe acariciava o cabelo.

— Arrã. Acho até que tinha um pedido de desculpas escondido ali em algum lugar.

Ele riu e a beijou.

— Vou passar o fim de semana inteiro me desculpando, se você quiser.

Knightley podia sentir o sorriso dela contra seus lábios.

— Acho bom mesmo, porque a única coisa que eu tenho planejada é… — O corpo de Emma enrijeceu de repente, a mão ainda enroscada no cabelo dele. — Ai, meu Deus.

— O que foi?

— Agora já é sábado, então amanhã é domingo.

Os olhos dela estavam arregalados, os lábios crispados em uma linha fina.

— E daí?

— E daí que temos o jantar de domingo. As pessoas vão ver a gente. E vão *descobrir*.

A última palavra foi sussurrada, como se fosse um segredo.

— Descobrir?

— É, sobre nós dois.

— E isso é um problema?

— Claro que é! Ninguém pode saber. Nem a gente sabe direito. O que a gente diria a eles?

Knightley sentiu vontade de rir. Já sabia muito bem o que queria dizer a eles. Céus, queria subir no telhado e anunciar ao mundo todo a plenos pulmões. Mas estava claro que Emma ainda precisava processar o assunto, então ele não iria insistir. Daria todo o tempo de que ela precisasse. Ainda assim, foi uma sorte ninguém ter percebido a tensão entre os dois nos últimos meses. E, depois de tudo, Knightley não sabia se ainda seriam capazes de esconder.

— Então você quer esperar.

— Quero… — A voz dela sumiu enquanto parecia refletir. — Bom, eles ainda nem sabem que você voltou de Los Angeles, sabem? Então nem devem contar com sua presença. Talvez você pudesse simplesmente fingir que não está aqui. Pode manter as luzes apagadas e não sair no quintal, e aí na semana que vem a gente pode…

— Você quer que eu me esconda?

— Não! Não exatamente… É só que… eu quero esperar a hora certa.

— E qual é a hora certa, exatamente?

Emma revirou os olhos.

— Sei lá, Knightley. Não estou com um calendário aqui agora, então não posso definir uma data, mas…

Ele se aproximou e a beijou novamente.

— Tudo bem — sussurrou, afastando-se devagar. — Vamos esconder de todo mundo.

— Não é de todo mundo…

— Ah, não. Só do seu pai… Margo e Ben… Nadine…

O corpo dela enrijeceu outra vez, agarrando o cabelo dele com tanta força que chegou a machucar.

Knightley estremeceu.

— O que foi?

Emma o encarou, o rosto lívido.

— Nadine.

Capítulo Trinta e Três

Emma andava de um lado para o outro diante da lareira. Os raios de sol se esgueiravam pelas janelas da sala, revelando o dia quente de primavera lá fora, mas mesmo assim ela sentiu um arrepio, desejando que o fogo estivesse aceso. Ou que pudesse simplesmente voltar para debaixo das cobertas. Sim, ela poderia voltar para a cama e ignorar todo o resto.

— Você precisa de alguma coisa? — perguntou o pai ao entrar pela porta.

— Não! Estou bem — respondeu ela, e mal lhe ofereceu um sorriso enquanto continuava a dar voltas sobre o tapete persa.

Passado um minuto, Fran passou pela sala.

— Precisa de alguma coisa?

— Estou bem — respondeu Emma, um pouco rápido demais.

O ritmo ficou mais frenético quando espiou o horário no celular.

17h04.

Aos sábados, Nadine sempre passava ali por volta das cinco, depois de sair do trabalho. Então, a qualquer momento ela estaria diante da porta, com um sorriso no rosto, sem nem imaginar que estava prestes a ter o coração partido… de novo.

Emma deu um suspiro trêmulo. Tinha passado o dia tentando decidir o que dizer a Nadine, desde que saíra da casa de Knightley pela manhã. Precisava ser delicada ao contar o que acontecera na noite anterior. Mas o que tinha acontecido, exatamente? Céus, nem ela sabia. Os dois se beijaram. Emma teve uma quantidade insana de orgasmos. Knightley a deixou devorar todo o sorvete. E só. Apesar de toda a vulnerabilidade e honestidade e, bem, dos orgasmos, ele não dissera nada sobre compromisso, relacionamento ou amor.

Mas Emma estava apaixonada por ele. Não tinha mais como negar. Na verdade, chegava a ser ridículo que não tivesse percebido antes. Mas por mais que o amasse, por mais que o sentimento fosse real, verdadeiro e duradouro, isso não significava que Knightley pensava da mesma forma.

Estava familiarizada com a história; ele mesmo havia contado. Gostava de ser livre, sem amarras, sem compromisso. Mas Emma queria um compromisso. Precisava das amarras. E a falta disso a deixava confusa.

Ela sacudiu a cabeça para afastar os pensamentos. Precisava se concentrar em Nadine.

Decidiu se ater aos fatos. Dizer a verdade. Contar que amava Knightley. E, sim, estava ciente de que ele não se envolvia a sério com ninguém e nunca mais via as mulheres com quem dormia, mas também dissera a ela que ainda a queria lá pela manhã. Só não havia especificado qual manhã. Será que era apenas a daquele dia, ou todas as manhãs a partir de então? Emma precisava tirar isso a limpo com ele, descobrir o que significava antes que...

A campainha interrompeu sua linha de raciocínio.

Ela nem se mexeu enquanto Fran atravessava o saguão para atender a porta. Uma saudação abafada, um risinho, e então Nadine apareceu e desabou no sofá da sala de estar.

— Nossa, esse sapato está me matando! — queixou-se ela. — Os pisos de mármore do salão são lindos, mas maltratam quem tem pé cavo.

Emma se forçou a sorrir. Estava na hora. Mas quando abriu a boca, não saiu nada.

— Está tudo bem? — perguntou Nadine, com uma expressão preocupada.

— Arrã! Estou ótima — veio a resposta, um tanto estridente. — Quer beber alguma coisa?

— Não, obrigada.

Emma assentiu e voltou a andar pela sala, indo até o piano e voltando.

— Tem certeza de que está tudo bem? — insistiu Nadine. — Estou nervosa só de olhar.

— Tudo ótimo! É que eu penso melhor quando estou caminhando, entende?

Nadine concordou, mas continuou com a testa franzida.

— Então tá. Bom, tenho uma novidade. É uma loucura, mas preciso contar.

— Hã, eu também. Na verdade, eu preciso mesmo dizer que...

— Eu conheci alguém! — exclamou a amiga.

Emma se deteve.

— Você conheceu alguém? Tipo, nos aplicativos de namoro?

— Hum, não... Bom, nem sei se dá para dizer que *conheci* alguém, porque eu já o conhecia havia um tempo. Mas só agora vingou, sabe? Tipo, eu o acho maravilhoso há séculos, mas obviamente nunca pensei que ele ia me dar bola.

Emma engoliu em seco. Conseguia ouvir a própria pulsação acelerada, como se estivesse se aproximando da primeira queda livre de uma montanha-russa.

— Por que "obviamente"?

— Bom, depois que você nos apresentou, eu pensei: por que ele me daria corda? Mas aí comecei a suspeitar e... Bem, é como você mesma disse, quanto mais tempo passamos com alguém, mais aprendemos a ler os sinais.

Ai, meu Deus. Emma estava a ponto de vomitar.

— E é perfeito, porque tenho quase certeza de que ele também não quer nada sério, então... — O sorriso de Nadine vacilou ao ver a expressão abatida da amiga. — Emma? Você está brava?

— Não — negou ela, umedecendo os lábios. — Não estou brava, é só que... Nadine, eu também preciso contar uma coisa.

Nadine arregalou os olhos.

— Ah! É sobre a entrevista do Met?

— Não, isso pode ficar para depois. É só que... Preciso contar que... — Emma fechou os olhos para criar coragem. — Nós dois... eu e ele... ficamos.

O silêncio se estendeu por um bom tempo. Quando Emma finalmente abriu os olhos, Nadine ainda estava lá, com o rosto franzido enquanto processava a informação.

— Vocês ficaram... — repetiu ela lentamente.

— Isso.

— Então... vocês dois estão juntos ou...

— Hã... eu acho que estou apaixonada por ele.

Era a primeira vez que Emma dizia isso em voz alta. As palavras fluíram com naturalidade, como se estivessem na ponta de sua língua esse tempo todo, apenas esperando para serem libertadas. A sensação era maravilhosa.

Mas então viu a cara da amiga. O sorriso de Nadine tinha sumido, os olhos fitavam o nada.

— Apaixonada por ele — murmurou ela com seus botões.

— Eu sinto muito, Nadine. — Emma se sentou ao lado dela no sofá e tentou afastar a culpa, que voltou ainda mais forte. — Não foi nada planejado. Simplesmente aconteceu.

Nadine engoliu em seco.

— Eu... hã... acho que faz sentido. Você o conhece há tanto tempo. Deve ter uma história aí.

A voz dela estava tão suave, tão diminuta. Emma fincou os dentes na boca, tentando controlar as emoções, mas não conseguiu.

— Nós éramos só amigos. Quando apresentei você a ele, nós ainda éramos só amigos.

— Eu acredito em você. E ele é tão lindo. E legal. E atencioso. Seria impossível você não se apaixonar por ele, certo?

— Mas eu nunca achei que ia acontecer. Sério, nunca mesmo.

Nadine fez menção de concordar, mas o gesto morreu no meio do caminho.

— Claro. Principalmente por causa de toda a história de ele ser gay e tal.

Silêncio. Emma ficou tão perplexa que precisou de quase um minuto para finalmente perguntar:

— Que história de ele ser gay?

Nadine se virou para ela, com lágrimas nos cantos dos olhos e o lábio trêmulo.

— Porque você achou que ele era gay.

Mais silêncio. Emma abriu a boca, mas permaneceu quieta por um tempo.

— Nadine.... Acho que nunca, em toda a minha vida, tive a impressão de que ele era gay.

Foi a vez de Nadine ficar confusa.

— Mas você falou que ele era.

— Falei?

— Arrã, você não lembra? — Nadine girou para ficar de frente para ela. — Na primeira vez que a gente foi ao salão... você me disse que ele era gay.

Emma teve um estalo e estreitou os olhos para a amiga.

— Nadine, de quem você está falando?

A garota deu um suspiro triste.

— Do Mateo.

O alívio inundou o corpo de Emma, relaxando todos os músculos retesados, e ela não conseguiu evitar o sorriso.

— Mateo.

— É. Mas eu entendo. Não vou atrapalhar. Se você quiser, eu...

Emma negou com a cabeça.

— Mas eu não estou apaixonada por ele, Nadine.

A confusão dominou as feições da amiga outra vez.

— Quê?

— Eu não estou apaixonada pelo Mateo.

Nadine franziu o nariz.

— Ué, está apaixonada por quem, então?

O nome estava na ponta da língua, mas Emma se deteve. Assim que o dissesse em voz alta, tudo se tornaria real. A verdade seria revelada e não teria como voltar atrás. Saber que tudo poderia mudar a encheu de medo.

— Knightley — confessou Emma por fim, com um suspiro trêmulo. — Eu estou apaixonada por Knightley.

O cômodo mergulhou em um silêncio tão profundo que ela chegou a pensar que Nadine não tinha escutado. Ou talvez ela não tivesse dito aquilo em voz alta. Quando fez menção de repetir, os lábios da amiga se curvaram em um sorriso largo.

— Eu sabia! — exclamou.

Emma a observou, boquiaberta.

— Quê? Como assim?

Nadine jogou a cabeça para trás e começou a rir.

— Eu sabia! Assim que vi vocês dois juntos, eu percebi que tinha alguma coisa rolando!

— Do que você está falando?

Nadine revirou os olhos.

— Pelo amor de Deus, Emma! Eu saquei naquele primeiro jantar de domingo, meses e meses atrás. Mas não entrava na minha cabeça que você ainda não tivesse percebido! Era tão óbvio! Vocês são grudados e sempre inventam uma desculpa para passar mais tempo juntos, e estava na cara que você nunca gostou da Davina e...

— Ei, eu gostava dela! Só não achava que era a escolha certa para Knightley. E, considerando que ela fugiu com Montgomery, eu meio que tinha razão.

— Tudo bem, mas mesmo antes disso...

Emma mordiscou o lábio.

— Achei que Knightley simplesmente não gostasse do Montgomery.

— Nossa, ele estava morrendo de ciúmes! E convenhamos que tinha razão. Montgomery é um mulherengo. Gostoso e encantador, sim, mas um baita mulherengo. Nunca achei que ele combinava com você e não entendia por que todo mundo queria juntar vocês dois. Tipo, estava na cara que ele não queria nada sério, então por que...

— Nadine — chamou Emma, impedindo-a de perder o fio da meada.

— Ah, foi mal. Enfim, ele não era o cara certo para você. Mas Knightley é. Sempre foi.

Emma se virou em direção às janelas. Nadine os conhecia havia menos de um ano e *já* tinha conseguido perceber o que os dois não tinham enxergado a vida inteira? Mas será que era a única?

— Você acha que mais alguém suspeita de algo?

Nadine abafou uma risada.

— Acho que todo mundo já sacou que tem *alguma coisa* rolando.

Céus. A preocupação corroeu as entranhas de Emma ao pensar que todos já sabiam daquele segredo. O peso da revelação a deixou enjoada. Eles fariam mil suposições. Margo exigiria saber todos os detalhes. A senhora Pawloski já começaria a organizar o casamento. E o pai dela, o que pensaria disso?

— Não. Não pode ser — disse, sacudindo a cabeça.

— Bom, sei lá. Você e Knightley flertam o tempo todo e...

— Isso não é verdade! — interrompeu Emma. — A gente vive discutindo! E ele sempre mete o nariz mesmo que ninguém tenha pedido a opinião dele. E, tudo bem, ele faz questão de saber como estou e de vir me ver todo fim de semana, mas...

Nadine abriu um sorriso convencido ao ver a amiga ligar os pontos.

— Como eu não percebi antes? — sussurrou Emma, por fim.

— Às vezes você só enxerga o que está bem diante do seu nariz se levar uma panelada na cabeça. Ou, pelo menos, é o que minha vó sempre diz.

Emma soltou uma risada ofegante.

— Sua vó é uma mulher muito sábia. — Ela suspirou, afastando alguns fios de cabelo do rosto. — Nossa... Eu estava uma pilha de nervos nas últimas horas porque achei que *você* estava apaixonada por ele.

Os olhos de Nadine se arregalaram outra vez.

— Eu? Apaixonada por Knightley? Sério? De onde você tirou isso?

— Mas parecia tão óbvio! Você sempre toca no nome dele e fica radiante quando o vê, e depois disse que queria visitar Los Angeles, e parecia arrasada quando ele foi embora! E eu vi você... conversando com ele. Aí imaginei que fosse isso.

— É claro que fiz tudo isso, mas só porque *você* queria falar sobre ele. *Você* ficava radiante quando ele estava por perto e *você* ficou arrasada quando ele foi embora.

Era verdade. Emma sempre se sentia mais leve quando Knightley estava por perto, e o mundo pareceu ter desabado em suas costas quando ele partiu para a Califórnia. Mas ela mal havia se dado conta desses sentimentos, que dirá que eram óbvios para qualquer um que se desse ao trabalho de olhar. Sem contar que...

— Você estava gostando do Mateo esse tempo todo e eu nem percebi — comentou ela, sentindo outra pontada de culpa.

— Para ser justa, você achava que ele era gay.

Emma não conseguiu conter o riso.

— Achava mesmo!

— Bom, ele é bi, então você não estava totalmente enganada — continuou Nadine. — Mas eu não sabia disso! Só achei que ele era um cara incrivelmente lindo, gentil e legal que gostava de flertar e calhava de ser gay.

— Mas e aí, o que aconteceu?

Nadine tentou abafar um sorriso, mas falhou miseravelmente.

— E aí que rolou.

— QUÊ?

Emma praticamente gritou, e Nadine assentiu, toda orgulhosa.

— Pois é. Ontem à noite. Depois que o salão fechou, a gente estava limpando tudo e eu comentei que os aplicativos de namoro são horríveis e que é muito difícil arranjar um cara legal que queira as mesmas coisas que eu e... ele me beijou. E não parou de me beijar, e foi maravilhoso, e de repente a gente estava na salinha dos fundos, você sabe, aquela no fim do corredor onde eles guardam as tintas e os produtos e...

Emma assentiu depressa e fez sinal para a amiga continuar.

— Ah, ok, aí de repente a gente estava lá e foi... — O sorriso de Nadine se intensificou. — Foi maravilhoso.

— É sério? — perguntou Emma, boquiaberta.

— Seríssimo.

— E vocês são o que agora? Namorados? Ficantes premium? Será que a gente deveria convidá-lo para o jantar de domingo ou...?

Nadine levantou a mão para interromper.

— Nada disso. Não quero saber de rótulos. A gente está só curtindo. É isso que eu quero agora. Eu mereço ser feliz nos meus próprios termos, lembra? E você também.

O coração de Emma se encheu de ternura. Uma eternidade parecia ter se passado desde o dia em que avistou Nadine na rua, toda perdida, e se apresentou. Na época, achou que estava lhe fazendo um favor, que iria salvá-la. No fim das contas, tinha sido o contrário.

Ela chegou mais perto e puxou a amiga para um abraço.

— Sou muito sortuda por ter conhecido você, Nadine.

— Também tenho muita sorte de ter conhecido você.

Emma suspirou, recostando-se no sofá.

— Mas eu sou péssima, convenhamos.

Nadine riu.

— De jeito nenhum.

— Já esqueceu que eu praticamente fiz você terminar com o Marty? Depois ainda empurrei você para um barista egoísta e mulherengo. Nem percebi os sinais de Mateo e interpretei errado o que você sentia em relação a Knightley. Sou péssima em juntar pessoas.

— Talvez seja mesmo — concordou Nadine. — Mas é uma ótima amiga. Estou em uma época tão boa da minha vida, e muito disso se deve a você. Foi você quem me abriu os olhos. Era apenas uma questão de tempo até eu terminar com Marty. E a história com Zane fica cada vez mais engraçada quando me lembro. Mas, no fim das contas, eu amo estar solteira. E *amo* morar em Nova York. Sim, estou cometendo alguns erros, mas faz parte do processo. Só estou tentando me virar. E isso só aconteceu porque você me fez acreditar que eu era capaz. Se não fosse por você, eu provavelmente já teria enfiado o rabinho entre as pernas e voltado para a casa dos meus pais. Está tudo bem, Emma. Eu estou *muito* bem assim.

— Fico feliz... de verdade — respondeu Emma, com um longo suspiro.

— Ótimo. Mas, afinal, que horas você vai me contar todos os detalhes do que aconteceu com Knightley?

Emma sorriu.

— Assim que a gente pedir comida e abrir um vinho.

Nadine gritou e bateu palminhas, radiante.

Capítulo Trinta e Quatro

Emma foi conferir o andamento do jantar pela quinta vez em menos de meia hora. Andou de um lado para o outro da cozinha, observando Fran mexer cuidadosamente o risoto. O frango assado ainda estava no forno. A salada de espinafre descansava na bancada. Estava tudo ótimo. Ótimo mesmo.

Ela engoliu em seco, repetindo o mantra em sua cabeça. Parecia igual a todos os jantares de domingo até então, o que deveria lhe trazer certo conforto. Mas não trazia. Porque ela não conseguia esquecer as palavras de Nadine na noite anterior.

Acho que todo mundo já sacou que tem alguma coisa *rolando.*

Dali a menos de uma hora, todos iriam perceber que Emma estava apaixonada por Knightley.

Ninguém havia dito nada ainda, claro, então tentou se convencer de que estava tudo bem. Knightley sempre se importara com ela e jamais a machucaria… não de propósito, pelo menos.

Ela engoliu em seco. Era essa a questão, o motivo pelo qual ela estava tão reticente em contar aos outros. Knightley já tinha deixado claro que não gostava de compromisso, então por que teria mudado de ideia? E, se acontecesse isso mesmo, como ela poderia superar? Como conseguiria vê-lo todos os dias e fingir que não ligava? Enquanto lidava com a própria família? Não queria nem cogitar a hipótese.

Então os dois teriam que manter tudo em segredo até que pudessem conversar sobre o assunto. E estava tudo certo. Tudo ótimo.

Uma vez decidida, ela ajeitou o suéter e a minissaia de lã e observou a mesa de jantar. Estava impecável, como sempre. Havia um arranjo de peônias no centro, e Fran estava organizando os pratos azuis e brancos, reservados para as noites de domingo. Tudo estava exatamente como deveria estar, então não havia motivo para... espere.

— Tem seis pratos aí.

Emma mal percebeu que tinha pensado em voz alta.

Fran a encarou, esperando que ela continuasse. Emma fitou a governanta.

— Por que tem seis pratos na mesa?

— Ora, porque vai ter seis convidados no jantar — respondeu Fran, como se fosse uma pegadinha.

— Mas Nadine não vem hoje.

— Eu sei.

— Então são só cinco.

— Não.

— Sim. — Emma apontou para cada prato, fazendo as contas. — Eu, meu pai, Margo, Ben e a senhora Pawloski.

— E George.

Emma ficou atônita.

— Mas Knightley não vem.

— Por que George não vem? — perguntou o senhor Woodhouse ao emergir na cozinha, sem tirar os olhos do livro.

— Porque ele está em Los Angeles — respondeu Emma, tentando manter a calma.

— Não, ele voltou já tem uns dias. Em que mundo você estava?

O pai se aproximou para se acomodar diante da bancada.

— Mas... as luzes da casa dele estavam apagadas — comentou ela, estupidamente.

— Vou ligar para a companhia de luz. — Então ele viu a palidez da filha. — Você está bem?

— Arrã.

O pai não pareceu muito convencido.

— Bom, eu topei com ele mais cedo e ele me disse que estava ansioso pelo jantar.

Emma revirou os olhos.

— Inacreditável.

— O quê?

— Nada.

Fran olhou para os dois.

— Devo tirar o sexto prato?

O senhor Woodhouse disse que não enquanto Emma respondia que sim, e Fran ficou sem saber o que fazer.

Por fim, o sexto prato não foi retirado. Alguns minutos depois, Fran começou a servir a comida na mesa. Por mais que tentasse adotar uma postura calma, Emma sentiu o rosto corar enquanto evitava a expressão confusa do pai.

— Você tem certeza de que está tudo bem? — insistiu ele, com a testa vincada.

— Está tudo ótimo. Ótimo mesmo.

Ele a encarou por um bom tempo, depois sacudiu a cabeça e voltou a atenção ao livro.

Emma prendeu o lábio entre os dentes. Teria que enviar uma mensagem a Knightley para avisar que ele não tinha sido convidado para o jantar de domingo antes que...

As portas duplas se abriram com um baque surdo. O coração dela quase saltou pela boca ao ver Knightley parado na soleira.

— Oi — cumprimentou ele.

Emma sentiu o corpo esquentar e percebeu que, *céus*, não seria capaz de levar a noite adiante.

— Ora, George, você chegou cedo — comentou o senhor Woodhouse, ainda absorto na leitura.

— Pensei em dar uma passadinha para ver se vocês precisam de ajuda com alguma coisa — respondeu Knightley, sem tirar os olhos de Emma.

— Bom, pode começar distraindo essa aí — instruiu o pai, apontando na direção dela. — Já faz três horas que ela está mandando e desmandando para cima e para baixo.

Knightley abriu um sorrisinho zombeteiro.

— Pode deixar comigo.

— Eu estou ótima — anunciou Emma, depois o encarou com ar ressabiado. — Só não entendi o que você veio fazer aqui.

— Eu vim para o jantar de domingo.

— Ok, isso eu sei, mas achei que você não viria porque... bom, as luzes da sua casa nem deveriam estar acesas...

Ela arregalou os olhos, como se tentasse concluir o raciocínio por telepatia.

— Você estava falando sério? — sussurrou Knightley, confuso.

Derrotada, ela fitou o teto. A noite seria um fiasco.

Knightley apenas encolheu os ombros, apaziguador, depois cumprimentou Fran e perguntou se poderia ajudar com alguma coisa, como se não estivessem à beira de uma catástrofe. Emma queria gritar. Tudo dentro dela parecia a ponto de explodir.

De repente a campainha tocou e o senhor Woodhouse gritou para Margo entrar de uma vez, depois começou a resmungar sobre como a filha se recusava a usar a própria chave depois da mudança. Tudo parecia normal, mas Emma sabia que não conseguiria manter aquele teatrinho por muito tempo. Tinha que sair dali antes que colocasse para fora tudo o que havia guardado.

— Vou ao banheiro — anunciou ela de repente.

Ninguém pareceu dar ouvidos. Margo e Ben mal haviam pisado na cozinha e o senhor Woodhouse já os bombardeava com perguntas sobre a última consulta, enquanto Fran se ocupava em servir os aspargos.

Emma aproveitou a distração para se esgueirar pelo corredor que conduzia à sala de estar, passando por Knightley perto da porta.

— Você está bem? — sussurrou ele.

— Estou ótima.

Então forçou um sorriso e continuou a andar.

O lavabo era pequeno, aninhado entre a cozinha e a sala de TV. Quase não era usado, o que explicava o fato de ainda ter o mesmo papel de parede Laura Ashley que a mãe escolhera nos anos noventa. Ao desaparecer porta adentro, porém, Emma agradeceu por ele estar ali.

Respirou fundo e se apoiou na bancada da pia antes de contemplar seu reflexo no espelho.

Céus.

Com base na vermelhidão em suas bochechas, ou estava prestes a morrer de escarlatina ou tentava esconder o maior segredo de sua vida. Ela abriu a torneira e jogou um borrifo de água fria no rosto, depois respirou fundo algumas vezes para acalmar os batimentos acelerados.

Estava tudo certo. Tudo ótimo. Ótimo *mesmo*.

A porta do lavabo se abriu de repente e, antes que Emma tivesse tempo de se lamentar por não a ter trancado, Knightley se esgueirou pelo vão e a fechou atrás de si.

— O que você está fazendo aqui? — perguntou ela, perplexa.

— Vim ver como você está, a menos que esteja se referindo a outra coisa...

Por mais que tentasse, ele não conseguiu esconder seu sorriso.

— Mas eu falei que estava ótima!

Knightley murmurou, como se refletisse sobre o assunto.

— Quer conversar sobre isso?

— Ai, meu Deus, eu não vou conversar com você *aqui*! — sibilou ela. — Alguém pode entrar!

— Eu frequento esta casa desde os quatro anos de idade e nunca vi alguém usar este banheiro.

— Mas eles nem precisam entrar! Basta alguém passar aqui na frente!

— É só a gente não fazer barulho.

Emma bufou.

— Mais tarde a gente conversa.

Era para soar definitivo, um sinal de que ele poderia ir embora, mas Knightley nem se mexeu.

— O que você quer? — perguntou Emma.

Ele deu um passo na direção dela, depois outro. O cômodo era tão pequeno que os dois já estavam quase colados, tão próximos que Emma teve que esticar o pescoço para encontrar o olhar dele.

— O que você está fazendo? — insistiu ela.

— Ficando quieto.

Emma tentou rir, mas só conseguiu dar um suspiro trêmulo.

— Nós não vamos transar no lavabo.

— Mas eu não quero transar com você, Emma.

Uma bolhinha de preocupação estourou no peito dela.

— Ah.

— Não *agora* — esclareceu Knightley, com um ar brincalhão. — Eu só quero ter certeza de que você está bem.

O resto de suas defesas ruiu ao olhar para ele. Alguns fios escuros lhe caíam sobre o rosto, realçando os olhos castanho-dourados. Uma onda de calor se espalhou pelo peito de Emma, tão avassaladora que a deixou sem ar. Ela realmente o amava.

Sem pensar, apenas ficou na ponta dos pés e o beijou. Os lábios dela resvalaram os dele, hesitantes, como se testassem esse novo território. Ele sorriu antes de aprofundar o beijo, engolindo o gemido trêmulo que escapou dela quando as línguas se encontraram.

— Shhh… — conseguiu dizer Knightley, sem se afastar.

Em seguida enlaçou-lhe a cintura, puxando-a para junto de si, e Emma sentiu a bancada fria contra suas costas arqueadas.

Quando tinha envolvido o pescoço dele com os braços? Ela não sabia e, para ser sincera, nem se importava. Só conseguia se concentrar em Knightley: o gosto de vinho na língua dele, a maciez do suéter de caxemira sob os dedos dela. Era uma sensação de conforto e segurança, e todo o resto parecia desaparecer enquanto ele a beijava, lambendo-lhe e mordiscando-lhe os lábios como se tivessem todo o tempo do mundo.

A risada estridente da senhora Pawloski ecoou do outro lado da porta.

— Era poliéster! Dá para acreditar? — dizia a mulher, de algum ponto do corredor.

Meu Deus. Eles ainda estavam no lavabo.

Os dois se desvencilharam ao mesmo tempo. Emma levou a mão aos lábios, que ainda formigavam, apesar da brevidade do beijo.

— Desculpe — murmurou ela, baixinho.

Knightley a observou com uma expressão obscura.

— Nunca peça desculpas por isso.

Em seguida chegou mais perto, apoiando a testa na dela. Emma fechou os olhos e respirou fundo, inalando o cheiro dele, aquela mistura familiar de couro e pinheiro.

— Mas eu preciso mesmo ter uma conversa séria com você.

— Tem a ver com esquecer essa história de não contar a ninguém? — perguntou Knightley.

— O oposto disso, na verdade.

Emma não conseguiu ouvir a risada, mas sentiu o corpo dele vibrar com o movimento.

— Então você quer esconder para sempre?

— Talvez. Não sei... — Ela abriu os olhos e o encarou. — Só não quero que alguém se machuque.

— Quem vai se machucar?

Eu.

Mas ela não disse isso. Apenas suspirou e respondeu:

— Meu pai, Margo, Ben, a senhora Pawloski... todos eles vão ficar *empolgados.*

Com delicadeza, Knightley ajeitou o cabelo dela atrás da orelha, estudando seu rosto com atenção.

— Tudo bem. Vamos conversar sobre isso mais tarde.

— Combinado.

— Mas antes precisamos jantar.

— Certo.

Emma se afastou da pia e contemplou o próprio reflexo: rosto vermelho, cabelos desgrenhados, lábios levemente inchados.

Droga.

Ela tentou dar um jeito no cabelo, depois respirou fundo para se acalmar.

— Você tem certeza de que está bem? — perguntou Knightley, sorrindo.

Emma assentiu.

— Estou ótima. Ótima mesmo.

Apesar dos temores de Emma, conseguiram chegar ao final do jantar sem que ninguém comentasse que ela parecia ter sido atropelada por um caminhão ao sair do lavabo. Na verdade, a conversa girou em torno de tudo, menos dela.

Margo queixava-se dos pés inchados, o pai insistia em fazer uma análise de sua nova máquina de remada, Ben queria saber quem poderia comparecer à pré-inauguração do restaurante no mês seguinte... Ou, pelo menos, era isso que ela pensava ter ouvido. Estava muito concentrada em manter a compostura, apesar do coração que ameaçava sair pela boca. Knightley estava sentado ao lado dela, na ponta da mesa, mas não haviam trocado um único olhar desde o lavabo. Ela não se aguentaria.

Ele também não dissera nada durante a refeição. Raramente falava, claro, mas dessa vez parecia diferente. De rabo de olho, Emma tinha flagrado os olhares divertidos que ele lhe lançava, por mais que ela se recusasse a corresponder. Parecia até estar gostando da situação. Que babaca.

Enquanto se servia de mais um pouco de frango, Ben se virou para o irmão e perguntou:

— E aí, como foi lá em Los Angeles?

— Normal — respondeu Knightley, com indiferença. — Muito trânsito. Muito trabalho. Mas o acordo ainda está de pé. Parece que vai dar tudo certo.

— Que ótimo — comentou Ben. — Imaginei que fazer a fusão de duas empresas traria mais dor de cabeça.

— Bom, quando duas coisas se juntam, às vezes as pessoas se preocupam mais com os possíveis problemas do que com a hipótese de não haver problema nenhum.

Emma levantou os olhos do prato e os fixou em Knightley, que ainda estava virado para o irmão, com um sorrisinho irônico nos lábios que sem dúvida era destinado a ela.

Ben riu com deboche.

— A menos que você esteja no ramo de restaurantes... Aí sempre vai ter um problema.

— Querido, o fato de seu sócio ter dado no pé antes de receber o dinheiro dos investidores não é um problema de todos os restaurantes — interrompeu Margo. — Só do seu.

— Ei, no fim todos eles pagaram, ok?

— Só porque sua esposa é incrível em redigir contratos — continuou ela, com um sorriso doce.

— Oh, eu lembro bem quando Burt e eu quase abrimos um restaurante... Foi um fiasco! — lamentou-se a senhora Pawloski. — A burocracia, os aluguéis... isso sem contar que a culinária polonesa não tinha tanto apelo em 1998...

Knightley assentiu e virou-se para Emma, sorrindo de orelha a orelha, como se estivesse encantado por ela estar fuzilando-o com os olhos.

— Nossa, eu preciso de um doce — comentou Margo, recostando-se na cadeira para revelar a barriga saliente. — Tem sobremesa?

O senhor Woodhouse soltou um muxoxo.

— Ninguém precisa de sobremesa.

— Pai, estou grávida de sete meses e estou dizendo que eu *preciso* de sobremesa.

— Deve ter fruta na geladeira.

Margo revirou os olhos e se voltou para Knightley.

— Tem alguma coisa na sua casa?

Ele encolheu os ombros.

— Tinha sorvete, mas Emma tomou tudo hoje de manhã.

Emma engasgou, quase cuspindo o vinho na mesa. Knightley a observou com uma expressão divertida enquanto ela tentava se recompor. Ela iria matá-lo. Assim que recuperasse o fôlego, ele seria um homem morto.

O senhor Woodhouse se virou para a filha, como se não soubesse se deveria estar preocupado ou ofendido.

— Ora, Emma, ingerindo gordura saturada logo no café da manhã?

A tosse era tanta que ela não conseguiu responder, então Knightley se adiantou:

— Acho que estava mais para um lanchinho da madrugada.

O homem meneou a cabeça outra vez.

— Tantos lipídios…

— Argh, tudo bem. A gente passa para comprar um doce na volta para casa — decidiu Margo. — Aliás, Emma, amanhã cedinho eu venho para vasculhar as roupas guardadas no seu armário. Ainda estão naquela prateleira de cima, né?

Emma assentiu, tomando um gole generoso de água.

— Você está bem? — perguntou Knightley, alto o suficiente para todo mundo ouvir.

Ela o ignorou.

— Ah! — exclamou Margo, abrindo um sorriso. — Quase que eu me esqueço! Entrou um advogado novo lá na firma, Jason. Acabou de se mudar de Boston. Ele é um amor e tão, tão gato que nem consigo descrever.

Ben a encarou com firmeza, mas ela nem pareceu notar.

— E ele está solteiro!

Depois Margo se virou para a irmã, com as sobrancelhas arqueadas e um sorriso nos lábios, como se tivesse acabado de lhe dar o maior dos presentes. A mesa inteira também a encarou, na expectativa.

— E daí? — perguntou Emma.

Margo revirou os olhos.

— E daí que vou apresentar vocês dois, claro. Sei que a história com Montgomery foi um fiasco, mas desta vez é diferente. Jason é o cara perfeito para você. Bonito, mas sem ser muito narcisista, sabe? E tão engraçado... Esses dias ele contou uma história hilária e...

Enquanto Margo continuava, Emma sentiu a tensão aumentar na cadeira ao lado.

— Nossa, e os filhos de vocês seriam tão lindos! — exclamou a irmã. — Então está decidido. Vou marcar um jantar para semana que vem, tipo um encontro duplo.

— Não — disse Emma, tão alto que todos se viraram para olhar. — Não quero, obrigada.

Margo riu, debochada.

— Pffft, deixe de ser tonta. Ele é perfeito para você. Sério, nem esquente com isso. Vou dar um jeito em tudo e...

— Eu não quero, Margo. — A voz saiu mais decidida dessa vez, acompanhada de um suspiro profundo. A ansiedade tinha ido embora, assim como seus medos e preocupações. — Sério. Não preciso que você dê um jeito em nada. Só preciso que você pare de achar que sim. Eu amo você, mas, por favor, me dê um pouquinho de espaço, ok?

O cômodo mergulhou em silêncio. Margo parecia chocada, com os olhos arregalados ao encarar a irmã.

— Mas você não acha que...?

— Margo — interrompeu o pai, oferecendo-lhe um sorriso apaziguador. — Passe os aspargos para mim, por favor.

— Ah, ok — respondeu ela, baixinho.

O senhor Woodhouse assentiu, depois se virou e deu uma piscadela para Emma. Por baixo da mesa, Knightley esticou a mão e apertou o joelho dela.

Emma viu a expressão dele suavizar, os olhos inundados de gratidão. Em seguida devolveu-lhe o mesmo sorriso caloroso, mas murmurou: *Eu vou te matar*.

Ninguém entendeu por que Knightley soltou uma gargalhada na ponta da mesa, nem por que Emma apenas ignorou, como se nem tivesse escutado. E estava tudo ótimo. Ótimo mesmo.

Capítulo Trinta e Cinco

Depois de vestir a calça de moletom, Knightley sentou-se na beira do colchão e suspirou. Estava pronto para ir para a cama, mas sem um pingo de sono.

Ele odiava esperar.

Só fazia algumas horas desde o fim do jantar, mas já estava com saudade dela. Nunca tinha sentido esse desejo angustiante por outra pessoa. Era como se o mundo tivesse mudado por completo, como se tudo que antes era cinza de repente se enchesse de cor. Era mais do que uma paixão passageira. Era Emma.

Ele tinha adorado a exibição de garra e força que ela demonstrara durante o jantar. Por mais que Knightley sempre tivesse invejado o amor incondicional da família Woodhouse, sabia que podia ser um tanto esmagador. A intromissão de Margo era um exemplo perfeito disso.

Mesmo que a intenção fosse boa, poderia gerar mágoa ou frustração. Mas Emma tinha respondido à última maquinação da irmã com tanta firmeza e compostura que até Knightley ficara impressionado.

Ele não resistiu a cutucá-la um pouquinho, claro. Flertou com ela sem o menor pudor na frente de todos e já estava viciado em vê-la ruborizar sempre que o olhava. Por Deus, quase não conseguiu chegar ao final do jantar sem beijá-la ali mesmo. E, se tivesse que ser honesto, guardar aquele segredo estava se revelando mais divertido do que o esperado. Era algo compartilhado só entre os dois.

Foi o melhor jantar de domingo da história.

Apesar do clima divertido da noite, contudo, o que Emma dissera no lavabo ainda reverberava pela mente dele.

Mas eu preciso mesmo ter uma conversa séria com você.

Nem todos os beijos roubados e brincadeiras bobas do mundo conseguiriam aplacar as preocupações de Emma a respeito disso. A respeito deles. E isso o deixava com um vazio no peito.

Do outro lado do quintal, a janela do quarto dela se iluminou com a luz do abajur. Knightley podia distinguir o contorno dos móveis com os quais já estava tão familiarizado, mas de repente a perspectiva era outra. Ele a imaginou ali, sentada de pernas cruzadas e prestes a roer as unhas, esperando o pai ir dormir para ter o caminho livre. Ou talvez encarasse o relógio da sala de estar, tentando definir o horário perfeito para sair dali.

Knightley deitou-se na cama, com os braços cruzados atrás da cabeça, e fechou os olhos para tentar relaxar. Logo, logo Emma estaria ali. Os dois iriam conversar. E ele sanaria todas as preocupações dela, quaisquer que fossem. Estava disposto a fazer o que fosse preciso. Faria tudo por ela. Porque, pela primeira vez na vida, Knightley estava feliz. E era tudo graças a Emma.

Um tempo depois, a porta abriu e fechou no andar de baixo. Ele se empertigou na cama e fez menção de ir até lá, mas logo ouviu os passos suaves subindo as escadas até o quarto.

— Olá, Emma — cumprimentou ao vê-la na soleira.

Ela o ignorou e passou reto pela cama, acomodando-se na cadeira da escrivaninha. Em seguida virou-se para ele, de costas para a janela.

— Você vai ficar tão longe assim? — provocou Knightley.

Ao ficar sem resposta, ele fez menção de se levantar e ir até ela.

— Não, fique aí — instruiu Emma, com a mão erguida.

Ele se deteve.

— Por quê, posso saber?

— Porque a gente precisa conversar e eu não vou conseguir me concentrar perto disso... aí.

Em seguida apontou para o peitoral dele, sem camisa.

Knightley sorriu e se reclinou sobre o cotovelo. A lua cheia lançou uma luz aquosa pela janela, realçando as feições dela.

Por Deus, como era linda.

— E sobre o que você quer conversar?

Emma fechou a cara.

— Pare de graça.

— Mas eu estou falando sério.

— Está mesmo? Porque no jantar não parecia.

Merda. Ele sabia que tinha ido longe demais.

— Desculpe. Eu sei que você queria que fosse segredo...

— Sabe?

— Com certeza.

— Ah, claro. — Ela sacudiu a cabeça.

— Emma, eu sei que exagerei.

— Jura?

— Mas acho que ninguém percebeu.

— Mas e se tivessem, hein? E o que foi aquele papo do sorvete? Da fusão das empresas? Você me deixou tão nervosa! É impossível que ninguém tenha suspeitado! — Emma grunhiu de frustração, depois meneou a cabeça. — Eles poderiam ter tentado descobrir o que está rolando entre nós antes mesmo de a gente saber! O que é isso, afinal? Um casinho? Um relacionamento? Ou estamos só... dormindo juntos? É tudo tão complicado e podemos acabar magoando todo mundo só porque agimos sem pensar.

Emma olhou feio para ele, esperando por uma resposta. Vê-la daquele jeito, os olhos verdes impetuosos, a cascata de cachos escuros ao redor dos ombros, os braços cruzados, o destruiu. De súbito lhe ocorreu que estivera tão preocupado em dar espaço a ela para expressar os próprios sentimentos que não havia externado o que ele mesmo sentia.

— Eu não pensei... — A voz dele morreu aos poucos, a mão deslizando pelo cabelo. — É isso. Eu simplesmente não pensei. Por favor, me desculpe.

O queixo de Emma caiu, como se estivesse atordoada. O choque não era infundado, afinal, Knightley poderia contar nos dedos quantas vezes havia pedido desculpas a ela ao longo da vida. E de repente tinha feito isso duas vezes em menos de um dia. De uma hora para outra, a mente dele se inundou de motivos pelos quais deveria se desculpar.

— E me desculpe por não termos conversado direito ontem. — Ele se inclinou para frente, os cotovelos apoiados nos joelhos. — Por você ter passado o dia sem saber em que pé estamos. Achei que estava lhe dando espaço para fazer tudo no seu ritmo, mas não fui claro sobre os meus sentimentos.

Os ombros de Emma afundaram ligeiramente, o rosto voltado para o chão.

— Está tudo bem.

— Não está, não — respondeu Knightley com tanta seriedade que o olhar dela se ergueu para encontrar o dele. — Eu quero você. Quero ficar com você. E me desculpe se meu passado a fez duvidar do quanto levo isso a sério. Do quanto eu levo *você* a sério. Porque eu estou totalmente envolvido, Emma. Da cabeça aos pés. Quero amarras e compromisso… com você.

Ela não respondeu, com o lábio preso entre os dentes enquanto os últimos resquícios de frustração deixavam seu rosto.

— E me desculpe por nossas vidas já serem tão interligadas a ponto de complicar as coisas. Mas para mim não é nada complicado. É a decisão mais fácil que já tomei na vida.

— É?

— Com certeza — murmurou ele. — Mas não vou me desculpar por não conseguir ficar longe de você.

— Ah, é?

Knightley assentiu lentamente. Um sorriso despontou nos lábios de Emma, espelhando o dele. Em seguida ela se levantou e fez menção de ir até a cama.

— Não, fique aí — pediu ele, com a mão erguida. Ela voltou a se sentar, as sobrancelhas franzidas em confusão. — Quero que você me diga o que quer.

Emma engoliu em seco, sustentando o olhar dele ao responder:

— Eu também quero amarras.

O alívio percorreu o corpo dele.

— Quer?

Ela concordou com um aceno.

— Muitas e muitas amarras.

Ele sorriu.

— Tudo bem, então.

— E também quero suas mãos e sua boca e os orgasmos e… todo o resto.

Knightley a encarou por um tempo.

— Então peça direito.

Emma deu risada, mas ele se acomodou na cama e repetiu:

— Peça. Direito.

O ar de diversão evaporou do rosto dela ao olhar para ele.

— Eu vou dar tudo o que você quiser — continuou Knightley, com a voz baixa e rouca. — Mas primeiro você tem que pedir.

— Por favor — pediu Emma, ofegante.

Ele se levantou e avançou a passos lentos até lá. Podia vê-la prendendo a respiração, atenta a cada movimento antes de ele enfim assomar sobre ela, tracejando a linha de sua mandíbula com o polegar. Ao sentir o toque, Emma esvaziou os pulmões e fechou os olhos. Ainda estava com a mesma roupa do jantar, a minissaia de lã e o suéter com decote em V, deixando à mostra o rubor que se espalhava por seu peito. Ele acariciou a pele exposta, sem pressa enquanto os dedos deslizavam do pescoço até a clavícula. Depois se ajoelhou, com as mãos apoiadas nas pernas dela, que vacilou diante de seu aperto antes de enfim relaxar, inclinando o corpo para trás. Um convite.

Os dedos de Knightley passearam pelas coxas macias até chegar à bainha da saia, o tecido colado nas laterais do quadril. Tinha passado tanto tempo fantasiando isso durante o jantar que já estava excitado, a ereção pressionando a cueca boxer.

— No que você está pensando? — sussurrou Emma, o peito arfando a cada respiração.

— Ah, em tantas coisas… — murmurou ele, vendo os próprios dedos roçarem a calcinha fina de algodão. — Primeiro, quero tirar isto aqui.

As mãos dele subiram ainda mais e agarram o elástico da cintura, deslizando-a lentamente pelas pernas dela, atento a sua reação. A respiração dela ficou mais carregada, ecoando a dele.

Knightley curvou o pescoço e beijou-lhe a parte interna da coxa. Cristo, ele não via a hora de sentir o gosto dela, a textura, de fazê-la chamar seu nome quando gozasse. Queria saborear cada segundo, prolongar o máximo possível para guardar tudo na memória.

— Quer conversar sobre mais alguma coisa? — perguntou ele, quase um sussurro.

— Eu mencionei os orgasmos, né?

Ele riu.

— Mencionou.

— Então acho que não tem mais nada.

Knightley não perdeu tempo. Pousou uma mão em cada coxa e as afastou, revelando-a por completo. O coração quase explodiu ao ver o que o aguardava ali. Ele abaixou o rosto e começou a plantar beijos delicados na parte interna da coxa, refazendo com os lábios o mesmo caminho que os dedos tinham acabado de percorrer, deixando um rastro de hálito quente na pele enquanto a língua deslizava em direção ao centro. Os movimentos eram lentos e deliberados, lambendo e depois chupando enquanto ela inclinava o quadril para encontrá-lo, deixando escapar gemidos e suspiros que ecoavam nos ouvidos dele.

Céus, queria se perder nela para sempre. Cada gemido, cada arrepio aumentava seu desejo, e ele teve que ajeitar a ereção enquanto a estimulava com a língua, provocando-a até sentir as coxas trêmulas sob seu toque.

— Meu Deus… — Emma ofegou.

Knightley apoiou a perna dela no ombro e aprofundou seu alcance, fazendo-a jogar a cabeça para trás enquanto gemia alto.

O corpo dela já estava trêmulo quando a boca dele, implacável, aumentou o ritmo. Seus dedos afundavam na carne macia das coxas à medida que ela se debatia e perdia o controle.

— Knightley… — praticamente gritou. — Quase… lá…

Emma apoiou-se no braço da cadeira e agarrou o cabelo dele, enroscando os dedos nas mechas escuras enquanto elevava o quadril para acompanhar o ritmo, a respiração cada vez mais ofegante. Em seguida Knightley deslizou dois dedos para dentro dela, curvando-os até senti-la se contrair ao seu redor.

O orgasmo a deixou sem fôlego, mas ele não parou, usando a ponta da língua para tracejar pequenos círculos naquele ponto sensível até o corpo dela ceder, os músculos frouxos. Só então Knightley se afastou, observando-a abrir os olhos.

— Acho que a gente deveria conversar com mais frequência — murmurou Emma, os lábios curvados em satisfação.

Ele sorriu de volta e chegou mais perto, beijando-lhe o ombro e mordiscando sua pele.

— Não vou deixar você esquecer que disse isso.

Emma riu, um som rouco que reverberou por sua pele. Depois de plantar outro beijo logo abaixo da orelha dela, Knightley se levantou, tomou a mão dela com delicadeza e a ajudou a se levantar. Não teve pressa ao despi-la, puxando o suéter pela cabeça antes de abrir o zíper da saia. Assim que terminou, foi a vez de Emma lhe arrancar a calça de moletom, deslizando-a pelas pernas dele até que se juntassem à pilha de roupas no chão.

Knightley precisou de toda a sua força para permanecer imóvel enquanto ela admirava seu corpo nu, deslizando a ponta das unhas pelos braços e peitoral. Era como se quisesse memorizar cada pedacinho dele. O coração dele disparou ao pensar nisso, as mãos cerradas em punhos ao lado do corpo com o esforço de não retribuir o toque.

Mas então Emma ergueu o rosto, os olhos verdes encontrando os dele, e foi como se uma corda se rompesse. Knightley grunhiu de alívio quando ela passou os braços ao redor de seu pescoço e o beijou com voracidade, abrindo os lábios para corresponder ao ritmo frenético enquanto era empurrado em direção à cama macia, com corpos colados e braços e pernas entrelaçados. Mas ainda não era perto o bastante. Céus, nunca seria perto o bastante.

— Você não faz ideia de como me deixa... — sussurrou ao beijar o pescoço dela.

— *Knightley...*

Foi quase um apelo, deixando claro que ela não queria mais esperar. Com relutância, ele se afastou e deu um último beijo em seu queixo antes de sair da cama.

— Espere só um segundo.

— Aonde você vai?

— Pegar a camisinha no banheiro.

— Espere — chamou Emma, quando ele já estava de pé. — Não precisa.

Knightley estreitou os olhos para ela.

— É só que... — voltou a dizer em um fiapo de voz, um novo rubor lhe tingindo as bochechas. — Eu tomo anticoncepcional. E confio em você. Então por mim tudo bem, se você quiser.

Ele a observou, atordoado.

— Tem certeza?

A expressão dela ficou mais séria, o sorriso apreensivo desaparecendo dos lábios.

— Tenho.

Knightley nunca tinha transado sem camisinha. Por motivos óbvios, claro, mas também porque sempre lhe parecera algo muito íntimo. Mais uma barreira para garantir que seu coração permanecesse isolado. Intacto. Mas ao ver Emma ali, com os olhos vidrados em seus lábios, percebeu que não queria mais nada os separando um do outro.

Então assentiu, com o coração martelando no peito, e voltou para a cama, envolvendo-a em um beijo profundo antes de engolir o gemido que ela deixou escapar. Depois a prendeu em seus braços enquanto ela passava as pernas ao redor de sua cintura, rebolando o quadril como se estivesse desesperada por um pouco de fricção.

Knightley sibilou baixinho, tentando se conter ao resvalar sua entrada.

— Tudo bem?

Emma assentiu, umedecendo os lábios com a ponta da língua.

Graças a Deus, pensou ele. E então deslizou para dentro dela.

Emma ofegou ao senti-lo ali, imóvel enquanto se ajustava ao seu tamanho, mas logo rebolou o quadril outra vez e Knightley mordeu o interior da bochecha, mal conseguindo conter uma série de palavrões.

— Não vai durar muito se você continuar rebolando desse jeito — rosnou ele.

Emma soltou outra risada ofegante.

— Então vamos ter que repetir a dose mais tarde.

Knightley grunhiu, deslizando para fora antes de preenchê-la outra vez, e então a beijou, as línguas entrelaçadas, chupando e mordendo os lábios dela enquanto aumentava o ritmo. Emma retribuiu o beijo, e a cada gemido ficava mais difícil não perder o controle.

Ele agarrou sua mão com força, e ela a apertava de volta a cada arremetida. Mesmo trêmulas, Emma ainda o mantinha preso entre as coxas, elevando o quadril para encontrar seus movimentos.

— Você é tão gostosa...

As palavras soaram roucas e comedidas. Cacete, ele tinha que se controlar. Emma o estava levando ao limite cedo demais.

— *Por favor...* — arfou ela. — Não pare.

— Emma — sussurrou Knightley bem devagar. — Porra, você é tão linda.

Ele deslizou para fora antes de arremeter com força, de novo e de novo, e a sentiu igualar o ritmo. A sincronia era tão perfeita que parecia um sonho. Era como se o tempo tivesse parado e não existisse mais nada além daquele quarto, apenas eles dois.

Outro gemido escapou dos lábios dela e Knightley o silenciou com um beijo, sentindo-a estremecer a cada estocada. O corpo dela se contraiu e ele soube, antes mesmo de ouvir as palavras.

— Tô… quase…

— Como eu amo ver você se desmanchar — sussurrou-lhe ao pé do ouvido.

Emma não respondeu, apenas espalhou os braços pela cama, agarrando os lençóis amarrotados.

— Olhe para mim, Emma.

A voz dele soou desesperada, autoritária, segurando-a com força pela nuca enquanto continuava os movimentos ritmados de vaivém. Os olhares se cruzaram e ele viu o momento exato em que o corpo dela irrompeu em êxtase.

O gemido reverberou pelas paredes enquanto o orgasmo a dominava, fazendo-a se arquear, mas ele não parou, com uma arremetida atrás da outra enquanto observava cada arrepio que se espalhava por seu corpo trêmulo.

Knightley praguejou baixinho e, ao tentar prolongar o prazer dela, acabou por acelerar o dele próprio.

Emma tornou a abrir os olhos, tão intensos, verdes e saciados que, *porra*, ele não conseguiu mais segurar. Os músculos se retesaram e ele grunhiu ao se derramar dentro dela, o clímax o atingindo com mais força do que qualquer coisa de que pudesse se lembrar. Knightley sussurrou o nome dela antes de enfim buscar sua boca, desesperado para continuar ali, incapaz de se afastar. Quando Emma retribuiu o beijo e se pôs a acariciar suas madeixas grossas, ele sentiu o sorriso que despontava nos lábios dela.

Knightley queria dizer alguma coisa, encontrar as palavras certas para descrever tudo o que estava sentindo. Queria lhe contar como doía ficar longe dela, como sua presença fazia tudo parecer completo. Precisava que ela soubesse de tudo isso. Então beijou-lhe o rosto, os lábios, o nariz, depois apoiou a testa na dela e deixou que a respiração dos dois se tornasse uma só, rápida e abafada.

— Eu te amo.

As palavras escaparam antes mesmo que ele tivesse consciência delas.

Emma prendeu a respiração, o corpo retesado sob o dele. Quando Knightley afastou o rosto, viu seus olhos arregalados, os lábios curvados de surpresa.

— Você nunca tinha me dito isso antes.

Ele sorriu e colocou uma mecha de cabelo rebelde atrás da orelha dela.

— Bom, se eu te amasse um pouquinho menos, talvez fosse mais fácil tocar no assunto.

Uma expressão calma e radiante se espalhou pelo rosto de Emma, quente como um raio de sol.

— Então você também vai me querer aqui amanhã de manhã? — perguntou ela, os lábios se curvando em um sorriso preguiçoso.

Mas Knightley percebeu a apreensão contida ali, como se ela ainda tentasse entender os limites desse novo arranjo.

— Emma — sussurrou ele antes de segurar-lhe o rosto, contornando seus lábios com a ponta do polegar. — Eu quero você aqui todas as manhãs.

Os dois se entreolharam, uma mistura de verde e dourado, os olhos dele refletidos naquela imensidão enquanto Emma parecia compreender a importância daquelas palavras. O senhor Sem Amarras estava quebrando as próprias regras. Queria todas as amarras, todos os nós emaranhados que aquilo trazia a reboque, seja lá o que fosse. Ele queria Emma, nada mais.

— Eu também te amo — disse ela por fim.

O coração dele disparou no peito.

— Ama? — Ele envolveu o rosto dela com as mãos.

— Sim, Knightley. Claro que amo.

Os olhos dela lacrimejaram, lágrimas silenciosas que ameaçavam vir à tona. Por mais que a voz fosse suave, as palavras... pareciam uma descoberta. Uma nova fonte de gravidade que o mantinha ali, perto dela.

Era isso que Emma sempre tinha representado para ele, não era? Não importava para onde ele fosse, o quanto tentasse apagar a própria história, o quanto buscasse encontrar aquilo que lhe faltava, Emma sempre estaria ali, aguardando seu retorno. Sem expectativas, sem julgamentos.

Não era a casa que o fazia voltar. Nem a cidade. Era sempre Emma.

Ela o observava com atenção, os lábios, a mandíbula, os olhos. Sem dúvida conseguiria enxergar a verdade florescendo no rosto dele; cada maldita emoção revelada.

Mas ele não se importava. Já se sentia vulnerável e exposto, não tinha mais por que esconder.

Estava tão apaixonado por ela que mal conseguia respirar.

Knightley a envolveu em seus braços, puxando-a contra si, e os manteve naquele abraço. Durante todo esse tempo, tudo o que ele procurava estivera bem ali, do outro lado do quintal.

O sol já estava quase a pino quando Knightley acordou, fazendo-o estremecer com a claridade. Ao se virar, ele avistou Emma deitada do outro lado da cama, aninhada no travesseiro, com um esboço de sorriso nos lábios.

— Oi — sussurrou ela.

— Oi.

Os dois tinham se revirado na cama durante a noite. Os membros compridos e bronzeados de Knightley ocupavam a maior parte do colchão, enquanto Emma roubava todas as cobertas.

— Dormiu bem? — quis saber ele, fazendo carinho em seu braço.

— Arrã.

— Você ronca, sabia?

Ela ficou boquiaberta.

— Não ronco, não!

Knightley encolheu os ombros.

— Eu *não* ronco.

— Não se preocupe. É fofo.

— Ai, meu *Deus*!

Ela afundou a cabeça no travesseiro.

— Até que é bom ver que você não é perfeita — provocou ele, apoiando-se sobre o cotovelo.

Emma ergueu a cabeça e se virou para ele, tentando conter o sorriso que ameaçava retornar aos seus lábios.

— Mas eu chego bem perto, né?

Knightley assentiu devagar.

— Com certeza.

Ela prendeu o lábio inferior entre os dentes e o encarou por um bom tempo antes de chamar seu nome:

— Knightley.

Soava quase obsceno, e de repente ele sentiu uma necessidade enorme de beijar aqueles lábios inchados outra vez.

— Vem aqui. Quero ouvir você me chamar *assim* de novo e de novo… — murmurou ele, puxando-a mais para perto. — E de novo.

— *Knightley... oh... meu Knightley...*

Emma soltou um suspiro dramático, depois se esgueirou pelo colchão até sair da cama.

Knightley sorriu. Por mais que tenha sido sarcástico, ainda o deixava maluco.

— Aonde você vai?

Ela riu.

— Eu acabei de acordar! Preciso de um tempinho.

Ele se ajeitou na cama e a viu percorrer a curta distância até o banheiro, depois se virou para conferir o relógio na mesinha de cabeceira. Dez da manhã. Droga, eles tinham perdido a hora.

Quando Emma voltou, alguns minutos depois, Knightley estava apoiado na cabeceira da cama. Ela se aninhou ao lado dele, abraçando-o, depois pousou o queixo em seu abdômen musculoso, espiando pela janela enquanto traçava círculos preguiçosos em seu peitoral.

— É tão esquisito ver meu quarto daqui.

Ele se virou. A janela ocupava quase toda a parede do quarto, emoldurando a casa dos Woodhouse como uma pintura.

— Eu adoro essa vista — comentou ele, puxando-a ainda mais para perto. — Mas a gente precisa conversar sobre o batom.

A mão dela parou a meio movimento.

— Qual é o problema do batom?

— Nenhum. Só não entendo por que você demora tanto tempo para passar.

— Ei, você anda me espionando?

— Fica meio difícil de ignorar se você passa quase uma hora ali fazendo a mesma coisa.

— *Stalker.*

Knightley jogou a cabeça para trás e riu, o som alto e vibrante. Emma o observou com um sorriso no rosto.

— Sabe, a pergunta que não quer calar é: quem em sã consciência pendura a calça jeans no...?

Ele a interrompeu com um beijo. Emma se derreteu, entregando-se por completo antes de enfim recuar.

— Você não vai trabalhar hoje?

Knightley negou com a cabeça.

— Você tem aula?

— Não. Horários de gente preguiçosa, esqueceu?

— Ainda bem, porque não vou deixar você sair desta cama.

Ele afastou as mechas de cabelo do rosto dela.

— Ah... e você me ama. Não esqueça essa parte.

— Verdade... tem isso também. — A mão dele deslizou por seu pescoço, parando para tracejar a clavícula. — Você quer conversar sobre mais alguma coisa?

— Acho que já falamos tudo. — Emma suspirou. — E você está perdidamente apaixonado por mim, eu sei.

A risada de Knightley morreu ao ver a hesitação em seu sorriso.

— O que aconteceu?

— Lembra que eu disse que não queria contar para ninguém?

— Lembro.

— Então... eu contei para a Nadine. — Ao ver a confusão no rosto dele, Emma se apressou em acrescentar: — Mas ela já sabia! Bom, mais ou menos. Enfim, não precisa se preocupar. Ela não vai contar para ninguém.

— Não estou preocupado.

Os dedos dele passearam pelo braço até chegar ao quadril, traçando pequenos círculos na pele exposta. Estavam de frente um para o outro, com braços e pernas entrelaçados, o calor do corpo dela o fazendo estremecer.

— Estou pronto para contar para todo mundo — continuou Knightley. — Quando você quiser.

— Sério?

Emma não parecia muito convencida. Ele a puxou para o colo, as pernas dela apoiadas no colchão, as cobertas jogadas para trás. As mãos dele viajaram lentamente das coxas até a cintura.

— Eu amo você. E estou pronto para contar isso para o mundo inteiro. — Ele fez uma pausa. — Mas não sou o único neste relacionamento. Preciso saber o que você quer.

Emma refletiu por um instante, depois soltou um longo suspiro.

— Eu quero contar para todo mundo.

Os dois se entreolharam.

— Tem certeza?

— Tenho — sussurrou Emma, passando as pontas dos dedos por seu peitoral. — Eu quero que todo mundo saiba.

As mãos de Knightley enveredaram para cima, envolvendo os seios macios e estimulando os mamilos com delicadeza até ficarem intumescidos.

— Quando?

— Não sei. Logo.

Emma fechou os olhos e ele sorriu. Isso bastava.

Ele se endireitou e a puxou para um beijo demorado, deslizando a língua por entre os lábios para encontrar a dela. Emma retribuiu o beijo, emoldurando seu rosto entre as mãos enquanto rebolava o quadril de um lado para o outro. A ereção já se insinuava entre os dois, e Emma parecia ter percebido, porque gemeu e enroscou as mãos no cabelo dele, puxando-o para mais perto.

De repente, ele ouviu um ruído baixo vindo de longe, acompanhado de uma leve vibração. O celular de Emma tocava no tampo da escrivaninha.

Knightley continuou a provocar e beijar seus lábios, alinhando o quadril para poder deslizar para dentro dela, mas o ruído incessante parecia determinado a interromper os dois.

Ele tentou se afastar e dizer alguma coisa, mas Emma apenas o agarrou com mais força pelos cabelos e sussurrou:

— Só ignore...

E então o ruído parou. Mas voltou no segundo seguinte.

Knightley se virou na direção do barulho, mas seu olhar recaiu na janela do quarto de Emma, do outro lado do quintal. Ele forçou a vista, identificando uma silhueta dando pulos frenéticos enquanto agitava a tela de um celular.

Uma silhueta grávida.

— Puta merda — praguejou ele.

Ao se virar e avistar Margo, que começara a agitar os braços e gritar contra a vidraça, Emma deu um berro, tentando puxar os lençóis para se cobrir. Debateu-se para sair do colo de Knightley, mas acabou desabando para trás e caindo da cama com um baque.

Ele a espiou pela beirada do colchão, reprimindo a vontade de rir.

— Tudo bem aí embaixo?

— *AI, MEU DEUS!* — gritou Emma do chão, o rosto contorcido em um misto de raiva e perplexidade. — Ela viu *tudo*!

Knightley riu baixinho enquanto ela tentava se levantar, aos tropeços, toda enrolada nos lençóis até finalmente recobrar o equilíbrio.

— Não tem graça!

— Bom, você mesma disse que queria contar para todo mundo...

— Mas queria fazer isso na hora certa! Não *agora*! Não desse jeito! — Ela se cobriu com o lençol e marchou até a escrivaninha para pegar o celular, que ainda vibrava. — O que eu falo?

— Nada. Ela pode esperar — respondeu Knightley calmamente, ignorando os movimentos frenéticos de Margo do outro lado do quintal.

Emma olhou para a tela, depois para o rosto chocado da irmã. Então recusou a chamada, desligou o celular e o jogou na cama.

Knightley esticou o braço e apertou um botão na mesinha de cabeceira. Cortinas tamparam as janelas, escurecendo o quarto e bloqueando a visão de Margo.

— Quando você arranjou isso? — perguntou Emma, de queixo caído.

— Sempre tive.

— Sério?

— Arrã. Mas nunca senti vontade de usar. E se eu perdesse a oportunidade de ver você na janela?

Ela bufou, soprando o cabelo para longe do rosto. Estava linda, mesmo desgrenhada.

— Poderia ter apertado esse botão mais cedo, né? — murmurou para ele.

Knightley riu enquanto a puxava de volta para a cama. Emma desabou em seu colo com um suspiro.

— Agora todo mundo vai descobrir.

— E isso é tão ruim assim?

— Não, é que... eu queria controlar a narrativa.

— Você não pode controlar tudo.

Ela sorriu com malícia.

— Quem disse?

Knightley se aproximou e roçou os lábios nos dela.

— Não se preocupe com nada. Estamos nessa juntos. É isso que importa.

Emma o encarou por um instante, a cabeça inclinada ao examinar suas feições.

— Estamos?

Ele assentiu, afastando um fio de cabelo da testa dela.

— Você é meu relacionamento para sempre, Emma Woodhouse.

Um sorriso zombeteiro curvou os lábios dela.

— Ué, você não falou que isso não existia?

Knightley sorriu de volta.

— Ah, com certeza existe.

Emma riu e fechou os olhos, apoiando a cabeça na curva do pescoço dele. O caos os aguardava lá fora: a novidade se espalharia pela família dela, pela dele e por todos os vizinhos em menos de dez minutos. E estava tudo bem. Era a Rua 83, afinal. Sempre haveria uma pitada de drama. Nada era perfeito, e Knightley estava começando a entender que talvez nem devesse ser.

Mas então Emma suspirou, o corpo relaxado contra o dele, e ele se deteve. Depois se inclinou e beijou o topo de sua cabeça.

Não, nem tudo era perfeito. Mas às vezes isso tornava tudo ainda melhor.

Epílogo

Eram oito da noite da véspera de Natal, e a casa de Knightley brilhava. Pisca-piscas e guirlandas pendiam por toda parte, cada canto emoldurado por arvorezinhas perfeitamente decoradas. Os convidados da tradicional festa natalina dos Woodhouse ficaram boquiabertos, radiantes com a nova ambientação. Emma assistia a tudo de longe, com uma taça de champanhe na mão e um sorriso triunfante nos lábios.

— Você está toda convencida — comentou Knightley, dando-lhe um beijo delicado ao se aproximar.

— É claro que estou! Olhe isto aqui!

Ele fitou os arredores, observando os convidados reunidos e os enfeites espalhados por todas as superfícies disponíveis.

— Você contratou um elfo para ajudar na decoração?

Emma revirou os olhos.

— Está perfeito.

— Como quiser, Woodhouse.

Ela se virou para encará-lo, com um comentário mordaz na ponta da língua, mas as palavras evaporaram ao ver a expressão dele, um sorriso preguiçoso se insinuando nos lábios cheios.

— Você gosta de implicar comigo, né? — perguntou em vez disso, esforçando-se para conter o próprio sorriso.

— Tanto que você nem faz ideia…

Em seguida fez menção de beijá-la outra vez, a boca a centímetros da dela, mas se deteve quando uma voz estridente atravessou o ar.

— Está deslumbrante! Simplesmente des-lum-bran-te! — exclamou a senhora Pawloski, emergindo do mar de convidados com a senhora Crawford a reboque. — Acabei de comentar isso, não foi, Veronica? Parece que estamos em um paraíso invernal!

A senhora Crawford concordou com um aceno. Assim como todo mundo, sabia que era melhor não interromper os rompantes animados da amiga.

— As guirlandas... oh, magia pura! Parece até neve de verdade! De verdade! E as árvores! — A senhora Pawloski levou a mão ao peito, como se fosse demais para aguentar. — Está perfeito! Ah, como eu amo o Natal!

Emma escancarou um sorriso e espiou Knightley de canto de olho.

— Poxa, obrigada, senhora Pawloski. Eu também acho.

— E, cá entre nós, os rapazes também não são de se jogar fora! — comentou a mulher, às gargalhadas. — George, eles são seus amigos ou Emma contratou uma agência de modelos?

Emma tinha insistido que Knightley convidasse alguns amigos, já que a festa seria na casa dele aquele ano, então, além das figurinhas carimbadas da vizinhança, o lugar também estava repleto de funcionários da Knightley Capital e de suas outras empresas. Todos pareciam ter saído direto de um desfile de moda, não dos prédios modestos onde trabalhavam.

— Oh! Pelo jeito Nadine também está gostando da vista! — exclamou a senhora Pawloski, apontando para o canto mais afastado da sala.

Nadine ria, com uma taça de champanhe na mão, e exalava alegria e confiança. Apesar de ter deixado o salão meses antes para trabalhar na Sotheby's, ainda estava saindo com Mateo, então o cabelo continuava fantástico.

Ao ver a amiga tão à vontade, Emma quase não reparou na pessoa com quem ela conversava. Mas então o sujeito chegou mais perto e cochichou-lhe algo ao pé do ouvido, arrancando outra risada de Nadine. Havia outro homem a menos de um metro dos dois, ignorando-os e parecendo totalmente entediado.

— Quem é aquele ali mesmo? — perguntou Emma, virando-se para Knightley. — O que está conversando com Nadine?

— É o Charlie. Ele e Will fizeram faculdade comigo.

— Will é o outro ali, com cara de dor de dente?

Knightley deu risada.

— O próprio.

— Ah! Margo chegou com a bebê! — interrompeu a senhora Crawford ao avistá-la perto da lareira. — Preciso apertar aquela sua sobrinha fofa.

Emma sorriu. Se havia alguma coisa capaz de ofuscar o sucesso da festa, era Cassandra Knightley, a mais recente — e pequenina — adição à família, batizada em homenagem à mãe delas. Ao vir ao mundo em 2 de maio, três semanas antes do planejado, Cassandra havia jogado pelo ralo todos os planos meticulosamente elaborados de Margo. Em vez do parto natural em casa, Margo tivera que fazer uma cesariana de urgência no hospital, e a bebê passara duas semanas na UTI Neonatal para acompanhar um possível sopro cardíaco e tratar os sintomas da icterícia.

Para Margo e Ben, foi uma experiência assustadora. Ben fechou o restaurante e dormiu todos os dias no hospital enquanto mãe e bebê se recuperavam, alternando-se entre cuidar das duas. Para Emma, foi um momento de arregaçar as mangas e ajudar. O combinado era começar a trabalhar como assistente de arte para a esposa de Inez, Olivia, logo após a formatura, mas ela logo pediu para adiar o início do contrato para o meio do ano. A nova chefe concordou, claro, dizendo que nada fazia sentido se não pudessem estar ao lado da família em momentos de necessidade. O fato de Emma ter feito uma venda de centenas de milhares de dólares para os Crawford antes mesmo de assumir a vaga também colaborou.

Depois de resolver a questão do trabalho, Emma mudou-se para o quarto de hóspedes da irmã por duas semanas, ocupada em garantir roupas limpas e suprimentos para Ben, ligar para todos os pediatras da cidade, acalmar o pai e organizar as compras e refeições para quando a família voltasse para casa.

No início de junho, tiveram alta do hospital. Cassandra já pesava quase quatro quilos, Margo finalmente conseguia parar em pé sem morrer de dor, e quando os três retornaram ao apartamento limpo e abastecido deles, foi como se o estresse das semanas anteriores nunca tivesse acontecido.

Foi só quando Emma voltou para casa naquela noite, quando enfim se sentou na cozinha escura e se permitiu descansar pela primeira vez em quase um mês, que o medo e a ansiedade a dominaram. Knightley a encontrou ali, aos prantos enquanto devorava um pote de sorvete contrabandeado. Sem dizer nada, ele a pegou no colo e a carregou até a própria casa, aninhando-se com ela no sofá, abraçando-a enquanto as lágrimas escorriam livremente. Quando acordou na manhã seguinte, Emma ainda estava em seus braços, a cabeça aconchegada sob seu queixo. Ela permaneceu imóvel por um bom tempo e não tinha ido embora dali desde então.

— Primeiro você vai ter que passar pelo meu pai — disse Emma à senhora Crawford, apontando para os dois. — Ele não quer que a bebê pegue friagem, então disse que vai passar a noite ali com ela, ao lado da lareira.

As duas senhoras riram e avançaram naquela direção, ainda soltando comentários impressionados sobre a decoração da festa.

Emma as observou se afastar enquanto Knightley se aproximava, o peitoral colado nas costas dela, os braços enlaçados ao redor da cintura. Ela se recostou nele. Era seu lugar preferido, como se tivesse sido feita sob medida para se encaixar ali, sob a curva de seu pescoço.

Ao relembrar o passado, ela não entendia por que tinha ficado tão hesitante em assumir a relação. Depois do flagra, Margo tinha descido as escadas correndo, alardeando a notícia para o pai, Fran e o resto da vizinhança, que a receberam com alegria. Era como se todos já esperassem, como se todos já soubessem… menos Emma e Knightley.

Emma e Knightley. Ela sorriu sozinha. Era exatamente como deveria ser. Apesar de tantas tentativas desastradas de juntar os outros, ela enfim teve sucesso. Conseguiu encontrar seu "felizes para sempre".

Seria um desperdício deixar esse talento de lado.

O olhar dela repousou em Nadine e Charlie. A amiga parecia animada, rindo e gesticulando ao falar, e ele ouvia tudo com atenção. Sim, aquele casal parecia promissor. Mas então ela se voltou para Will. Um vinco profundo cruzou a testa do homem ao afastar o cabelo loiro do rosto, seu olhar fulminante vidrado na parede como se contasse os segundos para ir embora.

Parecia miserável por estar ali, isso era inegável. Assim como o fato de ser extremamente lindo.

— Hum, me conte mais sobre Will — pediu Emma.

Knightley se inclinou para beijar seu rosto.

— A gente se conheceu na faculdade. Ele e Charlie têm uma empresa de fusões e aquisições. Ele é muito inteligente. Direto, mas justo. Não tolera gente tola.

— Ele está solteiro?

Knightley ficou imóvel.

— Emma.

Ela o encarou, os olhos arregalados.

— Que foi?

— Sei muito bem o que você está aprontando.

— Eu? Aprontando?

Ele sorriu e balançou a cabeça, mas Emma apenas deu de ombros.

— Ora, só estou dizendo que é um pecado ver alguém tão bonito e bem-sucedido sofrer em pleno Natal. Se ele encontrasse alguém, talvez pudesse se divertir. Ou pelo menos *sorrir* um pouco.

Knightley abaixou o rosto até que seu nariz estivesse a míseros centímetros do dela.

— Woodhouse, preste bem atenção, porque isso é importante. Eu sei que você quer ver esta cidade inteira comprometida, mas posso garantir: William Darcy nunca, jamais vai se casar.

Cassandra começou a chorar do outro lado da sala, e os dois se viraram a tempo de ver Ben e Margo a pegando do colo da senhora Crawford.

— Hum… — Emma olhou para Knightley, oferecendo-lhe um sorriso apaziguador. — Parece que eu já escutei isso antes…

A risada dele reverberou por ela, aquecendo sua pele enquanto os convidados circulavam ao redor.

Por mais que fosse uma festa de Natal como todas as outras, algo parecia diferente. Talvez por Emma já não se incomodar com a combinação inusitada de vinho tinto e canapé de salmão feita pela senhora Pawloski. Ou por Cassandra ignorar todas as regras de etiqueta e babar na blusa de seda da senhora Crawford. Ou, quem sabe, por Ben rir mesmo enquanto Margo gritava para que ele fosse buscar uma toalha, ou pelo pai delas duas ter aproveitado o momento de distração para empurrar a fatia de bolo de chocolate para o outro lado da mesa.

Porque, apesar de todos os defeitos, ou talvez justamente por causa deles, Emma não mudaria nada. Então soltou um suspiro satisfeito e descansou a cabeça no ombro de Knightley. Parada ali, entre amigos e familiares, ela não conseguia imaginar um exemplo mais perfeito de felicidade.

Agradecimentos

Este livro é uma homenagem ao amor, ao vinho e aos esforços que duas amigas são capazes de fazer para manter uma à outra feliz (e sã) durante uma pandemia. A ideia nasceu como uma forma de nos distrair durante uma época difícil em que o mundo eclipsou até mesmo nossos sonhos mais loucos. E somos gratas a muita gente por termos chegado até aqui.

Em primeiro lugar, queremos agradecer à nossa agente formidável, Joëlle Delbourgo, que acreditou em nós desde o início. Você nos conquistou no "incrivelmente delicioso".

À nossa editora fantástica, Molly Gregory, que amou tanto este livro que fez de tudo para deixá-lo ainda melhor. Seu entusiasmo e cuidado são incomparáveis. Seus comentários são dignos de ser emoldurados. E obrigada à nossa revisora, Stacey Sakal, que nos curou do nosso medo de vírgulas; à nossa capista, Sarah Horgan, e à nossa diagramadora, Hope Herr-Cardillo, que se empenharam tanto para nos deixar bem na fita. E também a toda a equipe da Gallery: Jennifer Bergstrom, Jennifer Long, Aimée Bell, Sally Marvin, Lucy Nalen, Tyrinne Lewis, Caroline Pallotta, Emily Arzeno, Lisa Litwack e Jamie Selzer, bem como Anthea Bariamis e Lily Cameron da Simon & Schuster Austrália. Somos muito gratas a todos vocês.

Mesmo antes de este livro ganhar forma, já contávamos com a torcida de muita gente, a começar por nossos maridos, Tom Harding e Mike Pierantozzi: como podemos agradecer? Não fazemos ideia. Então apenas saibam que amamos muito vocês. E à mulher que viu e leu tudinho, Elizabeth Stoll Bellezza, obrigada por sua empolgação inabalável e alegria contagiante por este projeto; a Whitney Tancred, por seu apoio e amizade constantes; a Molly Lyons por acreditar em nós desde o comecinho; a Mason Pettit, por seus conselhos e expertise dos bastidores gastronômicos de Nova York; e a Nicole Page, Jessica Winchell Morsa, Jenna Helwig e Zoran Zgonc, que sempre estiveram aqui para nos ajudar, para compartilhar risadas e para manter nossos pés no chão: nunca vamos conseguir expressar toda a nossa gratidão.

Aos amigos e familiares de Emily, especialmente a Tom: isso só foi possível graças ao seu amor, incentivo e paciência ilimitados. Obrigada. Eu te amo mais. A Poppy e Henry, por suas risadas, abraços e compreensão quando a mamãe precisava trabalhar; aos meus pais, Kevin e Joan, por apoiarem meu sonho de ser escritora antes mesmo de eu conseguir segurar um lápis; à minha família transatlântica, por todos os incentivos e conselhos quando achei que não tinha ideia do que estava fazendo: sou muito sortuda por ter vocês; a Erica Orloff, por acreditar em mim mesmo quando eu não acreditava; a Zack, Thomas, Adam, Karen, Christi, Chris, Cori, Zoe, Nola, Cat, Liz, Jason, Andrea, Rob, Zach e ao resto da equipe da ComicsXF pela amizade, pelas chamadas de Zoom e pelos lembretes de por que eu amo tanto escrever. E, claro, a Audrey: obrigada por ser o tipo de amiga para quem posso enviar uma mensagem depois de encher a cara de vinho e, de repente, combinar de escrever um livro juntas. Não tem mais ninguém com quem eu gostaria de embarcar nessa jornada insana.

Aos amigos e familiares de Audrey, especialmente a Mike, por acreditar em mim e neste projeto desde o primeiro dia. Serei eternamente grata por seu amor e conselhos, e por sempre, sempre me fazer rir como ninguém. Obrigada por tudo. E aos nossos garotinhos lindos e inspiradores, Bear e Dex, isso é tudo por vocês; amo muito, muito vocês dois. Aos meus pais, Elizabeth e Donald, por serem sempre os primeiros a torcer por mim. Sem a confiança que vocês me ensinaram a ter, este livro não existiria. Mãe, obrigada por ser uma fonte constante de força e inspiração, e pai, obrigada por todo o seu amor e paciência. Aos meus irmãos brilhantes que sempre me apoiaram e deixaram minha vida muito mais divertida: Veronica, por sempre estar ao meu lado, e Philip, por derrotar o chefão de *Zelda* por mim; sou muito sortuda por ter vocês dois. À minha destemida prima-irmã Diana, cuja criatividade me inspira todos os dias: obrigada por ter sido minha primeira amiga; e agradeço a Ella, Yana, Mike G., Ellen e Thomas, Marie S., e aos Tancred, aos meus sogros maravilhosos Mary e Mike e a toda a família Pierantozzi. A Whitney, por dividir o mesmo neurônio comigo desde que tínhamos dois anos de idade; a Katie S., por se lembrar de tudo desde o ensino fundamental; e a Karen A., Amanda, Mason, Lindsay, Abby, Rachel, Katie K., Debbie, Sam, Meg e Siu Ping, por estarem sempre comigo. Todas as palavras de incentivo de Mountainside, Fairfield, Nova York, TBR e SOMA significam o mundo para mim. E a Emily, a melhor parceira de escrita e amiga de todos os tempos, nem acredito que fizemos isso mesmo. Trocar mensagens na calada da noite pode levar às ideias mais malucas!

E, por fim, à senhorita Jane Austen: todos nos curvamos perante você.